国家社会科学基金项目
中国海洋大学人文社会科学学术出版基金资助

德国浪漫派与中国原生浪漫主义

——德中浪漫诗歌的美学探索

刘润芳　罗宜家◎著

中国社会科学出版社

图书在版编目（CIP）数据

德国浪漫派与中国原生浪漫主义:德中浪漫诗歌的美学探索/
刘润芳，罗宜家著 . —北京:中国社会科学出版社，2009.6
ISBN 978-7-5004-7764-8

Ⅰ.德…　Ⅱ.①刘…②罗…　Ⅲ.①诗歌—文学研究—德国
②诗歌—文学研究—中国　Ⅳ.I516.072　I207.22

中国版本图书馆 CIP 数据核字（2009）第 069595 号

责任编辑　蓝垂华
责任校对　石春梅
封面设计　汉风唐韵
技术编辑　戴　宽

出版发行　**中国社会科学出版社**
社　　址　北京鼓楼西大街甲 158 号　　邮　编　100720
电　　话　010—84029450(邮购)
网　　址　http://www.csspw.cn
经　　销　新华书店
印　　刷　北京新魏印刷厂　　　　　　装　订　广增装订厂
版　　次　2009 年 6 月第 1 版　　　　印　次　2009 年 6 月第 1 次印刷
开　　本　880×1230　1/32
印　　张　14.375
字　　数　380 千字
定　　价　45.00 元

弗·施勒格尔

诺瓦利斯

布伦塔诺

艾辛多夫

庄 子

屈 原

李 白

李 贺

序

　　本书作者刘润芳教授和罗宜家教授，一位出身北京师范大学中文系，一位出身中国社科院研究生院世界历史系。他们留学德国多年，攻读德国文学与历史，既受过中国传统文学和历史的熏陶，又受过德国大学严格的科研方法训练，对中外文学、特别是对诗歌饶有兴趣，且功底深厚。他们为人与为学同样认真诚恳热情，并且肯思索，有见地。本书是他们在长期累积、长期思索的基础上历经几年辛勤工作而获得的成果。

　　做学问需要下工夫，需要长期点滴的累积；做研究要对研究对象有兴趣，要有问题意识，知道寻求解决问题的方法，而本书体现了这些做学问的根本。更为可喜的是，本书展现了深深的人文修养和人文关怀。在现今浮躁的社会风气中，学风也跟着浮躁，一蹴而就的心态和作风处处可见，人文关怀越来越欠缺。正因为这样，在诚恳扎实的学风中，带着对人类、对社会的关爱情怀者，就越加可贵。专心致志从事研究的人都甘于寂寞，刘润芳和罗宜家两位在寂寞中默默工作，在寂寞中奉献，于是我们有幸读到《德国浪漫派与中国原生浪漫主义——德中浪漫诗歌的美学探索》这部著作。副题告诉读者，这是比较文学的研究成果。作者必须对中国古典文学有研究，也必须大量阅读、深入研究德国浪漫派理论和诗文著作，才有可能动笔写作。

　　刘润芳与罗宜家教授写《德国浪漫派与中国原生浪漫主义——德中浪漫诗歌的美学探索》一书的初衷很简单，他们认识到，中国学界长期以来用于阐释中国文学艺术的"浪漫主义"概念，在事实上有些模糊，不同研究领域所用的"浪漫主义"

并不尽同,与西方"浪漫主义"的内涵更非等同。于是他们想弄清原生于中国本土的"浪漫"与西方浪漫主义在理论和实践上各有什么特征,辨析它们之间的异同和关系。为了这个目标,他们必须探源寻头。他们以西方浪漫主义的源头德国浪漫派的理论为出发点,从德国浪漫派诗歌入手,说明德国浪漫主义的审美理想及其理论与创作手法。又从源头梳理原生于中国本土的浪漫主义,理清文论与实践,还中国浪漫主义以实际内涵。为了正本清源,他们特别提出了"中国原生浪漫主义"的新概念,以资区别于西方的浪漫主义。

定下问题与研究方法后,作者首先评介了中国和德国学界对浪漫主义的研究现状。他们十分谦虚,深知自己所做的是在前人工作的基础上展开的。至今为止中德的有关成果他们都认真梳理、深入思考、辨析吸纳。他们具备了每个真正从事研究工作的人的好品质。

内容上本书上半部论述德国浪漫派的思想和文学。首先综述评介德国浪漫派的哲学、美学思想,介绍了德国早、中、晚期浪漫派各自的特点及其美学与思想上的共性,并指出其理论基础建构在康德、费希特和谢林的哲学思想上。接着探讨浪漫主义与德国 18 世纪各种思想运动的关系,指出德国浪漫主义的延续性与创新性。作者又详细介绍浪漫派的哲学思想和诗学:本体的诗和文字的诗等等。同时作者也指出,浪漫派作家的文学创作并不一定符合其诗学追求。对于浪漫派的代表性作家诺瓦利斯、布伦塔诺、艾辛多夫本书作者予以了详尽介绍,对他们的作品予以深入分析,指出各自的特性成就,界定他们在文学史上的地位。

在深入探讨德国浪漫派诗人和诗歌后,本书进入对中国原生浪漫主义的探讨,认为中国词汇中虽有"浪漫"一词,但传统文论中没有与"浪漫主义"内涵相对应的概念与范畴。通过分析公认的浪漫大家庄子、屈原、李白、李贺的作品,归纳其浪漫特质，勾勒出中国原生浪漫主义的面目。在深入分析上述几家作品之前，作者先从浪漫主义的对极《诗经》谈起，认为《诗经》的形式、风格与内容，确立了中国诗学的正统；比兴手法与关注现实的风雅传统，是中国原生现实主义的源头。这些加上孔子及其后学的阐释，形成了儒家的诗学体系。它在内容上要求反映现实，艺术上追求中和之美，同时将文学功能化，成为载道教化的工具，正是这些规范着后世的诗歌创作。作者认为，道家的美学思想，否弃功利，以自然为美，奠定了中国原生浪漫主义的美学基础，而庄子的创作为此做了实践性的准备。作者接着深入探讨了屈原、李白和李贺三位中国代表性的浪漫诗人的美学思想、诗歌创作、艺术手法及浪漫特质，进而总结出中国浪漫诗歌的总体性美学趣尚。

在"比较"一点上，本书认为德国浪漫派有实有名，中国原生浪漫主义则有实无名，一直以来没有作为诗学的"浪漫"，缺少自己的浪漫主义理论。在"实"的方面，作者讨论了中德之"浪漫"在自我的个性与重情上、在想象的感发与心生上、在与大自然的和谐与渴望上的异与同，颇具启发性。

文学文本是一切文学批评的根本。无论从什么角度、无论以什么理论为依据从事文学批评工作，文本的细读都是不可或缺的。本书在这一方面做了细致的工作，论证和结论都有文本为依据，作者大量阅读所论诸家诗歌，通过自己的理解、分析、描述，归纳出中国与德国浪漫主义各自的内涵，并说明其生成的历史文化社会背景。认为中国原生浪漫主义在儒家突出群体的背景下强调自我，具有反抗社会的性质。德国浪漫派的强调自我，则是崇尚感情本身，反对模仿和理性规则，表现在诗歌中，多半是呈现自己的心象。中国浪漫诗人的想象多有定势，与比兴、巫术宗教、历史文化的积淀密不可分。而德国浪漫诗人的想象不仅是一种创作手法，也是创造本身，是心灵的狂欢。他们通过想象，创造超越功利的诗意世界和理想的诗意人生。中国浪漫诗人的作品中，人与自然基本处于和谐状态。而德国浪漫主义诗歌则表现出人与自然分裂后对失去的和谐的渴望。作者认为，中国原生浪漫主义是中国文化孕育出的一种美学品格与风貌，与德国浪漫派之间有着本质性差异。中国的诗是言志之"器"，德国的诗在"器"之外还是一个创造的、体现人类终极理想的本体。

　　因为有中德文学的功底，在运用理论解析文本时，作者就能够把概念的来龙去脉解说得清楚明白，并有自己的理解。又因为有历史意识，作者把阐释工作置于历史语境和文化语境之中，读者的视野因而得以扩展。文学批评本身除了批评者的学养、视野、见地，还应该具备人文关怀，文学批评本身的文字也应该流畅，更为上乘的是具备文学性。我们读《德国浪漫派与中国原生浪漫主义》，发觉文字的美丽清新是近年学术著作中少见的。这也是读者喜读本书的一个理由。还应该指出的是，本书的人名、书名、概念索引也是一流的。给读者提供如此检索的方便，这又可以看出作者不惜费大量工夫做细致的工作。

　　好书本无须他人写序。我因为自己喜欢这本书，也想把它介绍给更多的读者，故勉力为之。

谢莹莹

2008 年 9 月　北京

目 录

引 言

　　本课题不是对浪漫主义作历史语义学的论证，它试图解决的问题是：原生于中国本土"浪漫"与西方浪漫主义的各自面貌及其关系。

　　笔者意在"浪漫主义"这个接合点上打通中西，从浪漫主义的源头德国浪漫派的理论出发，从浪漫主义的代表性成果诗歌入手，说明浪漫主义的审美理想、美学趣味、创作手法；同时从源头梳理中国本土的浪漫主义，其民族性的理论与实践，澄清"浪漫主义"在中国文学研究领域的实际内涵，辨析中西浪漫主义之异同。

　　首先要澄清的是相关概念。"德国浪漫派"是 Deutsche Romantik 约定俗成的中译，其中的"德国"①，并不是指一个政权意义的国家，因为 Deutsch 即德意志，是一个民族的称谓②，在浪漫派兴起的 18 世纪末、19 世纪初，它还没有形成统一的民

---

　　① "德国"是德语 Deutschland 的中译，这是一个合成词；由 Deutsch 加 Land 组成。其中 Land 意为"地区"，是指一个有共同风俗习惯和语言、有共同经济生活的民族聚居区域，并没有政权国家的含义。正是在这个意义上，1871 年统一前的德意志也称为 Deutschland。详解可参见：Ernst Schubert, *Der rätselhafte Begriff· Land im Spätmittelalter und in der frühen Neuzeit*, in: *Concilium medii aevi* 1, 1998, S. 15—27。

　　② Deutsch 一词大约产生于公元 8 世纪的法兰克王国，原有"族群"、"民众"、"人民"之意，后引申为"德语"、"德意志"，成为专用名词。这里是形容词的用法，本意是"德意志的"。有关这个词的历史演变参见：Peter von Polenz, *Geschichte der deutschen Sprache*, Walter de Gruyter Verlag, Berlin, 1978。

族国家。再就是"浪漫派"。德语的 Romantik 在不同语境有四个所指：用中文表示分别是浪漫主义、浪漫时期、浪漫文学和浪漫派。① 浪漫派指具体的人；浪漫主义，指向思想、流派和风格；浪漫时期是德语文学史上的一个分期；浪漫文学则是其文学创作。本书之所以使用"德国浪漫派"而不用"德国浪漫主义"，是因为"浪漫主义"至今还没有一个权威的、确切的定义，② 而且德国浪漫主义的情况十分复杂，很多问题难以说清。③ 而"德国浪漫派"的内涵则十分清楚，它就是指 18 世纪末、19 世纪初登上德国文坛的一批青年作家，他们是志同道合的朋友，在康德、费希特及谢林的哲学基础上建立起德国的浪漫主义思想理论，并以此为圭臬进行创作。其思想和创作先后影响到英国、法国，形成 19 世纪席卷整个欧洲的浪漫主义运动。以后"浪漫主义"的内涵不断扩大，不仅是一个思想文化运动，还是一种风格，一种创作手法。于是我们看到，各民族的文学艺术作为整个人类文明的成果，多有内在相通的规律，都存在着或可称为"浪漫"、或可称为"现实"的美学倾向。因此就有了所谓广义的浪漫主义，它"同个性、主观、非理性、想象和感情共为一体"④。

　　浪漫主义作为一个西方美学概念，随着西学东渐，进入了中

---

　　① 比如勃兰兑斯的《十九世纪文学主流》、余匡复的《德国文学史》等都用"德国浪漫派"这一概念。

　　② 据说有一千多种。白璧德在他的《卢梭与浪漫主义》用了 20 页来辨析，韦勒克的《批评的诸种概念》更是用了 88 页。他们都是从历史语义学、从欧洲文学史、从英国、法国、德国的思想文化运动等方面，作了全方位的阐述。

　　③ 比如此前的狂飙突进运动和此后的海涅，欧美的学者多把它们归入浪漫主义，而在德国人编写的文学史中，它们都不属于 Romantik。"狂飙突进"自成一个文学时期，而海涅则属于"青年德意志"。

　　④ 《简明大不列颠百科全书》，中国大百科全书出版社 1985 年版，第 5 卷，第 128 页。

国的学术话语，也进入了中国本土文化的研究领域。如果以
"个性、主观、非理性、想象和感情"这个浪漫主义的"公分
母"①审视中国古代文学，就会发现它与庄子、屈原、李白等一
脉相承的美学风貌有着相当的契合。于是我们看到刘大杰先生在
他1941年出版的《中国文学发展史》，就开始使用"浪漫主义"
概念，以标识不同于《诗经》的《楚辞》传统，并被学术界普
遍接受。以后通行的文学史，包括游国恩本、章培恒本、袁行霈
本，都运用了诸如浪漫主义、浪漫性、浪漫手法等概念。李泽厚
先生在他的《美的历程》中，更用浪漫主义来阐释中国的艺术
和美学思潮。但中国文学的事实告诉我们，中国学者用来阐释中
国文学的"浪漫主义"其实与西方的浪漫主义，特别是与其源
头的德国浪漫派的浪漫主义并不等同，为区别彼此，说明个性，
笔者提出"中国原生浪漫主义"的概念。

中国原生浪漫主义是相对于欧洲浪漫主义而言的。它是独立
发展的中国文化所孕育的一种美学品格。在思想上它追求个性的
舒张，创作方法上重夸张、想象。它表现于个人的创作，而不是
团体性的流派。它源远流长，一直奔流在中国文化的长河中，而
不是一时的运动和思潮。其生成与作家的天性、境遇有最直接的
关系。

因为德国浪漫派是欧洲浪漫主义的源头，所以中国原生浪漫
主义与德国浪漫派的比较，就是从各自源头出发的比较，有可能
对其中蕴涵的民族文化基因有较为清晰的透视。

本书共有八章，在中西比较的视野中分别论述德国浪漫派和
中国原生浪漫主义。由于诗歌是中德浪漫作家共同的代表性成
果，所以本书以两国浪漫诗人为线索，以其代表作品为材料。为

---

①　韦勒克：《批评的诸种概念》，丁泓等译，四川文艺出版社1963年版，第
125页。

全面起见，分别选取了德国早期浪漫派的理论家和诗人诺瓦利斯（Novals，1772—1801）、中后期的代表诗人布伦塔诺（Klemens Brentano，1778—1842）和艾辛多夫（Joseph von Eichendorff 1788—1857）。而中国原生浪漫主义的代表则是奠定理论和创作基础的庄子以及有不同美学倾向的屈原、李白和李贺。这样结构的目的，一是因为他们自成体系，同时也希望这种并列能引发思考，能通过平行比较得出一些有意义的结论。总之，笔者力图以文学事实做根据，在现有的研究基础上前进一步。

国内与本题目相关成果分别集中在外国文学和现当代文学两个领域。就德国文学研究而言，新中国成立以来受主流的前苏联文学理论的指导，加上歌德（Johann Wolfgang von Goethe，1749—1832）、海涅（Heinrich Heine，1797—1856）、勃兰兑斯（George Brandes，1842—1927）和高尔基等大家的影响，一般都把德国浪漫派定性为主观、唯心、消极和病态，而没有看到它的积极方面、它所以产生的历史合理性和它理论本身的内在统一性，因此未能给予全面公正的评价。近十年来，德国文学的研究成果增多，浪漫主义作为德国文学史上的一个重要发展阶段，也受到了关注，出现了一些有分量的文章。其重点集中在浪漫派的理论基础、美学思想、哲学渊源以及与古典主义、启蒙思想的关系等方面。它们对浪漫主义的理论内涵进行了辨析，肯定了它在美学上的突破，思想上对工业文明的批判，对人文的精神的关注。此外对浪漫派的哲学渊源、浪漫派美学思想对 20 世纪以来的象征主义、表现主义、现代主义、超现实主义和后现代主义的影响做了分析和论证，说明了浪漫派在思想史上的地位，填补了中国对德国浪漫派研究的某些空白。但对具体作家、作品的研究相对滞后。

在德国，学界自 20 世纪 70 年代开始，对此前的研究进行全面反思。因为纳粹德国对浪漫派的肯定，战后对浪漫派的否定就一时成为主流。不管是东德还是西德，传统的作为教材的文学史，对浪漫派都是否定多于肯定，认为它的理想是回归中世纪，持一种倒退的历史观。相对于歌德、席勒的明朗健康的魏玛古典主义，它是宗教神秘主义的、感伤的、病态的文学。

新一轮的全方位研究涉及作家、作品、思想、理论、哲学、宗教等等。它主要集中在几个问题上，如浪漫派的思想理论及其与德国古典哲学的关系；浪漫主义运动与启蒙运动的关系；与歌德、席勒（Johann Christoph Friedrich von Schiller, 1759—1805）的魏玛古典主义的关系等等。出现了一批有价值的成果，比如舒尔茨（Gerhard Schulz）1983 年的《德国文学史》第七卷《法国大革命和复辟时代的德国文学》，对浪漫派的代表作家及作品进行了全面、翔实的论述。90 年代皮库利克（Lothar Pikulik）的《早期浪漫派》、克雷默尔（Detlef Kremer）的《浪漫主义》等研究专著，以及善策（Helmut Schanze）主编的普及型著作《浪漫主义手册》。他们对一些传统的观点，比如浪漫主义是对启蒙运动的反动，浪漫派反对理性等提出质疑，对浪漫派的思想、它与德国乃至整个欧洲的思想文化发展的互动关系，做了翔实的分析梳理，肯定了浪漫派的历史贡献，救正了以往的偏颇。在广泛研究的基础上，也出现了对浪漫主义研究状况的专题评述，比如80 年代的《1945 年以来的浪漫主义研究》等。概括说来，德国学界对浪漫派和浪漫主义的研究在八九十年代成果最为丰厚。进入 21 世纪以来，一些有分量的专著在修订之后再版，同时也有新作问世。

在本书所涉及的诺瓦利斯、布伦塔诺和艾辛多夫三位作家中，对诺瓦利斯的研究成果较多，最为全面的是 1991 年出版的俞灵斯（Herbert Uerlings）的专著，名为《弗里德里希·封·哈登贝格，笔名诺瓦利斯》。而对布伦塔诺和艾辛多夫的研究相对薄弱。90 年代以后更加淡化，相关的专著日少。对于专文，笔者查了德国的网上文库，上述三个作家见于题目的文章诺瓦利斯最近的一篇是 1965 年，题为《诺瓦利斯与法国象征主义》。对布伦塔诺的研究有两篇，对艾辛多夫的最近的文章是 1978 年。

对中国文学中的浪漫主义研究，主要集中在现当代文学领域，特别是前期的创造社和抗战时期的所谓后浪漫主义小说。这是因为欧洲浪漫主义对五四以来的新文学产生了巨大影响，出现了以浪漫主义为旗帜的文学社团、作家和作品，郭沫若的《女神》就是浪漫主义的中国嗣子。而对中国古典文学中的浪漫主义尚未见系统的研究。至于把它与德国浪漫派放到一起进行比较，尚是一片待开拓的沃土，也是笔者和本课题的着意所在。但面对这两个研究领域，笔者深感自己学识疏浅，力所难及。所能做的，只能是面对已有的成果，拣拾若干，以自己不成熟的思路将其连缀成篇。

在方法论上，笔者不专主一家，力求博采众长。大致说来，它是在比较文学平行研究的理论框架内进行。有中国、德国两条线索，它们各自以文学发展的历史为经，以作家、作品为纬，运用实证的方法进行各自的分类、分析、比较、归纳。在此基础上，作形而上的逻辑推演，以求理论性的结论。同时注意避免"比较"的简单化。

说到理论和文本，二者的关系是和而不同。德国浪漫派，特别是早期浪漫派，十分关注理论建设，但并不成系统。在接受同代哲学家如费希特、谢林等的思想基础上，在大方向一致的前提下，他们各有自己的观点，而且这些观点也在不断发展变化。可以说，德国浪漫派的理论和文学本身就是一个探索和形成的过程。所以对浪漫派思想的研究是一个大而难的课题，那应该是哲学家、思想家的工作。笔者只能从实在的文本出发，通过对文本的分析、描述、归纳，得出结论，力求避免空泛。

另外，德国浪漫派是一个持续半个世纪的文学运动。而在中国古代文学两千年的历史长河中，一直有"浪漫"的潮流奔涌，从未间断。为了比较的方便，我们把历时的东西共时化，把在发展过程中形成的各自浪漫主义的内涵归纳出来，从源头上将它们厘清，说明它们之间的共性与差异。

　　大致结论是，中国原生浪漫主义只是在抽象化了的"公分母"的意义上与德国浪漫派的浪漫主义大略一致，而在这表层的一致下面，是深深的差异。因此笔者主张用"中国原生浪漫主义"来表述和指称中国文学中屈原、李白一派的风格，抑或用"浪漫的"、"浪漫性"或"浪漫精神"这样意义相对宽泛的概念。因为在中国本土萌生发育的中国浪漫主义，既不同于处于欧洲源头的德国浪漫派，也不同于英国和法国的浪漫主义，它有着自身文化的特别基因。另外应当指出：人类在物质上抑或在精神上，在思维、情感上都是同一的存在，这是第一性的，是比较方法的理论基础，否则任何比较都失去了意义。只有在这"同一存在"中才有千姿百态的文明的、文化的、民族的风貌。了解个中的差异、辨析彼此异同是研究的目的，是真理意义上人的追求。

第一章 德国浪漫派

第一节 德国浪漫派简述

浪漫主义是人类文化史上的一座里程碑。西方思想家从罗素到以赛亚·伯林（Isaiah Berlin, 1909—1997）都看到了它开辟时代的意义。按照伯林的观点，西方政治思想史经历了三大重要转折，这第三次就是发生在德国的浪漫主义思潮。[①] 而德国浪漫派就是浪漫主义思想的奠基人和开拓者。

18世纪末，德国开始了它思想文化史上的新时代。弗·施勒格尔（Friedrich Schleger, 1772—1829）指出："这样一个时代，一言以蔽之，号称批判的时代。"[②]它是由康德的三大批判开始的，从认识论、伦理学和美学的角度对传统的一切重新进行审视，最终归结于对人的本质的探究。这就是康德的"第四批判"。在此批判中，这位年过六旬的思辨大师试图回答"人是什么？"这个终极的问题，提出许多闪光的思想，有筚路蓝缕之功。可是，我们没有能见到对这个问题的系统的阐发；我们见到的是哲人之后的思想家、诗人们包括浪漫派对此不懈的

---

① 以赛亚·伯林：《现实感》，潘荣荣、林茂译，译林出版社2004年版，第189页。

② 《浪漫派风格——施勒格尔批评文集》，李伯杰译，华夏出版社2005年版，第220页。

追索。

　　早期浪漫派的代表人物施勒格尔兄弟、诺瓦利斯、蒂克（Ludwig Tieck，1773—1853）等是与歌德、席勒同时而又年轻20到30岁的文坛新生代。他们在18世纪90年代登上文坛，秉承着时代的精神，开始了自己在文学艺术领域的批判和创新，德国文学就此进入了浪漫主义新时期。而歌德、席勒这些老一辈的作家，在古典主义的旗帜下，同样在创造自己新的辉煌。因此可以说，这是整个德国文学史上最为光辉灿烂的时期。从整个欧洲历史来看，这也是在启蒙运动"巨人"辈出之后，又一个群星灿烂的时代。因为浪漫派的同龄人还有拿破仑、梅特涅、费希特、谢林、黑格尔、贝多芬等等，他们共同闪耀在世纪之交的历史星空。

　　对德国浪漫派，过去一般是分为早晚两期，比如科尔夫（Hermann August Korff）的名著《歌德时代的精神》。今天学界的主流看法是把它定在1790年至1850年之间，分为早、中、晚三期。①

一　早期浪漫派（1790—1801）

　　开辟德国浪漫主义的是蒂克和瓦肯罗德（Wilhelm Heinlich Wackroder，1773—1798）。蒂克在18世纪90年代初就登上文坛，创作了大量的小说、戏剧，最早在文学中体现出"浪漫精神"，被认为是浪漫主义小说和戏剧的奠基者。②他的小说《威廉·洛维尔先生的故事》（1795—1796）和《弗兰茨·斯泰恩巴德的漫游》（1798），还有瓦肯罗德的小

---

①　Helmut Schanze［Hrsg］，*Romantik-Handbuch*，2. durchgesehend u. aktualisierte Auflage，Alfred Kröner Verlag，Tübingen，2003，Inhaltsverzeichnis.

②　Ebd. S. 38.

说《爱艺术的修士》（1796）被浪漫派的理论家弗·施勒格尔评价为："总体上最美的东西结合在一起：于是产生了想象的充溢和轻盈，对于反讽的感觉、尤其是色彩的有目的的异与同。就是在这里，一切也都是清澈透明的，浪漫精神似乎安逸地对自己展开想象。"①蒂克和瓦肯罗德是好朋友，他们继承了18世纪兴起的男性间的"友谊"文化，而又特别体现在工作中，即在创作中互相启发，共同构思，在一部作品中融会两个人的智慧和才华。

早期浪漫派的核心人物是施勒格尔兄弟。哥哥奥·维·施勒格尔（August Wilhelm Schleger, 1767—1845）是文学史家、评论家和翻译家，1795年来到耶拿（Jena），受聘在席勒的《四季女神》工作。弟弟弗·施勒格尔是理论家，②他撰文批评席勒，乃至不恭，最终导致兄弟二人与歌德、席勒的分手。尔后他们创办自己的刊物《雅典娜神殿》，以此为中心聚集起一群志趣相投的青年才俊，包括文学家诺瓦利斯、蒂克，哲学家费希特、谢林，神学家施莱尔马赫等。他们以《雅典娜神殿》为阵地，发表自己有异于古典主义的美学思想和文艺评论，浪漫派由此诞生。

浪漫派是一个崇尚友谊的朋友圈子，施勒格尔兄弟家的沙龙是他们聚会的地方。两位女主人，哥哥的情侣卡罗琳娜·伯梅（Caroline Böhmer, 1763—1809）③，弟弟的情侣多罗苔亚·怀特

---

① 《浪漫派风格——施勒格尔批评文集》，李伯杰译，华夏出版社2005年版，第100—101页。

② 在整个浪漫主义运动中弗·施勒格尔是精神领袖，下文多有引述，为行文方面，只称施勒格尔，其兄仍称奥·维·施勒格尔。或以"大"、"小"相区分。

③ 浪漫派的小说家、批评家、翻译家。1796年与大施勒格尔结婚，以后与谢林恋爱，二人离异，后与谢林结婚。大施勒格尔仍与谢林保持着朋友关系。由此可见浪漫派的婚恋观。

（Dorothea Veit，1763—1839）[1]，都是著名的才女。她们因为爱情，勇敢地摆脱了不幸的婚姻而与自己相爱的人结合，轰动了"道德"的市民社会，遭到了舆论的强烈谴责。但他们全然不顾，"一意孤行"地建设自己的新生活。小施勒格尔还把自己的爱情经历写进小说《路琴德》，表示出他的道德观，即有爱的结合才是道德的，否则就是不道德的，不论它是否"结婚"。他还认为，男女应该互补，他们是平等的。而追求自由的爱情，也是当时整个浪漫派的理想。在两位聪慧的女主人主持下，施勒格尔家的沙龙有一种特别的氛围，即真诚的友谊和自由温馨的情调。这也就是浪漫派理想的"诗意"，它与市民社会的"散文"般的道德生活，[2] 形成了鲜明的对比。在沙龙里年轻人朗诵自己的作品，比如诺瓦利斯的《基督教与欧洲》就是这样"面世"的。他们相互争论、批评，还共同构思作品，由此也形成了浪漫派特有的创作方式——协作诗。早期浪漫派的成果主要体现在理论建设上，这就是施勒格尔和诺瓦利斯发表在《雅典娜神殿》上的"断片"和文论。他们鲜明地提出了自己的文学纲领和思想主张，奠定了浪漫派的美学基础，把浪漫主义作为一个自觉的文学

---

① 著名哲学家摩西·门德尔松的长女，小说家。她遵从父母之命，嫁给了银行家怀特，但婚姻生活不幸福。1797 年小施勒格尔因为与席勒交恶，离开耶拿，移居柏林，在那里与多罗苔亚相识。当时多罗苔亚已经 32 岁，施勒格尔只有 25 岁，是她的才华激起施勒格尔的爱情。1798 年跟施勒格尔来到耶拿，1802 年结婚。应该说，浪漫派圈子里不乏有才华的女性，比如布伦塔诺的第一个妻子梅罗（Sophie Mereau 1770—1806）是小说家、翻译家。布伦塔诺的妹妹、阿尔尼姆的妻子贝蒂娜（Bettina Arnim 1783—1859）更是在文坛留下盛名。

② 这里引用的"诗意"和"散文"，在浪漫派著述中是两个相对的概念，原文是 Lyrik 和 Prosa，其中 Prosa 一词在汉语译著里多译为"散文"。Prosa 的基本含义是无韵之文，可译为"散文"、"应用文"等。在这两个概念的对比中，Prosa 一词所要表达的是"本分"、"刻板"、"枯燥"之意，如德文：ein prosaischer Mensch，就是"一个本分的人"。

运动推向高潮，影响波及英法等国。理论之外，早期浪漫派也颇有创作收获，它以诺瓦利斯的组诗《夜颂》和未完成的小说《海因里希·封·奥夫特丁根》为代表。

1800 年，这个浪漫派的大家庭开始出现裂痕。1801 年诺瓦利斯不幸去世，以后施勒格尔兄弟、蒂克先后离开耶拿，早期浪漫派一时间烟消云散。因其活动中心在耶拿，文学史家也称其为耶拿浪漫派。

二　中期浪漫派（1801—1815）

耶拿浪漫派之后，在德国先后出现了不同的浪漫主义团体，主要有海德堡浪漫派（1805—1808）和柏林浪漫派（1809/10—1815），统称为中期浪漫派。

在早期浪漫派离散之后，1805 年在海德堡聚集起一批新的文学青年，他们创办《隐士报》，形成了一个以阿尔尼姆（Ludwig Achim von Arnim, 1781—1831）和布伦塔诺为中心、包括格林兄弟（Jakob Grimm 1785—1863；Wilhelm Grimm, 1786—1859）等人的文学圈子，史称海德堡浪漫派。而属于晚期启蒙运动的格勒斯（Joseph Görres, 1776—1848）、福斯（Johann Heinrich Voß, 1751—1826）等人也以不同的立场参与他们的文学活动，因此它带有多元的性质，不同于早期的"一元"。

中期浪漫派有一个突出的民族主义背景。因为拿破仑对德国的战争和占领，德国人的民族意识和爱国情感普遍高涨。属于不同派别的文化人，包括晚期启蒙主义者、古典主义者和浪漫派，这时有一个共同的愿望，就是建设民族文化，强化民族精神。对浪漫派来说，就是把施勒格尔超越民族的"融通的诗"（Universalpoesie）转向民族的诗，与民族解放斗争，即反对拿破仑的侵略结合起来。而他们认为，德意志的民族精神集中体现在中世纪，因此中期浪漫派最主要的业绩就体现在对中世纪以来民间文学的收集整理上。其中格林兄弟的《儿童与家庭童话集》，还有阿尔尼姆和布伦塔诺的民歌集《男孩的神奇号角》最为著名。前者影响遍及世界，后者造就了浪漫主义文学的新形式——艺术民歌。此外，格林兄弟还是日耳曼学的奠基者。他们整理德语语法，编写德语语言史，编撰《德语词典》。这部《德语词典》，卷帙浩繁，例句选自从马丁·路德直至歌德的著作。1854 年出版第一卷，直到百年后的 1961 年才全部完成，共 32 卷，是研究日耳曼学的重要工具书，也是中期浪漫派所倡扬的民族精神的不朽成果。而浪漫派文化上的寻根，一个重要目的就是要通过对民族传统和神圣罗马帝国的回忆，来促进民族的认同感和凝聚力，重建德意志的民族精神。因此可以说，中期浪漫派在自己的理想和当下政治的双重作用下，凸显出一种民族主义的倾向。这与早期浪漫派相对超越民族的眼光是有所不同的。

　　1809 年阿尔尼姆和布伦塔诺离开海德堡来到柏林，他们与来自德累斯顿的克莱斯特（Heinrich von Kleist, 1777—1811）、米勒（Wilhelm Müller, 1794—1827）等人结成新的文学团体——柏林浪漫派。但其成员在浪漫主义的大方向之下，有着并不相同的美学趣味和政治观点。柏林是普鲁士的首都，弥漫着浓厚的政治气氛。反拿破仑战争的失败，促使普鲁士于 1806 年开始实行政治、军事乃至教育方面的改革，而爱国成为一时的主旋律。1807 年激进的费希特来到柏林，他在柏林大学作《对德意志民族的演讲》，宣传德意志的民族精神，鼓动民族自豪感，把哲学变成了爱国热情，而本来纯文学的浪漫派也开始政治化。比如阿尔尼姆就对政治性报道倾注了很大的热情。但他虽爱国却保守，主张建立一个自下而上的自由的等级制国家。因此他组织"基督教—德意志—聚餐会"，除了贵族和高官之外，克莱斯特、沙米索（Adelbert von Chamisso, 1781—1838）、艾辛多夫、霍夫曼（Ernst Theodor Amadeus Hoffmann，1776—1822）等文人都是其成员。另外，蒂克 1808 年至 1814 年期间也在柏林。在他周围形成了一个文学圈子，他们还保持着早期浪漫派的友谊和创作传统。所以柏林浪漫派不再如耶拿时期那样单纯，而是呈现出多元化的面貌。

柏林浪漫派比耶拿浪漫派有更多的文学创作成果。比如阿尔尼姆创作了他一生的主要作品：第一部长篇小说《多罗勒斯伯爵夫人的贫困、富有、过失和忏悔》（1810），它融会传奇、神话、诗歌乃至布道于一体，是典型的浪漫主义文学。还有著名的短篇《埃及的伊莎贝拉》（1812）。特别应该提及的是克莱斯特的戏剧。其代表作是《施罗芬史太因一家》（1803）、《彭提西丽亚》（1808）和《海尔布隆的凯蒂欣》（1820）。克莱斯特的思想和艺术都很复杂，他的作品生前没有受到重视，直到 20 世纪才逐渐被人认识，并得到越来越高的评价。属于柏林浪漫派的重要作家还有沙米索和霍夫曼。这一时期小说的一大特点就是通过梦游、梦幻、想象描写非人间的世界，神鬼、魔法、变幻等成为"浪漫主义"的主要体现。而这一时期最优秀的诗人就是布伦塔诺。

三　晚期浪漫派（1820—1850）

晚期浪漫派更加分散，没有早期或中期那样的"中心"，它只是多个同质小团体的集合。同早、中期相比，它最突出的特点是鲜明的天主教色彩。而 1820 年兴起的新一代革命的"青年德意志"运动，它虽然源自"浪漫主义"的母体，但却自觉地与它划清界限，站在了它的对立面。比如海涅，创作手法虽属浪漫主义，却在他的《论浪漫派》中猛烈地抨击"反动"的、"病态"的浪漫派。浪漫派由此走向历史性的衰落。

晚期浪漫派中有几个重要的团体，一个是在德国南部的"士瓦奔浪漫派"，以乌兰德（Ludwig Uhland，1787—1862）和豪夫（Wilhelm Hauff，1802—1827）为代表。一个是 1820 年出现的"莱茵浪漫派"，致力于浪漫诗歌的普及。另外蒂克在德累斯顿组织了一个团体，进行叙事文学的形式探索，以适应读者的兴趣，这就把浪漫主义从注重理想、观念转向了通俗化。除此之外，还有早期浪漫派领袖小施勒格尔的维也纳浪漫派。

施勒格尔 1807 年由新教改宗天主教。1809 年开始为奥地利宫廷和军队服务，1813 年被首相梅特涅任命为奥匈帝国驻法兰克福公使馆参赞，1815 年被册封为贵族。但因其从政能力有限，加上自由化意识，使他不能在仕途上大有作为，于是在 1818 年体面地提前退休，回到维也纳，回到他的书斋生活。1820 年他建立"维也纳浪漫派"，由奥地利和德国天主教区的文化人组成，是一个建立在天主教思想基础上的团体。施勒格尔呼吁宗教的灵魂，主张以宗教为基础的、生命的内在发展。而作为学者的施勒格尔在这一时期也有所成就，主要体现在他的系列讲座《生命哲学》、《历史哲学》及《语言和文字哲学》上。可以看出，他的视野已经从"浪漫"和"文学"转向对人类、历史的整体性思考。

坚持浪漫主义的天主教方向的还有格勒斯和布伦塔诺。他们曾是同桌同学，在经历了各自的人生跌宕和思想变化之后，在慕尼黑再次相遇并合作，而基础就是天主教神学。继承浪漫派的合作传统，布伦塔诺帮助格勒斯完成了他多卷本的《基督教神秘主义》。而布伦塔诺自己从 1818 年起，整整十年追随一个身上显现基督伤痕的修女，做了一万六千页的记录。现在他根据自己的宗教体验写宗教修身方面的著述，产生很大影响。同时他继续写诗。一场黄昏的单恋点燃了他最后的诗情，成就了他晚年最好的一组写给艾米丽的爱情诗。

晚期浪漫派的另一个代表人物是艾辛多夫。他同样是一个虔诚的天主教徒。青年时期在海德堡与阿尔尼姆、布伦塔诺有过接触，美学和创作上都受到"民族"、"民间"文学的影响。以后与施勒格尔也有联系。他的主要成就体现在诗歌创作上，是在布伦塔诺之后抒情诗民歌化的又一大家。同时他的小说《无用人的一生》，塑造了一个浪漫主义的典型形象，体现了浪漫派的人生观。

总之，浪漫派创造了德国文学史的一个阶段，早中晚三期各有特点，但又体现出一个共同的思想和美学倾向，它大致可以归纳为：主张绝对的自我、天才的创造，着意于个体生命体验的当下书写，追求诗意的人生和社会。他们有明确的民族情感，珍视民族文化，崇尚自然，注重心灵，迷恋中世纪，有强烈的宗教感，有浓重的感伤情绪。其理论基础主要是康德、费希特和谢林哲学。德国的浪漫主义运动影响到法国、英国，成为1790年到1850年间风行整个欧洲的浪漫主义运动的源头。这是长久以来被视为落后的德国"输出"的首个文艺思潮。

18世纪以来，在浪漫主义运动之前，德国已经经历了启蒙运动、感伤主义、狂飙突进、古典主义等几个思潮的洗礼。它们都有自己的标志性概念。比如启蒙运动是科学、理性，狂飙突进是个性、天才，古典主义是美与和谐，而浪漫主义是自我和非理性。这样在否定之否定的历史进程中，我们就看到它与启蒙运动相左、而与狂飙突进相近的特征。因此有的文学史家、特别是德国以外的欧美学者，把狂飙突进看做是浪漫主义，同时也把浪漫主义看做是对启蒙的颠覆。其实，它们之间的关系并不如此简单，而是有着可理可梳的思理上的多层次绞结，简述如下。

第二节　浪漫主义与 18 世纪思想
运动的关系：吸纳与反拨

一　与启蒙运动

对浪漫主义与启蒙运动关系的研究，20 世纪 60 年代以后开始否定此前的"反动"说。学者们从政治、思想、文学等不同角度进行全面考察，认定其主流是反拨与吸纳。也就是说，浪漫派对启蒙运动不是全盘否定，而是在批判的同时加以继承、补充和革新。"启蒙运动和早期浪漫主义，在反对诸侯和僧侣的专制主义统治，拒绝偏见、迷信、伪善、压制和火刑，总而言之，在肯定人的自我解放方面，完全是一致的。换句话说，浪漫主义与非理性最初只有一种间接的关系；对它来说，重要的是把理性与非理性，即人类灵魂、自然和历史中尚未被意识所达及的领域加以调和。因此，浪漫主义首先应被理解为是对启蒙运动的批判性的继承和发展。"①

"启蒙"（Aufklärung）一词的本义是用光明照亮黑暗。启蒙运动就是用科学、理性的光去驱散中世纪神权统治下的思想界的黑暗。启蒙运动以英国的经验主义和法国的理性主义哲学为思想基础。经验主义认为人的一切认识都来自经验，反对基督教神学所提倡的盲从，要把人从愚昧中解放出来，这显然是对宗教权威的挑战，而科学是它的旗帜。理性主义则从另一个角度冲击宗教的思想禁锢，它提倡唯理是问。恩格斯指出："他们不承认任何种类的外界权威。宗教、自然观、社会、国家制度等一切都受到最无情的批判；一切都要站到理性的审判台面前来，或者辨明自

---

① 汉斯·昆、瓦尔特·延斯：《诗与宗教》，李永平译，生活·读书·新知三联书店 2005 年版，第 163 页。

身存在的理由，或者放弃自己的存在。思维的理性成了衡量一切现成事物的唯一尺度。"①著名的启蒙思想家伏尔泰、孟德斯鸠、狄德罗等从社会、宗教、思想、文化等各方面提出了理性的具体内容，它的核心就是天赋人权、人人平等、宗教信仰自由、政治、思想自由等等。其实质是新兴的市民阶级反对封建统治，要求本阶级的权利。

德国的启蒙运动从 18 世纪 30 至 40 年代展开，到 80 至 90 年代达到高潮。② 德国的启蒙主要表现在思想文化领域，而不是像在法国导致了社会的大革命。它接受了莱布尼茨、特别是他的学生沃尔夫（Christian Wolff，1679—1754）的理性主义，认为启蒙的本质在于用理性提升人的道德。因此启蒙作家自觉地承担起一个任务，就是以文学开启民智、教育民众，使他们有理性、有道德，共同构建一个完善、和谐的社会。

德国启蒙文坛的领袖是高特舍特（Johann Christoph Gottsched，1700—1766）。他的美学思想集中体现于《写给德国人的批评诗学》，但这一著作显然是布瓦洛《诗的艺术》的翻版，属于法国新古典主义美学一系。它注重模仿，要求模仿古希腊、罗马，强调结构的严谨、形式的完美、谨遵三一律，同时还要求明确、清晰、逻辑的语言。高特舍特虽然在"启蒙"一点上没有什么创新，但对当时的德国文坛，却是十分及时有益的。

自文艺复兴以来，德国在政治、经济和文化上一直处于落后

———————————

① 恩格斯：《反杜林论》，人民出版社 1970 年版，第 14 页。

② "什么是启蒙？"是德国人提出的问题，为此德国的思想家们从 1883—1893 年思考、争论了整整十年。介入这场论争的有维兰德、门德尔松、康德、摩泽尔、哈曼、雅各比和默森等人，他们对启蒙思想审视之深，使今日的批评者也无法超出其要点范围。参见詹姆斯·施密特编《启蒙运动与现代性》，徐向东、卢华萍译，上海人民出版社 2005 年版。

地位，法国、英国、意大利都是它的榜样。文学的状况也不例外，一切都刚刚起步，还在学习阶段，所以高特舍特的理论给当时的文坛，特别是给混乱的德国戏剧制订了一个明确的规则，产生了积极的效果。但由于他过分苛求形式、规则，否定了想象和幻想，也就束缚了诗人的创造性。其后瑞士理论家布莱丁格（Johann Jakob Breitinger，1701—1776）、博德默尔（Johann Jakob Bodmer，1698—1783）与他进行了长达十年的论战，就是要肯定感情、想象等在文学创作中的作用。他们两人还研究德国中世纪的创作和民间文学，开始了文学的寻根，并认为，正是德意志民族的民间文学、而不是其他民族的文学，才是德国文学发展的源泉。这些都是浪漫派的思想前驱。

浪漫派与启蒙运动的关系可以这样理解。启蒙运动使人获得了主体的地位，成了自身和世界的主宰。因此可以说，是启蒙运动为浪漫思潮奠定了第一块基石。特别是德国的启蒙运动，在思想和文化上进行得相对深入，平民教育得到很大发展，宗教被理性化、世俗化。而那些浪漫思潮的开拓者们，都是在启蒙的背景下成长起来的，受过良好的教育。换言之，他们是吸吮启蒙乳汁长大的孩子，自然与母体之间存在着千丝万缕的联系。

有一种对浪漫派的通行看法，就是说它反理性。其实，浪漫派反对的是绝对的、教条的理性主义，而并不是理性的原则。比如诺瓦利斯曾说："人类的完美原则——如果没有一个千年王国在前面，也就谈不到人类。"[1] 那么这个王国何时才能出现呢？诺瓦利斯的答案是："如果理性的教育臻于完善的话。"[2] 显然这

---

① Novalis, *Schriften*, Die Werke Friedrich von Hardenbergs, Herausgegeben von Paul Kluckhohn und Richard Samuel, 2. nach den Handschriften ergänzte, erweitere und verbesserte Aufgabe in 4 Bänden, W. Kohlhammer Verlag, Stuttgart, 1968, Bd. 2, S. 291.

② Ebd. Bd. 2, S. 281.

是"启蒙"式的回答。更重要的是，贯穿于浪漫派理论家如施勒格尔、诺瓦利斯一生的怀疑精神，对人类和历史的审视、哲学性的思考，乃至对自然科学的研究，都证明浪漫派自己须臾离不开理性，既深知理性的重要，又深谙理性的意义。所以，称他们反理性显然是片面的。

当然我们也应看到，浪漫派虽然在某些方面继承了启蒙运动，但作为一个新时代的精神代表，他们与启蒙思想还是有着本质性区别。这主要表现在理性和情感的关系以及对宗教的态度上。启蒙运动以科学、理性之光照亮神学统治下的愚昧，但它同时也造成一种机械论和功利主义：一切以合理、有益为目的，忽视人的情感世界。而浪漫派恰恰相反，他们重感性、重情感、爱幻想，认为启蒙的工具理性是艺术的大敌。在这一点上，他们正是接续了布莱丁格和博德默尔。比如诺瓦利斯曾用诗的语言，在《基督教与欧洲》中辛辣地批评启蒙主义者的"却魅"：

　　　　这些人无计可施地忙于自然、大地、人的心灵以及诗学的净化——每个圣迹都被涂掉，所有对崇高事物和人的思考都被讽刺被伤害。世界所有美丽的饰物都被脱去。
　　　　"光"因为它的机械的顺从和它的调皮成为宠儿。除了它能与色共舞，他们还很高兴它能折射，因此用它指称伟大的事业：启蒙。在德国，这一工作进行得更为彻底，人们改革教育，并通过小心地洗去所有神奇、神秘，试图把古老的宗教赋予新的理性的、普遍的意义。①

于是浪漫派试图"救正"启蒙的这些偏颇。它拒绝理性的

---

① Novalis, *Schriften*, Die Werke Friedrich von Hardenbergs, Herausgegeben von Paul Kluckhohn und Richard Samuel, 2. nach den Handschriften ergänzte, erweitere und verbesserte Aufgabe in 4 Bänden, W. Kohlhammer Verlag, Stuttgart, 1968, Bd. 3, S. 516.

绝对化，批判经验的教条主义。它怀疑因果律，反对把可感知的东西作为唯一的存在。但这并不意味要否定理性原则，而只是要通过感性、想象来进行补充。理性与感性的关系不是互相排斥，而是对立而统一。诺瓦利斯曾说："我的理性绝对超过想象和感性。"①又说："冷静的理解与热烈的想象结成姐妹，这才是健康的心灵。"②显然浪漫派追求的理想是世界的整体化和统一，包括理性与感性的统一。而诺瓦利斯本人就是一个通才，既是诗人、思想家又是科学家，感情和理性很好的结合在他身上。因此在某种意义上可以说，诺瓦利斯本身就体现了浪漫派的理想。

如同启蒙思想家追求"理性王国"一样，浪漫派也有自己的社会理想，这就是一个充满爱的"黄金时代"。它虽然是一个空想的乌托邦，但它是在理性王国失败之后提出的新方案，目的仍是追求人类的福祉。因此浪漫派与启蒙运动的关系可以说是在不自觉的继承的同时有自觉的救正和反拨。

二 与虔敬主义和感伤主义

18 世纪的德国，在启蒙的科学理性主旋律之外，还发育着一个情感文化。它有两个维面，一个是宗教的虔敬主义（Pietismus），一个是世俗的感伤主义（Empfindsamkeit）。虔敬派兴起于 17 世纪末，是新教中的一个派别，有相当广泛的社会基础。它主张个人感性的宗教信仰。相对于马丁·路德的理性宗教，虔敬派更重视宗教的情感与心理因素，走重主观、重情感的实践性的心修之路。他们观照审视自己的内心，以自己的心直接

---

① Novalis, *Schriften*, Die Werke Friedrich von Hardenbergs, Herausgegeben von Paul Kluckhohn und Richard Samuel, 2. nach den Handschriften ergänzte, erweitere und verbesserte Aufgabe in 4 Bänden, W. Kohlhammer Verlag, Stuttgart, 1968, Bd. 4, S. 96.

② Ebd. Bd. 3, S. 560.

去感觉体验上帝，让心灵与上帝直接晤对、交流，进而净化自己、提升自己，最终经历自我的重生，获得一个全新的存在。他们因与上帝相遇而感到幸福，因心灵与神明的沟通而心醉神迷，因获得上帝的宽恕而欣喜快慰。这是难以言说的个人神秘而神圣的宗教体验，而信仰和爱是其间的媒介。虔敬派信徒组织自己的兄弟会式的团体，过自己的宗教生活，在德国有广泛的影响。而它对内心的关注、它深细的内心观照，对时代精神、特别是对文学发生了深远的影响。施莱尔马赫的父亲，诺瓦利斯的父亲，都是虔敬主义者，他们严格的家庭教育，虔诚的感情生活，对孩子的思想和思维方式都打上了深深的烙印。与宗教性的虔敬感情相伴，18 世纪还盛行世俗的情感至上的感伤主义。虔敬主义寻求心灵与上帝的交流，感伤主义者们则在日常生活中，通过友谊和爱情寻求人与人之间的情感联系。感伤主义赋予启蒙文学一丝淡淡的伤感和脉脉温情。这在后期启蒙文学中表现得十分明显，比如诗人艾瓦尔特·克莱斯特（Ewald Christina von Kleist，1715—1759）和克罗卜史托克（Friedrich Gottlieb Klopstock，1724—1803）。席勒在他的《论素朴的诗和感伤的诗》中就认为，他们是首开感伤的诗人。① 虔敬与感伤有一点相通，就是看重自己的内心世界，情感至上。而浪漫派继承并深化了 18 世纪孕育的"情感"，绝对的自我，绝对的情感，这在诺瓦利斯、施勒格尔、瓦肯罗德、蒂克、布伦塔诺、艾辛多夫本人和他们的作品中都有明显的表现。② 尤为难能可贵的是，他们所关注的并不只是个人的情感和救赎，而且有着更为高远的对社会、对人类的关怀。

---

① Friedrich Schiller, *Werke*, Hanser Verlag, München, 1966, Bd. 2, S. 568.

② Lothar Pikulik, *Frühromantik*, *Epoche-Werke-Wirkung*, 2. Auflage, Verlag C. H. Beck, München, 2000, S. 24ff.

三　与狂飙突进运动

狂飙突进（Sturm und Drang）是 18 世纪 60 年代中到 80 年代发生在德国的一场反封建的思想文化运动。它本是克林格（Friedrich Maximilien Klinger，1752—1831）的一个剧本的名字，因为它正好能概括这场运动的特性，所以被用来指称这个运动。其代表人物是赫尔德（Johann Gottfried von Herder，1744—1803）、歌德和席勒等市民出身的青年知识分子。

不同于启蒙运动，狂飙突进没有系统的思想理论支撑，哈曼（Johann Georg Hamann，1730—1788）的思想是其理论资源。哈曼人称"北方的魔法师"，曾是康德的朋友和批评者。[①] 与启蒙的理性相反，他试图用直觉去说明信仰、道德和诗歌创作。所以他虽然没有自己的美学体系，却因发表了许多真知灼见而被歌德和黑格尔赞誉为"奇才"，且直接影响到赫尔德，并借此影响了青年一代。赫尔德是狂飙突进的领袖，他通过大量的文学批评表达了他新的美学思想。当时莎士比亚的戏剧刚传入欧洲大陆，它们因为不合"三一律"而招致了猛烈的批评。赫尔德一反主流，撰文大力称扬莎士比亚个性化的、现实人生的戏剧，从而否定了自希腊悲剧、到法国布瓦洛再到德国高特舍特、传承千年的戏剧"大法"。

狂飙突进运动有几个中心口号，如"个性"、"自由"、"天才"等等，都标示出反抗与批判的精神。其锋芒所向，直指启蒙思想的核心：科学、理性与规则。它高扬天才的旗帜，认为天才是自然于人的最高体现，天才可以创造一切；它强调人的天性和本能；突出感性，崇尚自然。狂飙突进的代表人物认为，艺术不是技艺性的模仿，而是天才的创造，它出自一种理性不可解释

---

① 参见哈曼《对理性纯粹主义的元批判》（1784），载詹姆斯·施密特编《启蒙运动与现代性》，徐向东、卢华萍译，上海人民出版社 2005 年版，第 157—174 页。

的冲动，既不为主观意志所控制，也没有什么主旨，更不受任何人为规则的束缚，它只听从心的呼唤，它从天才的心中自然涌出，凝结而为艺术。

歌德是这场运动的主将。作为一个实习的大学生，他在1770 年结识了赫尔德，他们的施特拉斯堡会见，标志着歌德本人和德国文学狂飙突进时代的开始。歌德的"狂飙突进"，主要体现在他热情洋溢的讲演《为莎士比亚日而作》。其主旨有二：一是呼吁普遍的人的生命、感情和个性；强调人是活的、有机的、感受的，矛头指向把人看成机械的、理性的、认知的启蒙思想家。二是强调"自然"，反对束缚艺术家手脚的"三一律"。他称颂莎士比亚的戏剧说："自然！自然！没有再比莎士比亚的人物更自然的了"①，因为莎氏之剧，表现实在的社会人生，塑造鲜活的人物，它们"自自然然"地就像生活本身，而不是按时间、地点、情节等人为规则来"编排制造"的。总之，反对模仿、自我凸显、张扬个性、崇尚自然是狂飙突进的歌德的精神诉求。除了理论上的支持，歌德在创作上尤其硕果累累。他的小说《少年维特之烦恼》，第一次使"乡下人"的德国文学风靡欧洲，他的戏剧《铁手骑士葛兹·封·伯利欣根》是"听任我的想象力和一种内心冲动为所欲为"②的、有意打破三一律的大胆尝试，他的组诗《萨森海姆之歌》是德语诗史上的华彩篇章。这些成果奠定了狂飙突进文学，也使初出茅庐的歌德像一阵狂飙横扫德国文坛。歌德之外，席勒、瓦格纳（Heinrich Leopold Wagner，1747—1779）、伦茨（Jakob Michael Reinhold Lenz，1751—1792）等也是狂飙突进运动的代表作家，他们创作了一

---

① Ulrich Karthaus［Hrsg.］, *Die deutsche Literatur in Text und Darstellung*, *Sturm und Drang und Empfindsamkeit*, Philipp Reclam jun., Stuttgart, 1991, S. 48—51.

② 《歌德自传》，刘思慕译，上海三联出版社 1998 年版，第 607 页。

批辉映德语文学史的作品。

　　狂飙突进的思想建立在对生活的深情上，它追求个人价值和理想的实现，它对内心情感和外在生活都有深悉的体验，它是感性的、实践的。狂飙突进也建立在"自由"的理念上，其"自由"是启蒙意义上的自由，它反对专制，要挣脱一切束缚，发挥人的全部能量去"突进"。所以狂飙突进戏剧的主人公都有新人的特质，他们渴望着自由、渴望着真正人的生活，反抗传统的道德和社会习俗。其实质是反对德国的等级社会，反对世袭贵族的统治，为新兴的市民阶级的权利而呐喊，席勒《强盗》的扉页题词"打倒暴虐者"就是明证。因此在艺术之外，狂飙突进带有社会性的反抗，并最终被看做是政治性的革命运动。①

　　如果看表面的口号纲领，浪漫派跟狂飙突进运动没有什么两样，都是青年人的运动，都带有强烈的主观主义倾向，也都倡扬"天才"和"自由"。但狂飙突进是感性的，它直接来自一种生命感受。狂飙突进有一个标志性概念"unmittelbar"和"spotan"，意为直接的、自发的，强调的就是直接的生命体验，所突出的是实在感官的感觉和感受。歌德还作一种"Erlebnisdichtung"，直译就是"亲历诗"，也就是写自己当下的亲身体验。而浪漫派则有着完全不同的背景。他们是在启蒙思想的教育下长大的，成长在对《维特》、《强盗》等的热情中。成年后他们处在古典主义、康德、费希特哲学和法国大革命的影响下。与狂飙突进的一代相比，他们少有"贫穷"、"受压迫"的经历，少了很多自然朴素的感性的东西，却多受了很多教育，有更深的思想，更注重精神，比如小施勒格尔和诺瓦利斯都被认作是哲学家。他们的"感性"已经不那么直接，不那么外在。特别是诺瓦利斯，有所

---

　　①　Ulrich Karthaus〔Hrsg.〕, *Die deutsche Literatur in Text und Darstellung*, *Sturm und Drang und Empfindsamkeit*, Philipp Reclam jun., Stuttgart, 1991, Einleitung, S. 9.

谓"内在感官"之说（见下文），带有很强的哲学性。而浪漫派所追求的理想，又没有实践性，很多只是自己的主观想象，他们所追求的自由，更多是在个人的精神世界。因此可以说，他们不是现实社会的反抗者，而是一群生活在自己精神王国中的青年才子。[①]

四　与古典主义

古典主义是歌德、席勒从属于青年人的狂飙突进运动走出来之后，面对社会现实重新进行反思的结果，是他们新的美学理想。因为它是在德国本土孕育成长的，所以与法国布瓦洛的古典主义不是一回事。它不是模仿的艺术，不是为宫廷服务的贵族艺术，而是积极乐观的、有社会进步理想的市民艺术。由于歌德、席勒都生活在魏玛，为区别起见，也称之为魏玛古典主义。

1775 年，26 岁的歌德应魏玛公爵之邀来到魏玛，担任公国的首相，标志着他脱离狂飙突进运动而进入一个艺术与人生的新阶段。"歌德过于全能，他是过于积极的性格，而且是过于入世的。"[②]从 1775 年到 1786 年的整整十年，歌德抱着改革社会的理想从政，政绩突出，特别为改善公国的财政、推进改革做出了卓著的贡献。公务之余他还进行骨骼学和颜色学的研究，颇有成果，但文学创作不多。

魏玛十年，让歌德这个刚出校门的大学生认识了社会。自然科学研究，还让他能从更广阔的视角，理性地思考一些形而上的问题，包括对"人"的思考。此时的歌德在承认人的创造性的同时，已经清楚地认识到"人"的局限性：他并没有绝对的自

---

① H. A. Korff, *Geist der Goethezeit*, I. Teil *Sturm und Drang*, Wissenschaftliche Buchgesellschaft, Damstadt, 1977, S. 44.

② 《马克思恩格斯全集》，人民出版社 1985 年版，第四卷，第 256 页。

由，他生活在一定的自然和社会的规律之中，受到各种必然的限制，而个人的力量是渺小的，他在神和命运吞没一切的力量面前只有无奈。[①] 这显然是对狂飙突进的"能创造一切的"天才观的纠正，是对人与自然、与社会关系的反思，这些新的认识改变了歌德的诗风，与狂飙突进时的天马行空相比，他此时的诗变得客观，且思理深刻。

1786 年，作为诗人的歌德再也忍受不了围绕着他的可怜的实际生活，[②] 悄悄地离开魏玛，开始了为期两年的意大利之行。在那里，古希腊艺术的影响、古罗马和文艺复兴艺术的遗存，都震撼着他的心。他亲身感受到古典艺术的无与伦比的和谐之美。他接受了温克尔曼（Johann Joachim Winckelmann, 1717—1768）对希腊艺术的经典考语"高贵的单纯、静穆的伟大"，认为这是艺术的最高境界，也是他自己的新的美学理想。歌德在意大利旅行、写作、学画，找回了他艺术家的自我。这一时期他完成了不少作品，他着意选用古希腊的题材和形式，追慕它们的朴素、纯洁、和谐与崇高。他的诗歌讲求形式美，戏剧遵守三一律，形成了与狂飙突进时代完全不同的审美趣味，即从热情奔放变为和谐、宁静。因为共同的志趣，德国文学星空的双子星座歌德和席勒在 1794 年走到一起，直到 1805 年席勒去世，他们创造了新的文学辉煌。因为歌德、席勒以古希腊作为艺术的圭臬，所以文学史家把这一新时期称为古典时期。

对古典主义，歌德特别是席勒有不少论述。要言之，它既是美学理想，也是创作实践。它以古希腊艺术为榜样，因为古希腊艺术是人的艺术，是自然的艺术。基于此，古典主义反对简单的

---

① Goethe, *Goethes Werke*, Christian Wegner Verlag, Hamburg, 1969, Bd. 1, S. 132, 146.

② Ebd. Bd. 1, S. 132, 146.

模仿，主张艺术建立在当今的现实生活之上，建立在个人对艺术的感觉之上。它认为诗歌源自人的心灵、情感。同时又与人生活的社会密不可分，因此艺术是人生的。古典主义不只关注文学，也关注人。相对于狂飙突进的自然人性，它主张道德的人性（sittliche Humalität）。出自泛神论的对人的内在神性的信仰，它认为人有天生的理想，有提升自我、完善自我的内在要求。而艺术既是生活的一部分，它在人的心灵中占有一定的、不可替代的地位，那么艺术就可以是一种对人进行教育的手段，帮助人的提升和完善。因此艺术的最终目的就不只是愉悦性情，它还能进行美育，提高人的道德，实现人与社会的和谐。"美的心灵"在席勒看来，不仅是人性的客观的最高阶段，也是人主观追求的幸福存在。显然，这是在启蒙理性与狂飙突进感性之间的调和。因此，我们可以把启蒙运动、狂飙突进和古典主义三者的关系概括为：启蒙的理性是功利的，以合理、有益和利益为目的；古典主义的理性是人本的，要培养完善的人。而在人本这个层面上，狂飙突进强调的是自然天性，而古典主义则是道德的人性，突出的是美育，以达到人的全面发展及其与社会的和谐。

　　浪漫派以颠覆古典主义的面貌出现。首先它要消解文学的形式，认为形式是束缚，而歌德注重形式美。另外，浪漫派虽也要克服分裂，重建统一、和谐，但与古典主义的途径不同，它不是通过实践性的美育，而是要通过内在的心修在精神的层面来实现。再有，古典主义有世界的眼光和心胸，它以古希腊艺术为榜样，但落点并不在这个具体的民族，而在于它所体现出的"人本"的精神。正因为如此，歌德还提出了"世界文学"的设想，也因此被认为是"比较文学"的先驱。而浪漫派，特别是中、后期浪漫派，不是世界的，也不是欧洲的，而是德意志民族的。而如果从深层的哲学基础上看，古典主义的是泛神论，而浪漫主义的则是唯心主义。

浪漫派又与歌德个人有很多牵涉。个人关系上，浪漫派作为文坛后进，先是对这位大师充满敬畏，继而争论批评，最后是恶语相加。就思想而言，歌德本质上是个无神论者，被称为"伟大的异教徒"，他有艺术家的天分与创造力，又有科学家的理性。他看重实践，他所追求的东西都是现世的、人生的。他理想的人，是积极的、不懈努力的，比如浮士德。而浪漫派都是基督徒，他们看重的是精神世界，是彼岸的幸福。所以他们的理想，不论是社会的还是人生的，都远离现实，是建立在个人精神世界中的乌托邦。由此可以看出，浪漫派是由整个 18 世纪文化孕育出来的，既带有它的全部印记，又是一群自有面貌的新人。

第三节　浪漫派的哲学思想

早期浪漫派的代表人物，特别是施勒格尔兄弟和诺瓦利斯，都有良好的哲学素养，他们对希腊以来的哲学家如柏拉图、普洛丁、斯宾诺莎、莱布尼茨等都有所研究。而对于主导时代的唯心主义哲学，特别是康德（Immanuel Kant，1724—1804）、费希特（Johann Gottlieb Fichte，1762—1814）、谢林（Friedrich Wilhelm Joseph von Schelling，1775—1854）、赫姆斯特尤斯（Franz Hemsterhuis 1721—1790）等尤有心得。可以说，康德的唯心主义对浪漫派的思想形成起到决定性的引导作用。

康德的哲学体系主要是由三大批判构成的，它们是《纯粹理性批判》（1781）、《实践理性批判》（1788）和《判断力批判》（1793）。按照朱光潜先生的说法，《纯粹理性批判》是一般意义上的认识论，研究基于先验原理的认识能力，其可能性及界线。《实践理性批判》是一般意义上的伦理学，研究意志的功能，推求人凭什么最高原则去指导道德行为。而《判断力批判》的上部是美学，下部是目的论，寻求人心在什么条件下才感觉到事物的美和完善。①概言之，三大批判分别研究认识、情感和欲求，康德要证明的是三者的共同基础在"先验综合"。而康德哲学对浪漫派的影响可以从认识论和美学两方面来考察。

康德哲学在认识论上的意义，有一个著名的比喻，就是如同哥白尼的太阳中心说。康德说："作为我们感官对象而存在于我们之外的物是已有的，只是这些物本身可能是什么样子，我们一点也不知道，我们只知道它们的现象，也就是当它们作用于我们的感官时在我们之内所产生的表象。因此无论如何，我承认在我们之外有物体存在，也就是说，有这样一些物存在，这些物本身可能是什么样子我们固然完全不知道，但是由于它们的影响作用于我们的感官而得到的表象使我们知道它们，我们把这些东西称之为'物体'，这个名称所指的虽然仅仅是我们所不知道的东西的现象，然而无论如何，它意味着实在的对象的存在。"②这就是说，康德承认有一个独立存在的物质世界，但我们并不能认识它的本体，而只能认识它的表象。换句话说就是，我们生活的这个世界，是一个自在的、永恒的谜一样的东西。它对于我们只是一个现象。

与唯物主义的认识论相反，康德还认为，人的认识不是客观世界在我们意识上的直接反映，而是主体意识到的世界。世界上那些纷繁的事物，只有通过人的意识才有了形式和秩序。他说："尽管我们的一切知识都是从经验开始的，它们却并不因此都是从经验中发源的。因为很可能，甚至我们的经验知识，也是由我

---

① 朱光潜：《西方美学史》，人民文学出版社 1979 年版，第 345 页。

② 康德：《未来形而上学导论》，庞景仁译，商务印书馆 1978 年版，第 50—51页。

们通过印象所接受的东西和我们固有的知识能力（感官印象只是诱因）从自己本身中拿来的东西的一个复合物。"①也就是说，人的意识本身有一种特别的能力，它能把零散的感官印象加工、整理、秩序化，使其成为一个系统，赋予它一个形式，成为知识。因此知识是客观直接的经验与人的内在理性的结合。因此客观世界对我们来说，只是一个被意识到的现象的世界，我们的所谓认识，其实来自我们自身，它只能是先天的，所有的知识也都是先验的。借此康德奠定了他的先验哲学。它不是致力于经验的物，而是致力于主观的、在意识中建立的先天的经验前提。

因为康德坚称："自在的事物本身虽然就其自己来说是实在的，但对我们却处于不可知的状态"②，因此诱发起人们窥探那个世界的欲望。浪漫主义者们其实就是试图以自己的方式去探究康德的那个"不可知"的世界，当然其中不免想象乃至幻想。具体说来，康德对物自体和现象的区分，可能启发了诺瓦利斯的可见与不可见、内在与外在的二元世界的设想。另外，康德对于理性本质的观点，对浪漫派也是指引方向的，它把人从经验和功利性中解放出来。

康德严格地将理性（Vernunft）与知性（Verstand）分开。他认为知性依赖于直观和经验，只是规则的能力。而理性则建立在纯粹的概念之上，不包括任何经验和从经验得出的概念，是从概念的普遍性产生的综合知识，是超验的。康德说："知性尽管可以是借助于规则使诸现象统一的能力，而理性则是使知性规则统一于原则之下的能力。所以理性从来都不是直接针对着经验或

---

① 康德：《纯粹理性批判》，邓晓芒译，杨祖陶校，人民出版社 2004 年版，第 1 页。

② 同上书，第 17 页。

任何一个对象，而是针对着知性，为的是通过概念赋予杂多的知性以先天的统一性。"① 这就既厘清了理性的超验统一性与知性的先验统一性的区别，赋予理性以更高的地位，同时打开了一扇通向更高认识领域的大门，为人的精神追求和自由的想象开拓了一个崭新的空间。施勒格尔 1793 年 9 月 29 日在给兄长的信中写道："难道理性是高于生活的另外的什么东西？"② 以后在 1793 年 10 月 16 日又写道："理性不只是想象力的一部分，而且也是通向永恒的基本动力。"③ 显然，施勒格尔已经把康德的理性糅合进自己的思想，与想象乃至浪漫派所追求的永恒联系了起来。

在理性高于知性的认识中，康德用柏拉图的"理念"来称谓理性的纯粹概念，但作了新的阐释。柏拉图把理念看做是一种比经验更高的知识，有纯粹性和先天性。康德在承认这一点的同时，反对他把数学的直观知识包括其中，反对他把理念神秘化、实体化的倾向。尽管如此，康德肯定了柏拉图的功绩："如果我们撇开表达上的夸张的话，那么这位哲学家从对世界秩序的物理事物所作的临摹性的考察提升到按照目的、即按照理念对世界秩序作建筑术的联结，这股精神的冲劲是一种值得敬重和仿效的努力。"④ 因为柏拉图首先是在道德、立法、宗教等领域去寻求他的理念，这在康德看来，它们就不再是一种经验世界事物的原型，而是作为自由、道德和法的原型，超越了一切经验对象。由

---

① 康德：《纯粹理性批判》，邓晓芒译，杨祖陶校，人民出版社 2004 年版，第 263 页。

② Friedrich Schlegel, *Kritische Friedrich-Schlegel-Ausgabe*, herausgegeben von Ernst Behler, Verlag Ferdinand Schöningh, München, Paderborn, Wien, 1958ff. Bd. 23, S. 136.

③ Ebd. Bd. 23, S. 143.

④ 康德：《纯粹理性批判》，邓晓芒译，杨祖陶校，人民出版社 2004 年版，第 263 页。

此他给理念找到了一种积极的、而且符合理性最高使命的本源意义。理念不只是在人的认识领域造成一种虚假的幻象，而且能给人类的实践生活提供一种绝对永恒的价值标准和最高的目标。也就是说，理念有双重的含义，它既是内在的自然界的先验起源，也是超验的道德界的超验起源。这就是康德对柏拉图理念新的阐释。

奥·维·施勒格尔在他的《目前德国文学的状况》中就看到康德对柏拉图的改造，并着重说明，康德在这一概念中加进了自己的意义。然后他自己给予进一步的发挥，把理念定义为"无限制的思想"，"作为无限追求的人的精神的目标"。他还从其弟那里引了一个定义："理念是无限的、独立的、在运动中的、上帝的思想。"①可见，早期浪漫派的理论家首先是从康德那里得到启示，然后结合自己的认识向无限的形而上学自由发展。

实在论者认为，实有的就是真实的，甚至是唯一真实的。康德认为这样的看法是肤浅的。但他并不像叔本华（Arthur Schopenhauer，1788—1860）那样，把经验的实在降低为一个幻象。他严格地认为，现象（Erscheinung）不是幻象（Schein）。现象作为表象有自己实在的对象，因而具有某种客观性，而幻象则完全是主观的，没有任何对象能与它客观地相应。但不论是现象还是幻象都不意味着表现物自体，即实有不同于真实。这一思想，可能启发了浪漫派，他们认为在实有和真实之间存在着分裂，并且比康德走得更远，把实有的至多当成可能的形象，从而把实在论完全排除掉，任凭自己去创造真实和真理。②

康德哲学在整个人类思想史上无疑是革命性的，有划时代意

---

① Lothar Pikulik, *Frühromantik*, *Epoche-Werke-Wirkung*, 2. Auflage, Verlag C. H. Beck, München, 2000, S. 36.

② Ebd. S. 36.

义的，它奠定了浪漫派的思想基础。但对浪漫派影响最大、最直接的则是康德的学生费希特。施勒格尔就曾说："法国大革命、费希特的《知识学》和歌德的《迈斯特》，是这个时代最伟大的倾向。"① 费希特继承了康德的唯心论，但否认康德的物自体，而物自体是现象和感觉的客观基础，因此费希特哲学就完全建立在主观唯心的基础之上，把康德二元论的唯心主义改造成一元论的唯心主义。在《知识学》引言中，他开宗明义地说："发现你自己：让你的眼光从你周围的存在回返你的内在世界。这是对学这个哲学的人的第一个要求。它对你身外的事物一无兴趣，而只关注你自己。"②这就从根本上奠定了费希特哲学的主观性。

康德承认一个独立存在的客观世界，我们虽然不能认识其本体，但是可以认识其表象，这种认识的结果就是科学。但费希特认为，只有一个自我，没有一个先我存在的客观世界。而整个的外在世界包括自然，都是由自我设定的。他的《知识学》有三条基本原理。第一条是正题："自我设定自己。"③这里的自我是绝对的自我，它超越具体的自我，包括一切人、一切意识。自我是自觉的，因此它既能自我设定，也能作直观的主体。第二条是反题："自我设定非我与自己对立。"这里的非我指自我意识之外的客观存在。自我设定非我，是要实现它的直观的经验，证明它自己。第三条是合题："自我在自我之中对设一个可分割的非我，以与可分割的自我相对立。"④ 也就是说，由绝对自我设定的自我给自己又设定了一个非我。所谓"可分割"的自我与非我，指的

① 李伯杰译：《浪漫派风格——施勒格尔批评文集》，华夏出版社 2005 年版，第 78 页。

② *Theorie der Romantik*, Herausgegeben von Herbert Uerlings, Philipp Reclam Jun., Stuttgart, 2000, S. 43.

③ 《费希特著作选集》，商务印书馆 1990 年版，第一卷，第 305 页。

④ 同上书，第一卷，第 522 页。

是具体的某个人的自我以及某个事物的非我。这个层面的自我与非我是对立的、相互设定的，然而在绝对自我的层面上又是统一的。因此整个世界就是在绝对自我之下一般的自我与非我的统一。

费希特哲学还有一个核心概念，就是"自由"。他认为自由是人类全部经验世界的本源，由此也就赋予绝对的自我以绝对的自由。这样自由的绝对自我就可以不受任何约束地设定一般的自我和非我，它有无限的创造力。但要说明的是，这个"自我"是纯粹的、本体的自我，它先于个体的自我，是个体自我的条件或逻辑基础，超越一切个体的人。但在事实上，一个先验的本体自我，与经验中个体自我是很容易混淆的，谢林就有这样的误解，① 而施勒格尔之所以特别倾心于费希特哲学，也是因为他在这先验的无限创造力中，感受到了强烈的自由的要求，也与他从狂飙突进继承来的"天才"、"自由"等有表面上的契合。所以浪漫派对费希特哲学有自己的有意无意的误读乃至片面的发挥。

施勒格尔说："《知识学》的开始和全部基础是一个思维活动：反思性的抽象贯穿始终，一个由观察联系起来的自我结构，即自我设定的、主客一致的、我的内在的自由的直观。"② 这是他对费希特哲学的概括。而浪漫派贬低现实生活，专注表现主观心灵，把创作看成是个人的自由想象和幻想，显然与费希特的"自我设定"、"自由直观"是一脉相承的。费希特还认为，世界是无意识的想象力的产物，是由它虚构的一个形象，就像是诗。施勒格尔也说："唯心主义看自然是一个艺术品，像一首诗。"③ 二者之间的契合是显而易见的。

---

① 参见梁志学《费希特柏林时期的体系演变》，中国社会科学出版社 2003 年版，第 61 页。

② Friedrich Schlegel, *Kritische Friedrich-Schlegel-Ausgabe*, herausgegeben von Ernst Behler, Verlag Ferdinand Schöningh, München, Paderborn, Wien, 1958ff. Bd. 8, S. 28.

③ Ebd. Bd. 7, S. 105.

　　诺瓦利斯对费希特更有深入的研读，集中收入的《费希特研究》，将近二百页。他在研习的过程中还把费希特哲学改造成自己的"魔幻唯心主义"（magischer Idealismus）①。诺瓦利斯说："魔幻是艺术，是能随意利用感性世界的艺术。"②因此魔幻唯心主义，从语法、语义上来解释，就是以魔幻来修饰唯心主义，它与在费希特那里一样，也是一个纯粹的精神活动，但不再是简单的自我设定，而是因"魔幻"而成为一种艺术创造。从柏拉图直到 18 世纪末，对于艺术创造力一直都没有"科学"的解释，它被普遍地理解为神灵附体，或魔法、魔力。因此诺瓦利斯的魔幻唯心主义就是一种"自我"的随心所欲的艺术畅想，它既能把自然和历史溶解为象征和神话，也可以自己编织新神话，既能自由地超越时空界限而虚构一切，也可以沉浸在纯粹的精神世界之中。这都是因为"费希特教人运用思想的器官——并且发现了它"③。诺瓦利斯还进一步指出："生活应该不是我们周围的存在，而是由我们创造的小说。"④这就是说，现实生活不是一个理想状态，我们应该通过想象，来创造一个新生活。这里之所以用"小说"二字，是因为他强调的是通过艺术创作来实现理想。这里的"创造小说"与他的"诗化"或"浪漫化"同义。他还说："世界必须浪漫化。这样人们才能重新找到原初的意义。浪漫化不是别的，而是一个质的提升。借此一个低水平的自我会变成一个更好的自我……我赋予一般的东西以高尚的含义，给普通

---

①　Novalis, *Schriften*, Die Werke Friedrich von Hardenbergs, Herausgegeben von Paul Kluckhohn und Richard Samuel, 2. nach den Handschriften ergänzte, erweitere und verbesserte Aufgabe in 4 Bänden, W. Kohlhammer Verlag, Stuttgart, 1968, Bd. 3, S. 385, 430.

②　Ebd. Bd. 2, S. 546.

③　Ebd. Bd. 2, S. 583.

④　Ebd. Bd. 2, S. 562.

的以神秘的外表，给已知的以未知的价值，给有限的以无限的表象，由此我把这一切加以浪漫化。"①这两段话联系起来看，就可以知道，诺瓦利斯有一个社会理想，这就是人与世界的质的"提升"。而通向理想境界的路径是精神层面的艺术创作，也即魔幻唯心主义。因此魔幻唯心主义就不只关乎艺术而且具备了更深刻的思想意义。

魔幻唯心主义，也被译作魔化唯心主义，除上述征引之外，诺瓦利斯本人并未对此作更进一步的解释，但国内学者对此有些值得关注的阐发。最早的有前辈学者冯至关于诺瓦利斯的博士论文，被收入《冯至全集》第七卷。近年有赵勇的文章《诺瓦利斯：寻找梦中的蓝花》，收入周国平主编的《诗人哲学家》。该文被研究此问题的作者广泛征引。李伯杰的《"思乡"与"还乡"——〈海因利希·封·奥夫特丁根中的还乡主题〉》也有相关的论述。另外还有薛红云的《试论诺瓦利斯哲学美学思想》，他们都从不同角度作了相对深入的阐发。下面是一些主要观点，引来作参考：

> （诗人）观察到的是浸透了精神的自然，也就是自身亦是主体的客观。他能于有限之中见出无限，自然之中见出精神，客体之中见出主体。这是一种诗意的观照，它通过精神的先验行动将"石化了的自然"从魔法中解放出来，让精神与自然握手言欢，合为一体。这里我们得出结论，魔化唯心主义的本质就是通过诗使物化的自然转变成精神的自我体现。②
>
> 诗的启示性质在于揭示世界的内在意义，使人能够领悟

① Novalis, *Schriften*, Die Werke Friedrich von Hardenbergs, Herausgegeben von Paul Kluckhohn und Richard Samuel, 2. nach den Handschriften ergänzte, erweitere und verbesserte Aufgabe in 4 Bänden, W. Kohlhammer Verlag, Stuttgart, 1968, Bd. 2, S. 545.

② 周国平：《诗人哲学家》，上海人民出版社 2005 年版，第 57 页。

存在和事物的精神结构，依靠语言的魔力克服异化，使精神与物质回到原初，在那里重归统一。"得到启示的是分裂过程的综合这样一个真理。诺瓦利斯把它称为魔化唯心主义。"①

魔化就是以人的意志来利用经验世界的艺术。②

"诗混合一切，以实现它的伟大目标——人对自身的超越。"诗之所以具有使人超越自身的魔力，是因为诗所创造出的对象不是普通的对象而是审美对象。在对审美对象的创造和审美观照中，人们因为摆脱了外在世界的功利思考，因而想象力极度活跃，处于人格、人性的本来的统一和完整之中。在这种主体之中，人们平时所区别的自然和精神也才会和谐相处，自然表现为精神，精神表现为自然。正因为这样，我们才能从自然中见精神，在有限中见无限。正如诺瓦利斯在诗歌《阿斯特拉利斯》中所说："一在一切之中而一切在一之中/草木和石头上闪烁着上帝的形象/人类和动物中隐藏着上帝的精神。"由此可见，魔化唯心主义的本质就是通过诗使物化的自然转变成精神的自我体现，此时诗中的每一个字，每一句都是："一种咒语，有什么样的精神在召唤，也就有什么样的精神显现。"③

在浪漫派把费希特的自我向自由的艺术创造尽情发挥的同时，他们也看到了费希特否定客观世界的偏颇。浪漫派的理论家承认有一个客观世界，认为它是一个现实存在的实体。施勒格尔

---

① 李伯杰：《"思乡"与"还乡"——〈海因利希·封·奥夫特丁根中的还乡主题〉》，《外国文学评论》1997 年第 3 期。

② 刘小枫：《诗化哲学》，山东文艺出版社 1986 年版，第 61 页。

③ 薛红云：《试论诺瓦利斯哲学美学思想》，《唐山学院学报》2003 年第 3 期。

就曾批评在费希特那里缺少具体的物，他写道："值得注意的是，首先他不知道这一点——当我第一次同他交谈，他对我说：他宁肯去数豌豆，而不愿意去学历史。根本上说来，他在那门科学中感到陌生、弱势，因为历史有一个客体。"①

诺瓦利斯曾是席勒的学生，是浪漫派中唯一一个始终对席勒心存敬仰的人。他在气质上也近于席勒，耽于哲思，对康德和费希特都有自己的思考。他 1795 年至 1796 年间所写的《费希特研究》，就记录着他的质疑："费希特不是太随意地把一切都归诸于自我吗？他凭什么呢？"②显然他怀疑那个绝对的自我。他又说："反思所寻得的，似乎就是已然的存在。"③这个"存在"在诺瓦利斯那里也倾向于是一个独立自在的客体，而它不是单凭理性就可以完全认识的。因此在《费希特研究》的最后有这样的句子："科学只是一半，信仰是另一半。"④

对康德的物自体不可知论，诺瓦利斯也试图另辟蹊径去认识。他在《康德研究》里写道："是否还存在着超越感官的认识？是否还有另外一条路，从自身走出来，而到达另外的本质，或者受到它们的影响。"⑤这表明诺瓦利斯在探索超越感性和现象世界的认识，并借此把先验转变为超验。但那条"出自我们自己的路"，显然要求一种内在的、高于理性的能力，这是怎样的

① Friedrich Schlegel, *Kritische Friedrich-Schlegel-Ausgabe*, herausgegeben von Ernst Behler, Verlag Ferdinand Schöningh, München, Paderborn, Wien, 1958ff. Bd. 23, S. 333.

② Novalis, *Schriften*, Die Werke Friedrich von Hardenbergs, Herausgegeben von Paul Kluckhohn und Richard Samuel, 2. nach den Handschriften ergänzte, erweitere und verbesserte Aufgabe in 4 Bänden, W. Kohlhammer Verlag, Stuttgart, 1968, Bd. 2, S. 107.

③ Ebd. Bd. 2, S. 112.

④ Ebd. Bd. 2, S. 257.

⑤ Ebd. Bd. 2, S. 390.

一种能力，荷兰哲学家赫姆斯特尤斯，给他以指点。赫氏思想的核心是建立理性和非理性之间的过渡，贯通理解力和感觉，实现诗人的形象语言和哲学家的分析语言的结合。赫氏认为，宇宙分为两个方面，一个是物理性的，它是科学研究的对象。另一个是"道德"性的，它对我们还是一个未知的领域。同时认为，道德领域是一个内在的、隐性的，只有"道德器官"才能感受它。这个道德器官不同于一般感官，它能感知感性之外的、更高的世界的本质。它在爱中萌生、发展，在爱中发挥作用。这种爱是通行于整个道德领域的法则，它指向和谐和统一。因此我们可以说，爱能唤醒道德器官，进而认识万事万物的本质及其相互之间的联系，同时对爱的信仰和践行还能使世界走向统一、和谐。赫氏还论及"良知"，说它在人的道德器官中"假寐"，它被知解力所掩盖。为了把握世界的真实的本质，应该唤醒良知。诺瓦利斯接受了赫氏的这些观点，并称"赫氏对道德器官的认识真正是先知式的"①。同时诺瓦利斯还把康德、费希特的感官、感性都与赫氏联系起来思考，他问道："我们真的能在这方面有什么发现吗？宇宙的'道德'比天还陌生、还难以测度。"②他试图寻找一个连接点，得出一个自己的结论。他说："按照赫姆斯特尤斯的看法，魔幻的认知源自高于其他感官的道德感官。"③"道德器官与其他器官的主要区别在于，在这个器官的对象中有'我'。"④显然，在康德的感性的、经验的知识之外，诺瓦利斯认为还存在着一个另外的"魔幻的认知"，它来源于道德器官。道

---

①　Novalis, *Schriften*, Die Werke Friedrich von Hardenbergs, Herausgegeben von Paul Kluckhohn und Richard Samuel, 2. nach den Handschriften ergänzte, erweitere und verbesserte Aufgabe in 4 Bänden, W. Kohlhammer Verlag, Stuttgart, 1968, Bd. 2, S. 562.

②　Ebd. Bd. 2, S. 369.

③　Ebd. Bd. 3, S. 275.

④　Ebd. Bd. 2, S. 366.

德器官的独特之处在于，本来是认识主体的我，这时变成它的感知对象。也就是说，道德器官在人自身又以人为对象，不同于以人之外在世界为对象的眼耳鼻等器官。诺瓦利斯还把人的器官分为四类：感觉、听觉、视觉和道德。道德器官有三个作用：它产生行动的要求、义务感和道德。① 由此可以得出一个结论，道德器官是与生俱来的，它以人自身的道德、良知为对象。而通过道德器官，我们可以找到一条认识他所谓"不可见的世界"的路，也就是认识自然的本质，而康德认为这是不可能的。

赫姆斯特尤斯还有一个"类推"的原则，是说在"物理"和"精神"两个领域之间存在着一个贯通的类比。而在宇宙间存在着两种基本力量，一个是吸引力，它产生爱和统一的愿望。另一个是离心力，体现在个性原则、自我肯定等方面。吸引力和离心力通行于物理和精神两个世界，而爱是其间最普遍的法则。②这个爱就为诺瓦利斯"黄金时代"的理想开辟了道路。赫姆斯特尤斯的著作《阿雷塞斯，或关于黄金时代》1787 年被译成德文，诺瓦利斯早就读过这本书。当小施勒格尔 1792 年在莱比锡见到诺瓦利斯以后，写信给哥哥谈到对诺瓦利斯的印象："他最喜爱的作家是柏拉图和赫姆斯特尤斯——带着火样的热情，他把他的观点给我讲了一个晚上，世界上根本没有丑恶，一切都会很快归于那个黄金时代。"③

---

① Novalis, *Schriften*, Die Werke Friedrich von Hardenbergs, Herausgegeben von Paul Kluckhohn und Richard Samuel, 2. nach den Handschriften ergänzte, erweitere und verbesserte Aufgabe in 4 Bänden, W. Kohlhammer Verlag, Stuttgart, 1968, Bd. 2, S. 366.

② Lothar Pikulik, *Frühromantik*, *Epoche-Werke-Wirkung*, 2. Auflage, Verlag C. H. Beck, München, 2000, S. 41.

③ Friedrich Schlegel, *Kritische Friedrich-Schlegel-Ausgabe*, herausgegeben von Ernst Behler, Verlag Ferdinand Schöningh, München, Paderborn, Wien, 1958ff. Bd. 23, S. 40.

再有，赫姆斯特尤斯对理性和科学的力量持批评态度，而把诗的想象力作为创造性力量，把诗的语言看做是表达更高认识的手段。同时"诗人"带有神性，他为激情所感，传达着另外一个世界的启示。这显然影响到诺瓦利斯。由此他认为，诗人观照自然的方式与他人不同。诗人靠想象力来感知自然中的精神，以此发现真实的世界。反过来也可以说，真实的世界是想象力的产物。而想象力并不是一般的幻想，而是精神的观照力，是不为形式逻辑所制约的神秘能力。因此，诗人也就成为先知，他把精神和自然的统一用文字写下来就是诗，诗于是就有了类似基督教"启示"的功能。于是他进一步指出："诗构建美好的社会，或者内在的统一，这就是世界大家庭。……诗将成为最高的同情与共感，实现最内在、最伟大的联合。"①显然他赋予诗以创造理想、拯救世界的功能。这样，诺瓦利斯就从哲学回到了诗，他在一封信里写道："哲学现在在我的书柜里。我很高兴，我翻过了这纯理性的山峰，重新回到绚丽的感性的身体、灵魂所在的爽心的世界。"②也就是说，经由康德、费希特、赫姆斯特尤斯，经过对深层精神世界和现实感性世界的探索，诺瓦利斯终于回到了诗人的自我。

除了康德、费希特和赫姆斯特尤斯，浪漫派还受到 18 世纪感伤主义和赫尔德的影响，倾向于把自然看做一个有机的生命体，有内在的精神、内在的对立和爱，而在人与自然之间存在着一个"类同"的关系。这些思想在谢林那里得到理论的支持。

---

① Novalis, *Schriften*, Die Werke Friedrich von Hardenbergs, Herausgegeben von Paul Kluckhohn und Richard Samuel, 2. nach den Handschriften ergänzte, erweitere und verbesserte Aufgabe in 4 Bänden, W. Kohlhammer Verlag, Stuttgart, 1968, Bd. 2, S. 372f.

② Ebd. Bd. 4, S. 321.

　　谢林是浪漫派圈子里的哲学家。他早年倾向于费希特哲学，后在斯宾诺莎的影响下，开始对费希特的否定客观存在的观点表示质疑。以后对这两个一重主观、一重客观的哲学加以改造，形成了自己的"同一哲学"。针对费希特自我创造非我的思想，谢林认为自我与非我不是设定与被设定的关系，而是都要遵循一个共同的绝对原则"同一性"。所谓同一，就是无差别。谢林认为，有一种更高的东西凌驾于对立双方之上并使对立达到和谐，"这种更高的东西无非是绝对的主观事物与绝对的客观事物、有意识的东西与无意识的东西之间的同一性的根据"，因此它"本身就既不能是主体，也不能是客体，更不能同时是二者，而只能是绝对的同一性"①。谢林认为自我与非我、人和自然等都是从这绝对的同一性产生出来的。

　　在同一性的观念下，人对事物的直观是和事物本身同一的，也就是说，人可以认识物自体。这就否定了康德认识论的基础，因为康德认为，人只能认识事物的表象，不可能认识事物的本体。而费希特认为只有人才有理性，自然没有理性。谢林却同时赋予人和自然以内在的理性，自然的理性在人的意识中实现。他的基本思想是：主客的统一不是在绝对的自我，而是在"我"与"非我"之间，统一的双方是平等的，相互包容的。而这种对立统一的矛盾运动是推动事物发展的动力。

　　1797 年谢林发表《自然哲学观念导言》，提出了自己的哲学思想框架。它的基本观点是：存在着一个原初的绝对，它在自然和历史中客体化，同时也就一分为二。辩证地看，它一方面失去了原初的统一，另一方面又为实现更高的统一准备了条件。在1800 年出版的《先验唯心论体系》中，谢林又说："对立在每一

---

　　①　谢林：《先验唯心论体系》，梁志学、石泉译，商务印书馆 1976 年版，第250 页。

时刻都重新产生，又在每一时刻被消除。对立在每一时刻这样一再产生又一再消除，必定是一切运动的最终根据。"①这种对立统一的思想从两方面影响了浪漫派，首先是辩证的思维方式，这在施勒格尔和诺瓦利斯身上处处都能看到，再就是关于分裂与统一。浪漫派是文化上的革新者，他们像歌德、席勒一样看到启蒙以来的种种分裂，包括精神与物质的分裂，人与自然的分裂，人自身的分裂等等，从而期盼着一个分裂之后的统一，而谢林从哲学上为他们的统一理想提供了理论依据。

艺术在谢林哲学中占有重要地位。他认为作为其体系核心的那个"绝对的同一体"，"既不能用概念来理解，也不能用概念来表达。因此，唯一的办法就是在一种直接的直观中表现这个绝对不客观的东西"，而这就是艺术。他说："艺术是哲学的唯一真实而又永恒的工具和证书，这个证书总是不断重新确证哲学无法从外部表示的东西，即行动和创造中的无意识事物及其与有意识事物的原始同一性。正因为如此，艺术对于哲学家来说就是最崇高的东西。"②这影响到浪漫派本体的诗和把世界"诗化"的思想（见下文）。

谢林称艺术是哲学的"唯一真实且永恒的有机体与实现"③，他把艺术的原则"美"看做是自由与规则间的调和，把自然和艺术看做是一个统一体。他赋予艺术一个使命，即把已经丧失了的自然统一在更高的层次上重新再现。这种对艺术与哲学与自然关系的看法，实际已包含了艺术具有融会性（Universalismus）的思想。他还正面地说明："融会是上帝的绝对的艺术品，它有

---

① 谢林：《先验唯心论体系》，梁志学、石泉译，商务印书馆 1976 年版，第148 页。

② 同上书，第 276 页。

③ Friedrich Wilhelm Joseph Schelling, *Ausgewählte Schriften*, 6 Bde. Hrsg. M. Frank, Frankfurt a. M., 1985, Bd. 1, S. 695.

永恒的美。"[1] 我们看到在施勒格尔和诺瓦利斯的《断片》中，"融会性"这一概念反复出现，且把谢林重在艺术与哲学的融会，发展到更为广泛的融会，而浪漫派的小说则在某种意义上实现了这种融会，比如施勒格尔的《路琴德》、诺瓦利斯的《海因里希·封·奥夫特丁根》、艾辛多夫的《无用人的一生》等等，既是思想与艺术的结合，也是小说、散文和诗的融合。

作为结论，谢林认为自然是一个与精神互补的概念，它们在本质上是相通的，都是"世界灵魂"的体现。"自然是可见的精神，精神是不可见的自然。在我们自身的精神和自身之外的自然中存在着绝对的同一性，这样就解决了自然为什么有精神的问题，而我们研究的最后目的就是这个自然的精神。"[2]谢林的自然与精神的同一，物质的自然的生命化，"世界灵魂"的概念以及《世界灵魂》（1798）中的其他概念，都对浪漫派产生了极大影响，它促进了诗人的想象，让诗人赋予世界以生命和精神，同时以同情来对待世界。诺瓦利斯就认为，意识是无限的，不仅人有意识，而且世界也有意识，它建立了一个最完全的主客统一。他说："如果我们的知性跟我们的世界和谐一致，那么我们就跟上帝一样。"[3]

总之，浪漫派受到康德、费希特、谢林等时代主流哲学家的影响，持唯心主义的世界观，他们相信在现实世界之外有一个绝对的最高者，它是世界的本体。它可能是一个人格神，也可能是

---

① Friedrich Wilhelm Joseph Schelling, *Ausgewählte Schriften*, 6 Bde. Hrsg. M. Frank, Frankfurt a. M., 1985, Bd. 2, S. 213.

② Ebd. Bd. 1, S. 294.

③ Novalis, *Schriften*, Die Werke Friedrich von Hardenbergs, Herausgegeben von Paul Kluckhohn und Richard Samuel, 2. nach den Handschriften ergänzte, erweitere und verbesserte Aufgabe in 4 Bänden, W. Kohlhammer Verlag, Stuttgart, 1968, Bd. 3, S. 253.

一种绝对的精神。它不能靠理性去认识，因此要通过另外一条路
去探寻，这就是以心灵去接近、去感知。这要靠一种特别的媒
介：爱和信仰。诗人就是那能感知最高者的人，因此诗就带有神
性，它体现着人与神、精神与物质、人与自然的统一。

第四节　浪漫派的诗学

在唯心主义哲学的基础上，浪漫派形成了自己的美学思想。
它主要体现在早期浪漫派理论家弗·施勒格尔和诺瓦利斯的论述
中，但零散而难成体系，于是就有了研究者的种种归纳和阐释。
可因为立场不同（比如歌德、海涅），视角不同（如英美学者的
泛欧化浪漫主义，消弭了德国浪漫派的个性），其间相去甚远。
下面尝试通过浪漫派的自我论述勾画其大致的轮廓。

一　本体的诗

浪漫派有两个诗的概念，弗·施勒格尔分别用 Peosie 和
Gedichte 来指称，前者指形而上的诗，是世界的本体，是审美、
精神和道德的统一体。它是一种无限的创造力，是生命实在的自
我显现。后者则是形而下的诗，是作为文体之一的诗。施勒格尔
虽然有时用前者指称后者，但都要加以限定，所以其间的界限基
本是清楚的。在他著名的《谈诗》中，不仅区分了这两个概念，
而且分清了它们的内涵：

> 有一种人工作成的或自然形成的东西，它们有诗
> （Gedichte）的形式和名称，但即使最博学的人也难以把它
> 们全部把握。另外还有一种没有形式、没有诗的自觉的诗
> （Poesie），它在植物中现身，在阳光中闪耀，在孩子的脸上
> 欢笑，在年轻人的青春中闪光，在少女爱的胸房上燃烧。与
> 这种诗相比，那有形有名的诗又算什么？这就是第一首、原

初的诗，没有它就肯定没有文字的诗，我们所有的人，除了
这首神的诗之外，永远没有其他的作为和欢乐，而这首诗是
地球①，我们是它的部分、它的精华。②

这里清楚地区分了人为作成的诗和原初的诗。原初之诗是一
种宇宙元素，来自于神（das eine Gedicht der Gottheit），是宇宙的
无限创造性和生命力的显现，是万物之源、人之源，也是文字诗
之源。如果把"das eine Gedicht der Gottheit"理解成神创造的，
那么，就有了谢林自然哲学的影子，即上帝创造万物，包括人、
诗、地球，而诗就是地球，就是孕育、滋养万物的大地，我们人
类是它的一部分。人与诗的关系是，人的所有的作为，所有的欢
乐，都是在创造诗。诗在人的心中，人与心中的诗互感相通。

施勒格尔在1823年维也纳版的文集把"地球"改成"美丽
宇宙中的尘世造物"（... sind, die irdische Schöpfung dieser
schönen Sternenwelt. ）③。由此又把与诗相关的空间扩大，从地球
到宇宙，因尘世而及彼岸，而诗在其中是生命的本质，是人的本
质，也是世界的本质。《谈诗》中还有："因此，所有艺术与科
学最内在的奥秘属于诗。从那里生出一切，一切又必定回归那
里。在人性的理想状态，只会有诗的存在，即艺术和科学融而为
一。而在我们，只有真正的诗人才是理想的人、才是通才的艺术
家。"④原文首句中有 Eigentum 一词，也就是说，艺术与科学最本
质的东西正属于诗，是诗的财富。诗既是万物之源，也是万物的

---

① 原文是 die Erde，有的译为"大地"，显得更有诗意。但作者以后将其改为
Sternenwelt（"星星"加"世界"的组合词），显然二者之间应有一种内在的联系，
于是用了"地球"。

② Friedrich Schlegel, *Kritische Friedrich-Schlegel-Ausgabe*, herausgegeben von Ernst
Behler, Verlag Ferdinand Schöningh, München, Paderborn, Wien, 1958ff. Bd. 2, S. 285.

③ Ebd. Bd. 2, S. 285. Fußnote 3.

④ Ebd. Bd. 2, S. 324.

归宿，又是人的理想状态。这诗也就被施勒格尔称为"原初之诗"。而诗人有天赋的特别才能，能感受这原初之诗，诗在他是"与生俱来"的。因此这诗就很有些像中国老庄之"道"，带有了本体的意义。

诺瓦利斯的诗也有类似的性质，他说："哲学通过它的立法使理念的影响广被世界，诗则通过与整体的一种特有联系来高扬每一个个体。如此诗就是哲学的锁钥、目的和意义。因为诗构建美丽的社会—世界大家庭—美好的宇宙。……如此诗就是生活的外形。个体生活在整体里，整体体现在个体里。通过诗可以形成最高的互感与互动，它是有限与无限间最内在的统一。"①也就是说，在诺瓦利斯看来，诗高于哲学。它体现着无限和有限间的统一，万事万物通过诗可以互动、互感，借此有限的人可以感知无限的宇宙。此外诗还能构建从社会到世界到宇宙的美，因此诗不仅有了本体意义，而且有了救世的功能。诺瓦利斯还说"诗是社会的基础"②，认为诗能提升人的精神境界，给人一颗健康的心灵，在这个意义上，它是医生："诗是最大的构建先验健康的艺术，诗人就是那先验的医生。"③"诗综合一切以实现它所有目的中最伟大的目的，即提升人的境界。"④这样诗人就与神父一样，都能疗救人的心灵，他们是寻求上帝的漫漫长路上的引路人，所以"那真正的诗人从来就是神父，就如同真正的神父总是诗人一样"⑤。这样浪漫派就把诗的境界看做一个本体性的超

---

① Novalis, *Schriften*, Die Werke Friedrich von Hardenbergs, Herausgegeben von Paul Kluckhohn und Richard Samuel, 2. nach den Handschriften ergänzte, erweitere und verbesserte Aufgabe in 4 Bänden, W. Kohlhammer Verlag, Stuttgart, 1968, Bd. 2, S. 533.

② Ebd. Bd. 2, S. 534.

③ Ebd. Bd. 2, S. 535.

④ Ebd. Bd. 2, S. 535.

⑤ Ebd. Bd. 2, S. 441.

越现实的理想境界。而改造当下庸俗的"散文"社会的途径，就是"诗化"。因为诗人是完整人性的体现，所以诗的王国才是唯一自由的。谢林说："超凡脱俗只有两条路：诗和哲学。"①

与诗化一样，诺瓦利斯还有一个概念就是"浪漫化"："世界必须浪漫化。这样人们就可以寻回那原初的意义。浪漫化不是别的，它是质的乘方。一个低质的自我可以借此而同一个更好的自我实现同一。就像我们本身就是这样一个质的不断提升一样。但是这个浪漫化的过程还不是很清楚。在我看来，赋予普通的东西以崇高的意义，给平凡的东西披上神秘的外衣，使熟悉的东西有未知的尊严，给有限的东西以无限的表象，这就是浪漫化。反过来，这个过程也适用于那个更高、未知、神秘和无限的东西。"②其中"原初的意义"指的是最初的、未经分裂的、人的自然的和谐存在。诺瓦利斯认为，通过浪漫化可以实现一个从世俗到理想、从低质向崇高的质的飞跃。而所有的分裂也就重新得到统一，达到了和谐，于是也就获得了拯救。

这样浪漫派在德国古典哲学的滋养下，构建了自己超越艺术的、人文主义的"诗"，以及相关的"诗意"、"诗意的人生"等别具含义的概念。其实质是通过"诗"，把人类提升到最高的境界，以实现对永恒、对绝对精神的追求。它体现了浪漫派对现实的否定、对理想的追求、对美好未来的企望，它包括完善的人、完善的社会以及人与自然的和谐等等。罗素曾说过："浪漫主义运动的特征总的来说，是用审美标准代替功利

_____

①　谢林：《先验唯心论体系》，梁志学、石泉译，商务印书馆1976年版，第17页。

②　Novalis, *Schriften*, Die Werke Friedrich von Hardenbergs, Herausgegeben von Paul Kluckhohn und Richard Samuel, 2. nach den Handschriften ergänzte, erweitere und verbessere Aufgabe in 4 Bänden, W. Kohlhammer Verlag, Stuttgart, 1968, Bd. 2, S. 545.

的标准。"① 于是形成了欧洲文化中独特的审美人文主义方向，即审美不只是单纯的艺术，而且有了关涉人类生存发展的意义。可以说正是德国浪漫派，为这个审美人文主义奠下了第一块稳固的基石。

二　"文字的诗"

关于文字的诗，施勒格尔、诺瓦利斯都有不少论述，虽然构不成体系，但体现出浪漫派对文学之诗的理解与诉求。下面择其要而综述之。

（一）融会

施勒格尔发表于《雅典娜神殿》上的《断片》116，一向被视为浪漫派诗学的基本纲领。他开篇就说：

> 浪漫诗是渐进的（progressiv）、融会的诗（Univesalpoesie）。它的使命不仅是把诗的被割裂的体裁重新统一起来，让诗与哲学、修辞学相接触，还要把诗跟散文、天赋和批评、艺术诗与自然诗或糅合或融会，使诗生动而有社会性，赋予生活和社会以诗意，把机智变成诗，使艺术形式充满纯正、实在的内容，并利用幽默使其生动。②

这段话的第一句是定义，后面是对定义的解释。主旨就在这个 Univesalpoesie（融会的诗）。对这个自造的组合词，中译者有不同的译法，如"总汇诗"、"包罗万象的诗"、"涵盖一切的诗"、"整体的诗"等等，其中的"包罗万象"最为接近词根 Univesal- 的本义，但联系上下文，它指的并不是简单的包含与囊

---

① 罗素：《西方哲学史》，马元德译，商务印书馆1982年版，第216页。

② Friedrich Schlegel, *Kritische Friedrich-Schlegel-Ausgabe*, herausgegeben von Ernst Behler, Verlag Ferdinand Schöningh, München, Paderborn, Wien, 1958ff. Bd. 2, S. 182.

括，而是各文体的有机融合，同时还要融通文学之外的东西，所以笔者用了"融会"。施勒格尔在《断片》第 451，对 Universalität① 的解释，支持了"融会"的译法。他说："Universalität 就是所有的形式和所有的材料相互地补充。只有凭借诗和哲学的结合，它才能达到和谐。……融会精神的生命乃是一连串不间断的内在革命，所有原初的、永恒的个体就生活于其间。"②对这种新诗体施勒格尔还创造了一个新词 Sympoesie③，用以表示"相互取长补短"、"相辅相成"之意，并期望着"有一种艺术能把诸个体融为一体"（Gäbe es eine Kunst, Individuen zu verschmelzen）④，其中的 verschmelzen 就是熔化、融合之意。由此可见，"融会"就是浪漫派所追求的新文学的本质。而这个"诗"显然不同于传统的分行、押韵的"诗"。

　　浪漫派的"融会的诗"，是对文学传统的颠覆。在西方文化中，自亚里士多德以来就开始给科学和艺术分类，到贺拉斯更加严格地区分文体和规则，他说："每种体裁都应该遵守规定的用处。"⑤ 可以说，要求体裁的纯正，成了古典主义以及新古典主义的戒律，并沿袭而成为传统。启蒙文学、魏玛古典主义也重视并遵从这一传统。而浪漫主义却要推翻这两千年来"分"的文学，建立自己"合"的文学，这不能不说是一个文学革命。其实不只是 Universalität，与其近义的 Vereinigung（联合、统一）、

---

　　① 它是词根 Univesal-的名词形态。

　　② Friedrich Schlegel, *Kritische und theoretische Schriften*, Philipp Reclam Jun., Stuttgart, 1978, S. 142.

　　③ 李伯杰把它译作"协作诗"。

　　④ Friedrich Schlegel, *Kritische und theoretische Schriften*, Philipp Reclam Jun., Stuttgart, 1978, S. 93.

　　⑤ 贺拉斯：《诗艺》，见《诗学·诗艺》，人民文学出版社 1962 年版，第 142 页。

Eins（一）、Ganzes（整体）等概念，在施勒格尔和诺瓦利斯的著述中也常常出现，所以"融会的诗"是浪漫派克服分裂、实现"统一"的理想在诗学上的体现。

与"融会"相关联，施勒格尔还提出，浪漫诗是"无限的"。"无限的"至少应该有三层意思。首先其形成是无限的，因为它不是单纯的一个文体，也就永远不会"固定"，也不会"完成"。施勒格尔说："其他的文体都已经衰亡，现在可以把它们彻底肢解开来，浪漫诗却正在形成当中。它永远只是在形成之中，永远不会完成，这就是它的真正本质。"[①]其次是其内涵的无限。因为浪漫诗要包容一切，要表现一切，从"吟唱着歌谣的孩童"到"把许多其他系统囊括于自身中的那个艺术体系"，所以它必定是开放的，永远在吸纳、在包容，所以是"无限的"。再就是诗人在开放的形式之下，他的创造力也是无限的。他的想象、追求是无限的，所以他的诗也就是无限的。正因为如此，施勒格尔也承认："现在还没有一个形式能完全地用来表现作者的精神"[②]，因此也没有一部完成的作品可作范本。浪漫派的小说如《海因里希·封·奥夫特丁根》、《哥德维》、《无用人的一生》等，情节散缓，诗、歌、描写、叙述、对话、议论、说理相融合，应该接近施勒格尔的这个"诗"，但也远远没有达到这个"诗"。而因为它的无限性，也永远不会有什么人在完全的意义上创作出这样的诗。显然这是理论家的理论，而实际创作则是另外一回事。在施勒格尔提倡融会和无限的同时，他自己以及其他浪漫派的作家，也都还在写相当传统的诗。

---

① Friedrich Schlegel, *Kritische Friedrich-Schlegel-Ausgabe*, herausgegeben von Ernst Behler, Verlag Ferdinand Schöningh, München, Paderborn, Wien, 1958ff. Bd. 2, S. 183.

② Ebd. Bd. 2, S. 182.

（二）自由—天才—心灵—想象

对浪漫诗，施勒格尔在《断片》116 的最后又强调指出：
"只有它才是自由的，它的第一条法则就是，诗人为所欲为，不
受任何法则的约束。"①也就是说，诗人可以不受任何形式和规则
的束缚，他有绝对的创作自由。施勒格尔还说道："它能在被表
现者和表现者之间，摆脱一切现实的和理想的利益，乘着诗意反
思的翅膀飞翔。"②特别指出这自由要靠摆脱功利来获得。这个观
点恰与康德"美是无一切利害关系的愉快的对象"③，即所谓
"艺术不涉功利说"相一致。而此言应该是针对启蒙思想和古典
主义而发。

启蒙文学是功利的文学，它要通过宣传科学、理性以开启民
智、教化民众，实现其理性王国。歌德、席勒的"美育"，同样
蕴涵着改革社会的理想，所以在本质上也是功利的。而浪漫诗正
是要打破种种的"工具论"，推翻"载道"的文学，实现诗人真
正的自由，创造纯粹的艺术。

古希腊以来的西方诗学，从亚里士多德开始，一直在做两件
事，一是给诗分类，二是给诗制定规则。在亚里士多德，"诗"
（Poetik）是一个上位概念，指的是"韵文"，他把它分成两类：
戏剧和史诗，然后又把戏剧分为悲剧和喜剧。其《诗学》的原
文 Poietike 是 poietike techne（作诗的技巧）的缩略，标明它是一
本有规可循的"诗艺入门"。《诗学》之后的贺拉斯的《诗艺》，
继续在这条路上前行，形式和规则更加受到重视。德国自己的文

---

① Friedrich Schlegel, *Kritische Friedrich-Schlegel-Ausgabe*, herausgegeben von Ernst Behler, Verlag Ferdinand Schöningh, München, Paderborn, Wien, 1958ff. Bd. 2, S. 183.

② Ebd. Bd. 2, S. 182.

③ 康德：《判断力批判》，宗白华译，商务印书馆 1964 年版，上卷，第 48 页。

学创作起步很晚，直到 17 世纪的巴洛克时代才有了民族文学的
自觉。其代表人物都是人文主义者，他们继续了人文主义的理
想，为建设自己的民族语言和民族文学，从先进的意大利、法国
等引进各种诗歌形式，然后根据德语的语言特点加以改造，最后
形成了自己的诗体和格律。那时的诗人，以学习为主，以规则为
艺术。作诗被看做是学而能之的"技艺"，而不是创造。一直到
启蒙时代早期，高特舍特还在强调规则。歌德的魏玛古典主义也
十分重视形式美。因此可以说，德语诗歌从草创到高峰，一直有
一个讲究规则、形式的主流。而施勒格尔的"自由"、"纵情"，
无疑是要颠覆整个德语，乃至欧洲诗歌的传统。

　　浪漫派既然否定了规则，也就否定了理性，于是艺术就来自
非理性的天才创造。施勒格尔认为，文字之诗不是靠理性的技艺
"作"出来的，而是天才的诗人，以自己的心感知那原初之诗，
自己的灵性被神性激发而自然流淌出来的，所以它必定是自
由的：

　　　　有的人孜孜不倦地努力，想要通过头头是道的谈话和教
　　导得到并繁殖诗，或者甚至打算创造诗、发明诗、创立诗，
　　替诗制定惩罚的法律，就像诗学理论非常想做的那样。其实
　　这完全是没有必要的。正如地核自己用各种形体和植被把自
　　己装扮起来，如生活自动地从深处涌出来，天地间到处都有
　　愉快地自我繁殖着的生命一样，一旦神性的太阳发出的温暖
　　的光辉照到了诗，使诗受了孕，那么诗就会自动地从人类看
　　不见的原始力量中开出花来。①

　　因此，真正的诗是自然天成的诗，是神性与人的生命所蕴涵的诗性的妙合。诺瓦利斯也有类似的看法，他说："天才是属于诗的。什么地方有天才，那里就有诗。真正道德的人是诗人。"①诺瓦利斯还认为诗带有神性，所以天才的诗代表了神的启示，它的创作过程是神秘的：

　　　　诗的感知与神秘主义的感知有很多一致的地方。它是个人的、陌生的、神秘的、启示的、必然而又偶然的。它表现那不可表现的，它审视那不可见的，感觉那不可感的，如此等等。诗人在自己的感知中呈现主观情感和客观世界。因此一首好诗是无限的、永恒的。……诗的感知接近感知圣哲和宗教的先知。那诗人在整理、综合、选择、寻得，但他并不明白，为什么自己这样做，而不那样做。②

　　诺瓦利斯所说的显然接近柏拉图的"迷狂"，或是灵感。这是一个身心自由的诗人，在忘我的状态下，在神的灵性的光照下，依照神示在进行创作，他的作品正是恰到好处地完美。显然这样的诗得之于天。而在这从天而得的创作中，天才在不知不觉之中为艺术制定规则。

　　在德国思想史上，浪漫派和狂飙突进作家都强调天才。他们的天才是指芸芸众生中的精英。比如施勒格尔就说过："人们应当要求每个人都具有天才，但却不要期待每个人都确有天才。"③康德在《判断力批判》中对天才有详细的论述。他说："天才就

　　① Novalis, *Schriften*, Die Werke Friedrich von Hardenbergs, Herausgegeben von Paul Kluckhohn und Richard Samuel, 2. nach den Handschriften ergänzte, erweitere und verbesserte Aufgabe in 4 Bänden, W. Kohlhammer Verlag, Stuttgart, 1968, Bd. 2, S. 536.

　　② Ebd. Bd. 3, S. 685f.

　　③《浪漫派风格——施勒格尔批评文集》，李伯杰译，华夏出版社 2005 年版，第 170 页。

是那天赋的才能，它给艺术制定法规。既然天赋的才能作为艺术家天生的创造机能，它本身是属于自然的，那么，人们就可以这样说：天才是天生的心灵的禀赋，通过它自然给艺术制定法规。"①他强调的是艺术家凭天赋创造艺术。理性与灵感、自由和规律在"天才"的概念里自然地达到和谐统一。所以天才给艺术立法，而不是倒过来，人为艺术制定规则。这与浪漫派的观点在大方向上是一致的。②

因为重自由，倡天才，因为没有功利性，所以浪漫派的文学重抒情。诺瓦利斯就说："诗＝激情的艺术"，"诗是表现感情的，即全部的内心世界③。"除了外向的激情迸发之外，浪漫派更注重深潜入心的观照。在这一点上显示出与狂飙突进的区别。诺瓦利斯有诗云："你激起我高贵的激情，／向深远的情感世界窥望。"④ 而这里深远的内在世界不只是诗人的"内心"，而且包含着外在世界的"内在"。没有诗人的沉入自己的内心，也就不可能洞察世界的本质。

诗表现主观自我还是客观世界，是启蒙运动以来德国历次文艺思潮争论的焦点。西方美学自亚里士多德以来形成了一个主流性的"模仿"传统，客观之物一直是艺术表现的中心。德国的启蒙文学继承了这一传统。特别是早期，因为肩负着开启民智、

---

① 康德：《判断力批判》，宗白华译，商务印书馆 1964 年版，上卷，第 152 页。

② 凌继尧认为康德的"天才"与浪漫派的"天才"在内涵上有所区别。参见其《西方美学史》，北京大学出版社 2004 年版，第 293 页。

③ *Theorie der Romantik*, Herausgegeben von Herbert Uerlings, Philipp Reclam Jun., Stuttgart, 2000, S. 103.

④ Novalis, *Schriften*, Die Werke Friedrich von Hardenbergs, Herausgegeben von Paul Kluckhohn und Richard Samuel, 2. nach den Handschriften ergänzte, erweitere und verbesserte Aufgabe in 4 Bänden, W. Kohlhammer Verlag, Stuttgart, 1968, Bd. 1, S. 193.

教化民众的任务，所以理性、客观是其本色。后来的感伤主义、狂飙突进对其进行拨正，感情从边缘移到中心。这之后的魏玛古典主义寻求主、客二者之间的调和，钟摆又摆向客体。而浪漫派作为文学的新生代，代表着新一轮的否定，他们又坚定地站在感情一方。诺瓦利斯明确地说："诗是表达心灵的，也就是表现整个的内心世界。诗的媒介语言已经说明了这一点，因为它们是内心世界的外向呈现。"① 因为诗人沉潜于心，他就必然"寂然凝虑，思接千载；悄焉动容，视通万里"（《文心雕龙·神思》），也就必然"乘着诗意反思的翅膀飞翔"，这就是想象。

康德在《判断力批判》中也论及想象。他认为美的理想要靠想象力来实现，② 他还具体地说明了想象的过程："想象力在一种我们完全不了解的方式内不仅是能够把许久以前的概念的符号偶然地召唤回来，而且从各种的或同一种的难以计数的对象中把对象的形象和形态再生产出来。"③这就肯定了想象有一种生产性的能力。这些都从理论上支持、引导启发了浪漫派的美学理念和创作实践。

（三）精神—象征

与唯物主义的"反映论"不同，唯心主义的浪漫派认为，诗来自精神。施勒格尔在《谈诗》中提出一个看法：现代诗不如古代诗，原因是"我们缺少神话"。因此"我们应该共同努力，以创造出一个神话来"。他接着说："过去的神话里，遍地

---

① Novalis, *Schriften*, Die Werke Friedrich von Hardenbergs, Herausgegeben von Pàul Kluckhohn und Richard Samuel, 2. nach den Handschriften ergänzte, erweitere und verbesserte Aufgabe in 4 Bänden, W. Kohlhammer Verlag, Stuttgart, 1968, Bd. 3, S. 650.

② 康德：《判断力批判》，宗白华译，商务印书馆 1964 年版，上卷，第 71 页。

③ 同上书，第 72 页。

是青年人想象力初次绽开的花朵，古代神话与感性世界中最直接、最活泼的一切亲密无间，并且按照这一切的模样来塑造自己。新神话则反其道而行之，人们必须从精神的最深处把它创造出来"①这里施勒格尔明确地区分了古代神话与新神话：古代神话来自直接的感性和模仿，也就是我们常说的来自现实生活。而新神话则是从精神深处创造出来的，同客观世界毫无牵涉："一个新的神话只能产生于精神最内在的深处，就像是通过自身而产生出来似的。……唯心主义以同样的方式，可以说是从虚无中产生出来，而且目前在精神世界中已经有一个坚实的据点被建造起来……唯心主义将不仅在生成方式上成为新神话的范例，而且它本身也以间接的方式成为新神话的源泉。"②这里施勒格尔指出一个精神生产的系列：唯心主义—新神话—现代诗。它们都是从虚无的精神中产生，其中唯心主义是新神话的"生成方式"，新神话是现代诗的基础。所以可以说，诗出自精神。

诗既是精神的创造，诗也就表现精神，包括人和自然万物的"精神"。受谢林哲学的影响，浪漫派认为自然是可见的精神，所以当他们面对自然时，着力把握的不是它们的外在形貌，而是内在的生命本质，比如诺瓦利斯就说过："诗确实是唯心主义的，它观察世界，如同观察一个伟大的心灵，这是宇宙的自我意识。"③

因为诗来自精神，表现精神，它必然有形而上的倾向，也就是哲学式的追问天人之际。施勒格尔曾赞许古希腊人的"诗同

① 《浪漫派风格——施勒格尔批评文集》，李伯杰译，华夏出版社 2005 年版，第 191 页。

② 同上书，第 192—193 页。

③ Novalis, *Schriften*, Die Werke Friedrich von Hardenbergs, Herausgegeben von Paul Kluckhohn und Richard Samuel, 2. nach den Handschriften ergänzte, erweitere und verbesserte Aufgabe in 4 Bänden, W. Kohlhammer Verlag, Stuttgart, 1968, Bd. 3, S. 640.

哲学的相互交融"①，他还明确地说："一部作品含有多少精神，它就有多少价值。"②他也曾直接向诺瓦利斯指出："你并非徘徊在诗与哲学的交界线之上。在你的精神里，这二者亲密地相互渗透，融为一体。"③ 可见诗与哲学的融合不仅是施勒格尔的美学理想，也是诺瓦利斯的思想和创作实际。

因为要表现形而上的精神，而诗与哲学是不同的，所以它就要借助形象，通过象征的手法来实现。可以说，"象征"是浪漫派明确的美学追求。对此，施勒格尔在《谈诗》中有清晰的表述："我们没有神话，没有适用的象征性的自然景物作为想象的源泉、作为每种艺术以及艺术表现所需的生动的系列形象。但是我要补充一句，我们就要有神话了，它不只是旧的象征，而且我们借此可以获得新的；或者毋宁说，我们应该努力，重建这样象征性的认识和艺术。这一时刻就要来了。"④ 为什么诗应该是象征的？因为浪漫派追求精神、追求无限，所以他们要解决的问题就是，怎样通过具体的有限来表现抽象的无限。而象征按照歌德的定义正好是在特殊中表现一般，也就可以解决这一问题。另外，施勒格尔的象征还与隐喻同义，因此他还有如下论断："一切美都是隐喻。那最高者正因为是不可言传的，所以只能隐喻地说出来。"⑤ 大施勒格尔也说："谢林认为：以有限的方式表现的

① 《浪漫派风格——施勒格尔批评文集》，李伯杰译，华夏出版社 2005 年版，第 177 页。

② Friedrich Schlegel, *Kritische Friedrich-Schlegel-Ausgabe*, herausgegeben von Ernst Behler, Verlag Ferdinand Schöningh, München, Paderborn, Wien, 1958ff. Bd. 23, S. 98.

③ 《浪漫派风格——施勒格尔批评文集》，华夏出版社 2005 年版，李伯杰译，第 122 页。

④ Friedrich Schlegel, *Kritische Friedrich-Schlegel-Ausgabe*, herausgegeben von Ernst Behler, Verlag Ferdinand Schöningh, München, Paderborn, Wien, 1958ff. Bd. 2, S. 312.

⑤ 《浪漫派风格——施勒格尔批评文集》，李伯杰译，华夏出版社 2005 年版，第 197 页。

无限就是美，这个定义里应该已经包括了崇高。我对此表示完全
赞同，仅仅希望这样能表达得更好：美是对无限的象征复现；因
为这么一说，为什么无限会出现于有限之中就变得清楚了……无
限怎么被引导到表层，怎么会显示出来呢？这只是象征地以图像
和符号的方式出现的……作诗（这是最广泛意义上的诗，它是
一切艺术的基础）不是别的，就是不断地用象征来表示。"①而托
多罗夫则进一步认为："如要把浪漫主义美学浓缩成一个词，这
就是 A. W. 施勒格尔在这里用的象征这个词。"②而一当文字的诗
要表现先验的精神、指向无限和永恒的时候，它也就趋向并实现
着本体的诗。所以浪漫派的诗学，他们的两个"诗"，一个是普
遍的理想，一个是具体的实现，二者相辅相成，有机地构成一个
看似玄远其实自足的体系。

（四）反讽

　　反讽是浪漫派诗学的另一个重要范畴，主要涉及小说和戏剧
等叙事文学。反讽的德语原文是 Ironie，出自拉丁语 ironia，并可
上溯到希腊语 eironela，意为"精致的讽刺"，也就是我们常说的
"反话"，是古希腊的一个修辞学术语。施勒格尔给它加进了新
的内涵，但却没有给出一个权威性的明确定义，更没有全面系统
的论述，所以让后世的研究者见仁见智，莫衷一是。现笔者根据
施勒格尔的文本，结合个人的理解和他人的研究成果，大致说明
如下。

　　施勒格尔较为集中地论及"反讽"，是在他《"美艺术学苑"
断片集》中的 42 号和 108 号，此外在短文《论不理解》以及其
他断片也有所涉及。我们先看第 42 号：

---

　　①　茨维坦·托多罗夫：《象征理论》，王国卿译，商务印书馆 2004 年版，第
253 页。
　　②　同上。

　　哲学是反讽真正的故乡，人们应当把反讽定义为逻辑的美：因为无论是在口头还是笔头的对话中，只要是在没有进行完全系统化的哲学思辨的地方，就应当进行和要求反讽；就连斯多噶派也把善于处世看做一种美德。当然还有一种修辞的反讽，若运用得有节制，也能产生精妙的效果，特别是在论战中。不过这种反讽却同苏格拉底的缪斯那种崇高的机敏善变针锋相对，正如最华美的艺术语言与风格崇高的古典悲剧相对一样。诗从这个方面就可以把自己提高到哲学的高度，并且不用像修辞学那样立于反讽的基础之上。有些古代诗和现代诗，通篇洋溢着反讽的神性的气息。这些诗里活跃着真正超验的诙谐色彩。在它们内部，有那种无视一切、无限地超越一切有限事物的情绪，如超越自己的艺术、美德或天赋；在它们外部、在表达当中，则有一个司空见惯的意大利优秀滑稽演员那种夸张的表情。①

断片第 108 号是这样的：

　　苏格拉底的反讽是唯一绝对不任性的、但却绝对深思熟虑的伪装。……在反讽中，应当既有诙谐也有严肃，一切都襟怀坦白，一切又都伪装得很深。反讽出自生活的艺术感与科学的精神结合，出自完善的自然科学与完善的艺术哲学的汇合。它包含并激励着一种有限与无限无法解决的冲突、一个完整的传达既必要又不可能实现的感觉。它是所有许可证中最自由的一张，因为它是无论如何必不可少的。……莱辛的反讽是直觉；而在赫姆斯特休斯那里，反讽来自对古典文化的研究；许尔森的反讽却来自哲学的哲学，所以能够远远

---

① 《浪漫派风格——施勒格尔批评文集》，李伯杰译，华夏出版社 2005 年版，第 49 页。

超越前两人的反讽。①

　　　　反讽就是悖论形式。②

　　以上是施勒格尔对反讽的最重要论述。对其进行梳理，大致可得出几点结论。首先，反讽本是修辞学的一个术语。但施勒格尔的反讽虽与此相关，却另有新意，它建立在哲学而不是纯粹语言学的基础上。其次反讽是矛盾的统一。它是感性与理性的统一、自然科学与美学的统一、有限和无限的统一、理想与现实的统一。反讽有内外两面，"内在"严肃、深刻，"外在"幽默滑稽；"内在"是居高临下的超越，"外在"则能带来笑声。它源自智慧，表现为诙谐。再有，反讽集中表现了艺术家的创造力。这种创造力有两种元素，一个是激情的"自我创造"，另一个是限定、修正的"自我毁灭"。在创作过程中，如果听任"自我创造"的激情自由发展，那么创作主体就必然屈从于本能，精神沦为奴隶，而失去了自由。因此就必须有清醒的理性来制衡，于是就出现了感性和理性的对立，随之也就产生一个统一二者的冲动，在此基础上产生出"漂浮"（schweben）于二者之上并调和其矛盾的反讽。因此反讽的本质就在于统一"自我创造"和"自我毁灭"，调节人自身中对立的两极，使人能超越自己，达到精神的绝对自由。

　　反讽主要表现于小说和戏剧创作。施勒格尔在《论不理解》中举了两个反讽的例子。其一是"戏剧反讽"，"即诗人写了三幕戏之后，不料却变成了另外一个人，但还是不得不把最后两幕

---

① 《浪漫派风格——施勒格尔批评文集》，李伯杰译，华夏出版社 2005 年版，第 57 页。

② 同上书，第 50 页。

写完"①。这是说，艺术家在创作中有绝对的自由，他出于控制自己的"激情"、拉开距离的目的，在剧情走向高潮的时候，突然改变了自己的视角，他可能打断或改变事件的原有进程，也可能告诉观众，刚才的一切全是子虚乌有，你们千万不要当真。然后按照新的立场和逻辑把戏写完。那么情节就被分成两截，打破了已经制造出的幻觉，让观众从沉醉中清醒过来，产生了一个"恍然大悟"的感觉，这是一种反讽。

施勒格尔还说："如果剧中有两条反讽线索在平行展开，互不干扰，一条是替正厅观众而写，另一条则是为包厢观众而作，同时也可能有些小小的火花会飞溅到幕后。如果出现这样的情况，那么就出现了双重的反讽。"②这里作者兼顾两种不同类型的观众：贵族和市民，同时还关照着幕后，所以事实上展开了三条线索。在这三条线索之间，相互"离间"，相互"陌生化"，从而产生特别的反讽效果。在具体创作中蒂克的戏剧是体现反讽的突出实例。比如蒂克喜欢在舞台上布置一个观众席，让这些台上的观众一面看眼前的戏中戏，一面评论，时而称赞，时而指责，从而打破观众把艺术当真的幻觉。应该说，布莱希特（Bertolt Brecht，1898—1956）的"离间效果"从反讽中得到了启发。

反讽理论受到黑格尔和克尔凯郭尔的批判，但他们是从现实主义的立场来看待浪漫主义的，自然也就有他们的局限。到20世纪下半叶，"反讽"逐渐被重新认识，也找到了新的知音。我国学者对反讽有各自见仁见智的诠释，其中李伯杰的《弗·施莱格尔的"浪漫反讽"说初探》尤为系统深入，且有自己的心得，是研究反讽的重要资料，现择其要，摘引如下：

---

① 《浪漫派风格——施勒格尔批评文集》，李伯杰译，华夏出版社2005年版，第225页。

② 同上书，第225页。

　　我认为浪漫反讽说乃是一个方法论，主要有三个层面上的含义：一是在思维方式上，与认识和真理有关；二是在艺术创作上，阐述艺术创作中主体与材料的关系；三是在人文—价值论上，讨论人如何趋向完善。[①]

　　反讽的实质，是要调节人自身中对立的两极。达到了这一点，人便"超越自己"从而成为自由的。换言之，反讽理论的大厦是建立在精神的绝对自由上的，"人们可以最准确地把浪漫反讽翻译成精神自由"。[②]

　　施莱格尔说："为了把一个对象写好，必须不再对它感兴趣；人们需要深思熟虑后才表达出来的思想，必须是已经过去了的，不再使人们为它思量"，即创造主体必须与对象拉开距离。正是在这个意义上柯尔夫指出：施莱格尔的反讽是艺术家主体的"清醒意识"，而非"热忱"。托马斯·曼也认为，反讽就是客观性，就是防止本能任意控制作者，反讽更接近于日神，因为"阿波罗是距离之神，客观性之神，反讽之神。客观性即反讽"。但是反讽并不仅是对创造的一极施否定性的限制，同样也反对进行过多的干涉，阻碍创造一极的"生命之流"。[③]

　　浪漫反讽作为浪漫诗的方法，要求艺术家摆脱材料的限制，以居高临下的态度来摆布材料……艺术家是一个能动的

---

　　① 李伯杰：《弗·施莱格尔的"浪漫反讽"说初探》，《外国文学评论》1993年第 3 期，第 18 页。

　　② 同上书，第 20 页。

　　③ 同上书，第 21 页。

创造主体，他的创造是向外辐射的、离心的。如果任其发展，他将成为盲目的、奴隶式的，所以他必须在创造中给自己设置一个限制性的、向心的反题，对创作出来的东西、作品中的幻觉加以摧毁，以此确保主体精神的自由。当艺术家"自行创作"了艺术现实之后，便把这事的原委告诉读者，实则打破他所创作出来的一个意象。①

浪漫反讽说认为人身上两种基本冲动中，感性追求是实在的、有限的对象，理性追求的则是超越的、无限的对象。二者若得不到沟通与调解，结果将是灾难性的。人类或者囿于有限而沉沦，或者在向神性靠拢的过程因为没有监督而毁灭。而精神是有自我意识的，不愿僵死在有限的实在中，于是产生了超越的冲动，也不愿在追求无限的过程中灭亡，于是要求把二者统一起来。"激情"永恒地趋向无限，"怀疑"则永恒地指出无限是不可企及的，毁灭"激情"的幻觉。每经过一个这样的过程，"激情"便作了一次反思，更进一步了解了无限的意义，超越了原来的自我，在无限完善性上前进了一步。……所以，"反讽本来就是人类最高的善和中心"。②

浪漫派的诗学是他们的理论，而他们的文学实践却与此并不完全一致。下面我们看看作家们的生平和具体创作。

---

①　李伯杰：《弗·施莱格尔的"浪漫反讽"说初探》，《外国文学评论》1993年第3期，第22页。

②　同上书，第25页。

第二章　诺瓦利斯

第一节　生　平

诺瓦利斯是早期浪漫派最重要的思想家和作家，在德国文学史上具有开辟新时代的意义。他的本名是弗里德里希·封·哈登贝格（Friedrich von Hardenberg, 1772—1801），"诺瓦利斯"出自他家族的古姓。

哈登贝格家族可以追溯到 12 世纪。该家族成员姓氏由拉丁语 de Novali、magna Novalis 和 de Hardenberg 逐渐演变成 von Hardenberg。de Novali 或 magna Novalis 意为"开垦处女地"。诗人采用这个笔名显示出他开拓创新的愿望。[①]

哈登贝格家族在历史上是个名门望族。17 世纪，该家族一分为三，其中两个支脉获得伯爵封号，另一个则获封男爵。伯爵一系中最著名的人物是曾任普鲁士首相的卡尔·奥古斯特·封·哈登贝格（Karl August von Hardenberg, 1750—1822）[②]。诺瓦利斯的父亲海因里希·乌利希·厄拉斯姆斯·封·哈登贝格（Heinrich

---

① 此"生平"一节，所用资料出自 Dennis F. Mahoney, *Friedrich von Hardenberg* (*Novalis*), Verlag J. B. Metzler, Stuttgart, 2001. 由唐伦亿教授撰写，略有改动。谨致谢忱。

② 卡尔·奥古斯特·封·哈尔登贝格是德国著名的改革家，曾任普鲁士王国外交大臣（1804—1806）和首相（1810—1815）。

Ulrich Erasmus von Hardenberg，1738—1814）属于男爵一支，曾在哥廷根大学学过法学，在曼斯菲尔德铜银矿接受过培训，七年战争（1756—1763）时曾服役于普鲁士军队，任上尉。战后，他从父亲那里继承了萨克森的奥贝威德施特德庄园。他的第一个妻子结婚不到五年于 1769 年死于天花。他为此深受震动，认为这是上帝对其世俗生活的惩罚，于是向上帝起誓信奉虔敬教派，①并加入了海恩胡特兄弟会（Hernhuter Brüdergemeide）。它因 1722 年波希米亚和玛尔的信徒在辛岑多夫伯爵的领地海恩胡特建立居住地而得名。

　　1770 年，乌里希与出身没落贵族的奥古斯特·伯恩哈蒂娜·封·伯茨希（Auguste Bernhardine von Bölzig）小姐结婚。他们共生养了十一个孩子。诺瓦利斯 1772 年 5 月 2 日生于奥贝威德施特德庄园，排行老二，却是长子，从小受到母亲无微不至的呵护。父亲恪守宗教教义和道德准则，是一位严父。他对父亲总是怀着一种敬畏，称他是"优秀的"、"杰出的"父亲。

　　由于家庭人口日增，庄园的收益入不敷出，父亲不得不到矿山去兼职。1785 年，父亲被任命为杜伦贝格和柯森盐矿的经理。于是举家迁至萨勒河畔的威森菲尔斯（Weissenfels）。诺瓦利斯就读于该市的拉丁文学校。"他学习非常勤奋"，他弟弟卡尔后来回忆说，他 12 岁时就能比较熟练地应用拉丁语和希腊语。他注重学习历史，尤其是中世纪的历史。他还表现出对诗歌和童话的浓厚兴趣，常给弟妹们栩栩如生地讲述一些诗歌和童话，充满了想象力。总之，诺瓦利斯是一个具有强烈好奇心和感悟能力的学生。

　　1790 年 6 月至 10 月，诺瓦利斯转入著名的艾斯雷本路德

---

① 虔敬派是 17 世纪在德国新教中形成的一个教派，教人专心于基督教的生活，虔心敬修，一丝不苟，追求圣洁。

文理中学就读。在此学习期间，他阅读了一些古希腊罗马作家的著作，娴熟的古代语言使他获益匪浅。该校的校长是一位研究古代文学的专家，他激发了诺瓦利斯对贺拉斯的兴趣，于是他翻译了几首贺拉斯的颂歌以及一些维吉尔、荷马、忒俄克里托斯和品达的诗作，同时也开始试笔写诗，表现出他的文学天赋。

诺瓦利斯的父亲和曾任德意志骑士团首领的伯父都希望他日后能成为政府官员，于是1790年10月他到耶拿大学注册，攻读法学。但他对法学及其相关课程并不感兴趣，而是选修了哲学。更吸引他的是刚到耶拿大学任教的席勒。席勒不仅是著名的作家，而且是历史学家和哲学家。诺瓦利斯选修了他的"欧洲国家史"和"十字军东征史"，并结下亦师亦友的深厚情谊。诺瓦利斯后来回忆说："我了解他，他是我的朋友。"1791年，诺瓦利斯在启蒙思想家维兰德（Christoph Martin Wieland，1733—1813）主编的杂志上发表了他的第一首诗《一个年轻人的诉说》，被维兰德赞为一个年轻缪斯的优雅颂歌。

1791年10月，诺瓦利斯转到莱比锡大学继续攻读法学。莱比锡这座萨克森的大都市，使在乡下和小城市长大的诺瓦利斯第一次接触到都市生活。与在耶拿一样，他的坦率、热情、喜欢交际，使他很快赢得了朋友。1792年1月，他结识了与他同龄的小施勒格尔。在写给他哥哥的信中，这位日后成为浪漫派领袖的人物这样谈到诺瓦利斯："命运使我结识了一位年轻人。他将成为全才。……他年轻，颇有教养，思维敏捷，容貌英俊，一双黑眼睛，表情庄重。他谈起文学诗歌，总是慷慨激昂……学习哲学使他轻而易举地产生一些美的哲学思想。他不追求真实，而追求美……在结识他的第一个夜晚，他就慷慨激昂地阐述他的观点。他认为，世上没有恶，万事万物都在重新接近黄金时代……他很乐观，重感情。他能领悟对他产生深刻影响的各种形式。"①可见，对"美"、对"黄金时代"的追求，是诺瓦利斯学生时代就有的理想，其"浪漫"在他是"自生"，而不是"接受"，他之加入浪漫派圈子，是因为志同道合。

在莱比锡大学，诺瓦利斯曾因恋爱而荒疏学业，为此受到父亲的严厉斥责，他表示悔悟。1793年5月，诺瓦利斯转入维滕堡大学继续学习法学。他一改过去广交朋友的习惯，集中精力学习。1794年5月，他在给父亲的一封信中写道："有关勤奋的问题，我现在无须他人催促了。我希望这个夏天比以往学得更多。""一种求职的欲望在促使我努力学习，以便将来在经济上自立。"② 1794年6月14日，诺瓦利斯以"优异的成绩"在维滕堡法院通过了国家考试，从而结束了几经周折的学业。1794年8月，他在给施勒格尔的信中抱怨学习对他的折磨："在维滕堡，我完全放弃了我爱做的事。研读萨克森的法律占去了我的全部时间。"③现在他终于从求学的压力中解脱了出来，重新燃起了创作的欲望。在长时间停止诗歌创作之后，他在1794年6月至10月休养期间创作了几首诗。其中最值得一提的，是按照18世纪末流行的扬抑抑格写成的《华尔兹》。

父亲试图通过有影响的普鲁士大臣卡尔·奥古斯特·封·哈登贝格为儿子在柏林谋一公职。等候期间，父亲决定让他去盐矿见习，熟悉行政管理工作。1794年11月，他到滕施特德跟随行政长官奥古斯特·科勒斯丁·尤斯特实习，并寄住在他家中。诺

---

① Friedrich Schlegel, *Kritische Friedrich-Schlegel-Ausgabe*, herausgegeben von Ernst Behler, Verlag Ferdinand Schöningh, München, Paderborn, Wien, 1958ff. Bd. 23, S. 40.

② Novalis, *Schriften*, Die Werke Friedrich von Hardenbergs, Herausgegeben von Paul Kluckhohn und Richard Samuel, 2. nach den Handschriften ergänzte, erweitere und verbesserte Aufgabe in 4 Bänden, W. Kohlhammer Verlag, Stuttgart, 1968, Bd. 4, S. 136.

③ Ebd. Bd. 4, S. 140.

瓦利斯的工作主要是，负责抄写有关法律争端和海关边界问题的报告，速记审理各种案件的过程。他在给小施勒格尔的信中写道："实习耗去了我每天四分之三的时间，剩下的宝贵的四分之一留给朋友和阅读。"①在这座小城里，他与上司关系融洽，生活有人照料，无忧无虑。虽然他感到与外界隔绝，既读不到有趣的书籍，也看不到著名的报纸《告诫》，但对新的生活空间还是比较满意的。

　　1794 年 11 月 17 日，他因公务来到附近的格鲁宁根（Grüningen）骑士庄园，结识了庄园主不到 13 岁的继女索菲·封·库恩（Sophie von Kühn，1782—1797）。他对索菲一见钟情，用他自己的话来说，十五分钟就搞定了终身大事。弟弟厄拉斯穆斯和卡尔都认为，他不宜与她订婚，因为索菲过于年幼，文化素养不高。但他不顾他们的劝告，没有告诉父母，于 1795 年 3 月 15 日与索菲订了婚。每当他出差路过格鲁宁根，都要去探望他的恋人。在他看来，爱情是世界观，而不是激情。索菲（Sophie）的名字出自希腊语 sophia，即"智慧"的意思，于是恋人就成了他的智慧、开启自我的钥匙，也是他生命的灵魂。虽然此前在莱比锡和维滕堡，诺瓦利斯都有过恋情，但都没有如此惊心动魄。

　　1795 年夏，诺瓦利斯参加了耶拿的一次聚会，结识了哲学家费希特。诺瓦利斯对他的"自我"哲学产生了浓厚的兴趣。在 1795 年至 1796 年间的工作之余进行深入的研究，撰写了近 200 页的《费希特研究》。

---

① Novalis, *Schriften*, Die Werke Friedrich von Hardenbergs, Herausgegeben von Paul Kluckhohn und Richard Samuel, 2. nach den Handschriften ergänzte, erweitere und verbesserte Aufgabe in 4 Bänden, W. Kohlhammer Verlag, Stuttgart, 1968, Bd. 4, S. 145.

　　与索菲订婚之后，诺瓦利斯想尽快结婚，过上平静的家庭生活。但索菲却得了致命的疾病。1795 年 11 月底，她病情加重，被送到耶拿救治，被诊断为急性肝溃疡。手术后，她的病情略有好转。诺瓦利斯满以为她能很快康复，对未来充满着希望。1796 年 7 月，索菲旧病复发，又被送到耶拿。经多方救治无效，刚满 15 岁的索菲于 1797 年 3 月 19 日离开了人世。索菲的死让诺瓦利斯受到沉重的打击。用他自己的话说就是，我心中美好的形象破碎了，我生活在废墟之中。对于我来说，格鲁宁根这个追求自我提升的摇篮却成了葬身之地。他后来还多次表示，他要随索菲而去，与她在天堂结合。

　　经受了这沉重的打击，诺瓦利斯于 1797 年秋开始深入研究荷兰哲学家赫姆斯特尤斯，写下了《赫姆斯特尤斯研究》，他对诺瓦利斯的思想和创作都产生深刻的影响。1797 年 12 月，诺瓦利斯起程前往弗莱堡矿业学院学习矿业，开始了他新的人生历程。他选修了化学、物理、数学、地质学、矿物学和矿山法，以便日后成为父亲所希望的训练有素的矿山专家。对他特别有吸引力的课程是矿物学。在后来的作品中，红榴石、锆石、电气石都成了他诗歌中的意象。系统的自然科学学习，开阔了他从事哲学研究和文学创作的视野。在此期间，诺瓦利斯结识了新的恋人尤丽叶·封·卡尔朋梯尔（Julie von Charpentier，1776—1811）。她父亲曾是数学和物理教授，时任矿山局局长。但与索菲相比，他已经缺少先前的激情。他对索菲是一种绝对的爱，基于信仰的爱。而对尤丽叶则是一种现实性婚姻的爱。在经历不幸之后，本来还年轻的诺瓦利斯感到老了许多，已没有从前那种激情。对方的温情使他只感到暂时的愉悦和内心的放松。1798 年 12 月，他与尤丽叶订了婚。

　　弗莱堡求学期间是诺瓦利斯作为诗人和思想家最具创造性的时期。在紧张的学习之余，他创作了一些作品。1798 年 4

月，他在《雅典娜神殿》第一期上首次以诺瓦利斯的笔名发表《花粉》断片；在 6 月至 7 月间，他在《普鲁士王国年鉴》上发表了《信仰与爱情》；同时他已着手创作小说《塞斯的弟子们》。1799 年 5 月，诺瓦利斯结束了为期一年半的学业，于 5 月中旬回到了威森菲尔斯，投身于紧张的职业生活。他的远见卓识、他全身心的投入、他丰富的专业知识，都赢得了上司的赞赏和重视，并于 1800 年 12 月 6 日被任命为图林根县的矿山主管。

还在 1799 年 7 月 17 日，诺瓦利斯在耶拿结识了蒂克，并与他结下了深厚的友谊。这期间，他创作了 15 首宗教歌曲《圣歌》；在 1799 年 11 月 11 日至 14 日耶拿举行的浪漫派聚会上，他朗读了《基督教与欧洲》，集中体现了他的社会思想和宗教观。同时，诺瓦利斯着手创作小说《海因里希·封·奥夫特丁根》。1800 年夏，他创作了《死者之歌》。1800 年 8 月，在《雅典娜神殿》第六期上发表了他最著名也是最后的组诗《夜颂》。

1801 年年初，诺瓦利斯的健康状况急剧恶化。3 月 25 日，他因肺结核而离开人世，年仅 29 岁。他已着手创作的小说《塞斯的弟子们》、《海因里希·封·奥夫特丁根》以及其他科研课题都还没有完成。天才的英年早逝，让人痛惜不已。

第二节　诗歌创作

诺瓦利斯的诗歌（不包括小说插曲）在全集中分为三类：一是《夜颂》6 首和《圣歌》15 首，这是他的代表作。二是杂诗，依照编年收入从 1794 年到 1800 年的作品，并分成威森菲尔斯（1794 年夏）、滕施特德—格鲁宁根（1795—1797）、弗莱堡（1798—1799）和"最后的诗"（1799—1800）四个部分，共 32

首。三是"少作",收入 1785 年到 1793 年的诗共 117 首。从时间上看,诺瓦利斯的创作可以分为前后两期,它以 1797 年 3 月索菲去世为界。前期的创作,主要表现为对前人的学习和继承,130 首诗内容风格各异,虽有少数佳作,但还没有形成自己的风格。后期则是诺瓦利斯的创造时代,不仅有鲜明的个性,而且开创了德国诗歌的新纪元,也因此确立了他在文学史上的地位。其代表作就是《夜颂》和《圣歌》。

一　前期（1785—1797.3）

诺瓦利斯从 1785 年开始写诗,当时他还是一个 13 岁的少年。那时的生活平静而幸福,贵族的家庭为他提供了富裕的生活和光明的前途。写诗只是他的天赋才华和童年以来的"个人爱好"。他的诗如同他的生活,闪耀着青春的阳光,躁动着生命的力量。但它们在艺术上还不成熟,从题材、内容到诗艺都有明显的学习痕迹,这包括巴洛克诗歌的华丽和宗教性,启蒙诗歌对自然的理性观察和描写,罗可可诗歌的世俗快乐和感官享受,感伤主义的敏感,克罗卜史托克以及哥廷根林苑派的重情,还有民歌的率真、明快等都对他产生了不同程度的影响。但总体说来,这还是他的"学习时代",其"习作"大致可以分为如下几类。

（一）自然

因为长期生活在乡下和小城市,诺瓦利斯对大自然有特别亲切的感情,所以自然景物很早就走进他的诗歌。诺瓦利斯的自然诗精于观察、长于描写、善用比喻,有启蒙自然诗的痕迹。在写山野自然方面,让人想到哈勒（Albrecht von Haller, 1708—1777）,在对花草树木的精致描绘上,则让人想到布洛克斯（Barthold Hinrich Brockes, 1680—1747）,但比布氏温柔、多情,比如下面的《晨歌》:

被清越的笛声唤醒
快乐的早霞
从灌木丛后涌现，
它在玫瑰纱巾上流动
受到山水仙女的问候
太阳神放射出他最纯洁的光芒；

所有的森林、田野
所有的一切，都感受到
甜蜜、温柔的宁静，
所有的一切都从那
新的生命、活力、繁盛
也从那关切感到了安宁。

鸟儿唱着晨歌，
一片小叶沙沙地飘落
心怀感恩和幸福；
我见所有的动物都含着爱，
我心爱的小情人也走出来
一同走向草场。

那草地上的牧羊人，
快乐地将短笛吹响
这是最美的歌唱
扔掉的坎肩在飘舞
在我们周围，在花丛中飘落
田野上一片花香。

> 在叹息和呻吟中
> 是幸福的爱情，
> 这让小仙女高兴，
> 让太阳神欢喜又嫉妒，
> 嫉妒这神圣的幸福，
> 因为达弗娜已将他拒绝。①

　　这是诺瓦利斯的少作，没有编年。在总共 117 首中编号第31，应该是较早的作品。它在遣词造句上显得生涩，意象、意境都有明显的模仿痕迹。《晨歌》本是巴洛克诗歌的重要题目，诗人通过描写晨光、晨光中的自然而歌颂上帝。其中的景物都是隐喻的、象征的。到启蒙时代的布洛克斯，他把隐喻的自然变成真实客观的自然，变成审美对象。他歌颂人世生活的美好，然后再把这一切都归之于上帝的恩赐。诺瓦利斯的《晨歌》，开篇是客观精细的描写。意象如早霞、森林、鸟儿；意脉从太阳初升到森林田野，再到鸟儿歌唱；还有精致华丽的辞藻等等，都打上了启蒙自然诗的印痕。然后转向情爱，牧羊人、牧羊女的世俗生活，特别是爱情和性爱，体现出罗可可的风调。诗中还出现了古希腊的诸神如太阳神、达弗娜等。达弗娜是一个山林女神，为阿波罗所爱，但她拒绝了他，并自愿变成一棵桂树。于是这首诗又闪耀着希腊世界的阳光。我们今天的读者不但能读出小诗人的努力汲取，还能感受到他是一个对世界充满爱的"阳光少年"。再看下面的《致菩提树》：

> 优美、亲切的菩提树，

---

① Novalis, *Schriften*, Die Werke Friedrich von Hardenbergs, Herausgegeben von Paul Kluckhohn und Richard Samuel, 2. nach den Handschriften ergänzte, erweitere und verbesserte Aufgabe in 4 Bänden, W. Kohlhammer Verlag, Stuttgart, 1968, Bd. 1, S. 484.

你向来待我好，
沙沙的微风中，
你把我的头轻轻爱抚。

当蜜蜂嘤嘤飞舞
你繁花盛开飘香四处，
蜂儿在你身上嬉闹，
你把我招到身边。

你开心地看着我
在你身边玩笑，
但今天，可惜得很！
在这儿我心感痛苦。

你自己也显得伤感，
当西风吹过，
像是对我发问，
是什么让我痛苦？

啊，我的姑娘病了，
我不能平静
她似乎，要蹒跚地
走向坟墓。

如果她能康复，
我一定来
跟她一起

来看望你。①

根据注释，这棵菩提树实有其物，诺瓦利斯十分喜爱它。②
可见此诗是在抒发真情实感。它用三音步的短行，每节四行，
洋溢着民歌的风情，畅朗明快。较之《晨歌》相对生硬的模
仿，此诗显得自然淳朴。其他如《第一朵紫堇》，采用对话体，
有明显的罗可可风调：温柔、雅致；《傍晚》有如画的描写：
夕阳、星空、晚钟等等，并由此引出对人生晚景的联想。总的
说来，诺瓦利斯的自然诗比起前辈的布洛克斯、哈勒、克莱斯
特，显得更有情致、更纤秀风雅，而且突破了歌颂上帝的模
式，更有世俗的生活气息。但就诗艺本身说来，还只是平畅
而已。

（二）爱情

诺瓦利斯是个多情之人，很早就开始歌唱爱情，如民歌风的
《长着一头黑发的小爱人》：

> 长着一头黑发的小爱人
> 生着碧蓝的双眼
> 不要这样无情冷淡，
> 不要这样羞怯腼腆，
> 你正眼看着我，
> 高兴而不红脸。③

---

① Novalis, *Schriften*, Die Werke Friedrich von Hardenbergs, Herausgegeben von
Paul Kluckhohn und Richard Samuel, 2. nach den Handschriften ergänzte, erweitere und
verbesserte Aufgabe in 4 Bänden, W. Kohlhammer Verlag, Stuttgart, 1968, Bd. 1,
S. 469f.

② Ebd. Bd. 1, S. 702.

③ Ebd. Bd. 1, S. 518.

　　此诗可能作于 1790 年，那时诺瓦利斯 18 岁，正是青春勃发爱情萌生的年龄，面对着一个可爱的姑娘，他用寥寥数笔描画了她动人的眼睛，由此传达出彼此间的爱意，正是"传神写照正在阿睹中"的德国版。下面是《劳拉的松鼠》：

　　　　哦，小动物，它快活地
　　　　在我恋人的窗前蹦跳
　　　　她用她那雪白的小手
　　　　亲自细心地喂它饲料，

　　　　它的蹦跳，就像潘塔隆
　　　　傻里傻气，使她欢喜，
　　　　为了酬赏它的滑稽，
　　　　它受到宠爱，躺在她怀里。

　　　　它依偎着她，靠近她胸房，
　　　　舔着她的蔷薇色的脸，
　　　　它常常看到许多魅力，
　　　　在我确实欲见无缘。

　　　　从前我并无嫉妒之心，
　　　　现在我却要对你嫉妒，
　　　　她抚摸你，衷心爱你，
　　　　对我却嘲笑我的痛苦。

　　　　哦，让幸运女神向我微笑
　　　　有一天让我跟你亲近，
　　　　因为我不会满足于一瞥，

　　　　她将遭到勒达①的命运。②

　　此诗通过一只小松鼠来表达爱欲，手法来自阿那克瑞翁体，但诺瓦利斯写来自然流畅，活泼生动，有民歌的风韵。与此相近的还有《我将来妻子的特性》，是应一个小姑娘之请而作，所以含有一种调侃，也是民歌的手法，生动地反映了市民阶层的道德观和价值观。此外的《矛盾和爱》写得活泼生动，《爱情》则写得含蓄深婉。总之，诺瓦利斯的爱情诗受到罗可可和民歌的双重影响，透露着青春的活力和生活的气息。

（三）青春

　　如同中国古典诗歌中有咏"少年"一类，诗酒放荡、血性侠气，德国人亦如是。受到时代风尚的习染，友谊、社交和享受生活也是诺瓦利斯的一个主题，它们洋溢着青春的生命力和热情，如下面的《划船》：

　　　　小伙子们，飞速地划，依着节奏，
　　　　向着那驻春的小岛，
　　　　那里春光优美地舞蹈
　　　　在阿波罗喜欢的游戏里。

　　　　看那太阳——落入林后
　　　　缓缓地沉入遥远的天际，
　　　　夕阳照耀着山峦，

---

　　①　希腊神话中的一个王妃，宙斯变形为天鹅勾引她，后来生下了绝世美人海伦。此注和译文见钱春绮译《德国浪漫主义诗人抒情诗选》，江苏人民出版社 1984年版，第 68—69 页。

　　②　Novalis, *Schriften*, Die Werke Friedrich von Hardenbergs, Herausgegeben von Paul Kluckhohn und Richard Samuel, 2. nach den Handschriften ergänzte, erweitere und verbesserte Aufgabe in 4 Bänden, W. Kohlhammer Verlag, Stuttgart, 1968, Bd. 1, S. 531.

山峦向着晚霞问候。

痛饮中亲吻姑娘玫瑰般的面颊，
我在期待，她的眼睛已向我示意。
赫斯佩鲁斯应该闪耀光芒
直到那嫉妒的晨星出现。①

"友谊"是克罗卜史托克以及罗可可诗歌的重要主题，而与此相关的社交生活如泛舟、出游、宴饮等也就成其主要内容。诺瓦利斯的《划船》直接受到 1777 年马梯松（Friedrich Matthisson，1761—1831）同题诗的影响。克罗卜史托克写有一首著名的《苏黎世湖》，内容与此相近，而马梯松正是克罗卜史托克一派的诗人。可以说，此诗从内容、情调都体现出罗可可诗风，其中出现的 Grazien（优美、妩媚）也是罗可可的典型词汇。诺瓦利斯还有一首《滑冰》，也应该受到克罗卜史托克同题诗的影响。其他如《酒歌》、《新年之歌》、《布尔克温德尔酒》等都属于此类，而下引的《华尔兹》是其中的佳作：

在生活的小路上旋转
别停步，请你们继续
贴紧着少女们狂跳的心
她们知道青春和快乐只在瞬间。

让争吵和嫉妒远远走开
别让烦恼败坏我们的时光

　　① Novalis, *Schriften*, Die Werke Friedrich von Hardenbergs, Herausgegeben von Paul Kluckhohn und Richard Samuel, 2. nach den Handschriften ergänzte, erweitere und verbesserte Aufgabe in 4 Bänden, W. Kohlhammer Verlag, Stuttgart, 1968, Bd. 1, S. 489.

　　对爱情的守护神①只要虔诚

　　每人定能找到自己的新娘。②

　　此诗写于 1794 年，当时诺瓦利斯刚通过法律考试，正有一副兴奋欢乐的好心情。华尔兹本来出自民间，以后进入上流社会，1787 年首次在维也纳的舞台演出而被贵族化。此诗是德国也可能是世界上最早描写华尔兹的诗，③ 表现的还是民间的华尔兹，与轻快的旋律和舞步相一致，这里洋溢着青春的热情与欢快。其中虽隐着一丝感伤，但这并不是个人的，而是罗可可诗风自身拥有的。

（四）伤逝

　　伤逝是中西诗歌的共同主题，对秋风落叶、对荒枯的冬天，诗人不禁发出对生命凋伤的哀歌。年轻的诺瓦利斯，个人的敏感、前辈诗人的熏陶，让他也写出感伤的诗，如下面的《对落叶》：

　　冬天又来了

　　带着冰雪、狂风，

　　稀疏的树林里飘出歌声，

　　大地银装素裹，

　　叶子从橡树飘落，

　　不再因鸟儿的勤劳而生机勃勃，

---

　　①　"守护神"的原文是"Schutzgeist"，指恋人，自 1752 年因维兰德的使用而广泛流行。诺瓦利斯的带有索菲像的戒指上就刻着"索菲是我的守护神"。Ebd. Bd. 1, S. 662. *Anmerkungen 7.*

　　②　Ebd. Bd. 1, S. 385.

　　③　Novalis, *Schriften*, Die Werke Friedrich von Hardenbergs, Herausgegeben von Paul Kluckhohn und Richard Samuel, 2. nach den Handschriften ergänzte, erweitere und verbesserte Aufgabe in 4 Bänden, W. Kohlhammer Verlag, Stuttgart, 1968, Bd. 1, S. 374, 662.

狂风卷着哀伤的毛羽
按照时间的指令掠过，

树叶被粗暴地扯下，
上面只还有一片，
你孤零零地飘舞，
摇来晃去。

一年年时光流淌
一步步走近静静的坟墓，
金黄的头发变成苍白，
北风吹落最后一朵玫瑰。

多幸运啊，人们能看到
最后的玫瑰飘飞
不必嫉妒那年轻人，
他四周繁花盛开，

人们可以欣赏别的花
那是长生的女儿，
人们也不要害怕风暴，
它顺从人世的生活。①

---

① Novalis, *Schriften*, Die Werke Friedrich von Hardenbergs, Herausgegeben von Paul Kluckhohn und Richard Samuel, 2. nach den Handschriften ergänzte, erweitere und verbesserte Aufgabe in 4 Bänden, W. Kohlhammer Verlag, Stuttgart, 1968, Bd. 1, S. 480.

因为对"死"的悲情，自然就有对死者的哀悼。西方悼亡诗①产生于英国，18世纪中期传入欧洲大陆，在德国与感伤主义相应合，成为诗歌的一个新题目。克罗卜史托克和哥廷根林苑派诗人都写过出色的悼亡诗（Gräber），它怀念死者，回忆往事，感伤人生。诺瓦利斯受到他们的影响，也写出如《墓地悲歌》这样的诗。而且开始了他自己的思考：

在维特墓畔

> 可怜的青年，你已经备尝忧患，
> 你已做完这种浮生的大梦，
> 你在天上的和平小屋里面
> 再也难得想起凡间的苦痛。
> 如今你不受干扰，爱着绿蒂，
> 在永远的安息中感到喜悦，
> 只有纯洁的爱才能传授的、
> 永不疲倦的天国之吻的喜悦。②

诺瓦利斯成长在感伤文学的摇篮里，歌德的维特给他的影响深刻。但他并不是感伤维特的爱情悲剧，而是把死看做是此生痛苦的解脱，通过死，人可以达到永恒的幸福。这其实是他《夜颂》的思想萌芽。另外诺瓦利斯还写了很多赠诗，包括给父母、兄弟姐妹和亲友。这类诗有的是真情抒发，有的是交际应酬。从内容到形式都平平，不赘述。

---

① 这是广义的"悼亡"，表达对逝者的怀念。中国古典诗歌中有"悼亡"一类，它只写对亡妻的伤悼。
② 《德国浪漫主义诗人抒情诗选》，钱春绮译，江苏人民出版社1984年版，第75页。

二　后期（1797.3—1800）

索菲的死，完全改变了诺瓦利斯的思想轨迹，命运把他从此世逐到了彼岸。他沉溺于对索菲的思念之中，并把这种痛苦的情感道德化、宗教化，变为一种刻意的追求。于是诺瓦利斯的诗歌也随之出现重要的转折，即从外在世界转向内心。他就像是一个矿工，深入心灵世界这个幽深的矿井。他在其中探索，写下他的感觉、印象、体验。同时他有更多的对人生的哲学、宗教的思考。他习惯于把物质精神化，因此他笔下的景物自然很多不再是客观的实在，而是一种象征。比如《摘葡萄》，看似写摘葡萄和收获的喜悦，其实是为母亲生日而作，祝福自己多子多福的母亲，而"摘葡萄"只是一个象征。即使是即景诗也被"思想化"，如《草地染上绿色》，从春天的景色、感发开篇，继而是对世界、宇宙的追问，再后把世间的美好归结为上帝的恩赐和启示，最后是自己对自然这部"天书"的领悟。由于要表达内心和思想，这一时期的诗在写法上多想象、多象征，形成一种幽邃、神秘的风格，这是成熟了的诗人诺瓦利斯。其代表作有《夜颂》、《圣歌》、《致蒂克》等，另外还有一首《死者之歌》，是未完成的《海因里希·封·奥夫特丁根》第二卷中的一首插曲，但可看做一首独立的诗，其思想跟《夜颂》一脉相承，而最能代表诺瓦利斯思想和艺术的是组诗《夜颂》。

（一）《夜颂》

《夜颂》组诗共六首。诺瓦利斯在1797年就有了创作《夜颂》的计划。其中的第三首特别与他在索菲墓前的激情和幻觉有关。1797年5月13日，他去墓前凭吊，感情不能自已，之后写下了这首诗。《夜颂》的写作前后持续了三年，直到1800年才完成。

《夜颂》的手稿是分行排列的，但既不讲格律，也不讲押韵，且不分节，一气而下。因为它没有节律，所以简单的"分行"就截断了语气和语义，发表在《雅典娜神殿》上的文本，将这些短行大部分连接起来，还原为连续的句子，于是《夜颂》的前三首就变为散文诗，第四、第五首是散文夹诗行，只有第六首是纯诗。这显然是一种随心所欲的文体，正是浪漫派"自由"、"自我"在创作上的体现，因此德国文学史家克莱因说："《夜颂》在形式上的自由，在诗人自己或其他诗人都是空前的。"①这种自由给它带来表达上的优势，其中的散文诗，长于叙述说理。自由诗适于表现激情，而押韵诗造成一种虔敬的气氛，它们以不同形式共同突出了《夜颂》的拯救主题。

《夜颂》专注于自我的内心世界，追寻着心灵的足迹，探索人生终极的永恒和幸福，包含着对人类、历史的形而上的思考，体现着诺瓦利斯自己带有神秘主义色彩的宗教化的世界观。因此《夜颂》之"夜"就不是纯粹的感性的自然之夜，而是诗歌的象征性意象。《夜颂》作为一个象征性文本，"本义"其实已难以追寻，过度诠释可能适得其反。现综合各家观点②和个人的理解，说明其主旨和意脉。

夜颂 I

在那伸展着、孕育着种种奇幻的辽阔空间中，哪一个活泼、聪敏的生灵不爱那令万物欢愉的光明？光明有缤纷的色

① Johannes Klein, *Geschichte der deutschen Lyrik*, Franz Steiner Verlag, Wiesbaden, 1960, S. 417f.

② 主要采用了《全集》的注释，以及舒尔茨、皮库利克的观点。见 Helmut de Boor u. Richard Newald [Hrsg]: *Geschichte der deutschen Literatur von den Anfängen bis zur Gegenwart*, Bd. Ⅶ/1. *Die deutsche Literatur zwischen Französischer Revolution und Restauration*, von Gerhard Schulz, C. H. Beck'sche Verlagsbuch-handlung, München, 1983, S. 626—632.
Lothar Pikulik, *Frühromantik*, *Epoche-Werke-Wirkung*, 2. Auflage, Verlag C. H. Beck, München, 2000, S. 185—195.

彩、耀眼的光芒和波动的光环；她是唤人醒来的白昼，她是柔善的永恒。如同深藏生命之中的灵魂，光明充满于星辰运行的宇宙；光明激荡在那蓝色的海洋中——充满着闪亮、寂静的星球；连那浮华、贪婪的植物，野性、凶猛、形态各异的动物——尤其是那些目光深邃、步履飘逸、唇绽珠玑、光彩依旧的怀旧人物同样渴求光明。像世间的王者，光明呼唤起那千变万化的力量，在分合之中造化出般般天国里的形象——只有在光明中世界才展示出神奇风采。

我却愿坠入神圣的、不可言状的、神秘莫测的夜。在夜的深处是荒凉、孤寂的世界，是坟陵的所在。深深的忧伤拨动着我的心弦。我愿随露滴落下，没入骨殖之中——遥远的往事；青年时的抱负、孩提时的梦想、漫漫人生中的短暂欢愉、徒劳的希望，这一切都裹了一片灰色的纱衣悄然而至，就像那黄昏的雾；冥界外，光明曾撑起欢乐的篷帐。难道光明永不再来？再也不会照亮她的那些怀着纯真期待的孩子们？

是什么在心中突然涌动？是什么吸噬着这缕缕的忧伤？黑暗的夜啊！难道我们也使你着迷？你的外衣下隐藏着什么，使我感到强烈的震撼？你手中的那束罂粟香涎滴流，你正在展开你那沉重的、摄人心魄的翅膀。

我们感受有莫名的冲动——我惊喜地看到一张庄重的面容，她温和地俯视着我，她浓浓的卷发中散发出深深的母爱。对于此时的我，光明显得多么可怜、可笑，而与白昼作别又是多么欢乐、幸运。光明啊，因为夜使你失去了仆从，你才在广袤的天空中散播了颗颗闪烁的银钉，宣告你的无时无刻的无上权威，宣告你将回归。可是我们觉得，夜给我们开启的眼睛比闪烁的星星更神奇。它们无处不在，比那乌合之星看得更远；没有光亮它们也能洞悉那深深的爱的情感，也能找到那因爱而充满着难以描述的欢乐天界。我赞颂这世间的女王、圣界的宣告者、魂灵爱情的守护人。正是她把你——我温柔的最爱、黑夜里明媚的月亮——送给了我。我醒悟了，因为我既属于自己、更属于你。你告诉我夜是有生命的，你使我成了真正的人。用你爱的烈焰消融我的躯壳吧！使我化为轻烟与你融为一体，使新婚之夜成为永恒。①

《夜颂》I 有四段，大意分别是：

第一段：理性地赞美光明。但诗人同时说明，喜欢光明的人，还有那被光明所照亮的一切，包括天体、植物、动物和人，都属于此岸的尘世。

第二段："我"的身心转向黑夜，进入回忆与梦幻。从而与"欢乐"的光明形成一个对极。

第三段：诗人跟黑夜的对话。"我"、"你"反复出现，表现出诗人不觉陷入日与夜的夹缠。

第四段：矛盾解决之后的豁然开朗。这时的诗人超越了世俗，进到了一个新的幸福境地：黑夜。黑夜开启了他心灵的眼睛，让他看到了另外一个世界，看出黑夜是万物的原初之母，给他带来温柔的恋人，给他爱欲的欢乐。

在《夜颂》I 中，诺瓦利斯赋予了"夜"以新的内涵，颠覆了它的传统意义。在欧洲和德意志民间传说中，黑夜是人类的敌人，是鬼魅横行的世界。典型如歌德的《魔王》和《骷髅舞》等。在基督教文化中，黑夜虽然同白天一样，同为上帝所创造，但它是黑暗时刻，是罪恶、痛苦的象征。唯一的神圣之夜，就是圣诞夜。相反，白天则体现着神圣、美好、福音。太阳发出的光，是上帝的象征。创世就始于上帝的话："光明即将来临。"

---

① Novalis, *Schriften*, Die Werke Friedrich von Hardenbergs, Herausgegeben von Paul Kluckhohn und Richard Samuel, 2. nach den Handschriften ergänzte, erweitere und verbesserte Aufgabe in 4 Bänden, W. Kohlhammer Verlag, Stuttgart, 1968, Bd. 1, S. 131.

在 18 世纪的启蒙运动中，光明是理性的象征。但在《夜颂》中，诗人在肯定光明的世俗意义之后，却赋予"夜"以宗教的神圣，它不但有母亲怀抱般的温暖平安，更是通向宗教体验和形而上的精神追求的媒介。又因为诺瓦利斯的"夜"最终导向彼岸的光辉灿烂，死转化为永生，阴阳隔绝的恋人结合在一起，所以《夜颂》歌颂的是永恒的光明和幸福。它有宗教性，但并不是纯粹的基督教，而是把爱情宗教化了的爱的宗教，是他自己的宗教。

夜颂 Ⅱ

　　难道晨光定要周而复始？难道这尘世间的暴力不能终结？欲望的恶行使夜不能升华，难道无名的殉情人就永远不能在烈焰中涅槃了吗？果真如此，时间只赋予了光明，而夜则无法彰显自己的权威——只有沉睡到永远。安眠是圣洁的，它总是令夜的祝福者感到幸福，极少有例外；只有那些蠢人才会误解，他们对你一无所知，他们只能感受到夜幕降临时你亲手抚过的黑暗。在金色的葡萄琼汁中，在奇妙的杏仁油里，在深棕色的罂粟浆汁中，他们不会觉察到你的存在。他们不知道，正是你使温柔的少女心潮激荡，让她们的怀抱变成柔乡。他们也料不到，你会开启天国之门从古老的传说中走来，你手中握有那些神秘信使寻得沉默灵魂的钥匙。[①]

　　《夜颂》Ⅱ是组诗中最短的。它在白天—黑夜、此岸—彼岸对立的框架中，呈现了一个超越尘世的夜。这是爱情的圣地，是

① Novalis, *Schriften*, Die Werke Friedrich von Hardenbergs, Herausgegeben von Paul Kluckhohn und Richard Samuel, 2. nach den Handschriften ergänzte, erweitere und verbesserte Aufgabe in 4 Bänden, W. Kohlhammer Verlag, Stuttgart, 1968, Bd. 1, S. 133.

永恒幸福的所在，而在爱的享受之后的安睡，使对立走向和谐统一。

夜颂Ⅲ

我曾经泪流满面，期盼化为了痛苦；我曾独自站在那小小的荒丘上，它把我生命的躯壳掩藏在狭窄、黑暗的地方。我比所有孤独的人更孤寂，我的恐惧无以名状，因为我无力抗争，心中只有苦涩。当我环顾四周、满心渴望，当我怀着对飞逝着、消融了的生命的无限眷恋，却进退失据的时候，从那蓝色的苍穹中、从那往日的极乐世界飘来一阵黄昏急雨，生的脐带、光的束缚霎时断裂。世间的壮丽连同我的感伤一并逝去，悲哀又融入一个新的、不可知的世界。夜的冲动、醇醇的睡意向我袭来。我曾站立的地方缓缓隆起，空中飘荡着我的再无束缚、新生的灵魂。小丘化作云霭，透过云雾我看到了恋人圣洁的容貌。她的眼中有那平静的永恒。我紧握着她的双手，泪水化作一条闪光的飘带，千年逝去如同一场风雨。我依偎着她的香颈，满眼是陶醉于新生的泪花。这是我第一次，也是唯一一次的梦幻。从此，我才怀有对夜的极乐世界、苍穹中的光辉，对恋人的永恒的、坚定不移的信仰。①

《夜颂》Ⅲ诉说自己在爱人墓前从痛苦到幸福的感情经历。而正是黑夜促成了这一升华。黑夜带走了清醒的痛苦，带来了幻觉的幸福，让他与爱人重逢，于是黑夜就成了他的天堂，爱人也就成了他的信仰。

---

① Novalis, *Schriften*, Die Werke Friedrich von Hardenbergs, Herausgegeben von Paul Kluckhohn und Richard Samuel, 2. nach den Handschriften ergänzte, erweitere und verbesserte Aufgabe in 4 Bänden, W. Kohlhammer Verlag, Stuttgart, 1968, Bd. 1, S. 135.

夜颂 IV

只有等到最后一个清晨来临,只有光明不再躲避爱情与黑夜,只有长眠成为永恒、成为无尽的梦境,我才能真实地感悟。朝圣的路途遥远而艰辛,那十字架会越来越沉重,我感觉到深深的倦意。晶莹的激流涌入那阴暗的山腹,凡夫俗子却无缘得见;世间的洪水在小山脚下断流。谁要是经历过这洪水,又曾站在这世界之巅眺望过那陌生的国度——夜的居所,他一定不会再回到那喧嚣的世界,那永无宁静的光明的家园。

他会在这宁静的山巅建起几间茅舍,满怀深情、满怀憧憬地眺望彼岸,一直到他那最期盼的人儿把他带入那清泉。凡间的万物只能浮在泉水的上面,暴风雨会把它们带回故地;而那些被爱净化了的魂灵,就像露珠儿一样随清风飞到彼岸,同自己的恋人融为永眠。

而你,欢愉的光,催促疲惫的人们去劳作的光,给了我欢乐生命的光,却不能吸引我离开那苔迹斑驳、刻骨铭心的石碑。我愿意舒活一下勤劳的双手,看一看有什么能为你效劳的地方——颂扬你的辉煌,不厌其烦地探索你的杰作中的精义,观察你那巨大的、闪闪发光时钟般的有序运行,思索种种力的平衡和无限时空间奇妙游戏的规则。可是,我的内心深处仍忠于夜,倾心于你的女儿、她创造着的爱。你能向我展示出一颗永远赤诚的心吗?你的太阳有能理解我的友善的眼睛吗?你的星辰会紧握我那双期待的手、含情脉脉地向我表白爱恋之情吗?你用颜色和画笔勾勒过她吗?或者说,你的女儿能给你的涂鸦带上神圣的光环吗?属于你的生命带来的欢愉和享乐能化解对夜的迷恋吗?夜的暗色就不能承载令我们欢欣鼓舞的一切吗?夜像慈母一样拥抱着你,你要把你的辉煌归功于她。如果没有她的阻止、她的约束,放任你

发光、发热在烈焰中去锻造这世界，那你将迷失，你将消失
在永恒的时空中。我曾是真实的，恰似你一样，母亲把我和
兄弟姊妹送到你的世界上来；她要以爱来净化这个世界，要
使它成为一座永受瞻仰的丰碑；她用永不凋谢的花朵来装点
这个世界，但是花朵也无法完成神的意愿——我们的启示还
是太少。有朝一日，你一旦成为我们中的一员，心中也唤起
了渴望与热念，一切归于涅槃。你的时钟就将宣告时间的终
结。我会感知你的俗务已经完结——天界的自由已幸运地归
来。我也知道，你会在狂躁的痛苦中离开我们的家园，你会
反抗古老、神圣的天庭。你的愤怒和狂吼都无济于事；十字
架巍然屹立，烈焰也不能焚毁——它是我们家族的旌旗。

> 我走向彼岸，
> 所有的辛酸
> 都将化作
> 对幸福的召唤。
> 要不了多久，
> 我就能解脱，
> 沉醉于爱
> 躺在恋人的怀抱。
> 无限的生命
> 犹如心中的波涛，
> 我俯视着，
> 我注视着。
> 在那山丘上，
> 你的光辉在消逝。
> 一片暗影
> 送来一个清凉的花环。

啊，亲爱的人儿，

吸噬我吧！

这样我才能长眠，

才能与你相恋。

我感觉到了

那死亡涌动的急流，

那返璞归真的清泉；

我的热血

化为芳香的油膏和云霓；

白昼中，

我生机勃勃，

满怀勇气、信念；

黑夜里，

随着圣洁的冲动

我安然逝去。①

《夜颂》Ⅳ较长，散文诗分为三段，分行诗有两节。散文诗的大意是：

第一段：返回尘世后对黑夜的留恋。

第二段：渴望与恋人的再团圆。

第三段：白天属于工作和理性，黑夜属于爱情。理性的时代终将被天堂和幸福所代替。

分行诗继续歌颂黑夜以及它所带来的爱情和幸福。

在《夜颂》Ⅳ中诗人进一步展开了对立的两个世界：一边是白天，它是生命的此岸。一边是黑夜，是死亡的彼岸。此岸的

---

① Novalis, *Schriften*, Die Werke Friedrich von Hardenbergs, Herausgegeben von Paul Kluckhohn und Richard Samuel, 2. nach den Handschriften ergänzte, erweitere und verbesserte Aufgabe in 4 Bänden, W. Kohlhammer Verlag, Stuttgart, 1968. Bd. 1, S. 135f.

人们在阳光下用勤劳的双手创造"光辉灿烂"，他们推动科学的进步，探索自然的规律，认识"时钟般运转"的宇宙，"思索种种力的平衡和无限时空间奇妙游戏的规则"。但诗人通过爱人和基督的死，认识到白天是有限的、附生的，黑夜却是原生的、无限的，能给人带来终极的幸福和永恒，因此诗人肯定了黑夜，肯定了死亡，并因此超越了死亡。

夜颂 V

很久以前，广袤的大地上人类各部落都有一个共同的宿命，像一条沉重的黑绦无声地捆缚着他们惊恐的灵魂——无边的大地曾是众神的栖所和故乡，亘古以来就矗立着他们神秘的殿堂。在晨曦染红的山巅、在大海神圣怀抱，居住着太阳，那活泼的、燃烧着的光。

一位年迈的巨人撑举着这极乐世界。大地母亲的古老子孙被压在群山之下，面对威严的新神族及其亲眷、欢乐的人们已失却勇气。在海洋墨绿的深处曾是女神的怀抱，一个奢靡的族群曾在那水晶宫里嬉戏、生息。那时的树木、河流、花草和动物都有人的情感。葡萄的精灵，那洋溢着青春气息的美酒更是甘甜。一位充满母爱的女神从一片金光中升起，使人陶醉于圣洁的爱就是这位致美女神的甜蜜事业。天之骄子和地上的居民举行着一场五彩缤纷、永不结束的庆典，生命流淌，如同百年春天。所有的生灵都天真地崇拜那温暖的、熊熊的火焰，视它为世间最崇高的神圣。可是，这只是一层幻象，更是一场可怕的梦魇。

令人战栗的噩梦
降临在欢宴的席间，
一种怪诞的恐惧在弥漫。
这时的众神也不知晓，

如何抹去这怔怔忧心。
魔道神秘莫测，
肆虐却不能震慑，
本能的祈盼。
这就是死亡的降临，
她带来的恐惧、痛苦和泪水
终止了这欢宴。

与愉悦心灵的一切诀别，
同陷于尘世无望期盼的
饱受痛苦煎熬的爱人分离，
对于逝者，
只是依稀的梦幻，
他的抗争徒劳无益。
无穷的懊恼像一座磐石，
在它面前任何享乐的快感
都会烟消云散。

以果敢的精神、炙热的情感
人类美化自己可怕的面孔，
一个柔顺的少年熄灭生命之光，
安息长眠，
这终止符变得祥和；
就像微风拂过竖琴。
记忆融入阴冷的水流，
忧伤里响起悲凉的歌声。
永恒的夜依旧是不解之谜，
只留下，

一个遥远的,
王者之国庄严的标记。

旧世界濒于消亡,年轻人类的乐园已经衰败。成熟起来的人们来到这自由、荒凉的地方,众神和他们的随从已悄然离去。孤寂的大自然毫无生气,她用铁链紧紧地锁住那少许居民,施以严酷的戒律。那无穷的生机就像尘埃与空气,成了谜一样的暗语。誓言、幻想,还有那神通广大、能无穷变化的极乐女神都已消逝。寒冷的北风在冰封的田野上肆虐,神奇的家园已消失在苍穹之中。遥远的天国星光闪耀,尘世间的灵魂竭力要穿过重重天幕,进到那情感的圣地;为的是,在那里等待光辉盛世的来临。光明已不再是众神驻跸的旗幡,也不再是极乐世界的彩环。诸神已隐身于夜的轻纱之下,夜已化成神谕的圣地——众神的居所。诸神安睡其中,准备以新的形象翱翔在已经改变了的人间。在那因世故而备受蔑视、已然忘记了青春纯情的民众中间,新的世界以崭新的面貌出现;在简陋的茅舍里一片诗意,神秘的遇合结出硕果——第一个处女母亲的儿子。东方那饱含警示格言的智慧首先认识到,这是新时代的开端;一颗明星向圣哲们指明那通向王者朴陋茅屋的路。以未来、遥远未来的名义他们用花环和香膏,用自然的奇珍异宝向他们的王表示敬意。上帝展现的威力无比的爱已悄然结成果实;他面对天父的崇高面容,沉睡在表情庄重的母亲忐忑不安的怀抱里。这成长中的孩子用他那智慧的眼睛展望未来,以近于溺爱的感情注视着他所爱的人们,那些诸神部落的子孙、那些对他的尘世命运漠不关心的子孙。很快,那些最具童真情感的人就为这内心的爱深深地感动,聚集到他的周围。一种崭新而陌生的生活就像花儿一样,在他的身边吐

艳争芳。说不尽的话语,最令人振奋的消息从他友爱的口
中传出,如同神的思想火花。一位在希腊晴空下出生的歌
手,从遥远的海滨来到了巴勒斯坦,把他的心灵完全献给
这个神奇的孩子。

> 你就是那个少年,
> 你长久以来
> 就站在我们的墓地上沉思;
> 黑暗中出现一个信号,
> 使我们感到宽慰;
> 更高尚的人类
> 会有令人欣慰的开端。
> 让我们深感悲伤的,
> 也使我们有了甜蜜的渴望。
> 死亡中预示着永生,
> 你的就义换得我们的康健。

这位歌手兴高采烈地前往印度斯坦,心中充满着甜蜜的
爱。他用火一样的热情引吭高歌,在和煦的风中播撒爱心。
数以千计的人倾心于他,他带来的喜讯被千遍高声咏唱。歌
手离去不久,那个神奇的生命就成了人类堕落的牺牲品;他
英年就义,被迫与他那深爱的世界,他那哭泣的母亲,他那
些胆怯的朋友们分别。无以名状的痛苦使这圣子像凋谢了的
花朵,有口无言。就在这极度的恐惧中,新的世界即将诞
生。面对可怕的死亡他顽强抗争,旧世界的重负压在他的身
上;他的目光再一次温和地转向母亲——就在此时死神的手
扯断了这永恒的爱——他溘然长逝。几天之后,天上垂下一
条长长的黑纱,大海在咆哮、大地在震颤;他所深爱的人们

泪如雨下——秘密被揭开了。天国的精灵掀起阴暗墓穴的陈旧石板，天国的使者围坐在安息者的身边。在温馨的梦境中，他仿佛已经醒来，庄严地来到这新的世界，用自己的双手把那旧世界葬进废弃的墓穴，并施以无穷巨力，用无人撼动的石板将它封盖。

　　在你的墓旁，爱你的人们见到你时只有惊喜，当他们同你一道获得重生的时候；当他们看到你躺在母亲安详的怀抱里满怀甜蜜的激情哭泣；看到你同朋友们严肃地巡游、讲说，那话语如同来自摇曳的生命之树；当他们看到你一心的渴望、扑入圣父的拥抱，引导新人类捧回那注满金色未来的、永不枯竭的圣杯的时候，他们会因高兴而流泪、因感动而流泪、因感激而流泪。在凯旋天国的庆典上，你的母亲会赶上你，新的家园里她第一个与你同在。

　　　　　　　石板已被揭起，
　　　　　　　人类已经复活，
　　　　　　　我们所有的人都属于你，
　　　　　　　感到无拘无束。
　　　　　　　在这最后晚餐上，
　　　　　　　如果这世界、这生命
　　　　　　　不再是中心，
　　　　　　　那么这最后的忧虑
　　　　　　　就会消失在你的金盏前。

　　　　　　　死神召唤人们去参加婚礼，
　　　　　　　灯火燃起
　　　　　　　圣油满罐
　　　　　　　少女们已在门前。

你的队列蜿蜒向远方，
星星也用人的声调
在呼唤。

玛利亚，
有千颗心为你狂跳。
在这生活的阴影中，
他们唯独渴望你。
满怀着预感的快乐
希望你，圣洁的母亲，
能把他们
紧紧地搂进你忠贞的怀抱。

有些人受尽了痛苦的折磨，
满怀炽热的情感，
逃离这世界，
去投奔你；
这告诉我们，
在艰难痛苦中——
我们现在要跟从他们，
为了永恒跟你在一起。

谁要是满怀着爱，
相信爱的甜蜜财富不会被剥夺，
他就不再在坟前
悲痛地哭泣。
黑夜使他兴奋
柔和了他的渴望，

> 天国忠诚的孩子们
> 将守护着他的心灵。
>
> 放心吧,
> 生命将走向永恒;
> 内在的激情,
> 我们已经清晰地感到。
> 日月星辰
> 将化为生命的美酒。
> 我们将痛饮这佳酿
> 变为闪亮的星。
>
> 爱情已获得自由,
> 不再分开。
> 它涌动着生命的活力
> 如无边的大海。
> 只有那欢乐的一夜,
> 是一首永恒的诗篇。
> 我们心中的光明,
> 就是上帝的容颜。①

此诗是《夜颂》中最长的一首,手稿是分行诗体,在原稿的第一段和第二段之间有这样一段文字:"旧世界,死神艾斯图斯——新世界,未来的世界——他的痛苦——青年人——消息,

---

① Novalis, *Schriften*, Die Werke Friedrich von Hardenbergs, Herausgegeben von Paul Kluckhohn und Richard Samuel, 2. nach den Handschriften ergänzte, erweitere und verbesserte Aufgabe in 4 Bänden, W. Kohlhammer Verlag, Stuttgart, 1968, Bd. 1, 141f. f.

复活，世界因此人而变化，结束——呼唤。"①它显然是诺瓦利斯自己记下的思路，据此我们梳理其主旨意脉，将现在的混合体文本分为七个段落，其意思大致如下：

第一段：描绘古希腊人的生活。这里充满了阳光和生命力，但他们为"死"的铁律所困扰。

第二段：描绘古希腊人、神共处的世界。他们享受生命、青春和爱情。

第三段：死神逼近，希腊人与其抗争。他们以英雄的精神美化死亡，但终究掩盖不住内心的悲伤，也不能理解死亡之谜。

第四段：希腊世界衰落，在东方出现了基督教的新人、新世界。其中的年轻"歌手"宣示出永生的福音。这歌手就是诗人。

第五段：基督为拯救人类而死。

第六段：基督之死与复活。

第七段：基督复活引发的感动。

第八段：爱给人带来永生。

《夜颂》Ⅴ是以诗的语言、象征的手法，描述了从古希腊到基督教统一欧洲的历史。同时还表达了诺瓦利斯个人对宗教的理解、对历史的解读。

德国艺术从温克尔曼到歌德、席勒，都提倡学习古希腊，特别赞美希腊艺术所洋溢的健康、生命与和谐，希望以此为榜样来建设本土文化。于是在 18 世纪末形成了一个"希腊热"。影响所及直到青年荷尔德林、施勒格尔兄弟和诺瓦利斯。他们学习研究古希腊文化，并以古希腊的题材进行创作。随着自己思想的成

---

① Novalis, *Schriften*, Die Werke Friedrich von Hardenbergs, Herausgegeben von Paul Kluckhohn und Richard Samuel, 2. nach den Handschriften ergänzte, erweitere und verbesserte Aufgabe in 4 Bänden, W. Kohlhammer Verlag, Stuttgart, 1968, Bd. 1, S. 140.

熟，浪漫派逐渐从古希腊转向了基督教。《夜颂》V就是二者的比较。

诺瓦利斯认为，在古希腊诸神的时代，人们虽然享受着青春和生命，狂欢和庆典，但他们生活在死神的阴影之下，神并不能帮助他们解脱。他们以英雄主义和崇高来美化死亡，但仍不能驱走对死亡的恐惧。他们不能解开死亡之谜。希腊人虽然爱智慧、信科学，但冰冷的数字、公式和宇宙起源论并不能填补他们心灵上的空白。而基督教却给痛苦的人类带来新的福音。他的使者告诉人们，死并不是人生的终结，而是新的开始，它预示着彼岸的永生。耶稣的复活宣告了这一切，给整个人类带来了希望。这显然是以基督教世界来否定古希腊。

诗中有一个"歌手"，十分引人注目。他生在希腊，却信仰耶稣基督，他带着神圣的使命，把永生的福音传到东方。在古希腊，"歌手"就是诗人，由此诺瓦利斯就把拯救世界的使命，赋予了信仰基督教的诗人。这个基督教是以爱，特别是以爱情乃至性爱为媒介的宗教，靠着爱情的力量，靠心灵的感悟而摆脱尘世的痛苦，以达到幸福和永生。圣母玛丽亚在这里扮演了重要角色，因此它既不是纯粹的天主教也不是纯粹的新教，而是诺瓦利斯自己的"爱"的宗教。这个爱的宗教是跟爱情直接相连的，于是索菲所代表的爱与性就与基督的普世之爱融为一体，索菲也就与耶稣融为一体。诗的最后所展现的"自由幸福的永恒世界"，就是它的实现。所以，《夜颂》V不是单纯的抒情诗，而是更像一首史诗。它涵盖了人类从古希腊到基督教的中世纪、再到18世纪末的历史进程，还有诺瓦利斯个人对此的思考。与歌德、席勒的"美育"理想相对，他提出了自己的救世方案，即把诗和诗人宗教化，通过爱来实现对立的统一、进而拯救世界。这是诺瓦利斯的核心思想，也是浪漫派的思想主旨。这在我们今人看来不管有多么幼稚，但却透出一种可爱的纯真。这也是诺瓦利斯其人其诗的魅力所在。

　　另外诗中的"东方"也饶有意味。从内容看，基督教的诞生地巴勒斯坦，相对于欧洲自然是东方。但"歌手"还要去印度斯坦，于是诗人的"东方"就大大东扩。而诗中"东方预言繁荣昌盛的先哲最先认识到了新时代的开始"，也应该语带双关，即是指基督教救世，也包含着对东方其他异质文化的肯定，以及从中吸取精神营养的意愿。这可以从 17 世纪以来，欧洲人文主义者对中国、东方的关注以及浪漫派自己的东方兴趣看出来。

夜颂 VI
渴望死亡

　　　　离开光明的国度，
　　　　投入大地的怀抱！
　　　　痛苦的躁动、剧烈的冲撞，
　　　　是这欢快旅程的信号。
　　　　我们乘着窄窄的小船，
　　　　将很快到达那天国的彼岸。

　　　　赞颂那永恒的夜，
　　　　赞颂那永恒的长眠。
　　　　白昼曾使我们温暖，
　　　　使漫漫的忧愁消散。
　　　　我们对新奇已经没有兴趣，
　　　　只想回到父亲的身边。

　　　　满怀着爱和忠诚，
　　　　我们在这个世界上
　　　　能做什么？

古老的已被遗忘，
新的同我们又有什么关联？
噢！谁要是还在热切地
眷恋那远古的时代，
那他一定会陷入孤独和伤感。

在那远古的时代，
激情燃烧，
人们还感识天父的
威力和尊严。
有些纯真的人
还带有上帝的影像。

在那远古的时代，
古老的部落生机盎然，
天国的子民
愿意接受磨难和死亡。
尽管生命与乐趣仍是主题，
但是为了爱
已有一些人心碎。

在那远古的时代，
圣子也迸发着青春的激情，
他在爱中
献出了年轻的生命。
恐惧与痛苦不会消失，
死亡的代价于我们
依然昂贵。

忐忑不安、心中向往，
我们看到黑夜中
弥漫着恐惧和悲伤。
此时的夜，
永远也满足不了死的渴望。
我们必得回归故乡，
重温那神圣时光。

最爱的人早已安息，
还有什么能阻挡回归？
她们的坟茔已终结了
我们生命的意义，
只留下痛苦与彷徨。
再没有什么值得我们追寻，
心灵已厌倦，
世界已空空荡荡。

甘霖沁润着
我们的心田，
感觉奇妙不断，
从远方隐隐传来
我们悲伤的回响。
爱人们的思念
或许留给我们丝丝渴望。

放心地俯身去拥抱
你那可爱的新娘吧；
放心地俯身去拥抱

耶稣、你所爱的人吧，

思念的人、忧伤的人

都害怕这黄昏。

梦幻会让我们摆脱束缚，

使我们投入天父的怀抱。[①]

诺瓦利斯在著名的《花粉》断片第 14 号这样写道："生是死的开始。生是为了死。死既是终结又是开始，既是分离也是结合。通过死亡可以完成再生。"[②]《花粉》写于 1797 年，这正是创作《夜颂》的时期。这时的诺瓦利斯已经认定，死亡是通向永生的门槛，所以触目惊心的"渴望死亡"就成了逻辑的必然，也就成了《夜颂》Ⅵ的题目，这是组诗中的唯一标题，也是唯一的纯诗体。这时的诗人重新回到《夜颂》Ⅰ提出的白天—黑夜、尘世—天国的两极。白天、尘世给"我们温暖"，有"青春的激情"，所以面对着死亡、黑夜，我们仍不免恐惧忧伤。但这是"甜蜜的恐慌"，因为我们深知，跨过这暂时的痛苦，就能到达天国，就能得到永恒的幸福。于是诗人把本来对立的两极，在古希腊的诸神和基督教的上帝之间，在酒神的狂欢和基督的晚餐之间建立起一个过渡，实现了两者间的和解，并由此解脱了人类对死亡的恐惧，开启了通向永生的大门，而爱情、恋人是站在这条门槛上的接引者。因此这里的"夜"，既是通向更高存在的光明世界的过渡，也是一切、包括光明的起源。[③] 纵观整个《夜

---

① Novalis, *Schriften*, Die Werke Friedrich von Hardenbergs, Herausgegeben von Paul Kluckhohn und Richard Samuel, 2. nach den Handschriften ergänzte, erweitere und verbesserte Aufgabe in 4 Bänden, W. Kohlhammer Verlag, Stuttgart, 1968, Bd. 1, S. 153f.

② Ebd. Bd. 2, S. 417.

③ Wulf Segebrecht〔Hrsg.〕: *Gedichte und Interpretationen*, Band 3, *Klassik und Romantik*, Philipp Reclam jun., Stuttgart, 1984, S. 195.

颂》，可以说是一个诗化的诺瓦利斯，既表达他的思想，也融入了他个人的生活和情感，是浪漫派思想结出的文学果实。

（二）《圣歌》

《圣歌》作于1799年以后，共15首。是诺瓦利斯专门作的宗教性赞美诗，既有虔敬主义和巴洛克神秘主义的意味，也包含着个人的情愫。因为它是普及的、大众的，所以容易理解。下面的三首被收入新教的赞美诗歌本，是其代表作：

圣歌 I

> 没有你，我过去会怎么样？
> 没有你，我将来会怎么样？
> 我怀着惶恐
> 独自待在这遥远的人间。
> 我不知道，我喜欢什么，
> 未来是一个黑暗的深渊；
> 倘若我的心情郁郁寡欢，
> 我向谁去倾诉我的不安？
>
> 爱情和渴望折磨得我痛苦不堪，
> 我觉得白昼犹如黑夜一般；
> 我只能含着热泪
> 尾随着急逝而去的生命。
> 我感觉到草丛中的骚动不安，
> 我感觉到家庭中的深深忧伤。
> 没有朋友，
> 谁还能待在天上、人间？
>
> 一旦上帝给我指明了前程，

我才大悟恍然：
无穷无尽的黑暗
将很快耗尽平淡的一生。
我经他的指点才成为了人，
我的命运听凭他来改观。
印度的北部
必将为恋人们繁荣兴盛。

人生进入了恋爱的时刻，
整个世界充满着爱情和欢乐。
每个伤口长出了药草，
每个心灵在自由跳动。
上帝给大家分发各种礼物，
我依然是他恭顺的孩童。
尽管只有两人相聚，
他肯定来到我们之中。

啊，从各种道路上走出去，
找回迷路的人，
向每人伸出你们的手，
高兴地邀请他们与我们相聚。
天堂就在我们人间，
我们满怀信念地注视着它；
同我们一样，
天堂的大门也向他们打开。

过去犯下的一桩桩深重的罪孽，
牢牢地记在我们心上。

我们像盲人一样在黑夜里迷了路，
同时也激起了懊悔和企望。
我们觉得，每个行为似乎都成了罪孽，
人似乎也成了诸神的仇敌。
我们觉得，天国似乎要发话，
但他只谈了死亡和痛苦。

心灵是生命丰富的源泉，
一个恶魔寄居在其间；
它在我们的思想中变得明亮，
我们得到的只是惶恐不安。

一条铁链
把发抖的俘虏牢牢地拴在人间；
对死亡裁判权的惧怕
吞噬了残存的希望。

这时来了一位救世主和救星，
他是胸怀博爱的人子，
他拥有巨大的权力，
复活了我们心中的激情。
我这时才看见
这是父亲的国度，
我们相信、也感到
我们与上帝的亲缘关系。

自从罪孽从我们身上消失，
我们每迈出一步都感到欣喜；

作为最好的礼物，
人们把这信仰传给孩子；
生命于是变得神圣
他却像幸福的幻梦随即逝去，
留下了永恒的爱和欢乐，
人们几乎未觉察到他的离去。

这被爱戴的圣者
发出神奇的光辉，
他的荆冠和忠诚让我们感动，
让我们痛哭。
他受到我们的欢迎，
他的手跟我们紧紧握在一起，
在他的心中，
结出天堂之果。①

圣歌 V

只要我有了他，
只要他是我的，
只要我的心直到进入坟墓
不忘记他的忠义：
我就不知道什么忧戚，
我只感到虔诚、爱和喜悦。

---

① Novalis, *Schriften*, Die Werke Friedrich von Hardenbergs, Herausgegeben von Paul Kluckhohn und Richard Samuel, 2. nach den Handschriften ergänzte, erweitere und verbesserte Aufgabe in 4 Bänden, W. Kohlhammer Verlag, Stuttgart, 1968, Bd. 1, S. 159f. 此诗为唐伦亿教授所译。谨致谢忱。

只要我有了他，
我愿放弃一切，
忠心耿耿地拄着游杖，
只去追寻主的足迹；
让别人去悄悄
走他宽阔、光亮、热闹的大道。

只要我有了他，
我就欣然入睡，
他的心潮永远成为
我的甘美的安慰，
只要强求一下，
人人都能感动它，打通它。

只要我有了他，
世界就是我的，
我就像替圣母捧衣的
天使那样福气。
我只要望着他，
对浮世的一切就不会害怕。

我在哪里找到他，
哪里就是我的祖国，
任何恩赐都好像
遗产一样归于我，
我在他的弟子之中

又找到久已失散的弟兄。①

圣歌Ⅵ

当世人都变得不忠，
我依然对你忠实；
为了使感激之情
不致在世间绝灭。
你为我被烦恼包围，
你为我痛苦得憔悴；
因此我非常乐意
把心儿永远交给你。

我不由常常悲泣，
你竟然与世长辞，
而你的许多信徒
却终生将你忘记。
你做出许多贡献，
无非是出于爱心，
而你却默默无闻，
没有人对此关心。

满怀着忠实的爱，
你还在处处助人，
虽无人对你忠实，
你依然保持忠诚；

---

① 《德国浪漫主义诗人抒情诗选》，钱春绮译，江苏人民出版社1984年版，第48—50页。

忠实的爱会获胜，

他们终于感觉到，

像孩子一样痛哭，

在你的膝下跪倒。

我已经感觉到你，

哦，请勿将我抛弃；

让我永远紧密地

跟你联系在一起！

有一日我的同胞，

也会再向天翘首，

满怀着热爱跪下，

投身到你的心头。①

　　狄尔泰认为，这些歌不同于16和17世纪一些伟大的赞美诗作家的作品。诺瓦利斯没有把宗教故事、教条、教义写进去，而是把内容简单化、内心化。这些短歌"得之于一种深深打动内心的、个体化的情绪；它们的内容是一个很简单的、由想象以不确定的方式承担的观念，如此模糊，仿佛这种情绪使它浮上来，又使它随之沉下去并消散，类似一个幻象"②。"这些歌会像基督教那样永生。"③换句话说就是，诺瓦利斯的《圣歌》不是职业化的"载道"之作，而是在他虔敬派的背景下，特别融入了，乃至要表现自己个人的一种情感，这情感凝结为形象，又与玛丽

---

　　①　《德国浪漫主义诗人抒情诗选》，钱春绮译，江苏人民出版社1984年版，第50—51页。

　　②　威廉·狄尔泰：《体验与诗》，胡其鼎译，生活·读书·新知三联书店2003年版，第262页。

　　③　同上。

亚、耶稣等相融合，形成独特的神秘的情感型境界。"弗里德里希·施莱格尔觉得，这些短歌是他①所曾作过的最具神性的，在这一点上，除了歌德早期的短诗中最发自内心和最深刻的以外，再没有别的诗与之类似。"②施勒格尔的评价是基于"发自内心"和"深刻"，但就其思想和艺术而言，其成就显然不如《夜颂》。

《圣歌》中还有特别的一点，就是对玛丽亚的信仰和崇拜，这本是天主教而不是新教的，但诺瓦利斯虽是新教徒，但个人对玛丽亚有特别的感情，这与他个人"爱"的宗教有关。下面就是颇有新意的《圣歌》第十五首：

> 我看到你，玛丽亚，被画成
> 千万种的可爱的形姿，
> 可是，全都无法描绘你，
> 如我的心灵看出的你。
>
> 我只知道，扰攘的世界
> 从此像梦一样消逝，
> 一种莫名的可爱的天空
> 永远留在我的心里。③

它仍然有"发自内心"的特点，因为当诗人面对玛丽亚的画像时，他不是用眼睛去看，而是以自己的心灵去感受，于是思绪远去，离开尘世，飞到另一片属于自己的天空。这显然已经偏离了宗教诗，而近于抒情诗，同时又充满了神性。这是因为，在索菲去世以后，爱情已被诺瓦利斯宗教化，索菲就成了这爱情宗

---

① 指诺瓦利斯。

② 威廉·狄尔泰：《体验与诗》，胡其鼎译，生活·读书·新知三联书店 2003 年版，第 262 页。

③ 《德国浪漫主义诗人抒情诗选》，钱春绮译，江苏人民出版社 1984 年版，第 54—55 页。

教的载体，它与圣母玛丽亚，这位自文艺复兴以来被表现为美丽温柔的女性形象，实际融为了一体，所以对玛丽亚的崇敬和赞美其实是对自己爱情宗教的虔敬。

第三节　浪漫特质

《夜颂》代表了诺瓦利斯的成就和风格，也是"1800 年前后，德国文学唯一的艺术品"①。是它确立了诺瓦利斯的文学史地位，彻底扭转了欧洲文学自亚里士多德以来的"模仿"主流，以个人主观的"表现"取代了客观模仿，使文学从外部世界转入内心，从而开创了浪漫主义的新时代。它所表现出的新的美学特质，奠定了浪漫主义文学的美学理想。这主要是表现精神、思想，表现感觉、印象、幻觉，多用隐喻、象征，从而有明显的"非理性"色彩，下面分述之。

一　表现精神、思想

"精神"，德语的 Geist，是浪漫派常用的一个概念。从它的词源和基督教的传统而言，它是一个与"实体"、"物质"相对的神学、哲学概念。如前所述，浪漫派的诗注重精神，而在这一点上，诺瓦利斯尤甚。纵观他的全部诗歌，除了学习模仿前人的"少作"之外，几乎没有纯粹的抒情，他的感情总是与精神，乃至思想打成一片，而且凸显精神、思想。

这种形而上的倾向表现于两个方面，一是以象征的手法表现

---

① Helmut de Boor u. Richard Newald〔Hrsg〕, *Geschichte der deutschen Literatur von den Anfängen bis zur Gegenwart*, Bd. Ⅶ/1. *Die deutsche Literatur zwischen Französischer Revolution und Restauration*, von Gerhard Schulz, C. H. Beck'sche Verlagsbuchhandlung, München, 1983, S. 627.

思想。二是探寻物质表象之下的精神。这可以《夜颂》为代表。《夜颂》的主题是人类的拯救。诗人心目中已有了一个此岸—彼岸的二元命题，并由此生发出系列的二元：痛苦—幸福、有限—无限等等，然后把它们归结到感性的白天—黑夜的二元。再以此为起点，通过诗性的形象思维，通过象征性的人物、形象，将这一观念表现得淋漓尽致。最后让爱情化解这一切的对立，从而实现二元的统一与和谐。他把自己的爱人与为拯救人类而死、继而复活的耶稣相融合，把异性间的性爱与基督教的普世之爱相融通，让诗人成为传播这一福音的使者，最终使人类摆脱此岸的痛苦而获得彼岸的幸福，让有限的生命变为无限的永恒。而爱和死，是其间的通路。因此《夜颂》的最后一首，直接名之为《渴望死亡》。由此表达了他整个的世界观，涵盖历史、文学、宗教等诸领域，也指出了他的拯救之路。下面是诺瓦利斯作于1800年的《致蒂克》，也是一首表现精神、思想的诗：

> 一个孩子，满怀着哀伤和忠贞，
> 被放逐到陌生之地，
> 愿意放弃那闪光、崭新的东西，
> 却对那过去一往情深。
>
> 经过长久的等待和找寻，
> 经过了努力和艰辛，
> 在一个荒凉的花园
> 在一个早已垮塌的长凳
>
> 他找到一本金封的古书，
> 里边是从没听过的话；
> 就像春天的嫩芽，
> 他突然生出内在的灵感。

他坐着读那本书，
从水晶上见到那新世界，
从草木和星辰得到感悟，
他激动地双膝跪下。

草丛中缓缓浮现一位老人，
穿着朴素的长衫，
他面带愉悦
走向那虔诚的孩子。

他的样子竟很熟识，
如此的天真、如此的神异；
春风吹动着摇篮
他的银发一同嬉戏。

那孩子颤抖地握住他的双手，
这是比那书的更高的精神，
这是他艰辛的朝圣之路的终点，
这指向他父亲①的家。

你在我荒凉的墓上跪下，
神圣的口就会张开，
你是我财富的继承人，
上帝的深旨将向你宣示。

作为一个可怜的孩子

---

① 原文是 seines Vaters Wohnung，这父亲应该是指上帝。

在那座山上我看到一本天书，
凭借着这个赐予
我能看见所有的造物。

靠着上帝的恩赐
我还看到了最高的奇迹；
那新盟约的秘匣
就在我眼前打开。

我忠实地记下
内心的愉快，
但可怜的我却不能理解，
直到被叫到上帝面前。

时间已经到了
不应再保守秘密。
就从这本书中
升出了新的早晨。

朝霞宣布着，
你应是那和平的使者。
柔和的如同风吹过竖琴和笛子
我呼吸着你的气息。

上帝跟你在一起，去吧
用晨露洗清你的眼睛。
忠于这本书和我的遗体，
在这永恒的蓝天中沐浴。

　　　　你将宣告那最后的王国，

　　　　经过千年它应已形成；

　　　　你将找到那激情的人，

　　　　将见到雅可布·伯梅。[①]

　　这是诺瓦利斯写给好友蒂克的诗，讲述了一个自编的神话。全诗共十五节，每节四行，用整齐的交韵（Kreuzreim）缩结而成，是与自由的《夜颂》完全不同的规规矩矩的诗，可见诗人写作时清明的理性。在六十行诗中出现了男孩和老人两个形象，有发现一本书的情节，还有上帝、启示等等，显然是通过象征性的人物和情节来表达某种思想。现我们顺着诗行来作分析。

　　最先出现的是"孩子"。《夜颂》中也有"孩子"，那是上帝之子耶稣，他为拯救人类而死。此处的孩子被放逐到一个荒凉的世界，孤独、陌生，他放弃了"现在"而向往着"过去"。这让我们依稀看到了诺瓦利斯对中世纪的向往，而与他《基督教与欧洲》的思想一脉相承。我们知道，诺瓦利斯有一个过去—现在—未来的历史观。他认为过去的中世纪，那是基督教统治下的欧洲，统一、和平、安宁，人们有着虔诚的信仰和丰富的精神生活。然而在宗教战争、特别是启蒙运动以后，精神被知性取代，工具理性泛滥，人们不再有信仰，于是开始蔑视情感、蔑视美德和艺术创造。其结果就是恐怖的统治、革命与战争。这就是现代社会。而诺瓦利斯所祈望的是实现人类和解、和平的、新的黄金时代，也就是他的千年王国。它有中世纪的美好，但并不是

　　① Novalis, *Schriften*, Die Werke Friedrich von Hardenbergs, Herausgegeben von Paul Kluckhohn und Richard Samuel, 2. nach den Handschriften ergänzte, erweitere und verbesserte Aufgabe in 4 Bänden, W. Kohlhammer Verlag, Stuttgart, 1968, Bd. 1, S. 411.

简单地回到过去，而是超越民族和宗教的、人类发展的一个新阶段。诺瓦利斯认为，这个理想的社会只能靠宗教才能实现。[1] 至于它何时才能到来？诺瓦利斯自己也不知道，但他要坚守。[2]

第三节，这孩子发现了一本书。这"书"大有深意。"在诺瓦利斯，文字和精神的二分，与从古代经由中世纪延续下来的一种说法融会到一起，即整个世界是一本书，包括文字、语言和叙述。但有一个前提，就是它已经不可理解。"[3]这里出现的就是这本书。虽然它的文字不可理解，它却催生了一个"内在的灵感"，让人感悟。其原文是 ein innrer Sinn，直译是"内在感官"。如前所述，诺瓦利斯认为，不只人有精神，人之外的世界也有精神。它不是静止的，而是有生命的、向外伸展发育的。这个内在的精神，我们不能靠理性去认识，只能靠道德器官去感知。诺瓦利斯在此诗中把道德器官（moralisches Organ）换成了"内在感官"（innrer Sinn），就是说，孩子因为有了这个内在感官，他就可以感受天地间的精神。

第四节，孩子透过水晶看到另一个世界。水晶球在欧洲中世纪文化中，与心灵感应、魔幻、预言相关，于是这孩子顿然醒悟，随之浮现出一位老者。他是"书"所体现的精神，为孩子指出"朝圣之路的终点"，"指向他父亲的家"。浪漫派有一个"归家"的主题，这在诺瓦利斯的《海因里希·封·奥夫特丁根》以及后来艾辛多夫的诗中有充分的表现。而"家"就是他

---

[1]　Novalis, *Schriften*, Die Werke Friedrich von Hardenbergs, Herausgegeben von Paul Kluckhohn und Richard Samuel, 2. nach den Handschriften ergänzte, erweitere und verbessere Aufgabe in 4 Bänden, W. Kohlhammer Verlag, Stuttgart, 1968, Bd. 3, S. 523.

[2]　Ebd. Bd. 3, S. 524.

[3]　Lothar Pikulik, *Frühromantik*, *Epoche-Werke-Wirkung*, 2. Auflage, Verlag C. H. Beck, München, 2000, S. 45.

们的理想国，就是他们的精神家园。第八节中"上帝的深旨将向你宣示"，就是"告诉你最高的精神"。从最后一节，我们可以知道，这孩子就是诺瓦利斯理想的千年王国的使者。而雅可布·伯梅（Jakob Böhme，1575—1624）云云，则是诗人离开情节和人物直接对朋友说话，他们那时正对伯梅的神秘主义哲学感兴趣，并以此呼应题目"致蒂克"，而伯梅的"神秘"也恰与诗中的魔幻相通。

这首《致蒂克》是诺瓦利斯以诗性的经验和直觉去探究宗教、社会和历史。十五节诗所表达的，就是他一步步探寻的心路。它虽因"象征"而显得零碎，但脉络清楚，意旨明晰，既是文学的诗，也是思理的诗。

表现精神的另一个向度是在即景抒情的同时冥想哲思。下面是诺瓦利斯的长诗《草地染上绿色》中的两节，或可例证：

1.

草地染上了绿色
田边绽开了新花，
每天都有小草钻出，
柔和的风，
晴朗的天空。
那时我不知道：我将会怎样，
眼前的一切，又将怎样。

4.

我想，一种精神正在苏醒，
它给了万物以生命
它是要通过无数的美好
无数的鲜花显现？
那时我不知道：我将会怎样，

　　　　眼前的一切，又将怎样。①

　　春天激发诗情，古今中外皆然。在具体写法上诺瓦利斯继承
了启蒙自然诗，采用先写景后抒情的两段式结构。全诗八节，第
一节描写田野，第二节写森林，第三节写周围的一切，从第四节
陡而转向追寻"美好之源"：诗人认为有一种精神，它赋予万物
以生命，它造就一切美好。他用了一个词 offenbaren，其本义是
"公开"、"显露"，但常用来表示神或上帝的显现、启示。连同
上下文表达了诗人的一个想法，即世界上的一切美好，都是一种
"精神"的体现。但在句末，诗人却画上了一个问号，标示出这
不是一个确信，心底还存着怀疑。接下两行"那时我不知道：
我将会怎样，／眼前的一切，又将怎样"，继续提出问题。这是
对人的命运以及人与绝对精神关系的思考，是对世界、宇宙本体
的追问。而这一追问，在全部的八节诗中，重复了七次。一再的
出现，正说明它是诗人萦绕于心、百思求解的问题。其实对这些
问题，17 世纪的巴洛克诗歌早有一个模式化的简单回答，即上
帝主宰命运，一切美好都是上帝的赐福，人只要虔信上帝，就走
上了幸福的坦途。但诺瓦利斯却质疑传统，面对天地人神他要作
独立的思考，显示出浪漫派重思想、重精神的特征。他曾说：
"诗表达感情——那个全部的内心世界"②，"它不是斑斓的色彩、
愉快的声音、温暖的天气，这让我们兴奋的春天。它是我们无限
渴望的冷静的智慧精神"③。追寻自然表象之下的精神，这正是
诺瓦利斯和浪漫派的特质。我们知道，哲理诗在西方很发达，各

---

　　① Novalis, *Schriften*, Die Werke Friedrich von Hardenbergs, Herausgegeben von
Paul Kluckhohn und Richard Samuel, 2. nach den Handschriften ergänzte, erweitere und
verbesserte Aufgabe in 4 Bänden, W. Kohlhammer Verlag, Stuttgart, 1968, Bd. 1,
S. 413.

　　② Ebd. Bd. 3, S. 650.

　　③ Ebd.

个时代以及不同流派的诗人都有优秀的创作，包括席勒和歌德。因此直接的说理并不新鲜，而通过象征表现思想、观念，透过自然表现精神则是浪漫派诗人所擅长，也是他们"融会"的诗的具体实践。

二　呈示心灵世界

诺瓦利斯在著名的《花粉》断片 16 中说道：

> 我们梦想着遨游太空，但宇宙不就在我们心中吗？对自己精神的深处我们并不认识——通向内心的是那条充满神秘的路。永恒连同它的世界——过去与未来，就存在于我们心中，或者从来也没有过。①

因为看重内心，深潜入心表现心灵世界，就成为诺瓦利斯的刻意追求。由是他的诗不是反映客观世界的"镜子"，而是一盏烛照心灵的"灯"。在他之前的感伤主义、狂飙突进都曾倡扬自我，但突出的是情感。而诺瓦利斯的自我，不仅有外向迸发的感情，更是心灵世界的观照。这应该与他的宗教信仰有直接的关系。诺瓦利斯出生在一个虔敬派家庭。虔敬主义摒弃外在的教规、教条和繁缛的仪式，强调心修，"在一般的大教堂中，有自己心中的小教堂"②。主张以自己的心实际感受、体验上帝，与上帝直接晤对、交流。在内视性的自我观照中，净化心灵，提升境界，获得救赎。因此沉耽于心、感受、内视自我，是诺瓦利斯

---

① Novalis, *Schriften*, Die Werke Friedrich von Hardenbergs, Herausgegeben von Paul Kluckhohn und Richard Samuel, 2. nach den Handschriften ergänzte, erweitere und verbesserte Aufgabe in 4 Bänden, W. Kohlhammer Verlag, Stuttgart, 1968, Bd. 2, S. 417f.

② *Brockhaus*, *Die Enzyklopädie*, F. A. Brockhaus leipzig, Mannheim, 1996, Bd. 17, S. 158.

从小养成的习惯。加上他本来多愁善感，又经受过世俗的感伤主
义的洗礼，因此以诗来品味、咀嚼自己的感情、呈现自己的心
境，也就成为必然。他有一首著名的《矿工之歌》，就是以象征
的手法，来表达自己深入内心、探寻心路、挖掘心底蕴藏的热情
和快乐。诗是这样的：

　　　　他就是大地的主人，
　　　　如果他探测其深度，
　　　　并且在大地的腹中
　　　　忘记掉一切的困苦，

　　　　如果他能非常了解
　　　　岩脉的秘密的构造，
　　　　走近它下面的工场，
　　　　不畏惧任何的辛劳。

　　　　他跟它结合在一起，
　　　　保持着密切的关系，
　　　　他对它燃起了热情，
　　　　就像它是他的新妻。

　　　　他天天对着它注望，
　　　　产生出日新的爱情，
　　　　不畏惧辛勤和劳累；
　　　　而它也不让他安静。

　　　　它怀着亲切的心情，
　　　　准备把飞逝的时代
　　　　经过的巨大的变迁

对他来讲述个明白。

太古的神圣的微风
在吹拂着他的面庞，
在那坑穴的黑暗中
烛照着永恒的亮光。

不论他走到哪里，
总像是熟悉的故国，
对他的双手的劳动，
它也是乐意地配合。

流水也跟着他同往，
上山去帮他的大忙，
所有的岩石的宝库，
都为他打开了宝藏。

他把那黄金的川流
引到他国王的宫廷，
他用那珍贵的宝石
作王冠上的装饰品。

虽然他幸运的双手
忠实地为国王劳动，
可是他不计较报酬，
他乐愿保持着贫穷。

你们在山脚的下面，

　　　　可能为赚钱而轻生，
　　　　而他在山上却总是
　　　　世界的快活的主人。①

　　那么，深入内心这座"矿井"的诺瓦利斯，显然掘到了种种"宝藏"。

（一）感觉、印象、意象

　　心理学告诉我们，当诗人进入创作状态，由灵感激发而形成的某种特别的"场"，就把本来深藏在潜意识中的东西激活，种种散漫、神秘的形象以及飘忽的思绪、朦胧的印象、模糊的感觉，都浮露出来，它们形成一个"意识之流"，或静静流淌、或起伏奔涌。而诺瓦利斯就浮游在这意识之流中，感觉着、体验着，捕"风"又捉"影"。然后把捕捉到、把握到的东西：诸如形象、印象、感觉等诉诸笔端，成就他的"诗"。这样的诗，与用眼睛观察得来的诗，有很大区别，它没那么清晰、没那么完整，显得意象突兀、意义模糊、意脉不清。也就是说，带有非理性的特点。即以《夜颂》Ⅰ的第三段为例，就可以看出它的大致模样：

　　　　是什么在心中突然涌动？是什么吸噬着这缕缕的忧伤？黑暗的夜啊！难道我们也使你着迷？你的外衣下隐藏着什么，使我感到强烈的震撼？你手中的那束罂粟香涎滴流。你正在展开你那沉重的、摄人心魄的翅膀。

　　从上下文看，它并不与其他段落连属，像是硬生生插进去的。其中的代词"我"、"我们"、"你"交替出现，形成感情的激荡，但其所指却不甚清楚。从第二句看，这该是诗人与黑夜的

---

　　① 《德国浪漫主义诗人抒情诗选》，钱春绮译，江苏人民出版社1984年版，第61—63页。

对话，"你"指黑夜。但"你的外衣下隐藏着什么，使我感到强烈的震撼？""你手中的那束罂粟香涎滴流。你正在展开你那沉重的、摄人心魄的翅膀"，其中的三个"你"究竟是谁？像是夜，又不全像。特别是"罂粟"、"香涎"像是从天外飞来，更不知其所云。这显然都是诗人随着意识的流动，即时捕捉、即时呈现的东西。它们来自意识与无意识两个层面。前者有理路可寻，后者则难以理喻。而诗人只是直面心境，直呈心境，并未将其"理顺"，所以与古典主义逻辑的文本，显出极大的反差。

　　但无意识并非全无理路，比如对"罂粟"和"香涎"就有注释说："珍贵的香涎是指从罂粟提炼的鸦片"，并在括号中注明"指睡眠"[1]。另外对《夜颂》Ⅱ的"在奇妙的杏仁油里，在深棕色的罂粟浆汁中"的注释，也告诉我们，诺瓦利斯1798年自己曾写下这样的话："我大概病了，毫无希望，只有痛苦，我跟前只有苦杏仁、水和鸦片。"[2]而"苦杏仁和水当时被认做治疗痉挛的药物"[3]。可见罂粟等物虽然在诗中与其他意象相游离，显得突兀，但对诗人却是实有其物，它潜藏在他的无意识中。所以注释者认为，此处就是指借鸦片而入睡，而在梦乡飞翔。那么诗中所呈现的，就是思想在意识与无意识之间的穿越，诗人把感觉到的、领悟到的一起呈现出来，显得离奇而诡异，而与文学史传统的意象大相径庭。再如《夜颂》Ⅰ中的"青年时的抱负、孩提时的梦想、漫漫人生中的短暂欢愉、徒劳的希望，这一切都裹了一片灰色的纱衣悄然而至，就像那黄昏后的雾"，"光明撑

---

① Novalis, *Schriften*, Die Werke Friedrich von Hardenbergs, Herausgegeben von Paul Kluckhohn und Richard Samuel, 2. nach den Handschriften ergänzte, erweitere und verbesserte Aufgabe in 4 Bänden, W. Kohlhammer Verlag, Stuttgart, 1968, Bd. 1, S. 606.

② Ebd. Bd. 1, S. 606.

③ Ibid.

起了欢乐的篷帐"等都出自深心的感觉和领悟，绝非苦思冥搜可得。特别是"我愿随露滴落下，没入骨殖之中"，似散发着阴森幽冷、令人毛骨悚然。但在诗人自己，却直接出自与索菲结合的热望，即使是坟墓、是遗骸。这是刻骨铭心的爱情激发出的前无古人的"绝想"。

狄尔泰对诺瓦利斯说过这样的话："命运给予他心灵自由、孤寂和要觉察心灵的形态及其基本状态的需求。"又说："他是一个主观型的人，沉湎于特定的情感印象，直至忘记了构成世界的诸现象的整体……他以最天然的方式沉湎于一切；即使在最特殊的心情状态中也怀着感觉的纯真……他心中的心情状态和宗教情绪是真实而天然地显现的"①，就道出了诺瓦利斯诗歌此项的特征。

（二）幻觉、幻象、幻境

幻觉是一种完全不能自已的精神现象，是沉耽于心的特别表现。它往往呈现出一个完整的幻象、幻境。但诗人笔下的幻境有真有假，表现亲历的、而不是用想象虚构出的幻觉，是诺瓦利斯的特点。比如《夜颂》Ⅲ：

> 我曾经泪流满面，期盼化为了痛苦；我曾独自站在那小小的荒丘上，它把我生命的躯壳掩藏在狭窄、黑暗的地方。我比所有孤独的人更孤寂，我的恐惧无以名状，因为我无力抗争，心中只有苦涩。当我环顾四周、满心渴望，当我怀着对飞逝着、消融了的生命的无限眷恋，却进退失据的时候，从那蓝色的苍穹中、从那往日的极乐世界飘来一阵黄昏急雨，生的脐带、光的束缚霎时断裂。世间的壮丽连同我的感伤一并逝去，悲哀又融入一个新的、不可知的世界。夜的冲

---

① 威廉·狄尔泰：《体验与诗》，胡其鼎译，生活·读书·新知三联书店2003年版，第232—233页。

动、醇醇的睡意向我袭来。我曾站立的地方缓缓隆起，空中
飘荡着我的再无束缚、新生的灵魂。小丘化作云霾，透过云
雾我看到了恋人圣洁的容貌。她的眼中有那平静的永恒。我
紧握着她的双手，泪水化作一条闪光的飘带，千年逝去如同
一场风雨。我依偎着她的香颈，满眼是陶醉于新生的泪花。
这是我第一次，也是唯一一次的梦幻。从此，我才怀有对夜
的极乐世界、苍穹中的光辉，对恋人的永恒的、坚定不移的
信仰。

　　诺瓦利斯在 1797 年 5 月 13 日的日记中写道："晚上我去看
索菲。在那里我感到无以言表的快乐——一个激情的瞬间——那
坟墓像尘埃一样被我吹走——几千年如同一瞬——我能感觉到她
就在我身边——我相信她会一直出现。"[1]可见这是真实发生的幻
觉，诗人是把这亲身的经历用诗的形式呈现出来，这是一个进入
永恒的幸福幻境。下面是《天空被阴云遮盖》中的几节，显现
了别样的幻景：

　　　　1
　　　天空被阴云遮盖
　　　湿浊又闷热，
　　　一阵热风吹来
　　　跟那乌云嬉戏。
　　　2
　　　我在沉思中漫步，
　　　为沉沉的哀愁神伤

　　① Novalis, *Schriften*, Die Werke Friedrich von Hardenbergs, Herausgegeben von
Paul Kluckhohn und Richard Samuel, 2. nach den Handschriften ergänzte, erweitere und
verbesserte Aufgabe in 4 Bänden, W. Kohlhammer Verlag, Stuttgart, 1968, Bd. 4,
S. 35f.

我到底应该做什么？
我的愿望还有很多。
……

8
我吓了一跳
那边蹦出一个孩子，
快活地晃着一根树枝
友善地望着我。

9
你为什么这样难过？
哎，你别再痛哭，
你拿着我的树枝，
就可以找回快乐。

10
我接过它，那孩子
蹦蹦跳跳地走了。
他说过的话，
让我感动。

11
我正在猜想，
这枝条意味着什么？
灌木丛中有什么轻轻晃动
一道绿光闪向了我。

12
那蛇中的女王
穿过昏暗。
就像一条金带，
发出耀眼的光。

13

我看见她一闪一闪的小王冠

放射出五色的光彩，

所有的一切都顿然黯淡

因为这金绿色的光灿。

14

我悄悄地走近

用树枝击中了她，

就是如此地奇异

我变得无以言说的富有。①

　　这是一首带有忧伤情调的即景诗。开始是写景，继之以抒情，再转入沉思。第 8 节开始变得似真似幻，那个诗中的孩子让人想到《致蒂克》中的孩子，他手中的树枝似乎有某种魔力，他的出现似乎是给"我"精神上的指点。而最后出现的画面：戴着金冠的蛇云云，更像是幻象、幻景。

　　要之，诺瓦利斯是把自我的观念、由观念幻化出的系列意象，以及在意识、无意识层面所感觉、捕捉到的形象、印象，还有幻觉、幻境呈现出来。它们在断续的意脉间涌现、跳跃，共同凑泊成一个斑驳陆离又诡异神秘的诗境。总之，呈现内心世界，这就是诺瓦利斯的诗，也是整个浪漫派的美学趣味。如果我们给诺瓦利斯在文学史上定位，那么就是，他改变了德语诗歌的传统走向，把客观外向的诗引到主观内心，从而开辟出"心灵"这一片新天地。浪漫派的后人，乃至以后的表现主义、印象主义等

---

　　① Novalis, *Schriften*, Die Werke Friedrich von Hardenbergs, Herausgegeben von Paul Kluckhohn und Richard Samuel, 2. nach den Handschriften ergänzte, erweitere und verbesserte Aufgabe in 4 Bänden, W. Kohlhammer Verlag, Stuttgart, 1968, Bd. 3, S. 415f.

现代派都是在这条路上继续前行。

　　狄尔泰曾把诺瓦利斯和荷马、莎士比亚、塞万提斯加以比较，他说："荷马、莎士比亚、塞万提斯看来以他们的直观认识按世界本来的样子去理解世界；自然本身用他们的眼睛观看，这眼睛，以涵括一切的官能，无偏爱，不排斥，在颜色和形象的海洋里发挥有效作用。"而"诺瓦利斯在他独有的光底下向我们展示出一切事物"①，也就是说，他以自己的"内在感官"去感知世界，世界也就被他自己"独有的光"照亮，② 所以他所展现的是另一番的光景。这其实也就是浪漫主义文学的特色。

---

　　① 　威廉·狄尔泰：《体验与诗》，胡其鼎译，生活·读书·新知三联书店 2003年版，第 222 页。

　　② 　同上。

第三章 布伦塔诺

第一节 生平事业

一 生平①

克莱门茨·布伦塔诺 1778 年出生在德国的法兰克福。父亲是一个意大利商人，母亲则出自名门世家。布伦塔诺的外祖父是特里尔大公的首相，外祖母是一位作家，与启蒙思想家、作家维兰德友谊深厚。布伦塔诺的母亲是歌德少年时的女友。儿时的布伦塔诺见过这两位大家。他初学写作，就是模仿歌德。布伦塔诺兄妹四人，都各有建树。他的弟弟克莱斯蒂安（Christian Brentano，1784—1851）是个神学家。主要以整理出版其兄的著作而留名。其子弗兰茨（Franz Brentano，1838—1917），成为一个著名的哲学家，是意动派哲学的创始人，现象派大师胡塞尔的老师。他的声名现在高过当作家的伯父。布伦塔诺还有一姊一妹，都有文学天分，姐姐索菲（Sophie Brentano，1776—1800）得到维兰德的关爱和指教，但身体病弱，24 岁时死在维兰德的庄园。妹妹是著名的贝蒂娜，后来成为浪漫派另一代表人物阿尔尼姆的妻子（Bettina Arnim，1785—1759）。她具艺术才华，有女人的

---

① 参见 Walter Killy, *Literatur Lexikon*, Bertelsmann Lexikon Verlag, München, 1989，Bd. 2，S. 201—206.

魅力，激动过老年歌德，感动了贝多芬（Ludwig van Beethoven，1770—1827），与那个时代的许多著名人物如阿·洪堡（Alexander von Humboldt，1769—1859）、格林兄弟、李斯特（Friedrich List，1789—1846）等都有交往，特别因与歌德的通信以及贝多芬专门为她所作的乐曲而为世人乐道。而她本人也是一个出色的作家，参与了浪漫派的很多文学活动。布伦塔诺的童年本是幸福的，但不幸15岁时母亲去世，从此他失去了母爱，而得到母爱成了他心灵最深处的渴望。母亲的一幅肖像，他悉心珍藏，成了他的情感寄托和爱的偶像。16岁时他被送到姑母家寄养，从此离开了自己的家。以后大妹和父亲相继去世，亲身经历的死亡，给他稚嫩的心蒙上痛苦的阴影。他感到自己是一个失去乐园的不幸者，他潜意识地需要某种保护，需要一种安全感。这是一种超越物质的心灵的需求。而童年的家，就成了他心中的神圣之地，他追求着一个"复乐园"。

1798年20岁的布伦塔诺到耶拿学习医学，在那里结识了初兴的浪漫派的领袖施勒格尔兄弟，同时也跨进了文坛。在浪漫派的圈子里，他爱上了有夫之妇索菲·梅罗（Sophie Mereau，1770—1806），在她身上他看到了母亲的影子。梅罗长他8岁，能诗善文，是一个哲学教授的妻子，两个孩子的母亲。这样的爱情，显得不符常情也不合道德，但浪漫派中人就是重情，一切从心而发，任意而行，在爱情上有意对抗主流社会的伦理道德，施勒格尔兄弟、谢林、诺瓦利斯都是如此。布伦塔诺热烈而野性的情爱催生出他的第一部小说《哥德维》。这是典型的浪漫主义文本，形式自由，诗文夹杂，结构、情节松散，难称佳作。但其中的插曲《罗累莱》和一些爱情诗歌却是精品，布伦塔诺因此蜚声文坛，这个在浪漫派圈子里的本来常被嘲弄的小字辈，一夜之间成了知名作家。

　　布伦塔诺 1803 年与梅罗结婚，但不幸的是，三年后她因难产而去世。可以说与梅罗的爱情婚姻成就了文学大家布伦塔诺。这以后他继续创作，写歌剧、戏剧，但都不十分成功。后来布伦塔诺在海德堡结识了阿尔尼姆，结为挚友。二人都对民歌情有独钟，开始共同收集整理民歌，并在 1806 年到 1808 年间出版了民歌集.《男孩的神奇号角》。前后共三卷，收入民歌约有 700 首，产生了巨大的影响，也得到了包括歌德在内的文坛主流派的高度评价。

　　1807 年到 1814 年，布伦塔诺经历了与奥·布斯曼（Auguste Bußmann）戏剧性的失败婚姻。① 而他在多所大学谋职的尝试，也均未成功。1816 年，布伦塔诺爱上了女诗人路易丝·亨泽尔，爱情的火花结出了他的第二组爱情诗。而情人的虔诚的宗教信仰，感动了布伦塔诺，他开始醉心于天主教，诗歌涂上了浓重的宗教色彩。

　　1818 年，他前往丢尔门追随修女艾米利克（Anna Katharina Emmerick）。在她身上看到耶稣被钉的伤口和流出的鲜血，他震惊，他感动，他感受到一种神秘的不可知的力量。而艾米利克对于布伦塔诺就成了一个超越尘世的耶稣生命的谕示。他为圣迹所感动，从一个爱情诗人变成了基督教的布道者，并因此改变了自己的人生道路。此后的布伦塔诺倾心于对宗教神秘心理的研究、宣传，而文学创作骤减。1824 年艾米利克死后，布伦塔诺整理她的生活实录，留下了 16000 页的手稿。这以后布伦塔诺在德国、法国各地流寓，积极参加宗教活动。一直到 1833 年，可以说他是以诗人之痴而处在一种宗教的狂热中，诗写得很少，却写出了很多宗教性的布道文字。这其中自然不乏时代的影响。拿破仑战争后，欧洲出现了普遍的宗教复活，而布伦塔诺所追求的诗

---

　　① 布伦塔诺 1807 年与奥·布斯曼结婚，1809 年分手，1814 年离婚。

意的生活、幸福的爱情都失败了，加上他从童年就有的、对心灵
的终极安置的渴望，都使他最终走向宗教。

1833 年，布伦塔诺在慕尼黑爱上了画家艾米丽·林德
（Emilie Linder），但并没有如愿。暮年的爱情点燃了他最后一组
传世的爱情诗。以后布伦塔诺再没有写出有分量的作品。1842
年他在慕尼黑的弟弟家中黯然去世。由其弟整理出版的全集共七
卷。1999 年陆续出版的新版①全集共 38 卷，包括诗歌、小说、
戏剧以及其他文字。

二　评价

德国的各种文学史都承认布伦塔诺是优秀的浪漫派诗人。②
其诗歌大体可分为两类，世俗的和宗教的。其共同特点是主观化
和感情色彩，而世俗的成就更大。学界的共识可概括为：布伦塔
诺是一个天才型诗人。他的诗歌创作深得民歌灌溉，以独特的形
象、前所未有的声象，形成了自己别具风格的抒情诗。③ 这体现
在对民歌形式、内容的继承，更表现于对民歌的艺术化和现代
化。④ 另外，他的现代化不仅涉及思想，而且表现为一种新的美
学倾向，所以布氏也被尊为海涅、尼采（Friedrich Wilhelm

---

① Verlag W. Kohlhammer, Stuttgart-Berlin-Köln.

② W. Kohlschmidt, *Geschichte der deutschen Literatur von der Romantik bis zum
späten Goethe*, Reclam, Stuttgart, 1979, S. 295.
Walter Killy, *Literatur Lexikon*, Bertelsmann Lexikon Verlag, München, 1989, Bd. 2,
S. 203.

③ Helmut de Boor u. Richard Newald [Hrsg], *Geschichte der deutschen Literatur von
den Anfängen bis zur Gegenwart*, Bd. Ⅶ/Ⅱ. *Die deutsche Literatur zwischen Französischer
Revolution und Restauration*, C. H. Beck'sche Verlagsbuchhandlung, München, 1989,
S. 7.

④ H. A. Korff, *Geist der Goethezeit*, Ⅳ Teil *Hochromantik*, Koehler & Amelang,
Leipzig, 1964, S. 196, 204.

Nietzsche，1844—1900）、霍夫曼斯塔（Hugo von Hoffmansthal，1874—1929）的先驱，表现主义、印象主义、象征主义等现代派文学的开创者。

相对于对布伦塔诺文学创作的普遍肯定，他的为人常被诟病，如"为人游移不定，不堪信赖"，"放浪"，"反复无常"，"牛皮大王"等等。勃兰兑斯的评价是：

　　他有一种一般浪漫主义者身上少见的、以相当恳切的态度出之的优雅。他跟其他各种从事创作的才子一样，一拿起笔来就变得比在生活中更诚恳、更严肃、更深刻了。所以，尽管他为人油腔滑调，作为艺术家倒是很少给人扯烂污的印象。①

　　这个大浪漫主义者把他全部的禀赋和才能只用来培养想象。他的一封信中有这样一段自白，说得相当中肯："我的孩子啊，我们什么也没有培养出来，就只有想象，而它反过来又把我们害苦了。"这样一种无拘无束的想象，如果没有一点事实来保持平衡，就太像一派谎言了，所以布伦塔诺年轻的时候就是一个撒谎成性的人，他最大的乐趣就是胡编自己的忧患，逗得太太小姐们的眼泪。②

　　他在创作上有很多奇思妙想，有丰富的紧张场面，由于缺乏坚实的形式，因而缺乏对时间的抵抗力……他还不到40岁，就耗尽了他的才智，浪费了一切……③

---

① 勃兰兑斯：《十九世纪文学主流》，人民文学出版社1997年版，第二分册《德国的浪漫派》，第244页。
② 同上书，第245页。
③ 同上。

后来他在智力上迟钝下来，放弃了各种写作活动，只为了他的宗教狂热而活着。……最后二十五年的生命同文学完全绝缘了。[①]

他的生活方式果真少不了幻想和魔术，他当初曾经认为理性枯燥、贫乏而加以嘲笑，后来想不到堕入了一种比最空洞的理性主义更枯燥更贫乏的委靡境界。……他的虚弱、动摇的自我由于深悔少年的孟浪而更加虚弱了，他便渴望从外界寻求一种坚固的支持力量，因此以其灵魂的全部狂热依附教会的奇迹世界，正如他早年依附诗意的童话世界和鬼怪世界一样。[②]

这些评价虽不无贬义，却生动地勾勒出诗人布伦塔诺的肖像，也点出他作为诗人的特质，这就是富于天才的想象和幻想。但勃兰兑斯和海涅由于自己不同的政治、美学立场，对布伦塔诺多所贬抑而肯定不够，[③] 而他们的《十九世纪文学主潮》和《论浪漫派》，都在中国产生了广泛的影响，布伦塔诺的中国形象也就因此而不够全面。笔者认为，布伦塔诺是浪漫派最优秀的诗人，可与稍后的艾辛多夫比肩，超过了诺瓦利斯。他的诗歌价值不仅在于学习继承，更在于创新。他是德语诗歌史上一个继往开来的关枢型人物，应该得到更高的评价。

---

① 勃兰兑斯：《十九世纪文学主流》，人民文学出版社 1997 年版，第二分册《德国的浪漫派》，第 244 页。

② 同上书，第 246 页。

③ 亨里希·海涅：《论德国》，薛华译，商务印书馆 1980 年版，第 114 页。勃兰兑斯：《十九世纪文学主流》，人民文学出版社 1997 年版，第二分册《德国的浪漫派》，第 244—252 页。

第二节　诗歌创作

一　概况

布伦塔诺的文学创作形式多样，诗歌、散文、戏剧、小说不无涉及，但以诗歌的成就为最高。可以说，是诗歌确立了他的文学史地位。① 布氏的小说有太多的布道意味，只有短篇《听话的卡斯帕尔》算得上成功。他的戏剧不多也不好。他的宗教著述被翻译成多种语言，几乎成了基督教世界的经典。

布氏诗歌现存千首，其中约250首尚未发表。总体说来良莠不齐，有精品，熠熠生辉，也有大量的色情糟粕。他的生活创作大体可分为三期。1816—1818年和1833—1834年是其间的两个界限。② 大致状况如下：

布伦塔诺19岁开始写诗，尝试不同的诗体形式。以后学习狂飙突进时期的歌德，写自由体诗，又学习蒂克的短行诗，以后又写早期浪漫派常用的扬抑格的八行诗体。那时的布伦塔诺作为一个初次走出家门的大学生，像一只刚刚放飞的鸟儿，有着高远的理想、自由的心，想飞出自己的一片天空。他写诗歌颂天地间伟大的人，骄傲的人，激荡着青春的豪情和力量，很让我们想起狂飙突进时代的歌德。他写道："你是一个人，/把头骄傲地昂到天上，/你环顾四望，/蔑视那不自尊自珍的人，/他把牛轭套

---

① Helmut de Boor u. Richard Newald [Hrsg], *Geschichte der deutschen Literatur von den Anfängen bis zur Gegenwart*, Bd. Ⅶ/Ⅱ. *Die deutsche Literatur zwischen Französischer Revolution und Restauration*, C. H. Beck'sche Verlagsbuchhandlung, München, 1989, S. 749.

② Walter Killy, *Literatur Lexikon*, Bertelsmann Lexikon Verlag, München, 1989, Bd. 2, S. 201.

在自己背上。/"①布伦塔诺从前辈那里广泛汲取营养，能描写如画的景致，如同启蒙时代的自然诗："云涛像一群野马奔腾，/千变万化涌动峥嵘，/太阳的光束似血红的枪矛；/远处传来轻轻的雷声。/"② 这些初作虽不成熟，但在其诗作中闪烁着难得的阳刚之美。

1801 年小说《哥德维》出版，本来把他看做学生的蒂克、施勒格尔兄弟和诺瓦利斯，突然发现他是一个天才。《哥德维》是一本随心所欲的、又是独创的书，实践了浪漫派"融会"的、打破文体界限的诗学思想。特别是其中的插曲，水平远远超过了蒂克和施勒格尔。卡洛琳娜③认为，它们是浪漫派最好的诗（1801）。④ 而其中的《罗累莱》，不仅轰动当时，也是布伦塔诺一生的巅峰之作。这些经典的叙事及抒情作品，形成了他独具面貌的伤感、诡异的风格，既有民歌的淳朴自然，又有精致的诗艺。这是他的早期。

中期的布伦塔诺写诗不多，给人江郎才尽的感觉。可称道的是他写给路易丝的一组爱情诗。路易丝是个虔诚的基督徒，受她的影响，布伦塔诺创作了不少宗教性的抒情诗。此时他在巴洛克的宗教诗中寻找心灵的呼应，多用圣经上的隐喻，同时学习民歌的对比手法。概而言之，此期虽有绝佳之作，但显示出宗教化和写法上的模式化倾向。⑤

① Clemens Brentano, *Gedichte*, Philipp Reclam Jun. , Stuttgart, 1995, S. 7.
② Ebd. S. 19.
③ 早期浪漫派的重要人物，作家、翻译家。大施勒格尔的情侣，妻子。后离异，嫁给哲学家谢林。
④ Clemens Brentano, *Gedichte*, Philipp Reclam Jun. , Stuttgart, 1995, Nachwort, S. 241.
⑤ Walter Killy, *Literatur Lexikon*, Bertelsmann Lexikon Verlag, München, 1989, Bd. 2, S. 201.

　　布氏晚期的诗歌以写给艾米丽的爱情诗为主。这时他恢复了青年时期的激情与才思，这一组优秀的诗歌形成他创作的最后高峰。它们的特点一是对路易丝爱情诗的部分重复，二是向早期风格的回归，回到了抒情和童话。三是宗教的虔诚融进了热烈的爱情，所以较之早期的才子式的飘洒、俊逸，显得深厚、挚重。总之，布伦塔诺是写情的圣手，写爱情、又特别写情欲，他把爱情看做生命的追求与生命的实现，但因其末流沦入色情，所以常为人诟病。其一生成就以早期最为辉煌，晚期又重现了一番夕阳的景致。

二　成就：民歌风的诗

　　从文学史的角度看，布伦塔诺的成就主要在于，他创造出一种融民歌艺术化与抒情诗民歌化为一体的新诗风。

　　纵观布伦塔诺的创作，他以民歌体作为自己的主要形式，而少用舶来的各体格律诗（虽然他也有出色的十四行诗）。他之前的诗人，虽也有人学习民歌，兴来试笔，但仍以写高雅的格律诗为主，歌德、席勒、荷尔德林都是如此。即使在浪漫派诗人中，布伦塔诺也不同于诺瓦利斯，他没有特别着意地去模仿学习前辈的诗人，而是很早就把眼光从文人移向民间。他从民歌汲取营养，以民歌朴素的语言、自由的诗律消解自欧皮茨（Martin Opitz，1597—1639）、克罗卜史托克以来愈趋严谨的文人诗，造就了德语诗坛崭新的民歌风的诗：亲切、自然而清新。它植根于德意志民族文化的土壤，呼吸着德意志森林原野的空气，感觉着人们日常生活的脉搏，有一种特别的动人魅力，所以一出而轰动，并且渐成主流，直接影响了艾辛多夫、造就了海涅，主导了德国诗坛达半个世纪。

　　这里所说的"民歌"，实际包括了民间抒情的"歌"（Lied）和叙事的谣曲（Ballade、Romanze）。"歌"是短章的歌唱，缘情而发，很有些像我们中国的"十五国风"和"乐府"。"歌"分宗教与世俗两类，从 15、16 世纪开始，逐渐脱离音乐而成为独立的诗体，文人也开始仿作。德国的民歌受提倡、被发掘整理有两次，第一次是由狂飙突进的领袖赫尔德发起。他为救正学者化的、浮华的阿纳特瑞翁体，积极倡导朴素清新的民间诗歌，并依照英语的 popular song 在德语文学史上第一次创造了 Volkslied（民歌）这个概念。在他的影响下，出现了一时的民歌热。年轻的歌德当时正在赫尔德那里，他积极地参与实地的收集工作，并着意从中汲取营养，创作出一些清新、健朗的诗。但他们实际收集到的民歌并不多，只有 20 多首。第二次"运动"则由浪漫派所推动。浪漫派诗人有深深的民族情结，以新的情感和意识寻找与民族过去的联系。他们接续着 16 世纪以来人文主义知识分子的不懈追求，继承着启蒙时代莱辛、克罗卜史托克的精神上寻求"德意志"，以及狂飙突进的"德意志方式和艺术"。浪漫派推崇民族文化有两方面的原因，一是要用"德意志"对抗魏玛古典主义所崇拜的古希腊，二是针对法国侵略的文化反抗。

一般说来，早期浪漫派的施勒格尔兄弟、诺瓦利斯等人，并不排斥古希腊，甚至做过这方面的研究。但他们已经开始有意识地提倡民族文化，视其为鲜活的血脉。而法国大革命导致的战争，拿破仑的入侵、占领，以及后来对拿破仑的胜利，都激发了全民族的爱国热情。浪漫派的诗人们也不例外，阿尔尼姆和艾辛多夫都曾亲赴战场。因此可以说，中后期浪漫派，较之早期有更为明显的民族自觉，并体现在文学实践上。这包括对民族语言的研究整理，比如格林兄弟的《德语大辞典》；还有对民歌、民间故事的收集、整理，其成果是《格林童话》和《男孩的神奇号角》（以下简称《号角》）。它们因为数量多，公开出版发行，所以影响很大，前者风靡世界，后者则造就了新的诗歌风尚，成为德国文学史上的丰碑。而敏慧的布伦塔诺在收集整理民歌的同时也得其沾溉，形成了自己融合民歌优长、又有高度的艺术性、同时表现现代情感的民歌风的抒情诗。

布伦塔诺诗歌的精髓，是在喜闻乐见的民族形式中融进了比歌德更多的新内涵。[①] 他的抒情诗、特别是其中的爱情诗，变率真、大胆为缠绵悱恻，尤其有一种变咀嚼痛苦为美的深长韵味。他把一般的大众话语，变成个人的内心独白；把过于平白乃至不免俗陋的语言不露声色地艺术化，既有原汁原味，又加厚了审美内涵。而他独特的视角、他激动的心、纤细的情、他的伤感、他的追求，是他个人的，但处在浪漫主义的大语境中，也就成了时代的声音。《纺织姑娘的夜歌》、《瘫织工的梦》、《乡情》等是其中的精华。布伦塔诺的叙事诗诡秘奇谲，哀婉动人。其中精品如《罗累莱》、《渔童坐在小船里》、《莱茵河上》等各有不同的创新角度，但都变明晰为幽秘，似真似幻、扑朔迷离，同时又都披着"民间"的衣裳，在"传说"的背景下，倾吐着当代人的情怀。下面分述之。

（一）民间素材与艺术创造

布伦塔诺生长在莱茵河边，孕育了德意志文化的莱茵河也滋养了他，因此他天生就有一种对民族文化的认同感和亲和力。而收集整理民歌，更让他直接受其熏陶，得其精髓和神韵。这使他的诗与《男孩的神奇号角》有很深的关系。除了深层的民族精神，还有表层的吸收和利用，如把现成的诗行、诗节重新加以组合，对素材进行提炼、整合等等。[②]

组合、编纂、加工现成的文本以成新诗，是布伦塔诺所用的

---

① 科尔夫已经指出了它们的"现代化"，见 H. A. Korff, *Geist der Goethezeit*, Ⅳ Teil *Hochromantik*, Koehler & Amelang, Leipzig, 1964, S. 204. 本文试图以实际的例证并从另外的角度说明这个"现代化"。

② Johannes Klein, *Geschichte der deutschen Lyrik*, 2. erweitete Aufl. Franz Steiner Verlag, Wiesbaden, 1960, S. 435ff.

最简单手法。比如《让爱沙沙作响》[1]，全诗共有五节，但据德
国学者考证，它出自三首不同的诗，布伦塔诺把它们整合起来，
又加以全新的艺术处理，使其脱离了俚俗的口语，韵律变得更加
流畅、更有浪漫气息，然后自己作了最后一节来收缩。[2] 另外如
《圣·梅兰特》[3]，布伦塔诺自己说明出自《男孩的神奇号角》[4]，
而著名的《有个收割者，名叫死神》[5]更是"拿来"以后加工的
典型。下面是其中译全文：

> 1
> 有个收割者，名叫死神，
> 他收割庄稼，只待天主下令；
> 他已磨他的镰刀，
> 磨得亮光闪耀；
> 他马上就把你割下来，
> 你也只好忍耐；
> 只好被编进收获花环。
> 当心啊，美丽的小花！
> 2
> 今天还那样蓬勃繁茂，
> 明天就已经被割掉；
> 高贵的水仙花，
> 可爱的香蜂，
> 憧憬的五爪龙，

---

[1] Clemens Brentano, *Gedichte*, Philipp Reclam Jun., Stuttgart, 1995, S. 72.

[2] Ebd. S. 217. Anmerkung.

[3] Ebd. S. 73.

[4] Ebd. S. 217. Anmerkung.

[5] 这其实并不是真正的题目，而是该诗的首行。德语诗中此类无题诗很多，习惯上把首行"当作"题目以指称。

苦难的风信子，
都要被编进收获花环。
当心啊，美丽的小花！

3

千千万万无其数的花，
都要在钢刀下面倒下；
可怜的蔷薇，可怜的百合，
还有可怜的罗勒！
哪怕就是皇冠①，
他也毫不手软，
都要被编进收获花环。
当心啊，美丽的小花！

4

天青色的威灵仙，
梦想家、红黄色的罂粟，
九轮樱，毛茛，
闪光的康乃馨，
锦葵，甘松，
不用等很多时间，
都要被编进收获花环。
当心啊，美丽的小花！

5

色彩醉人的郁金香，
千娇百媚的雁来红，
种属相近的群芳，

---

① 皇冠（Kaiserkrone，英名 Crown-imperial）即贝母，属百合科，开吊钟形的花。见钱春绮原注，第 112 页。

红得像火的苋花，
娴静的紫罗兰，
虔敬的甘菊花，
都要被编进收获花环。
当心啊，美丽的小花！
6
傲慢的蓝色飞燕草，
一粒粒的丽春花，
还有你们福寿草，
以及那些君影草，
开蓝花的蓝芙蓉，
用不着加以警告，
都要被编进收获花环。
当心啊，美丽的小花！
7
可爱的相思草，勿忘我，
他已知道你的芳名，
你，在一片叹气声中
给新娘做花环的桃金娘，
甚至是不凋谢的千日红，
也都要被他割下，
都要被编进收获花环。
当心啊，美丽的小花！
8
春天的宝库和武库，
无数的王冠和王笏，
刀剑和弓箭，
枪矛和铁楔，

无数祖传的
头盔和旗帜，
都要被编进收获花环。
当心啊，美丽的小花！

9

草地上五月的新娘装饰，
充满露珠的花环，
纠缠住的心，
火焰和舌头，
戴着发亮的
戒指的小手，
都要被编进收获花环。
当心啊，美丽的小花！

10

天鹅绒的蔷薇紧身衣，
丝绸的百合面纱，
迷人的吊钟，
螺旋形的，薄片形的，
球形的，杯形的，
头巾形的，扇形的，
都要被编进收获花环。
当心啊，美丽的小花！

11

心啊，自慰吧，要救你
脱离苦难的时辰到了，
蛇啊，龙啊，
利齿啊，大口啊，
爪甲啊，蜡烛啊，

那些痛苦之象征，
都要被编进收获花环。
当心啊，美丽的小花！

12

哦，隐秘的痛苦，准备吧！
不久就夺去你的快慰的饰物，
充满泪珠的花萼的
芬芳的憧憬，
思想苦闷的
希望的藤蔓，
都要被编进收获花环。
当心啊，美丽的小花！

13

从野外飞来的小蜜蜂，
甘蜜的篷帐就要被拆除，
欢喜的喷泉，
眼睛，太阳，
地上星辰的奇迹，
现在坠落下来，
全要被编进收获花环。
当心啊，美丽的小花！

14

哦，星和花，精神和外表，
爱、痛苦、时间和永恒！
帮我来编结花环，
帮我来捆起禾把，
任何花都不可缺少，
天主将在打谷场上

数数每一种谷物。
当心啊，美丽的小花！①

此诗直接出自《号角》中的《收获之歌》，其中译如下：

收获之歌

天主教赞美诗

1

有个收割者，名叫死神，
他得到最高者上帝的命令；
正磨着他的刀，
这刀已经锋利了许多，
马上就将开镰收割，
我们只能忍受。
当心啊，美丽的小花！

2

今天还是那样葱绿新鲜，
明天就要被割倒：
这些高贵的水仙，
这些绿地的装点，
这些美丽的风信子，
这些土耳其的飘带。
当心啊，美丽的小花！

3

千千万万无数的花，
都要倒在镰刀下，

---

① 《德国浪漫主义诗人抒情诗选》，钱春绮译，江苏人民出版社 1984 年版，第
111—117 页。

你们玫瑰、你们百合，
他将把你们刈除；
还有那皇冠花①
没有人保护它。
当心啊，美丽的小花！
4
这天蓝色的威灵仙，
这黄的、白的郁金香，
这银色的吊钟，
这金色的花瓣，
所有的都要落下，
从地上会生出什么？
当心啊，美丽的小花！
5
你美丽的熏衣草、迷迭香，
你们绚丽的小玫瑰，
你们高傲的剑百合，
你们温柔的紫堇，
马上就将被人收走。
当心啊，美丽的小花！
6
没关系，来吧，死神，我并不害怕，
这不过是瞬间一刀。
我只是受些伤，
但因此将被移至
天堂的花园

---

①　Kaiserkronen，意为皇冠，也是一种花，此处直译为皇冠花。见前注。

我们等待着所有的同伴。

欢喜吧，你美丽的小花！①

两相比较，我们可以清楚地看出布伦塔诺的改造。首先是主题。《收获之歌》是自己本来的题目，而且还有一个副题《天主教赞美诗》，可见它是布道的诗。其主旨体现在最后一节，即死亡并不可怕，虽有痛苦，但只是一瞬，只要过了这个门槛，就会进入天堂，那将是永恒的幸福。所以死亡是值得高兴的事。但布伦塔诺却删掉了题目，将其改为一首可自由抒发、随意理解的抒情诗。从全诗的主旨来看，他虽然接受了"死亡铁律"，但在具体的描写上却悄悄地扭转了方向，他突出的不是死的幸福而是死的痛苦和残酷。它毁灭了世间的一切美好，而诗人对此充满了无奈、伤感和同情，于是也就洋溢着人间世俗的情味。换句话说就是，布伦塔诺把一首教条的宗教诗变成了个人的抒情诗，以其发自深心的伤感拨动着人们的心弦。

从体式上看，布伦塔诺接受了《收获之歌》的基本形式、架构，包括三音步的诗行，现成的诗句如首句的"有个收割者，名叫死神"，每节末行重复的"当心啊，美丽的小花！"，特别是前四节，大体袭用了原诗，只有些微的改动。诗人的工夫主要花在整体的艺术化上。这主要体现在三点，一是把每节七行的路德赞美诗体变成八行，加了一行"只好被编进收获花环"，不仅扣紧"收获"，而且把"死"说成是"编进花环"，显得凄美又有情致。特别是它与"当心啊，美丽的小花！"在情感上融为一体，一次次地反复出现，不但承继了民歌本色的歌唱性，而且加重了它的情感分量，突出了其中蕴涵的无奈与

① *Des Knaben Wunderhorn*, Alte deutsche Lieder, gesamelt von L. Achim von Arnim und Clemens Brentano, Vollständige Ausgabe nach dem Text der Erstausgabe von 1806/1808, Winkler Verlag, München, 1962, S. 37f.

悲感。

最明显的是，布伦塔诺的诗要长很多，他在"拿来"四节之后，把原来的六节大加扩展。他描写形形色色的花，联想出新娘、饰物，还有祖先、王冠、刀剑等等，把世间的美好、快乐、幸福、荣誉等做了淋漓尽致的铺陈渲染，以此来反衬"死"的无情和残酷。由此敷衍出洋洋洒洒的 14 节的长诗，在民歌的风神之中，留给我们长长的回味和思考。另外诗人在袭用的同时，变换了一些小词，让他的诗更显情味。下面是两诗第一节的原文，两相对照，能更清楚地看出其间的区别，包括词汇、韵律等细节。

《收获之歌》原文：

ERNTELIED
Katholisches Kirchenlied

Es ist ein Schnitter, der heißt Tod,

Hat gewalt vom höchsten Gott;

Heut wetzt er das Messer,

Es schneidt schon viel besser,

Bald wird es drein schneiden,

Wir müssen's nur leiden.

Hüte dich, schöns Blümelein!

布伦塔诺诗原文：

Es ist ein Schnitter, der heißt Tod,

Er mäht das Korn, wenn's Gott gebot;

Schon wetzt er die Sense,

Daß schneiden sie glänze,

Bald wird er dich schneiden,

Du mußt es nur leiden;

Mußt in den Erntekranz Hinein,

Hüte dich schöns Blümelein!①

　　首行"有个收割者，名叫死神"，布伦塔诺是原样照搬。第二行就有所改动，原来的 Hat gewalt vom höchsten Gott（他得到最高者上帝的命令），变成了 Er mäht das Korn，wenn's Gott gebot（他收割庄稼，只待天主下令）。不但就更贴近"收获"的隐喻，而且一个"只待"让我们似乎看到严阵以待的死神，突出了死前的紧张气氛。第三行 Heut wetzt er das Messer（正磨着他的刀）改成 Schon wetzt er die Sense（他已磨他的镰刀）。其中的"磨"虽都是现在时，但布伦塔诺用 schon（已经）换下 heut（今天、现在），用 Sense（镰刀）换下 Messer（刀），从而避开了正面的"磨刀"霍霍，也把对象直指谷物，柔化了原文"刀"所带来的血腥和残忍。第四行用 glänze（闪耀）代替 viel besser（许多）形容镰刀，更为生动。第六行用 du（你）换下 wir（我们），直指喻体庄稼，更显准确。第七行 Muß in den Erntekranz hinein（只好被编进收获花环）是布伦塔诺所加，十分美妙。其中的 muß 是一定、必须的意思，也就是说，"死"是命运，不可避免。但用"编进收获花环"来隐喻，就避开了痛苦和残酷而美丽许多，特别是它与"拿来"的最后一句"当心啊，美丽的小花"妙然的融为一体，改变了此句在原诗中的孤立状态。总之，布伦塔诺充分地利用民歌的现成文本，在利用的同时，加以精心的改造，从而打造出绝妙的艺术精品。

　　整合、加工之外，布伦塔诺更高明的手法是利用民间素材或民间元素，自己编织酷似原生态的新故事。最有代表性的就是下面的《罗累莱》：

---

① Clemens Brentano, *Gedichte*, Philipp Reclam Jun., Stuttgart, 1995, S. 193.

1

在莱茵河畔的巴哈拉赫，
住着一个魔女，
她是如此的妩媚，
把许多人的心攫住。

2

她周围的很多男子
因此遭人羞辱，
他们都被爱索缚住，
再也找不到救赎。

3

主教派人把她传唤，
在宗教法庭面前
她的意态是如此动人，
竟不得不把她宽恕。

4

他动情地对她说：
"你可怜的罗累莱！
是谁把你诱惑，
变成一个可恶的妖魔？"——

5

"主教大人，让我死吧，
我已经活得厌烦，
因为不管谁看到我的眼睛，
他的生命必得枯萎。

6

这眼睛是两团火焰，
我的手臂是一根魔杖

啊，请把我投进火焰！
啊，请折断我的魔杖！"

7

"我不能给你定罪，
除非你坦言相告，
为什么我自己的心
也已在这火焰里燃烧。

8

我不能折断你的魔杖，
你美丽的罗累莱！
否则我自己的心
也会碎成两块。"

9

"主教大人，请不要
拿我这可怜人开心，
请你向仁慈的天主，
为我祈求怜悯。

10

我不能再活下去，
因为我不能再爱，——
您应该将我处死，
我正是为此而来。——

11

我的爱人骗了我，
把我抛弃，
他已经从这里离开，
远远地走向异地。

12

这眼睛温柔而野性，
这脸庞红润而白皙，
悄悄而柔媚的情话，
这都是我的魅力。

13

我自己必因此枯萎，
我的心是如此伤痛，
每当看到自己的容颜，
我痛苦得情愿死去。

14

让我得到自己的权利吧，
让我去死，就像一个基督徒，
因为一切都将消失，
因为他已不在我的身边。"

15

他招来三个骑士：
"把她带往修道院，
去吧，罗累莱！——你这妖魅，
这是上帝的旨意。

16

你将成为一个小修女，
一个身着黑白的小修女，
在人间做着准备，
走向漫漫的死亡之旅。"

17

他们策马向修道院，
有那三位骑士，

还有美丽的罗累莱，
哀哀地夹在他们中间。
18
"啊，骑士们，让我上去
攀上这巨大的山岩，
我要再去看一眼，
看看我爱情的官殿。
19
我要再看一眼，
看看那深深的莱茵，
然后就去修道院，
去作上帝的贞女。"
20
山岩是如此陡峭，
岩壁是如此峻险，
可是她直往上爬，
终于站在了山巅。
21
同行的三个骑士，
把骏马拴在山下边，
跟着她步步攀登，
也攀上了山岩。
22
那少女喊道："瞧那边
莱茵河上来了一条船，
那站在船上的，
一定是我的爱人。

23

我的心儿变得如此畅快，

他一定是我的爱人。"

她于是贴着岩壁下行，

跌进那深深的莱茵。

24

骑士们也只剩一条死路，

他们走不下来，

只得一死了结，

没有神父，也没有坟墓。

25

这首歌是何人所唱？

是莱茵河上的一个船夫，

从三块骑士石上，

时时传来回响，

26

罗累莱，

罗累莱

罗累莱

像是那三个人的呼唤。①

这是一首叙事诗，全诗共 26 节，144 行，是德国叙事诗的长篇。它讲了一个凄美的故事，塑造了动人的形象，而在深层，又抒写着诗人的自我情愫、投射着那个时代的精神，它引发人们对生命的哲学思考。可以说，这是个说不尽，至少是难以说尽的《罗累莱》。我们先来说罗累莱故事。

---

① Clemens Brentano, *Gedichte*, Philipp Reclam Jun. , Stuttgart, 1995, S. 49.

　　从形式看《罗累莱》是典型的民歌体格，每节四行，押元音韵，每节的四行以交韵连接为一体，节间换韵，格律自由，语言俗易平实，不少是日常口语。但这个看似朴素的爱情叙事，艺术上却着实颇具匠心，恰似素练中织入了锦绣。以首节为例，它以抑扬的节奏，缓缓而起，像一位老人在讲述一个遥远的故事：第一行交代地点，第二行点出人物，第三行说她美丽，从从容容、亲切自然，完全是民歌家数，似乎在告诉我们它的民间出身。而在诗的最后，有这样两行"这首歌是何人所唱？／是莱茵河上的一个船夫"，更是明确说明它是一首民歌。但这不过是学来的民歌手法，它其实并不出自民间，而是诗人布伦塔诺的创作，是他自己"制造"出来的"民歌"。原诗自注云："在巴哈拉赫耸立着这座名叫罗累莱的山岩，所有过往的船夫都高声呼喊着它的名字，以听取反复的回声自娱。"[1] 两卷本选集对此诗出处有注释曰："对于罗累莱传说的形成，布伦塔诺坚称是他根据莱茵河上岩峰的名字，自己创造出来的，而学术界对此至今没有反面的证据。"[2]除了此罗累莱，在布伦塔诺的《莱茵童话》里，我们还看到另一个罗累莱，诗人把她写成一个善良、美丽的水妖。可见，罗累莱是一个诗人自己塑造的艺术形象，而罗累莱故事，则是布伦塔诺自编的新神话。

　　罗累莱本是莱茵河边的一座岩峰，在岸势缓平的莱茵河谷，它碧森森地峭然而立，直插水中，壮丽又秀美，是莱茵河上最迷人的景致，今天已成为著名的旅游景点。当年过往的寂寞船夫被它吸引，高喊着"罗累莱"取乐破闷，而当他们专心倾听那反

---

　　① Clemens Brentano, *Gedichte*, Philipp Reclam Jun., Stuttgart, 1995, S. 52. Fußnote, S. 213 Anmerkung. Clemens Brentano, *Werke*, in 2 Bänden, herausgegeben von Friedhelm Kemp unter Mitwirkung von Wolfgang Frühwald, Carl Hanser Verlag, München, 1972, Bd. 1, S. 41.

　　② Ebd. S. 503.

复的回声时，漩涡与激流却常使小船失控，撞上岩石而粉身碎骨。这个山水"迷人"而又"致祸"的惨剧，激发了诗人的灵感，凭借天才的想象，他把岩峰罗累莱变成"迷人"的魔女罗累莱，把自然人格化、把现实灾难戏剧化，铺演成一个动人的爱情故事，塑造了一个千古不朽的爱的精灵。这中间，德国民间传说的水妖（她按时要求人们的供奉，而做牺牲的都是年轻俊美的男性），以及希腊神话中用歌声迷惑行人的塞壬，都可能是罗累莱的原型。故事的背景莱茵河，是德意志文化的标志，它孕育了《尼伯龙人传说》以及《男孩的神奇号角》；"骑士"、"修女"、"修道院"等等，也都是民歌的符号性元素。爱情又是民歌的最大母题。布伦塔诺就是以自己的想象，糅合这些民间的素材和元素，创造出这个酷似"民间"的故事。而《罗累莱》面世后的轰动，又引出不同的新"版本"，比如著名的艾辛多夫和海涅都在继续编织着这个神话。时至今日，它已经成为整个德意志民族家喻户晓的故事，而多数德国民众都认可它是民间出身。可见布伦塔诺的艺术才华和"创造"功力。

（二）民歌形式要素与艺术升华

除了内容之外，布伦塔诺还融会民歌的形式，造就一种既有民歌风调，又更为艺术的诗歌体式。

民间的"歌"和"谣曲"是歌唱的，用来自娱或娱人。而谣曲因为有故事情节，常由行吟诗人演唱，带有表演的性质。比如艾辛多夫家，每年春天都有这样的艺人到来。因此"歌"与"谣曲"并不是纯粹的语言艺术，而是语言、音乐乃至表演的综合艺术形式。再有就"歌"和"谣曲"自身而言，音乐的旋律是主要的表现手段，语言则是辅助性手段，所以歌词都简单明了。也正因为语言"简单"，为了表现的充分，民歌才有典型的"重复"。而当民歌脱离曲调，独立成为"诗"的时候，其艺术魅力大减，因为它们不过是唱词，而与纯粹语言艺术的"诗"相距甚远。因此当布伦塔诺变民歌为诗的时候，必须提高语言的艺术性。而他的高明之处在于，他在"诗化"的同时保留了民歌的神韵。其特点有二，一是突出诗的音乐美，以此来替代民歌本有的旋律美；二是深化形象的意韵，构建诗意的境界。

德国民歌一般采用三、四音步的诗行，其中更以四音步为多。每节行数不等，但以四行为多，其中多有单个词汇或诗行的重复。布伦塔诺的诗就多用这种形式，不但节律自由，而且显得轻快，从体式上确立了民歌的基调。他又特别善用民歌的重章、叠唱、复沓等形式，造成一种一唱三叹回环往复的"如歌"效果，如下例呈现的就是"重复"造成的音乐美：

原文如下：

> O Gluten durchwühlt mich,
>
> In denen sie wühlte,
>
> O Fluten umkühlte mich,
>
> In denen sie kühlte,
>
> O Wellen umspielt mich,
>
> In denen sie spielte,
>
> O Blüten umblüht mich,
>
> In denen sie blühte,
>
> O Lieder durchglüht mich,
>
> In denen sie glühte,
>
> ……①

译文如下：

> 啊！烈火燃烧着我，

---

① Clemens Brentano, *Gedichte*, Philipp Reclam Jun., Stuttgart, 1995, S. 178.

> 爱情在其中翻腾，
>
> 啊！潮水冲击着我，
>
> 爱情在其中清醒，
>
> 啊！波浪跟我嬉戏，
>
> 爱情在其中游戏，
>
> 啊！鲜花在我周围盛开，
>
> 爱情在其中绽放，
>
> 啊！歌声激动着我，
>
> 爱情在其中激荡，
>
> ……

　　这是《爱情园丁之歌》中的若干诗行。此诗不分节，一气而下。所引的十行诗两句一个单位，共形成五组重复。奇句间重复的元素是：起首的感叹词 O，动词词尾-lte，以及行末的 mich。偶句间则重复 in denen sie，以及动词词尾的-te。尤见匠心的是，奇偶句之间也有重复，即偶句的动词在重复单句动词的词根，由此把音响上相距较远的两句诗绾结在一起。而十句共同突出的元音 O、U、Ü、I 形成了一种语言的音乐，这在德语诗史上是罕见的。其他如《天鹅之歌》、《春歌》等都是这方面的杰作。

　　德国民歌有一种以元音押韵的形式，布伦塔诺从中受到启发，有的诗有意地突出元音，以此造成一种特别的音响效果，如下例：

> Trippel trap，trab，trap
>
> Heut schließt ich die Tür nicht ab
>
> Wenn ich dich erst bei mir hab
>
> Küß ich dich recht tüchtig ab. ①

---

① Clemens Brentano, *Gedichte*, Philipp Reclam Jun. , Stuttgart, 1995, S. 78.

译文如下：

> 踏、踏、踏，一路小跑
> 今天我不插门闩，
> 如果我第一次拥有你
> 我要好好地吻你。

这是一首无题诗的首节，大胆而率真，是典型的民歌口吻。而诗人特别在声像上匠心独运。其首行只有第一个词 Trippel（小跑）有实意，随后是三个模仿脚步声的音节，同时也模仿了 Trippel 的发音，造成一种整齐、急促的节奏，我们似乎听到了踏、踏的脚步。后三行都以 ab 结尾，形成德语诗歌中罕见的叠韵。加上句中反复出现 ich 和 dich，造成了一个以 a 为主旋律，e、i、ü 共鸣的元音的交响，不仅突出了形象，而且还体现出精心谱写的语言音乐旋律。这是布伦塔诺之前的诗人所没有的。

（三）民歌之"形"与时代精神

布伦塔诺的叙事诗，不只是自编故事，还因为融入了自我，而体现出时代精神。比如在《罗累莱》中，他塑造了两个对立的人物主教和罗累莱，他们分别代表了灵与肉，也代表了当时主流社会道德的善与恶。但他们却并不纯粹，而是你中有我，我中有你，映射出人性本身的复杂性、多面性，以及人的自然天性与社会性之间的冲突，不但透视出诗人自己的内心矛盾，尤其表现出 19 世纪初的时代要求，即对人的自然欲望的呼唤和肯定。

主人公罗累莱在文本中的身份是 Zauberin，就是会施魔法的女子。Zauberin 在德语中相当于 Hexe，有贬义。Hexe 为女性，她们通巫术、能预言、会医病、善占卜，是一种普遍的民间信仰。在宗教上它属于基督教的异端，因此中世纪以来受到教会的残酷迫害，但它顽强地生存在民间，直至今日。其造型是一个骑着扫帚飞行、身着黑袍的丑婆，中文常被译成巫婆。但布伦塔诺的罗累莱却不是丑婆，而是一个美丽的少女。年轻人见而倾心，主教一见而生怜爱。但她既然是魔女，就必然带着与生俱来的恶，这就是对男人的诱惑和伤害。由此构成了罗累莱自身的美与来自情欲的恶之间的对立。

但文本在肯定罗累莱的恶的同时，却还着力彰显她的美，她是一朵"恶之花"。比如在宗教法庭上，她不作一丝一毫的辩解，而是直接求死，并请求能像一个基督徒那样去死。她甚至听不出主教的真实告白，反认作是讽刺。并恳请他为自己祈求上帝的宽恕，表现出对主流道德伦理的认可，对基督教的皈依，还有她的诚实、单纯与驯良。接着她说明求死的原因：被爱人遗弃。认为无爱的生不如死，是带着原始野性的对生命本体意义的认可，也是罗累莱形象的本质。但意外的是这个魔女罗累莱并没有对负心郎报复，也没有丝毫怨恨，而只是自怜自伤。她仍称他为"我的宝贝"（mein Schatz，这是德语中最常用的词汇，称呼儿女与情人），流露出依依不舍的脉脉深情，可怜又无助。而最后的以身殉情，更在她已被定性的恶之上，生出一种真善之美，因此罗累莱也就体现着一种分裂的人格，一种悖论。在她身上，纠缠着美与丑，善与恶。她代表着情欲，但同时也含着对"灵"的追求，因此显得矛盾而不够"典型"。著名学者科尔夫就提出了这样的批评，并认为它削弱了整体的美。[①] 但"典型"是批判现实主义的美学追求，不一定适用于浪漫主义艺术。如果我们换一个尺度，就可以看出，它因为不典型，所以才立体多面，才反映出社会与人性多向度的意义。

与罗累莱一样，主教也体现着灵与肉的对立，虽然他在身份

---

① H. A. Korff, *Geist der Goethezeit*, Ⅳ Teil *Hochromantik*, Koehler & Amelang, Leipzig, 1964, S. 210.

上代表着纯洁神圣的"灵",代表着基督教的道德。但作为一个自然的生命,面对美丽的罗累莱,他并不是泯灭了人欲的槁木死灰,在黑袍之下同样搏动着人的情欲。但这种情欲又不是《巴黎圣母院》中副主教的残忍的性变态,而是一个男性长者对年轻女性的慈爱、怜爱同时挟裹着情爱,这是自自然然的人性、人情,让人理解乃至同情。我们看主教的具体表现。

在应该严惩罗累莱的时候,他却为美色所动,生出怜惜之心,赦免了她。继而还为她开脱:"你可怜的罗累莱!/是谁把你诱惑,/变成一个可恶的妖魔?""arme"(可怜)这个词特别值得玩味,它流露发自深心的同情与怜爱。接着他竟意外地对罗累莱坦言自己的迷恋(见第7、8两节),凸显出不可遏止的本我欲望与自我身份的约定及超我的道德规范间的矛盾。但作为宗教法庭的法官,主教又不得不做出判决:"你将成为一个小修女,/一个身着黑白的小修女,/在人间做着准备,/走向漫漫的死亡之旅。"说修女,他不用 Nonne 而用了 Nönnchen。-chen 是德语中表示爱称、昵称的词尾,直译就是"小修女",有些像我们的"小尼姑",带着爱意,也可能掺着猥亵,严肃的判决就这样被染上了爱欲的色彩。而后两句也颇耐人寻味。从基督的教义讲,修女在修道院所做的一切,都是为去天国做准备,而死是进入天国的门槛。所以,这既是一个由平静的口吻说出的事实,也是主教的恩赐。因为罗累莱不仅免死,而且实现了她的愿望,享受到了一个基督徒的权利,甚至可能升入天堂。因此主教就是慈父般上帝的使者。但从世俗的角度听来,这话又不免残酷:一个花样的生命,让它活活地枯萎,尤其原文中的"Reise"让人感到那是个"漫漫的长途",有无尽的折磨。而情欲未泯的主教自己说出这样的话,似也带着一丝出自世俗之心的恶意。这显然是主教的人格分裂,昭示了灵与肉之间的搏斗。

主教和罗累莱分别代表了灵与肉,但他们自身也同时体现了灵与肉、善与恶、美与丑，以及其他一些说不清的东西。而文本并没有作简单的肯定与否定，而是把对立的双方都加以充分展示。这样作为叙事诗的《罗累莱》就不是单个旋律的独奏，而是以两个声部为主，同时还伴有其他和声的大合唱。所谓"把不同的声音结合在一起，但不是汇成一个声音，而是汇成一种众声合唱：每个声音的个性，每个人真正的个性，在这里都能得到完全的保留"①。因此也就在某种意义上接近了巴赫金的复调与对话。②

《罗累莱》的复调或对话，首先是反映了社会现实和时代精神，同时也实现了对叙事诗创作传统的突破。19世纪初的德国社会，严肃的宗教文化与享乐的世俗文化同时并存。一方面是正式的官方的严肃文化，人们服从严格的等级制度，有着虔诚的宗教信仰，充满着对上帝的敬畏。另一方面，又是千姿百态的世俗生活，人们追求尘世的享乐，放任个人的欲望。歌德、席勒都认识到这种人格的分裂。歌德在《浮士德》中形象地说道："有两种精神居住在我们心胸，/一个要想同别一个分离！/一个沉溺在迷离的爱欲之中，/执拗地固执着这个尘世，/别一个猛烈地要离去凡尘，/向那崇高的灵的境界飞驰。"③这种分裂在布伦塔诺通过《罗累莱》映射了出来。当然它也反映了诗人自己的思想矛盾。一方面他是一个基督徒，另一方面又是一个天才不羁的诗人，正在追求浪漫野性的爱情，又身在鼓吹自由、自我的浪漫派圈子，所以《罗累莱》中表现的正题、反题，也是他自己内心中进行的对话，自己纠缠不清的两难。这样《罗累莱》就不只

---

① 巴赫金：《文本·对话与人文》，河北教育出版社1998年版，第356页。
② 现在对巴赫金的复调理论有分歧的理解，本文更多的是基于"复调"的词汇意义来使用这一概念。
③ 歌德：《浮士德》，郭沫若译，人民文学出版社1978年版，第54—55页。

是一般的动人故事，而是闪烁着时代精神和诗人个性的光彩。

　　类似的分裂与冲突在布氏的其他诗歌中也有体现，比如《莱茵河上》①。它可以看做是《罗累莱》情节和意旨的浓缩。其中有两个人物，一个是以歌声诱惑男人的水妖塞壬，一个是在水上漂流的"我"。我渴望着爱情，燃烧着情欲，但在享受快乐的同时又被罪恶感所折磨。他挣扎在本我的欲望和道德理性之间，不能自拔，而情欲和道德也都不肯放弃，双方在顽强地搏斗。这显然也是"对话"。布伦塔诺之前的诗人，歌德无疑是叙事诗的大家，留下了一批不朽的作品。但若从复调的角度看，他的人物与深层结构还是主旋律的独奏，而时代精神也不够鲜明。布伦塔诺正是在这方面独有建树，实现了德语叙事诗的一个突破，为其创作开辟了新的发展空间。

三　代表作

　　布伦塔诺的民歌风抒情诗，不是单纯的模仿或加工，而是一种新型的抒情诗，是巴洛克以来德语诗歌创作的新范式。《纺织姑娘的夜歌》就是这方面的代表作，它有民歌的神韵，但抒发的是一己的当下之情，同时还彰显出一种精致而天成的美，原文如下：

Der Spinnerin Nachtlied

1.

Es sang vor langen Jahren	a
Wohl auch die Nachtigall,	b
Das war wohl süßer Schall	b
Da wir zusamen waren	a

①　Clemens Brentano, *Gedichte*, Philipp Reclam Jun. , Stuttgart, 1995, S. 57.

2.

Ich sing und kann nicht weinen　　　c

Und spinne so allein,　　　d

Den Faden klar und rein　　　d

So lang der Mond wird scheinen　　　c

3.

Da wir zusammen waren　　　a

Sang süß die Nachtigall　　　b

Nun mahnet mich ihr Schall　　　b ·

Daß du von mir gefahren　　　a

4.

So oft der Mond mag scheinen,　　　c

Gedenk ich dein allen,　　　d

Mein Herz ist klar und rein　　　d

Gott wolle uns vereinen　　　c

5.

Seit du von mir gefahren　　　a

Singt stets die Nachtigall　　　b

Ich denk bei ihrem Schall　　　b

Wie wir zusammen waren　　　a

6.

Gott wolle uns vereinen,　　　c

Hier spinn ich so allein,　　　d

Der Mond scheint klar und rein,　　　d

Ich sing und möchte weinen. ①　　　c

①　Clemens Brentano, *Gedichte*, Philipp Reclam Jun. , Stuttgart, 1995, S. 59.

译文如下：

纺纱姑娘的夜歌

好几年前的此时，
那时夜莺也在叫，
叫声是多么美妙，
那时我们在一起。

我唱着，哭不出声，
只要有月光照下，
我就独自在纺纱，
纺线明亮而纯净。

我们在一起之时，
那时夜莺在歌唱；
我想起它的音响，
你却已跟我分离。

每逢月儿在放光，
我只是想你光临，
我的心明亮而纯净，
愿天主使我们成双。

自从你跟我分离，
夜莺总是在歌唱，
我听到，就要回想
我们在一起之时。

　　愿天主成全爱侣，

　　我纺着，孤苦伶仃，

　　月光明亮而纯净，

　　我唱着，真想痛哭。①

　　此诗作于 1802 年夏，题目是 1817 年加上去的。是在抒写诗人自己与情人索菲·梅罗的离愁。但没有直抒胸臆，而是采用传统的隐喻手法，委曲道来，流露出一种德语诗歌罕见的脉脉深情。民歌风和精致的艺术是其最显著的特色。这首先体现于意象和意境。

　　纺纱织布在欧洲如同在中国，是妇女的主要工作，荷马史诗中就已经出现这样的场景，在德国也同样。于是纺织女就像磨坊主、骑士、漫游者一样，成了德国民歌中的一个常见形象。而纺车旁的少女，在 18 世纪末 19 世纪初的文人创作中屡屡可见，②但蕴涵有所移异。比如纺织女在《号角》中，突出的是劳作的艰辛痛苦。③歌德则把主题移向相思。《纺车旁的格蕾辛》④成了《浮士德》中最广为传诵的插曲。歌德的主旨，已从肉体的劳苦，转向了心理的苦苦相思，而此相思的特点是痛苦中燃烧着情欲。布伦塔诺就是顺着歌德的"相思"继续前行。但他又不同于歌德，他突出的不是情欲，而是情韵，所以更深刻、更优美，也更动人。

　　首先布伦塔诺创造了一个优美的意境：月光朗照，夜莺歌

----

① 《德国浪漫主义抒情诗人诗选》，钱春绮译，江苏人民出版社 1984 年版，第 98 页。

② Wulf Segebrecht〔Hrsg.〕, *Gedichte und Interpretationen*, Philipp Reclam jun., Stuttgart, 1984. Band 3, S. 272.

③ *Des Kanben Wunderhorn*, Insel Verlag, 1. Auflage 1974, S. 189.

④ 《德国浪漫主义抒情诗人诗选》，钱春绮译，江苏人民出版社 1984 年版，第 431 页。

唱，纺车旋转，少女相思，让我们联想到汉代《古诗十九首》中"札札弄机杼，终日不成章"的织女形象。这里的月光如同中国之月，它有相思的含义，歌德的《对月》和《致上升的满月》等诗可以为证。而夜莺在德语文化中则是一个哀伤、期待的意象。纺车旋转，纱线从孤独的少女手中绵绵流出，一丝丝、一线线，无尽无休，如同少女心中不绝的思念。于是景与情谐，景中就充溢着情，这样就比歌德的直抒怀抱来得绵邈、深切。也就是说，在情景交融的意境创造方面，布伦塔诺在德语诗歌史上前进了一步。

　　意象、意境而外，布伦塔诺还有效地利用民歌的诸种形式因素，使内容与形式相得益彰，这包括用词、押韵、篇章结构等各个方面的精心建构。此诗共六节，每节四行，用抱韵（Armreim）绾结。这是德语民歌的常式，但它却不是惯用的每节换韵。它六节只用了四个韵脚：-aren、-all、-einen、-ein，形成 abba、cddc 两组间的三次交替，这就比一般民歌加大了同韵的密度，加上每节都是两个阴韵环抱两个阳韵，自然而然地造成了一种环环相续、和谐舒顺的韵律。尤为匠心的是，以相同的韵脚为基础，造成1、3、5节与2、4、6节两个意义单位。前者是过去时，用-aren、-all 韵，其中又多用最响亮的元音 a 在句中谐韵，突出的是往时的和谐与幸福，后者是现在时，用 -einen、-ein 韵，在声像上比-aren、-all 显得低暗，突出的是当下的痛苦与期待。再看具体的诗行，第一、二节的八行是全诗的主干，也是一个意义、声像的对比。后四节的 16 行是前八行的不同形式的变奏。而由1、2 两节形成的对比主题，在后面的四节中一而再、再而三地重现，[①] 一唱三叹、回环往复，深长却又不单调，

　　①　Wulf Segebrecht［Hrsg.］，*Gedichte und Interpretationen*，Philipp Reclam jun.，Stuttgart，1984，Band 3，S. 268.

不仅显示了高超的诗艺，而且从声像方面突出了纺纱女的绵绵不尽的情意。如此，布伦塔诺就在民歌朴素的形貌之下，创造了高度的艺术美。

此外，在表面的民歌重章复沓手法的背后，还隐含着一种深层含义。从上下文看，纺织女的相思不是异地，而是隔世的相思，所以它不同于歌德的《纺车旁的格蕾辛》。歌德的诗写的是现世的情爱和情欲，体现了市民阶层的世俗的享乐文化。布伦塔诺则搭起了此岸跟彼岸间的桥梁，把人生延伸到上帝的世界。他通过纺织女对过去的幸福的思念，引出现实的痛苦，再到对彼岸幸福的期待，透射出浪漫派的社会思想，这就是怀念中世纪的前工业社会，为现实感到痛苦，以及对人类未来和终极的关怀。因此布伦塔诺的诗歌创新，既是诗艺的，又是思想的。也可以说，从诗艺和思想两方面推进了德语诗歌的发展进程。

第三节　浪漫特质

一　传奇、神秘色彩

德语的 Romantik，即浪漫派或浪漫主义，语源上出自 Romance，即"罗曼司"，也就是中世纪的传奇故事。它们讲述骑士们离奇的冒险和爱情经历。因此"浪漫"本身就带有传奇、神秘的含义。它在布伦塔诺的叙事诗中有充分体现，其根源在于德意志的民族文化，成功在于诗人的想象。

德意志民族作为蛮族的一支，本有自己的原始多神教信仰。在接受了基督教之后，民间仍保留着普遍的多神崇拜，人们相信各种各样的神灵，这给民间文学平添了浓重的诡异神秘的色彩。海涅曾写道："欧洲各民族的信仰，北部要比南部更多泛神论倾向，民族信仰的神秘和象征，关系到一种自然崇拜，人们崇拜着任何一种自然元素中不可思议的本质，在每一棵树木中都有神灵

在呼吸，整个世界都充满了神灵。"①布伦塔诺的浪漫故事就是
受到了这种民间信仰以及民间传说的滋养。他的故事大都写
爱情，情节离奇、曲折，跟中世纪的"罗曼司"一脉相承。
但与其"英雄的浪漫"不同，布伦塔诺的都有一种神秘的氛
围，特别是在炽烈的情感中隐含着绝望，从头到尾都为悲情
所笼罩，也都不免悲剧的结局，它闪现着一种无奈的凄美。
我们似乎能感觉到一种神秘力量的主宰，而这正是浪漫主义
美学的趣味。

施勒格尔说过："就像传奇小说在其存在和变化的每一个点
上都必须新奇、必须引人注目一样，诗意的童话，尤其是叙事谣
曲，应该无限地奇异。因为叙事谣曲不只是要使想象感兴趣，而
且也要陶醉精神，诱惑心情。并且奇异的本质似乎恰好存在思
维、创作和行动的某些任意的少见的连接和混淆之中。有一种热
忱的奇异，与最高的文化教养和自由协调一致，不仅只加强了悲
剧性，而且还把它美化了，神圣化了。"②布伦塔诺就做到了这一
点，比如下面的《渔童坐在小船里》：

> 渔童坐在小船里，
> 他是那样的忧心，
> 他的恋人死掉了，
> 他永远也不相信。
>
> 直到星星在闪烁，
> 直到射出了月光，
> 他等着载他的恋人，

---

① 亨里希·海涅：《论德国》，薛华译，商务印书馆1980年版，第213页。
② 《浪漫派风格——施勒格尔批评文集》，李伯杰译，华夏出版社2005年版，
第104页。

航行在来因河①上。

他的恋人走来了，
登上他的小船里，
她的双膝在摇晃，
她只穿一件衬衣。

他们在波上漂流，
河水是那样宁静，
她在瑟瑟地发抖——
"恋人，你觉得寒冷？

风吹动你的衬衣，
小船飞驶在河上，
拿我的大衣裹住，
夜晚凉爽而明亮。"

她向着那些山头，
伸出白色的臂膀，
欣看那一轮明月
从云后向外窥望。

她欢呼古老的塔楼，
伸出温柔的臂膀，
要抓住在来因河中
掩映的明亮的幻象。

---

① 现通译为"莱茵河"。

"哦，我最心爱的人，
请你好好坐下来，
别掉进来因河里，
河水奔流得很快！"

在他们小船旁边
掠过一座座名城，
在那些大城市里
传出各样的钟声。

小姑娘跪了下去，
合起了她的手掌，
她那明亮的眼睛，
抬起来望着上苍。

"姑娘，静静地祈祷，
别这样摇摇摆摆，
小船儿快要沉没，
河水奔流得很快。"

在一座女修道院里，
听到轻声的诵经，
从教堂玻璃窗里，
看得出烛火通明。

小姑娘在小船里
朗朗地念弥撒经，
她一面望着渔童，

眼眶里泪珠晶莹。

渔童也在小船里
含着泪念弥撒经，
他一面望着姑娘，
默默地目不转睛。

深深的水波透出
越来越红的光彩，
那小姑娘的面色
越来越显得苍白。

月亮已归于消逝，
再也看不见星光，
可爱的姑娘的眼睛
也已经黯淡无光。

"可爱的姑娘，早上好！
可爱的姑娘，夜晚好！
太阳已经出来了，
你干吗却要睡觉？

塔楼都闪着亮光，
树林也非常欢畅，
充满各样的声音，
发出高声的歌唱。"

他想要把她唤醒，

　　让她听欢乐之声，

　　他对她那边望去，

　　却再也见不到伊人。

　　他在小船里躺下，

　　哭泣着进入睡乡，

　　继续继续在漂流，

　　一直漂到了海洋。

　　渔童的小小渔船

　　被海波推去推来，

　　海波在呼呼怒吼，

　　渔童却不再醒来。

　　可是在寂静的夜间，

　　如果有大船驶过，

　　就会看到他二人

　　坐船在海上漂泊。①

　　这是一个凄美的爱情故事，投射着时代"自由恋爱"的光彩。但却不是维特那样的现实中人。它是人、妖或人、鬼之恋。"小姑娘"在天亮之际，"面色越来越显得苍白"，"眼睛也已经黯淡无光"，然后杳然消失，让人想到歌德的《科林斯的新娘》，动人之外，透出一股阴森的鬼气。"小姑娘"还可能是日耳曼民间传说常见的水妖，她靠声音迷惑男人，拖他下水，这在歌德的《渔夫》中也曾隐隐出现，所以在爱情之美而外，夹杂着邪恶的

---

　　① 《德国浪漫主义抒情诗人诗选》，钱春绮译，江苏人民出版社1984年版，第86—91页。

诱惑。而在结尾，二人"坐船在海上漂泊"，又透露出爱情的幸福，所以此诗显出一种非现实与不纯正，而正是这种杂色，呈现出一种异样的神秘与诡异。此外还有《猎手与牧羊人》[1]，虽然没有完整的情节，但描绘出一个人神共处的世界。它是魔幻的、纵情狂欢的，同时也是传奇神秘的。

二　主观的诗

主观性是就抒情诗而言。在整个德语诗史上，启蒙诗重客观，古典主义讲和谐，而重主观、重自我则是浪漫主义的品格。这时诗人的目光从外部世界转向自我，自我也就代替了客观外物成了诗的表现对象，进而从根本上扭转了亚里士多德以来的"模仿"传统。浪漫派之前的诗人，虽然也不断有人以主观情感冲击客观模仿，但不论克罗卜史托克、"哥廷根林苑派"，还是集大成的歌德，他们的主观之情大都不离客观之景，只有狂飙突进运动有短暂的"突破"。在绝大多数诗人心中，都存在着分立的主客两端，而古典主义的歌德，在这两端中也从青年时的主观转向了客观。他明确表示："我主张诗应采取从客观世界出发的原则。"[2]但浪漫派诗人却以一个流派的整体性的"主观"扭转了这一美学走向，诺瓦利斯如此，布伦塔诺也如此。

（一）一己的独白

布伦塔诺有很多抒情诗只表达自我的情感，诗也就成了一己的独白。这些诗多数很长，似乎胸中有无数块垒，不吐不快，于是倾泻而出，滔滔而下。又似乎有剪不断、理还乱的思绪纠缠，因此时现奔突、跳跃和断裂。但无论如何，自我都是其绝对的中

---

① Clemens Brentano, *Gedichte*, Philipp Reclam Jun., Stuttgart, 1995, S. 117.

② 爱克曼辑录：《歌德谈话录》，朱光潜译，人民文学出版社 1982 年版，第 221 页。

心，在所有的意象之上凸显的是或高傲、或谦卑、或彷徨的诗人自我。比如下面所引：

耶拿学生时代的异教徒臆语

1

众神已恩赐我许多，
但我还是祈求
将七艺都赋予我
一位女神已经拒绝
另一个却要驯服我，
她用强力驯顺我的狂傲。
把我这可怜的凡夫俗子①
放逐到尘世。

2

当我在明亮的
辛勤劳作的白日
不停地寻找，
当我在黑暗
孤独的夜
通宵达旦地思考，
我在寻找，
我在思考，
我从没寻到
我从未想好
怎样才能提出

---

① 原文"Sterblicher Sohn"是相对于神而言。在希腊神话中，诸神及其儿女都是永生的，而凡人的生命是有限的。

第八①个请求。

3

我似乎也能有些创造，

会写诗、会唱歌，

我可爱的小精灵啊

愿你能赐予我灵感

给我的作品

一份感动。

4

但平静，安宁

它在哪里？

啊！宁静，它从不曾

跟我在一起。

永远地寻找

用尽力气

向深处神的所在，

向那紧紧封固的

搏动的心房。

永远的奋争，

乘着光明飞翔，

飞到高高的神的所在，

用明镜般的眼睛

俯瞰一切的所有。

俯瞰你连绵的

深谷和高山，

俯瞰你大自然。

---

① “八”在基督教中隐喻“新的开始”。

我奋争着走向完善，
这可怜的尘世之子。
5
一共有六天
上帝在创造，
就在他的住所，
在那变为永恒的
神奇的大自然。
第七天
他在那里休息。
我共有七个祈求，
在这七天里，
就在他壮丽殿宇
的门前祈求。
所有的七个
他都给我满足，
但第八个
他再也听不见，
因为他已经安眠。
6
主啊！你不要这样生气，
我只想跟你一样，
创造一个
将成为永恒的
神奇艺术的殿堂
然后在第八天
休息。①

---

① Clemens Brentano, *Gedichte*, Philipp Reclam Jun. , Stuttgart, 1995, S. 7ff.

此诗共有六节，是完全的自由体，恰好跟"臆语"的内容相得益彰。六节的大意如下：

Ⅰ．"我"在希腊诸神的世界里，因为"不满足"而被驱逐。

Ⅱ．被贬谪到人间之后，不但没有放弃、没有反悔，反而提出更高的要求。表明"我"的坚定信念和勇气。

Ⅲ．表白自己作为诗人的理想。

Ⅳ．表现内心的情感激荡，"我"上下求索，执著地追求着完善。

Ⅴ．在基督教的上帝那里，原来的七个愿望都得到了满足，但他还执著地提出第八个，即要求一个新的"开始"。

Ⅵ．彰显其志，表达自己创造艺术殿堂的理想。但竟然与上帝创造世界相提并论，正是所谓狂妄的"臆语"。

此诗作于 1799 年到 1800 年间。这时的布伦塔诺刚开始大学生活不久。而浪漫派运动方兴未艾，耶拿正是他们的活动中心，布伦塔诺也成为他们圈中的小兄弟。他雄心勃勃地要开创一番事业。

题目标出"异教徒"，点明自己的离经叛道。其"异"就在于不是匍匐在上帝脚下，而是在张扬自我。而"臆语"，则又是对"异教徒"的解构，承认这是青年人的狂妄。狂飙突进时代的歌德，也写过《普罗米修斯》等高歌个性解放、叛逆的诗。但青年歌德意在反抗社会，而布伦塔诺则是表现自我，是把自我无限放大，要完善自我、实现自我，从而与诸神、与上帝并立比肩。

诗的开篇展开了古希腊和基督教两个世界。"我"虽然受到希腊诸神的眷顾，但并不满足，还要追求基督教的"七"的"完满"，因而被视为桀骜不驯，被从天界放逐，贬谪到人间（很有点李白"谪仙人"的意思），来到基督教统治的世界。但他并没有变得驯顺，一心只作上帝的忠实奴仆和羔羊。他继续着个人的思考，还在追求个人的事业，甚至在实现了"七"的"完

满"之后，还要开始"八"的新创造。也就是说，他要在上帝的
七天制体系之外，建立自己的八天制，要像上帝创造世界一样，
构建自己的艺术大厦，而且还要如同上帝，在辛苦创造之后，有
一天休息。这样我们就看到，在布伦塔诺的时空中，只有一个绝
对的自我，其他的一切，不论是希腊诸神，还是上帝，都是为
"我"而存在。这种绝对的自我，在德语诗史中，是前所罕见的，
而在布伦塔诺则成为常态。他的《当狂风掀卷大海》①、《梦中我
跌入深谷》②、《当世界沉入地下》③ 等都是这方面的代表。

（二）主观化的自然

歌德曾解释自己的诗与自然的关系："我观察自然，从来想
不到要用它来作诗。但是由于我早年练习过风景素描，后来又进
行一些自然科学的研究，我逐渐学会熟悉自然，就连一些最微小
的细节也熟记在心里。所以等到我作为诗人要运用自然景物时，
它们就随召随到，我不易犯违反事实真相的错误。"④ 这就是说，
他笔下的自然，来自他个人的感性体验，都不"违反事实真
相"。而他多数的诗，在情景关系上，都是情景兼顾，情因景
发，景被情染，其佳境近于中国的"情景交融"乃至"意境"。
而纵观布伦塔诺的抒情诗，则很少对景物的真正关注，即使是眼
前之景，他也不作写实性描绘，⑤ 而是高度地主观化，使它们不
再是客体，不再是审美对象，而成为诗人心灵的投射和载体。按
照黑格尔的观点，这就是广义的浪漫诗，也是浪漫派的诗，是布

---

① Clemens Brentano, *Gedichte*, Philipp Reclam Jun., Stuttgart, 1995, S. 15.

② Ebd. S. 90.

③ Ebd. S. 28.

④ 爱克曼辑录：《歌德谈话录》，朱光潜译，人民文学出版社 1982 年版，第
108 页。

⑤ 除了他在个人风格形成前的个别少作，那还属于艺术学徒期对前辈诗人的模
仿、学习。

伦塔诺从早期浪漫派诗人那里继承下来的。我们看下面的诗：

　　　　是生机勃勃的
　　　　绿色神殿，
　　　　是低低耳语的厅堂，
　　　　我迷失在其间。

　　　　看那橡树是怎样上挺
　　　　直突云天。
　　　　看那峰顶上
　　　　怎样一只尤比特的巨足
　　　　静静地落在上面。

　　　　我的心
　　　　感到如此贴近
　　　　本质的神圣，
　　　　它通过树枝
　　　　向上
　　　　变作奥林匹斯山。

　　　　树林的精灵，
　　　　引我快乐地向前，
　　　　它们围着我飞舞，
　　　　笑着、喊着，
　　　　又带我回返。
　　　　……①

---

①　Clemens Brentano, *Gedichte*, Philipp Reclam Jun., Stuttgart, 1995, S. 33.

　　这是一首无题诗。共 14 节，内容是森林漫步、享受自然。所引为前四节，接下来是描写月亮的私语、橡树的舞蹈、带露的小草等等。诗人絮絮地表达着自己的快乐。诗中已经没有了森林、树木、花草的本体，它们化作了诗人心中的"神殿"、"厅堂"。橡树不是自然生长，而是有意冲破云天。山峰也不是自在的景物，它变成了尤比特的一只脚，伸向人间。而所有的一切，都来自诗人的主观感受。因此它既大异于启蒙诗歌的模山范水，也不同于歌德时代的情景互感与交融。它是主体对客体单方面的"强行"占有，而客体则在强力之下被变形、被幻化、被消解，成为诗人主观表现的手段。类似的例子还有很多，比如《甜美的五月花》，只题目表现的通感，就已带出主观化的色彩。其他如《致索菲命名日》、《樱花的晨歌》等等，也都是这方面的例证。除了现实的客体，象喻性的客体也被主观化，这在布伦塔诺是一种典型形态，如下面所引的片段：

> 啊！那渴望的目标
> 已经如此地接近。
> 那焦渴疲惫的思想
> 已下沉到燃烧的边限。
> 在那凉爽的远方，
> 啊！幸福的波浪涌到心田，
> 光明照亮了那昏暗的星。
> 潮汐退去，
> 原野上热浪滚滚
> 那燃烧的火箭
> 射向逃避着的我。①

这是一首无题诗的第二节，全诗共五节。这里表现的是诗人的思想矛盾：他有美好的理想，但奋斗得心神疲惫，所以身处两难，也因为这两难，而产生焦虑和痛苦。布伦塔诺先把这难以言表的内心冲突形象化、再把这些形象主观化，造成"燃烧焦渴的草原"、"清凉舒爽的远方"这样的形象，形成"疲惫"与"幸福"的强烈对比。再辅以大海—星星，潮—汐等的二元对立，从而将抽象的思绪感性化，以主观化的形象深入地表现出内心的冲突。其他如《我穿过沙漠》[①] 等也都属此类。

（三）直呈心灵世界

除了感情，浪漫派诗人还特别注重表现心灵世界，这是诺瓦利斯开辟出的新领域，布伦塔诺继续以自己的方式进行拓展。较之诺瓦利斯的捕捉心灵的感觉、意绪和印象，布伦塔诺则重在呈现自己的心象和心境。它完全突破了传统，摆脱了主客、情景的二元夹缠，显示出布氏诗歌全新的、最具个性的美学特质。这时的诗人忘记了外在的世界，沉耽于心，观照、呈示自我的心境。我们看下面的《贝多芬音乐的余响》[②]：

> 孤独，你这精神之源，
> 你天下圣泉之母，
> 你心中太阳的魔镜，
> 沉醉般涨漫，
> 自从允许我在你的欢乐中
> 把这忧郁的生命呈现，
> 自从你把我整个地淹没，

① Clemens Brentano, *Gedichte*, Philipp Reclam Jun., Stuttgart, 1995, S. 125.

② Clemens Brentano, *Gedichte*, Philipp Reclam Jun., Stuttgart, 1995, S. 101. 德国评论家对此诗的关注集中在语言的音乐效果上，并认为是对民歌的直接继承。笔者则更重它的意象，认为这是布伦塔诺的创新。

以你的黑暗的巨浪，

我开始发出呐喊，

我灵魂所有的

明亮的星星也齐声合唱，

一位神灵打着节拍，

我心中的全部太阳，

我快乐的行星们，

我痛苦的彗星们

在我的胸中高声喧响。

在我哀哀的月中，

所有无意的光芒，

我可以歌唱，在谦恭中

面对我内心的珍藏，

面对我生命的贫乏，

面对我追求的万能的主上，

啊，永恒，记着我吧！

除此的一切都是虚妄。

此诗作于 1814 年 1 月 7 日。时值反对法国侵略的解放战争。诗人的挚友阿尔尼姆曾写诗《号召参加 1813 年战争》，并亲赴战场。1813 年反法联盟的统帅惠灵顿公爵在一场战役中打败了拿破仑，激情的贝多芬为此写了交响乐《战场音画》。布伦塔诺看了演出，心被感发，于是写了这首诗。

全诗五章，此为第一章，共二十四行。第一至第十行，用abababab 韵脚，押双元音韵，造成鲜明的节奏，蕴蓄了气势，也表现出诗人内心的激动与昂奋。下面的十四行，用不规则的交韵（Kreuzreim）带出连续的排比，夹带着一连串令人眼花缭乱的意象。但它们既不是常见的对旋律音响的描摹，如同白居易的《琵琶行》；也不是音乐产生的客观效果，如李贺的《李凭箜篌引》，而且与音乐本身也毫不相关。诗人只是由音乐导引，径直走向了自我深心，进而直呈由灵感而催生的、瞬间的心象和心境。

全诗由一个隐喻"孤独是精神的源泉"生发，引出递进性次生、再次生的系列隐喻。它们构成一个巨大的心境，包容了大海、天空和宇宙。而其中的所有之"象"，都由心灵创生，都映现在诗人的心境之中，都在发出"心"的歌唱。它们是全然不借外物的心象。这在布伦塔诺之前的德语诗中是极为罕见的。除此而外，这些络绎而出、排比而下的密集意象，令人目不暇接、心不及想。意象的并置，汉诗中本多有，如典型的"鸡声茅店月"以及"枯藤老树昏鸦"之类，但它们不只因其意象的客观性与布伦塔诺有异，而且美学趣味也不同。汉诗的情感是和谐的，如"鸡声茅店月"凄清、孤独，"枯藤老树昏鸦"衰飒、悲凉。而此诗的意象在情感色调上却不一致，显得斑斓而刺目。它们可大致分为两组，一组由"孤独"领出：圣泉、母亲、太阳、魔镜、巨浪。另一组由"灵魂"生发：星星、神、太阳、行星、彗星、月亮。其中的母亲和神，亲切、神圣；魔镜、太阳、星月之类，显得巨丽、光灿又神秘。还有反义词：欢乐—忧郁，快乐—痛苦，以及沉醉的涨漫—黑色的巨浪等等。它们纠结在一起滚滚而出、倾泻而下，打乱了时空和心理秩序，发出一片不和谐音。较之汉诗和谐的共鸣，它造成的不是愉悦的快感，而是感官的刺激、心灵的冲击和震撼。它表现的是抒情主体当下即时的心的感觉、感应和映象，它是另一种抒情方式。

此外，还有新奇的词汇如 Sternenchöre。这是一个自造的复合词，Sternen 是复数的"星"，Chöre 是复数的"合唱队"，显然它不是逻辑的组合，而是心的瞬间灵感的产物，但颇有情趣。它让人想到苏轼的诗句"小星闹如沸"。但苏轼出自感官经验，他亲眼看到了满天星星，而星之繁、星之密先是给他活泼、热闹的印象，进而似发出嬉闹之声，由此视觉和听觉相通，默默的繁星就因诗心而有了生命、有了情致。布伦塔诺则不同。他本没有视觉的体验，而是心的灵光照亮了一片天空，在这片纯粹的"心境"中，他造出了整个宇宙，所有的太阳、星月都在发出诗人心灵的呼唤。简言之，这里显现的也还是心境和心象。

还有非常规的句法。全部二十四行诗分为三句。前十六行一逗到底，后面七行由一个感叹号收束。其主句从句层层相套，其间意脉，如龙蛇把捉不住。而我们也还来不及理解把捉，就感受到强烈的震撼和冲击。这冲击不是来自思理，而是来自倾泻而下的情感之"象"。布伦塔诺的抒情，显然已不再是传统理性的、时间的、线性的告白，而是非理性的、空间的、点面线体、色彩、音响的全方位抛掷，是感情的迸发、喷涌，制造的是氛围和情感场。他的五彩缤纷之"象"倏忽而来、转瞬即去。他的种种体验、感受，不经过逻辑的梳理，不假思索就直接从"心"而成象，零乱而又直切心底。他的词法、句法跟着感觉走，其中名词、形容词的排列、堆积，说明的不是清晰的意义，而是一种模糊、可能、多重的意指，呈现的是一种心灵之"态"。

由此布氏的诗就彰显了一种潜意识的当下"我"之本然，一种成"象"的"意识流"，即由"象"呈现的意识流动。诗人把这个"我"原原本本地直接呈示出来，其间并没有"剪不断、理还乱"的"思"的困境。因为这里已经没有了主客两端，而只有自我的存在。所以也就谈不到情景、主客、感性理性的二元紧张与和谐。与此相类的诗还有不少，如下面的《幻想》：

长　笛

　　静静的花，
　　在爱的神圣中

没有萌发，

蔫蔫地把头垂下。

甜蜜的歌，

没有激起回声

再也不能飘返。①

　　这是《幻想》组诗的第一章。全诗共十章，分别描述想象中的长笛、黑管、圆号、巴松的独奏及其合奏的音乐境界，它是完全不借于外物感发的纯粹想象。是想象化为悠悠长笛，从长笛的旋律再幻化出花、歌等境象，而最终呈现的是诗人的心境。与此相类的还有《交响乐》②等等。

　　德国有音乐传统，批评家们往往将音乐视为纯粹地、非描写性地表现精神与情感的极致。浪漫派尤其对交响乐推崇备至，因为交响乐没有固定的解释，毫不涉及外物，并且由于充满了含糊的暗示而显得内涵丰富。它是想象的沃土，而布伦塔诺的"强处在于天真的幻想"③。靠天才他贯通了音乐和诗歌两个天地，任情感、才思在其间自由驰骋。此诗就是描写心中的旋律以及旋律所表现的境界。

　　这种由情而乐而象的想象，不同于由思而象的普遍想象范式。这种特别的创作方式源于诗人一己的生命特质。按照荣格的理解，这时的诗人不再是理性的自我，而是受命于某种指令，有奇思异想、万千意象滔滔涌来，而他的妙笔也不觉生花。"这些作品或多或少完美无缺地从作者笔下涌出。它们好像是打扮好了

---

① Clemens Brentano, *Gedichte*, Philipp Reclam Jun. , Stuttgart, 1995, S. 11.

② Ebd. S. 10.

③ 勃兰兑斯：《十九世纪文学主流》，人民文学出版社1997年版，第二分册《德国的浪漫派》，第236页。

才来到这个世界，就像雅典娜从宙斯的脑袋中跳出来那样。"①这些生于想象、幻觉、幻想的诗，完全是诗人的主观创造，实现了主体的自我确证和主体的自由。

诗的抒情方式有种种，有喜怒哀乐冲口直出者，更有因物兴情或借物抒情者，这些都为不同时代的诗人所共用。在他们那里虽然表现的是诗人主体，但这个主体是与一个显性或隐性的客体相对待的。而在布伦塔诺，有些诗如以上所举，客体已经消解，主体成了唯一的存在，他要表现的是自我在当下的直觉体验、心中的幻象、意识的流动等等，简言之，是纯然的自我的存在。

三　宗教情结

浪漫派作家都有宗教情结，这除了各自家庭的背景，还有时代和社会的影响。18 世纪末，启蒙思想家理性王国的理想，被法国大革命的暴力所轰毁。紧接着的拿破仑侵略战争，使大片的德意志土地被占领，满目疮痍。这不但激发了民族情绪和爱国情感，也让人们寻找新的精神出路。早期浪漫派的代表人物如施勒格尔兄弟、诺瓦利斯，都与基督教有着深深的绞结。布伦塔诺更是如此："如果没有心底的天主教，诗人布伦塔诺就不会有浪漫主义的自由精神；同样的，没有浪漫主义的自由精神，他也就不会是一个天主教徒。"②因此他的创作是与他的天主教情结分不开的。这其中既有对上帝的信仰，也有信仰追求中的痛苦，这

---

①　转引自胡经之主编《西方文艺理论名著教程》，北京大学出版社 1989 年版，下册，第 164 页。

②　Helmut de Boor u. Richard Newald [Hrsg.], *Geschichte der deutschen Literatur von den Anfängen bis zur Gegenwart*, Bd. Ⅶ/Ⅱ. *Die deutsche Literatur zwischen Französischer Revolution und Restauration*, C. H. Beck'sche Verlagsbuchhandlung, München, 1989, S. 749.

些都写进他的诗中。① 它们与布道的宗教文学有所不同。请看下例：

> 拯救就在光明之中，
> 但我们却迷失了通路，
> 抑或它陡峭无法登攀。
> 如果我们失去自信
> 就会在深渊里神晕目眩。
> 但如果目标明确，
> 那信仰的路
> 希望的路
> 爱情的路
> 沉默的路
> 条条都清晰可见。
> 让我们沿路登攀，
> 悬崖边也不会昏眩。
> 上帝也愿向我们
> 伸出援手，
> 注视他未来的子民！②

此诗作于 1815 年，正是布伦塔诺宗教情结日深之时。他用了一系列典型的基督教隐喻如光明（Lichte）、拯救（Heil）、深渊（Abgrund）等等，还用在小路上攀登象征艰难的修持。按照基督教义，人生而有罪，必须通过苦修来纯洁自己，才能得救。这是一个艰辛漫长的行程，在这个向善的努力中，上帝会来帮助你，给你指路，帮你走出罪恶的深渊，得到光明和幸福。此诗就

---

① 布伦塔诺晚年成为一个布道的作家，有专门的宗教文学创作。此类作品不在论述范围。

② Clemens Brentano, *Gedichte*, Philipp Reclam Jun. , Stuttgart, 1995, S. 105.

是以坚定的信念激励自己。布伦塔诺还有其他不少表现宗教情结
的诗,典型的有《啊!亲爱的上帝》①、《我穿过沙漠》②,等等。
布伦塔诺还有不少诗写自己的宗教体验。这是一种超越任何观念
的、与神或神性交通的神秘体验。其中最深刻的、艺术上也最成
功的是作于 1816 年的《奴仆从地底发出的春天呼唤》,此诗共
17 节,68 行。主旨有两个,一是自觉的罪恶感,二是对获得救
赎的渴望。其中对自己追寻上帝的心路,表现得十分动人。全诗
如下,为析其意,每节后略作说明:

> 1.
> 主啊,没有你的怜悯
> 深渊中的我必失去自信,
> 难道你不想用坚强的手臂
> 再一次把我托向光明。

题目中的"奴仆"是信徒对上帝的自称,"深渊"既是
"洪水"的源头,也是罪恶的深渊。光则是上帝的象征。所以
题目本身就显示出宗教性。其第一节直接切入主题:祈求主的
拯救。

> 2.
> 年复一年地掘取你的宝藏,
> 向大地、向腹心,
> 年复一年你催开百花,
> 也引发我的旧伤。

从"深渊"衍化出地下的矿工。这是一个隐喻。表层写
他采掘大地的宝藏,深层则是进入"我"的内心,观照、

---

① Clemens Brentano, *Gedichte*, Philipp Reclam Jun., Stuttgart, 1995, S. 29.
② Ebd. S. 125.

省视。

3.

我只是在光明中出生，
却已经死过千回，
没有你我会迷失心性，
没有你我会沉沦。

一个矿工，生在阳光下，却常年在地下劳作，以此隐喻黑暗中自己渴望着上帝的指引，渴望着光明。

4.

每当大地萌动，
每当阳光和风拂煦，
潮水就被激荡，
它连接着死神。

这里的春天应合题目，同时把自然界明媚的春天，与内心的痛苦构成对比。其中的"Flut"一语双关，它既是春天的"潮水"，也是"洪水"，而"洪水"就自然引向了圣经中的"大洪水"。上帝因为人类的罪恶，用洪水灭世。

5.

向我的内心瞥视
有一口悲痛的苦井，
当外面春天的脚步走近，
恐惧的潮水就要奔涌。

继续在春天和内心痛苦的对比中，表现内心。出现了一口"井"。从中涌出恐惧的"洪流"。

6.

痛啊！通过有毒的地层，

> 它由时间冲积而成，
> 我打开了一条通道，
> 却只透进微微的光明。

回到"矿井"，以渴望光明的"矿工"自喻。

7.

> 当周围地下水漫涨，
> 当大地如分娩的母亲挣扎，
> 裂隙中喷出毒浪，
> 没有什么咒语、才智能把它阻挡。

这里仍然是语含双关，既是矿工在井下遇到的险情，也是"我"的心灵体验，即信仰危机带来的恐惧和内心的挣扎。

8.

> 我呼救，拼命地游动，
> 但这根本没用，
> 眼睁睁身边
> 漫起罪恶的洪流。

"我"在生死之间、负罪与拯救之间继续挣扎。

9.

> 接着闪现出邪恶的众生，
> 像是一群杂色的羔羊，
> 我问候它们，甜蜜果实，
> 对我来说是成熟的苦胆。

这是一幅幻象，"羔羊"、"苦胆"都是圣经中的意象，"羔羊"是献祭的牺牲，代表着"无辜"和"无主"。但在上下文之间显得与原义疏离，由此而现出一种意识层面的错乱。

10.

主啊，怜悯我吧，

让我的心重新焕发，

我的心还没感受到

大地的春天。

直接向上帝呼救，因为"我"的心还没能感受到上帝。

11.

主啊，如果所有的手

都捧给您甜蜜，

而我却奉献苦涩

那将永远不能为自己赎罪。

因为没能感受到上帝，所以"我"只能奉献"苦涩"，因此也就不能得到拯救，心中充满了自责和惶恐。

12.

啊，无论我怎样地越掘越深，

我是怎样地苦干，怎样地哭泣，

我的热泪流淌

从没滴到那刚硬纯洁的水晶矿床①。

回到"矿工"。他为掘取水晶而经历的痛苦正是"我"追求上帝的隐喻。

---

①　这里的德文是 kristaler Grund，因诗中作者有"矿工"的比喻，所以我们直译为"水晶矿床"。另外，Grund 一词自 14 世纪、特别是 17 世纪以来，就有"心底"、"内心深处"、"灵魂深处"等引申义。作者在诗中正是利用了这个词的双关义。关于 Grund 词义的演变，参见：*Etymologisches Wörterbuch des Deutschen*, dtv, München, 1995, S. 484—485。

13.

岩壁总是塌落，
每一层都欺骗我，
那滴血的手
在苦浪中烧痛。

继续演绎"矿工"：坍塌的岩壁，流血的双手。隐喻精神追求的极度痛苦。

14.

疼啊！空间越来越狭小，
浪涛越发凶猛，
主啊，主，我再也支持不住
快架起你的彩虹。

"我"在绝望中向上帝呼救。"彩虹"出自《旧约·创世纪》，在大洪水之后，上帝与诺亚以及其他存活物立约，答应他们不再被洪水灭绝："我把虹放在云彩中，这就可作我与地立约的记号了。我使云彩盖地的时候，必有虹现在云彩中，我便纪念我与你们、和各样有血肉的活物所立的约，水就不再泛滥毁坏一切有血肉的物了。"①所以虹有"承诺"、"和解"之意。

15.

主啊，请你保护我，
主啊！最近我听说，
神奇的拯救
啊，就在你的鲜血。

新虔敬主义有对血的崇拜，《新约·启示录》中有："上帝

---

① 《圣经》，香港圣公会印发，第9页。

就是光，在他毫无黑暗……他儿子耶稣的血也洗净我们一切的罪。"[1] "他爱我们，用自己的血使我们脱离罪恶。"[2] 布伦塔诺在柏林受到新虔敬主义的影响，所以有"最近我听说"这样的句子，同时吁请"血"的拯救。

16.
我不得不向你呼喊，
从苦难的地底深处，
你或许不会原谅，
你的奴仆竟如此大胆。

17.
光的源泉重现
纯洁、神圣，向我涌来
一滴鲜血落下，
是耶稣，用你的鲜血拯救我！

耶稣用自己的鲜血拯救了"我"，同时得到一片光明。

这是浪漫派诗歌的一首代表作。形式是四音步的扬抑格，有民歌风。使用了多种修辞手法如名词的动词化、突出对比、多用重复等等，以此造成强烈的动感，恰与情感的激荡相一致，是一首极具艺术震撼力的抒情诗。但它表现的不是世俗的喜怒哀乐，而是宗教体验。其题目《奴仆从地底发出的春天呼唤》就已经勾勒出一幅宗教画：一个上帝的奴仆，身陷在黑暗的罪恶深渊，绝望地向上帝伸出双臂呼救，而外面是一片盎然春光。此诗作于1816年春。那时诗人正处在信仰危机之中。他在一封信中写道："我认为自己并没有在灵魂上确立一个真正的信仰……它是一个

[1] 《圣经》，香港圣公会印发，第9页。
[2] 同上书，第355页。

重负，压在我的心上……春天来了，我随之感到一种纯属个人的恐惧。"①诗中表现的正是这种灵魂深处的惶恐不安，以及绞结于心的痛苦。

诗的开篇因怜悯、深渊、光明等典型的圣经语汇，表明自己是一个信仰上帝又深感堕落的罪人，接着因"深渊"而衍生出似真似幻的矿井。矿井之喻出自诺瓦利斯，他表达的是深入内心世界发掘宝藏的欣悦。而布伦塔诺虽然也用它来象征心路，但表达的却是痛苦。矿井象征着黑暗和痛苦，自己如同不见天日的矿工。我们知道，在布伦塔诺的时代，欧洲采矿全靠人力、畜力，矿工们（包括妇女和儿童）有时得爬行着把矿石背出来。他们每天在黑暗的地下工作十几个小时，随时面临着岩壁坍塌、地下水漫灌、瓦斯爆炸等各种危险，其境况惨不忍睹，光明、温暖是他们的遥不可及的梦想。而这一切恰与诗人的精神痛苦相一致，于是它们就成了诗人的象征性表现手法。

"道德、神学、哲学启蒙渗透了我们民族的每一个毛孔。"②这是狄尔泰的断言，是说德意志民族是一个注重精神和思考的民族。对于宗教信仰，德国的精英们从来都是自己来确立和求证，对宗教做出自己的思考和判断，不盲从更不迷信。比如莱辛是德国最著名的启蒙思想家，但他却没有以启蒙的科学理性完全拒绝基督教，而是以自己的世界观来理解基督教，并得出了哲学与神学两立的结论，给了基督教一个立身之地。他说："宗教仍然未被动摇也未萎缩地留在那些基督徒的心中，这些基督徒已经得到

---

① Wulf Segebrecht〔Hrsg.〕, *Gedichte und Interpretationen*, Philipp Reclam jun., Stuttgart, 1984. Band 3, S. 438.

② 威廉·狄尔泰：《体验与诗》，胡其鼎译，生活·读书·新知三联书店2003年版，第73页。

了关于宗教的根本真理的内心感觉。""基督徒感觉着，而其他
的人则满足于思考。"①由此我们也就可以理解浪漫派的宗教情结
与宗教信仰。他们并不是普通的善男信女，把宗教简单地看做解
救自己的福音，而是在经历了社会和思想危机之后，寻求精神的
出路，而宗教是出路之一。可以说，他们是在经过了自己的理
解、求证、认可之后，才把基督教当成信仰，而这信仰的根本是
在安置自己的心灵，意在一种对人的终极关怀，而绝不与外在的
物质利益相关。布伦塔诺的《奴仆从地底发出的春天呼唤》就
记录了这种精神求证的痛苦历程：个人面对世界、面对上苍的无
限孤独、无能、无助与挣扎。所以它显得震撼、显得悲壮，而究
其本质上还是在浪漫派的"渴望"，渴望着一个和谐的世界，而
最主要的是精神彼岸与现实尘世的和谐。由此布伦塔诺的诗就成
了通向 20 世纪的桥梁。

　　布伦塔诺是天才型诗人，像所有的天才一样，他的诗思如天
马行空，"精骛八极，心游万仞"，因此想象、幻想、夸张、隐
喻、象征是他的常用手法。布伦塔诺又是一个敏感的人，他的诗
就是他个人情感的直接抒发，时而激扬奔放，时而低回悲伤，时
而焦灼不安。表现于诗也就呈现出不同的色调，有热烈如夏日的
骄阳，有温情娴雅，如春风白云，更有悲凉，如残花秋雨。但其
主调是感伤，即使写爱情，也多写相思之苦，写不可得之悲，写
失落的痛苦。激情像是大悲哀中生命之火的瞬间燃烧，过后仍是
无边的痛苦和黑暗，它闪现着动人的凄美。另外，布伦塔诺的诗
不论是叙事诗还是抒情诗，都闪烁着诡异、瑰丽的光彩，是德语
诗歌史上前所未见的、异质的美。他在诺瓦利斯之后，继续实现
着浪漫派的美学理想，为德语诗歌开创出一片新的天地。

　　德国美学，直到歌德的古典主义，都属于理性主义的认识论

----

① 威廉·狄尔泰：《体验与诗》，胡其鼎译，生活·读书·新知三联书店 2003
年版，第 86 页。

美学。它以主客二分为基础，以理性与感性的二元对立与统一为主线，以对立双方的和谐为美学理想。歌德的文学创作就是以此为旨归。而浪漫派的布伦塔诺则以自己摆脱了二元紧张模式的创作，不仅消解了欧洲自亚里士多德以来的"模仿"传统，而且以创作实践开始了从认识论美学向存在论美学的转向。布伦塔诺之后叔本华、尼采的哲学、艺术上的表现主义、印象主义、象征主义，都继续着这一转向。由此我们似可以得出这样的结论，布伦塔诺在他的经典文本中，实现了浪漫主义的"绝对自我"，他不但不再模仿外在的客体，甚至也与客体无涉。他的诗歌的美学标志就是创作主体的随心所欲。他的民歌风新诗体，泽及艾辛多夫和海涅，形成了一个时代的新的主流文学。而他证明自我存在、实现了自我主体确证和主体自由的抒情诗，则开启了走向现代主义文学的新方向。

　　布伦塔诺的一生是才子浪迹的一生，没有完成学业，没有稳定的职业，没有幸福的家庭，情之所之，任意而行。他在64年的生命中，寻找着浪漫主义诗意的生活，追索着心中的理想，但却是不断的颠仆挫折。如果说到他生命的意义，就是他的诗歌创作及其历史性的创新。

第四章　艾辛多夫

第一节　生平事业

一　生平

约瑟夫·封·艾辛多夫是后期浪漫派的代表人物，与布伦塔诺并称为浪漫派最好的诗人。[1] 他的诗受到巴洛克以来前辈诗人、特别是歌德的滋养。而在同派作家中他受到诺瓦利斯、蒂克和布伦塔诺不同程度的影响，同时着意地学习民歌，在此基础上形成了自己独特的朴素、清新、流畅的风格。在布伦塔诺之后，继续民歌风抒情诗的创作，"除了十四行诗之外，他的最好的、最多的作品都是歌诗[2]。因此他代表了浪漫主义诗歌的一种面貌，直到 19 世纪末"[3]。由于他的诗有某些"歌词"的特点，所以为当时及后代的作曲家所爱，成为德语诗史上被谱曲最多的诗人，而歌德反居其次。其中很多传唱至今，在许多诗人已经被遗

---

[1]　Johannes Klein, *Geschichte der Deutschen Lyrik*, 2. erweiterte Auflage, Franz Steiner Verlag GMBH, Wiesbaden, 1960, S. 456.

[2]　原文是 Sangverslyrik，意为"歌唱的诗"。民歌是唱的，有旋律，是音乐和语言的综合艺术。诗是诵或读的，是纯语言艺术。艾辛多夫的诗吸收了民歌"歌词"的特点，形成了他的诗"入歌"的特点，所以被德国学者创造出这样一个新概念来表示。

[3]　Josehp von Eichendorff, *Gedichte*, Philipp Reclam jun., Stuttgart, Nchwort, S. 193.

忘的今天，艾辛多夫却还活在人们的生活中，活在孩子们的歌声里，因此也有学者称其为最大众的诗人。

艾辛多夫 1788 年 10 月 3 日出生在上西西里亚的卢波维茨（Lobowitz），这是一个有宫殿①和大花园的贵族之家。从这里俯瞰，下面是广阔的森林谷地。美丽的自然、幸福的童年，培育了他的爱心：爱人生、爱自然。而故乡的景物，融入了他的血液，也写进日后的诗里，成为他心中的"桃花源"。

不同于多数浪漫派的"新教"出身，艾辛多夫生长在一个天主教家庭，培育了他终生的宗教信仰。他内心从来没有过布伦塔诺那样的信仰危机和痛苦，所以他内心有一份简单而坚实的定力。表现于诗，就是在激情中蕴涵着一种从容和淡定，而不是布伦塔诺的那种狂纵与激荡。

少年的艾辛多夫对自然、历史、旅行、民间文学、希腊神话和圣经故事都感兴趣。而且很早就表现出诗的天赋。他全集收入的最早的诗写于 1800 年，那时他还是一个 12 岁的少年。艾辛多夫受过良好的教育。先是在家乡读中学，1805 年去哈勒学法律。当时的哈勒大学是一个学术重镇。在那里他认识了自然哲学家施特芬斯、哲学家施莱尔马赫。他读诺瓦利斯和蒂克，与浪漫派相交往，还拜见过歌德，开始一步步地实现自己的梦想。他的诗《在哈勒》②记录了当时的快乐生活。1806 年拿破仑侵入他的家乡，激发了他的爱国热情。

1807 年艾辛多夫转到海德堡大学继续攻读法律。格勒斯的

---

①　原文称 Schloß，中文多译为"城堡"，也可译为"宫殿"。但从资料照片看，显然这不是高墙厚垒的城堡，而是一座相当华丽的宫殿。因为在汉语语境中"宫殿"为帝王所专有，所以在艾辛多夫的思乡诗中多译为"府邸"。

②　Joseph von Eichendorff, *Werke*, in 6 Bänden, Herausgegeben von Wolfgang Frühwald, Brigitte Schillbach und Hartwig Schultz, Deutscher Klassiker Verlag, Frankfurt am Main, 1978, Bd. 1, S. 429.

美学讲座令其折服，从此这位重要的理论家、政治家进入他的
生活，直到晚年。此外他还结识了洛埃本（Otto Heinrich Graf
von Loeben，1786—1825）。他是追随浪漫派的诗人，也是艾辛
多夫遇到的第一个伯乐。在他的帮助下，1808年艾辛多夫在
《科学与艺术》杂志上首次发表了自己的诗作。海德堡是继耶
拿之后的浪漫派的新中心。浪漫派新一代的中坚阿尔尼姆和布
伦塔诺都在那里。当时他们正致力于《号角》的工作。艾辛多
夫与他们相交往，读到了正在整理中的《号角》，并受到它的
影响，诗风开始发生变化，变得轻快、朴素，大有民歌风调。
当时收集整理民间文学成为一种风尚，很多人都参与这项工
作，格林兄弟在搞他们的《童话》，艾辛多夫也帮格勒斯出版
了一部《德国民间故事书》。阿尔尼姆在海德堡创办了一份重
要的刊物《隐士报》，主张回到过去，回到中世纪，这是浪漫
派的基本思想，与诺瓦利斯的《基督教或欧洲》相呼应，也跟
艾辛多夫的思想产生共鸣。可以说，海德堡时期奠定了艾辛多
夫浪漫主义的思想和文学基础。那时德国的大学有一个规定，
大学生在毕业前必须作一次"学习旅行"，于是艾辛多夫去了
巴黎和维也纳。

　　1810年，艾辛多夫与阿尔尼姆、布伦塔诺一起到了柏林，
在那里他结识了浪漫派剧作家克莱斯特，而费希特此时正在柏林
大学执教。柏林于是成了新的浪漫派中心。此前1809年，艾辛
多夫与阿洛西亚①·封·拉里士（Aloysia von Larisch，1792—
1855）订婚。1810年秋去维也纳继续学习，并于1812年最后完
成法律学业。在维也纳，他与浪漫派的理论家施勒格尔一家有密
切的交往。1813年艾辛多夫参加了反对拿破仑的解放战争。这
一年他还认识了法国贵族、浪漫作家富凯（Friedrich de la Motte

---

① 另名路易斯，即Luise。

Fouqué，1777—1843）。在他的帮助下，1815年出版了他的第一部小说《预感与当前》。同年与阿洛西亚结婚。1816年以后，艾辛多夫开始在普鲁士政府的不同部门任职，曾在布雷斯劳、但泽、柯尼希堡等地方工作，职位不断升迁。1831年艾辛多夫全家迁到柏林，他结识了门德尔松（Felix Mendelssohn-Bartholdy，1808—1847），出席《星期三俱乐部》的聚会，这是由沙米索、富凯还有其他作家、出版家组成的一个团体。柏林期间他创作了不少作品，主要是小说和戏剧。1837年出版了他的第一本诗集，反响很大，受到读者的普遍欢迎。但他在柏林却一直未能找到一个稳定的职位，这使他十分失望。1838年，艾辛多夫去慕尼黑旅行，会见了格勒斯和布伦塔诺。1841年，艾辛多夫被任命为政府枢密官。1844年退休。1855年他的妻子去世，两年后的1857年11月26日69岁的诗人逝世于奈斯（Neisse）。在循规蹈矩的生活中度过了一生。

　　在个人生活方面，较之那些饱受贫困、疾病、颠沛流离折磨的天才作家如莱辛、席勒、海涅等等，艾辛多夫是幸运的。他是一个政府官员，有稳定的收入，有幸福的家庭。但作为一个浪漫诗人，他又有内心的痛苦。他心中有一个别样的自我，实际过着两面人的生活。首先他是这个时代的批判者，但不是从新兴的资产阶级立场，而是从贵族自由知识分子的立场。当时的德国工业革命已经开始，它带来一系列的社会变动。艾辛多夫自家的庄园因负债累累1823年被强行拍卖，就是工业化进程的结果。从此他失去了赖以生存的土地，只能靠"出卖"劳动在城市谋生。他不喜欢这种"非自然"的生活方式，但已经无家可归，只剩下对故乡的怀恋。随着资本主义经济的发展，精神和社会层面也不可避免地"世俗化"，这也让艾辛多夫这个虔诚的基督徒感到痛心疾首。此外在仕途上，作为一个天主教徒，他在新教统治的普鲁士也并没有真正的前途。除了这些个人的切肤之痛，他还敏锐地看到因"进步"而带来的种种社会问题。思想上，他主张自由，反对独裁、暴政，因此对法国大革命的态度是矛盾的。他主张回到过去的"美好时代"，但也看出这是不可能实现的梦想。因此可以说，他是一个不合时宜的诗人，总在追寻已经逝去的乐园，而且把过去的美好当做未来的理想来追求，这就是浪漫派。他对此也有清醒的认识，写了一首《反顾》，真诚地剖析自己的思想矛盾和双重生活，写得十分沉痛，人们似乎能看到他那颗痛苦的心。

但艾辛多夫并不是一个流泪的诗人。从他的诗可以看出他积极入世的一面，这一点跟很多浪漫派作家有所不同。实际的工作和生活在他身上融合了两种文化，即天主教与新教的、南德跟北德的、奥地利和普鲁士的文化。在奥地利是巴洛克文化和快乐的生活观念，在普鲁士则是强硬的国家和生活观念，它们在他身上相互补充，形成他既有终极关怀，同时又快乐、有责任感的人生态度。①在他政府官员的生涯中，有两件事值得一书，那就是但泽的玛利亚堡和科隆大教堂的重修，都是在他的主持下完成的，这是诗人对德国文化的重要贡献。

艾辛多夫的文学成就是多方面的。生前出版了四卷本的文集（1841/1842）。以后他的作品有多种版本印行。1993年的新版全集共有18卷，②包括诗歌、小说、戏剧、论文等等。他最后一部著作是《德国诗歌史》。他的小说《没用人的一生》一版再版，体现了浪漫派的精神追求，也是他影响最大的小说。他的诗歌更是德语文学的瑰宝，被看做是大自然和民族灵魂的直接再现，他自己则被视为富有天真童心的民族诗人。

---

① Johannes Klein, *Geschichte der Deutschen Lyrik*, 2. erweiterte Auflage, Franz Steiner Verlag GMBH, Wiesbaden, 1960, S. 458.

② Verlag W. Kohlhammer, Stuttgart-Berlin-Köln.

二　诗歌创作

艾辛多夫从海德堡时期跨进文坛，因为受《号角》的影响，在广泛学习前人的基础上，形成了自己民歌风调的抒情诗。自由节奏的押韵诗是其基本体式，自然、清新、流畅是其主要品格，爱情和自然是其基本母题。从 1809 年到 1830 年，他一直保持着这种风格。1830 年后有略微的改变。到了晚年，即从 1844 年到 1859 年，写了一些十四行诗，其中贯穿着一种反思的精神。①

艾辛多夫一生的诗作约有 3000 首。不同的版本有不同的分类。1837 年首版的诗集分为七个部分，它们是漫游之歌、歌者生涯、时代之歌、春天与爱情、伤逝、宗教诗和叙事谣曲。1997 年普及型的雷科拉姆版诗选，其编者认为这个分类不准确，自己重新编排，分成四个部分：

Ⅰ. 诗人、漫游者、行吟诗人、歌者

Ⅱ. 情爱、魔幻、上帝

Ⅲ. 时代的诗人

Ⅳ. 即事诗②

这两个相隔一个半世纪的分类，表面不同，其实大同小异，从中也可以看出，艾氏诗歌的主要部分是抒情诗，是诗人从自己心中发出的歌唱。

著名的六卷本③选集是另一种编排，它按时间把艾辛多夫的诗歌分为六个阶段，1807—1810，1811—1815，1816—1830，1831—1836，1837—1843，1844—1859，另外单列 1800—1805

---

① Detlef Kremer, *Romantik*, 2. Auflage, Verlag J. B. Metzler, Stuttgart, 2003, S. 294.

② Joseph von Eichendorff, *Gedichte*, Philipp Reclam jun. , Stuttgart, 1997.

③ Joseph von Eichendorff, *Werke*, in 6 Bänden, Herausgegeben von Wolfgang Frühwald, Brigitte Schillbach und Hartwig Schultz, Deutscher Klassiker Verlag, Frankfurt am Main, 1978.

的"少作"。这种编排可以清晰地反映诗人的创作和发展轨迹。通读下来，我们可以感受到诗人艾辛多夫的生命历程：如同大多数诗人一样，他从青年的热情奔放、明朗清新走向中年的沉思低吟，再到晚年的沉着、玄思与神秘。笔者觉得艾氏诗歌其实可以归入抒情与叙事两大类。而纵观这些诗，它们显出与诺瓦利斯及布伦塔诺的明显差异，这也就是他自己的独特风格。

首先，艾辛多夫的抒情诗最主要的是自然诗，即通过自然景物来抒情，其数量和质量在德语诗史上都是空前的。在时间的维度上它主要涉及四季、晨昏，在空间上有森林、原野、山川。从他诗集的目录可以看出，他有很多同题诗，比如咏"春"的有13首，咏"秋"的7首，咏"晨"的8首，咏森林的6首，思乡的6首等等。还有更多的景物如夜莺、月夜、晚霞、鲜花都收入笔下。而最突出的是他不只写单个的物象，而且善于描绘整个的场景画面，使他的诗充满了诗情画意。其次，在情感方面，较之布伦塔诺的恣肆，艾辛多夫显得内敛，虽有深情，但显得平静。少有狂热，更没有布伦塔诺的色艳、肉欲。[①] 他着重写含蓄深蕴的情，不论是爱情、思乡还是伤逝等都是如此。总之有情而不放纵，像一湖秋水，阔大平静而有深蕴，显出一种和雅的气派。再有，艾氏抒情诗多数有题目，由此给出一条清晰的思路，所以比起布氏的大量无题诗，较之他的天马行空，显得透明而易解。另外，艾氏抒情诗较短，笔墨省净，不像布氏那样汪洋恣肆，收束不住。也因为短、欲言又止，所以有一种含蓄的神韵。

艾辛多夫的叙事诗主要采用民间素材，再以自己的诗才加以熔铸。这些虽然与布伦塔诺相近，但却有明显的个性。首先，较之于布伦塔诺的自编情节，艾辛多夫更喜欢利用现成的资源，多

---

① 这类诗被公认是布伦塔诺的"糟粕"，数量不少，但文中未直接引用。

是精灵鬼怪的故事。单个看来情节离奇怪诡，但看多了，就发现其中的一致乃至重复。特别是给人一种印象：诗人只是在叙述一个古老的故事，而不像布伦塔诺那样融入了时代的精神。另外这些故事时时让人感到不可抗拒的命运的威慑，乃至死神的阴影，不觉产生一种神秘与恐惧，比如《瞭望塔》。其次，除了民间多神教的精怪，艾氏还喜欢采用中世纪浪漫传奇，所以常写骑士争夺爱人的故事。突出了生与死、血与火的冲突，表现爱的残酷、自然生命的野性。形成与艾氏宁静、温馨的抒情诗不同的色调，比如他的《堂娜阿尔达》。再有就是叙事诗的抒情化。这该是艾氏叙事诗最大的特色。艾氏的叙事诗多为短章，很少长篇。但即使长篇也没有曲折的情节，也少有布氏似的性格鲜明的人物，更谈不到深刻的思想性"复调"与"对话"。诗人把笔墨主要放在景物的描写、气氛的营造渲染上。所以艾氏的长处在情致美。在形式上，艾辛多夫的诗，语言朴素、省净，句法规范，没有环环相套的长句，没有滔滔不绝的排比，没有连续的、倏忽而来、转瞬即去的意象，这也与布伦塔诺形成鲜明的对比。艾氏多写自由节奏的押韵诗。多用四行一节的形式，如同民歌。艾氏也作十四行诗，但数量不多。他特别注重音响效果，比如用头韵、元音韵等以突出特定的情感、制造特别的氛围。如果我们把艾辛多夫与其他诗人相比较，那么歌德博大、深厚，是奥林匹斯山上的宙斯。诺瓦利斯则显出某种病态，表现他的内心和幻象，是一个沉重的寻路者和孤独者。布伦塔诺则新潮、狂放、诡异、艳丽。较之这些前辈，艾辛多夫显得温馨、清朗、纯净又韵致深长，更像是一个来自乡间的处子。晚年他的诗走向平和、沉着，但主调仍然明亮、乐观，可以说是浪漫派中异彩的诗人。

第二节 诗镜中的诗人

一 世界观

艾辛多夫出生在一个虔诚的天主教家庭。幸福的童年和良好的教育，从小确立了他的道德操守，14 岁时他写下一首长诗《写给我的床》，共 17 节，68 行，下面选引若干，从中可以看出他的诗才和品性：

> 像一只天鹅
> 飞入蓝色的波涛，
> 我把自己埋进你的羽毛
> 平静地入睡。

这是第九节，从中能看出少年艾辛多夫在努力的学诗，苦思冥搜地表现自己的生活。所用的"天鹅"之喻虽显得生硬，但因为跟"羽绒被"的关联，也不失巧妙。

> 还有那白天几乎不见，
> 那夜间的小精灵
> 会悄悄地出现在快乐的梦里
> 在你的臂弯中。

这是第十二节，小诗人躺在了床上，临睡之前，他盼望着一个好梦。民间传说和童话给他带来美丽想象，呈现的是一个孩子最天真可爱的童心。

> 如果谁的心里发生风暴，
> 灵魂被坚硬的皮鞭抽打，
> 黑色的良心之虫，
> 就会噬咬那染病的心。

　　以上是第十四节，这少年不仅期盼着美丽的梦境，同时还有道德的自省，这跟宗教及道德教育有关，而恰与中国儒家的"吾日三省吾身"殊途同归。

> 因此我要永远坚守道德，
> 用虔诚的心净化自己，
> 这样当我睡在你的中间
> 能快乐、满足地入睡。[①]

　　这是最后一节，是这个 14 岁少年的自誓，我们看到一颗纯洁善良的心，这是德意志文化、宗教和家庭培育起的道德操守，支持起他的整个生命行程。

　　同浪漫派其他作家一样，艾辛多夫信仰上帝。但不同于诺瓦利斯的执著彼岸、渴望死亡；也不同于布伦塔诺的舍弃红尘去追随一个修女。他相信彼岸，同时执著于尘世，他是一个热爱人生的诗人，下面的诗就是明证：

病　人

> 我现在得离开你吗，
> 大地，还有父亲快乐的家？
> 衷心的爱，大胆的恨，
> 这所有的、所有的一切都将消失吗？
>
> 透过窗前的菩提树
> 空气像是一个温柔的问候，
> 你们是要告诉我，

---

　　① Joseph von Eichendorff, *Werke*, in 6 Bänden, Herausgegeben von Wolfgang Frühwald, Brigitte Schillbach und Hartwig Schultz, Deutscher Klassiker Verlag, Frankfurt am Main, 1978, Bd. 1, S. 475ff.

我就要到地下去了吗？

亲爱的、远处蓝色的山岗，
绿色谷地中静静的河流，
啊，多少次我期盼着生出翅膀，
越过你们飞向远方！

现在这翅膀展开
我自己却畏惧退缩，
一个难以描述的渴望
把我拉回到尘世。①

　　1809 年年末到 1810 年年初，20 岁的艾辛多夫得了一场重病，此诗就是面对死亡写下的生命渴望：他正当青春年华，美丽的生命才刚刚绽放，此刻却要枯萎。即使他相信上帝的天堂，他还是留恋快乐的人间，舍不得父母的亲情温暖，舍不得美丽的大自然，渴望着爱情和荣誉。这在他是最后的“绝唱”，显出一种特别的急切，似乎怕来不及说出来就被死神带走。这时我们看到，诗人根本的关切在世俗，他没有对彼岸的憧憬，没有接受上帝安排的平静，没有摆脱世间苦难得到拯救的快慰，更没有诺瓦利斯的渴望死亡，因此可以说，艾辛多夫是一个信仰上帝，但热爱尘世生活、热爱生命的人间诗人。

二　政治立场

　　艾辛多夫在 1810 年写了一首《致诗人》，表明他的政治立

---

　　① Joseph von Eichendorff, *Werke*, in 6 Bänden, Herausgegeben von Wolfgang Frühwald, Brigitte Schillbach und Hartwig Schultz, Deutscher Klassiker Verlag, Frankfurt am Main, 1978, S. 102.

场。艾辛多夫与早期浪漫派的施勒格尔、诺瓦利斯一样，对现实社会持批判态度：

> 信仰的王国已经终结，
> 古老的辉煌正在毁灭，
> "美"转过脸去哭泣，
> 我们的时代是这样的冷酷。①

诗人从宗教、社会、艺术、道德等方面对自己所处的时代提出批评。这种"今不如昔"的观点，显然与诺瓦利斯的《基督教与欧洲》相一致。表面上看，他们持落后乃至"反动"的历史观，但如果我们具体审视当时德国的状况：国家分裂、经济落后、被异国占领，较之于当年强大、统一、安定的"神圣罗马帝国"，我们就能理解浪漫派的批评不无道理，而且它也确实反映了某种现实。《致诗人》还谈到诗人的社会责任：

> 当周围所有的一切摧毁，
> 诗人不能随之贫困；
> 上帝的怜悯托起他，
> 诗人就是世界的心。②

"他应该用爱的力量去消除""愚蠢的欲望"，"他应该在大地上自由地歌唱"，"在虚荣面前他首先要/保护自己纯洁的心"③，也就是说，诗人是精英，是上帝的宠儿，他应该拒绝世俗的诱惑，担负起救人于苦海的责任。也就是说，"诗人"应该

---

① Joseph von Eichendorff, *Werke*, in 6 Bänden, Herausgegeben von Wolfgang Frühwald, Brigitte Schillbach und Hartwig Schultz, Deutscher Klassiker Verlag, Frankfurt am Main, 1978, Bd. 1, S. 87.

② Ebd. S. 88.

③ Joseph von Eichendorff, *Gedichte*, Philipp Reclam Jun. , Stuttgart, 1997, S. 12.

凭借他的"诗"来拯救世界。这些思想跟施勒格尔、诺瓦利斯是一脉相承的。

艾辛多夫还是一个爱国者，在反对法国侵略的民族解放战争中，他曾参加吕错领导的义勇军，往来于易北河畔和史普里河沿岸的林区，牵制法国军队。1836 年他作了一首《致吕错的猎兵》，回忆当年保卫祖国的战斗，充满了激情，诗的全文如下：

> 你们那些奇特的战友，
> 你们可还想着我？
> 我们曾经像弟兄一样
> 一同守卫易北河。
>
> 在史普里河沿岸林中，
> 我们虽恐惧不安，
> 却把号角吹得很响亮，
> 驱除恐怖而寻欢。
>
> 许多战士不得不捐躯，
> 在青草地下长眠，
> 战争和那快活的春天
> 掠过他们的上面。
>
> 我们住过的休息之处，
> 那座森林的要塞，
> 它那绿色树冠的喧响，
> 我终生难以忘怀。①

---

① 《德国浪漫主义诗人抒情诗选》，钱春绮译，江苏人民出版社 1984 年版，第 272 页。

在政治上，艾辛多夫主张建立一个基督教的、开明君主制的政体。他有一组名为《1848 年》的诗，集中体现了他的观点。从中我们看到他的保守，也看到他的"理性"，因为他最终并没有否定法国大革命，并认为它是由上帝、历史所共同促成的"自然事件"。他为没能控制住它的血腥暴力而遗憾；批评它对知识分子的排斥、攻击它的极端主义。① 最后艾辛多夫认为，只有教会才是拯救的力量。② 而这些，都是德国浪漫派在政治上的一贯认识。在《1848 年》的第八首，他把话说得斩钉截铁：

箴　言

> 你喜欢保持古老
> 或把老的翻新，
> 我只忠于上帝，让上帝来统治。③

艾辛多夫在他年近 50 岁时，反思自己的人生，写下了一首名为《回顾》的诗，勇敢地剖析自己，不无尖刻地描写自己两面人的生活，透露出他作为一个诗人同时又是普鲁士官员的内心冲突、沉重和无奈，但他努力地摆脱，并在自然中寻求心灵的平安。其中所呈现的是一颗正直坦诚的心与执著的人生追求，下面就是这首难能可贵的诗：

回　顾

> 人不能靠空谈生活，
> 诗也不靠鞋来行走，

---

① Joseph von Eichendorff, *Gedichte*, Philipp Reclam Jun. , Stuttgart, 1997, S. 176.

② Ebd. S. 115, Gedicht Ⅵ.

③ Ebd. S. 116.

如此我去追求美，
最终碰壁而归。

世间的长久奔波
带给我的只是匆忙和迷惑，
我永远只是一个
笨拙的过客。

四处我都赶不上酒筵
别人酒足饭饱了我才赶到，
在门前饮上一杯，
却不知主人是谁。

我不得不向幸运女神屈尊，
谦卑地把头弯到足尖，
她却优雅地转过身去，
让我弯腰站在那里。

当我自己挺起身
我重新变得清爽、自由、自尊，
我看见山峰和山谷都发出光亮，
每一棵枯木又鲜花开放。

这世界上有一双粗硬的脚，
不穿鞋也能行走，
披上你的朝霞
再次踏上你的漫游之路。①

①　Joseph von Eichendorff, *Gedichte*, Philipp Reclam Jun. , Stuttgart 1997, S. 148.

　　如果我们分节来看，诗的开篇就揭示出"我"的双重生活及其无奈：一方面他要谋生，要做世俗社会中有道德的、体面的公民，但他本质上却是一个诗人，追求的是美。而美却拒绝庸俗。这一切造成他内心的极大矛盾和痛苦。第二节是对自己人生的冷静的回首和反思，世路带给"我"的只是奔波劳顿和精神失落。第三节让我们感觉到诗人流血的心。作为一个出生在豪华的贵族府第，成长在自然中的诗人，他为了生存，不得不忍受种种的屈辱，放弃高贵的自尊。这让我们想到杜甫的："朝扣富儿门，暮随肥马尘。残杯与冷炙，处处潜悲辛。"第四节"我"不得已转向幸运女神，恳请她的垂顾，忍痛放下自尊，躬身祈求，极尽谦卑，但得到的反而是加倍的侮辱。这显然是官场遭遇、仕途蹭蹬的隐喻表达，充满了痛苦与悲愤。第五节诗人重新找回了自我，自然使他枯木逢春。第六节诗人做出了抉择。他要继续诗的漫游。漫游是艾辛多夫的一个主题，漫游者就是一个追求者，追求着自由并走向理想。这是诗人在倾诉之后的再次坚定信心。他最终没有放弃诗人的良知，尽管种种艰难，他继续前行。显然这是一颗勇敢的心。

第三节　浪漫特质

　　与诺瓦利斯、布伦塔诺不同，在艾辛多夫那里没有那么多哲学的纠缠，他是一个相对纯粹的诗人，所以他以诗来理解这个世界。他认为尘世是美好的，他是一个生活的歌者。同时以他对上帝的虔诚信仰，认真地解释着这个世界。由是他的诗显得清澈透明。他的世界是有限的，其作品有一种伟大的单纯：森林的天籁，奔流的河水，初升的太阳，月夜，云雀，漫游的人。这些蕴涵着情感和意义的形象反复出现，成为他个人的意象系列和语码。于是在这有限的空间之中，他达到了一个伟大抒情诗人所达到的高度：题目虽小，但深刻且美。他的抒情诗既有对尘世生活的热爱，也有对永恒的追求。可以说，艾辛多夫是一个热爱生活的基督徒。[①]作为后期浪漫派的代表人物，艾辛多夫的诗既体现了浪漫主义的共性，也彰显出清晰的个人风格。这主要表现在以下几个方面：

一　回归自然的主题

较之其他浪漫派诗人，艾辛多夫的浪漫主义主要彰显在回归自然的主题上。他几乎所有的诗，不论是漫游、还是爱情、伤逝、玄思，都不离自然，而艾辛多夫的思想也可归结到"回归自然"。"回归自然"是由卢梭提出的，他看到工业文明带来的种种社会弊病，看到物质进步对人精神的戕害，认为只有回归自然，才能得到补救。而以诗来表达这一思想，按照席勒《论素朴的诗与感伤的诗》的观点，就是现代诗，也就是浪漫诗的实质。因为现代人已经与自然分裂，他们渴望着能重新回到人与自然的统一与和谐。而艾辛多夫的诗就充分地体现了这一点。

（一）性爱自然

艾辛多夫的"回归自然"首先表现在对大自然的热爱。与那些生长在城市的前辈诗人不同，他是真正在自然怀抱中出生长大，听着林涛、夜莺入睡的"自然之子"。自然于他不是自家的花园，如布洛克斯，也不是偶然的出游，如哈勒、歌德。自然是他的生活环境，是他的玩伴，这培育起他与自然之间天生的亲和、共感及心意相通，自然就如同哺育他长大的母亲。而这份亲情流淌在他的血液中，终生不渝，并通过他的诗表现出来。从编年的六卷本我们可以看到，少年艾辛多夫就已经开始了对自然的

---

① Johannes Klein, *Geschichte der Deutschen Lyrik*, 2. erweiterte Auflage, Franz Steiner Verlag GMBH, Wiesbaden, 1960, S. 456.

歌唱：

> 多灿烂啊！玫瑰色的朝霞
> 从那泛蓝的山峰
> 从田野、从闪着金光的树梢升起，
> 快乐的鸟儿歌唱着向你问好。
> 壮美的晨光照耀着
> 那银色的河流，那村落、那屋顶。①

虽然少年人的描写，还显得稚拙，但透过这"雕琢"的华丽，透过这青涩，我们看到一双天真眼睛对自然的精心观照，看到一颗童稚的心对自然满怀的爱意。因为性爱自然，艾辛多夫把自然与城市看做对立的两极，他同情那些远离自然的人：

致一个城里人

> 噢，不幸的人，远离土地和田园风光，
> 只有看戏、舞会和歌剧让他快活。
> 他不认识开花的田野，只是透过阴暗的窗户向外看，
> 那窗边的玫瑰开得是那么枯涩。②

这里所表达的，已经从感性的爱与体验，上升到一种形而上的思考，视野扩展到远离自然的城市，而这相当深刻的诗，仍然是1800年至1805年间写出的"少作"，这让我们感到艾辛多夫是一个天生的自然之子。当他描写自然，总是洋溢着油然而生的欣悦与爱赏，当他面对自然，总是流露出一种情不自禁的惬意与

---

① Joseph von Eichendorff, *Werke*, in 6 Bänden, Herausgegeben von Wolfgang Frühwald, Brigitte Schillbach und Hartwig Schultz, Deutscher Klassiker Verlag, Frankfurt am Main, 1978, Bd. 1, S. 480.

② Ebd. Bd. 1, S. 480.

投身其中的热情，这是一个天性本真的人与大自然的浑然融合：

快意的旅行

> 温煦的风青青地流来，
> 春天，春天该已经来临！
> 号角的声音响彻森林，
> 光明映入大胆的眼睛；
> 五光十色的错综景象
> 变成一条魔术的大河，
> 河水的呼唤引诱着你
> 前去美丽的世界漫游。
>
>
> 我不愿意株守在家中！
> 春风催我离你们身边，
> 我要到大河上去远游，
> 让春光使我眼花缭乱！
> 四面发出诱人的声音，
> 高处飘着朝霞的火光，
> 去旅行吧！我不爱追问，
> 旅游的终点将在何方！①

　　这是艾辛多夫的一首名作，原是小说插曲，以后被诗人加上题目收入诗集。于是它就成了一首独立的诗，有了新的阐释空间。而它打动我们的，有投身自然的激情，有对自然的真切体验及呈现，特别是灿烂青春与美丽自然形成的生命交响。作为一个虔诚的基督徒，艾辛多夫认为如此美好的自然，是上帝的恩赐，

---

① 《德国浪漫主义诗人抒情诗选》，钱春绮译，江苏人民出版社1984年版，第250—251页。

享受自然也就是享受上帝的抚爱，比如下面的诗：

快乐的漫游者

> 上帝想要向谁表示恩宠，
> 他就把他遣往远处的世界，
> 向他展示自己的奇迹
> 在高山、森林、河流和田野。
>
> 那躺在家中的人，
> 朝霞也不能让他爽心，
> 他们只知道摇篮、
> 只为面包操心。
>
> 小溪从群山跃出，
> 云雀快乐地高飞，
> 为什么我不应该同它们一起歌唱，
> 从我整个的歌喉，从我清爽的胸膛？
>
> 我只让亲爱的上帝去统管；
> 那小溪、云雀、森林和田野
> 还有那大地和天空，
> 他已把最好的东西给了我。[①]

　　这是人与自然与上帝的和谐，他们之间心有灵犀而产生共通和互感，这也正是艾辛多夫自然诗的基调。他把宗教情感跟自然

[①] Joseph von Eichendorff, *Werke*, in 6 Bänden, Herausgegeben von Wolfgang Frühwald, Brigitte Schillbach und Hartwig Schultz, Deutscher Klassiker Verlag, Frankfurt am Main, 1978, Bd. 1, S. 226.

之爱融为一体，当他歌颂上帝，其实也是在歌颂人生，当他陶醉于自然，也是在享受上帝的赐予，[1] 因此在某种意义上可以说，艾辛多夫的性爱自然，体验自然，表现自然，是他给自己的宗教情感找到了一个世俗的表现形式。

（二）自然与故乡的协奏

艾辛多夫深爱自然，而这自然的根生长在他的故乡卢波维茨，所以诗人笔下的自然，不论是当下感受的自然，还是回忆想象中的自然，它们在有意无意之中都是故乡的山水，都是故乡与大自然的融合。而在思乡—自然的主题中不仅蕴涵了他的乡思，更表达了他对人生和社会的思考，即"回归自然"。

艾辛多夫的思乡诗有不少，诗集中直接题为《思乡》（Heimweh）的就有两首，题为《归乡》（Heimkehr）的有三首，与故乡有关的就更多。可以说，较之前辈诗人，艾辛多夫有深得多的故乡情结，所以当他不得不离开生于斯长于斯的故园，在自尊的坚强之外，流露出深深的依恋和伤感，下面就是他著名的《告别》：

告　别

——在卢波维茨附近的林中

啊！辽阔的山谷，啊！山峰，

啊！美丽的苍绿的森林，

你给我痛苦、给我快乐，

在这凝心贯注的时刻；

外面，总是欺骗，

人世间扰攘一片，

---

① H. A. Korff, *Geist der Goethezeit*, Ⅳ. Teil *Hochromantik*, 6. Unveränderte Aufgabe, Koehler & Amelang, Leipzig, 1964, S. 230.

护着我吧，
再为我张开你绿色的篷帐！

当曙色初开的时候，
大地在雾气中闪烁，
鸟儿亮开歌喉，
激出你心中的回声：
那浊世的烦恼，
让它烟消云散，
太阳就要升起，
到处是青春灿烂！

森林里写着一句
静静的诚挚的铭文，
说到正言直行和爱情。
这正是人类的至宝。
我忠实地将它读过，
这朴素的真理，
融入我的身心，
这不言而明。

我就要离你而去，
漂泊在陌生的异乡，
在万花筒似的世路上
欣赏人生的戏文；
在我的生活当中，
你那种诚挚的力量，
鼓舞着孤寂的我，

　　　　使我的心年轻坚强。①

　　此诗作于 1810 年 10 月。这一年艾辛多夫从维也纳回到卢波维茨，帮助父亲整顿日益衰落的庄园，然后离开，准备完成学业独立谋生。此诗就是他离别故乡踏上世路的告白，如同成年礼的宣誓。

　　诗中明确地展开两个世界，一个是故乡的森林：和谐、宁静、生命、阳光。另一个则是"外面"的世界，充满了"扰攘"和"欺骗"。卢波维茨的森林，不只是他的故乡，还是他心灵的安置，给他精神的呵护与关爱。在依依惜别的时刻，森林的铭文最后一次叮嘱这个离乡的游子："正言直行和爱情"，这是大自然教他的"朴素的真理"，它将"融入我的身心"，于是这故乡的森林就代表了道德和真理，它与周围的相关景物构成了一个诗人的理想境界，体现着人与自然息息相通的和谐生活，它与"城市"形成鲜明的对立，隐含着对工业文明的批判。于是艾辛多夫自然—思乡的协奏曲就表达了他的人生与社会理想。而以森林为中心的自然景物，包括峰谷、溪泉、夜莺等等，也就成为承载精神内涵的意象，是属他自己的专用语码，贯穿于艾辛多夫的全部诗歌。下面的《在异乡》就是一例：

　　　　我听着小溪潺潺
　　　　在森林流来流去，
　　　　在林中的天籁声里
　　　　我不知道，我在哪里。

---

　　① Joseph von Eichendorff, *Werke*, in 6 Bänden, Herausgegeben von Wolfgang Frühwald, Brigitte Schillbach und Hartwig Schultz, Deutscher Klassiker Verlag, Frankfurt am Main, 1978, Bd. 1, S. 346f. 译文见黎华主编《外国诗歌传世之作》，山东文艺出版社 1996 年版，第 384 页。

夜莺们叫来叫去，
在这里，在孤寂里，
它们似乎想说什么
说那古老的美丽的过去。

月光在飞，
我似乎看见在下面
那山谷中的宫殿，
但它离得那么远！

在那花园里
一定是红、白的玫瑰开遍，
那最亲爱的人在等我，
但她早已不在人间。[①]

　　这同样是自然—思乡的协奏：一个孤独游子，徘徊在异乡的森林，他寻找着心灵的慰藉。林中的一切让他感到亲切，他似乎回到了故乡的森林，他似乎能听懂夜莺的叫声：它们跟他一样，也在怀念过去的美好时光。于是眼前出现了一片幻境：那山谷，那宫殿，那花园……这些熟悉的意象都指向故乡，指向诗人自家的府邸和花园。[②] 但这终究只是一个"心乡"，反而突出了当下的孤独和失落。而他对逝去的美好时代的感伤，既是他个人的，也是整个浪漫派的：故乡是一个永恒的追求，那是复乐园的渴望。

---

　　① Joseph von Eichendorff, *Werke*, in 6 Bänden, Herausgegeben von Wolfgang Frühwald, Brigitte Schillbach und Hartwig Schultz, Deutscher Klassiker Verlag, Frankfurt am Main, 1978, Bd. 1, S. 174f.
　　② 见下文对《渴望》的阐释。

（三）回归自然的渴望

"渴望"是浪漫派最深的情结，按照科尔夫的看法，其实质在"不可能实现"（Unerfüllbarkeit），如同他们的"漫游者"没有目标。[1] 因为美好又不可能实现，所以这"渴望"就尤其深切、动人。它在艾辛多夫一首题为《渴望》的诗中得到象征性的充分体现。象征是浪漫派常用的手法，用在抒情诗中的大致有两类，一是出自《圣经》，经由宗教诗、巴洛克诗发扬光大的传统象征，用于表现他们的宗教情结，这在诺瓦利斯和布伦塔诺诗中得到了充分表现。二是诗人自己新创的象征，最典型的就是艾辛多夫的建立在自然意象之上的象征，它们以森林、故乡为中心，构成一个个优美的诗境，同时象征着他的理想。它们代表着此岸的、人生和社会的追求，也代表着人类的终极关怀。这是艾辛多夫对启蒙运动以来自然诗的发展，他赋予自然审美以更高的精神内涵。我们看这首著名的《渴望》：

> 星星闪耀着金色的光，
> 我孤独地站在窗边
> 倾听着远方，
> 一支邮号在静静的原野吹响。
> 我的心燃起火苗，
> 不禁暗自寻想，
> 啊，是谁在搭车旅行，
> 在这美妙的夏夜。
>
> 两个年轻人
> 走过山冈，

---

① H. A. Korff, *Geist der Goethezeit*, Ⅳ. Teil *Hochromantik*, 6. Unveränderte Aufgabe, Koehler & Amelang, Leipzig, 1964, S. 242.

我听着他们的漫游之歌
在静寂的四野飘荡：
险峻的山谷里，
森林正温柔絮语，
泉水从岩壁
跌入夜的林莽。

他们歌唱那大理石雕像，
唱那山上的花园，
在黄昏的林叶中显得荒凉，
月光下的宫殿，
少女们在倚窗倾听，
何时琴弦能再响，
它会唤醒那沉睡的喷泉
在这美妙的夏夜低唱。①

　　表面看来，这是一首优美的自然诗，但其实质在精神。它所蕴涵的思想通过自然意象，象征性地表现出来。权威的六卷本就明确地注释说：诗人通过几个"简洁的画面，把他的生活感受与核心思想表达了出来"。还特别说明，其中的"窗"被海涅和布伦塔诺视为典型的"浪漫主义"，"邮号"和"漫游者"体现着远行的愿望。"喷泉"属于一个过去的时代②云云。显而易见，德国学者肯定了这是一首思想的、隐喻的诗，而不是单纯的自然诗。如果我们再梳理此诗的思路，那么它的第一节是"序曲"，

---

　　① Joseph von Eichendorff, *Werke*, in 6 Bänden, Herausgegeben von Wolfgang Frühwald, Brigitte Schillbach und Hartwig Schultz, Deutscher Klassiker Verlag, Frankfurt am Main, 1978, Bd. 1, S. 315f.

　　② Ebd. Bd. 1, S. 1030.

引出对"远行"的渴望。但"窗"把"我"束缚起来，失去了自由，既不能走进令人心醉的美好的大自然，更不能去自己向往的地方，他所能做的，只有心的"神游"。第二节通过漫游者的歌唱，暗示出"神游"的所向。那就是漫游者走过的德意志的山野：自由而辽阔。第三节仍借漫游者所歌，点出"渴望"的精神内涵："复乐园"。如果我们进一步考察诗中的意象，如 Wälder rauschen（森林喧响），Schloss（宫殿、城堡、府第），Garten（花园），Mädchen（女孩），Brunnen/Quellen（喷泉/泉水）等等，都并不陌生，它们是诗人潜意识中的故园，而被有意无意地融入了诗境。这可以从下面的文本得到证实：

致　家　兄

你还记得那花园吗？
还有那森林上面的府第，
那梦中的期盼：
那不是就要到来的春天吗？
……

陌生人走在
房前的花园
越过花园
树梢在望着我们。

谷中的森林轻轻喧响
它穿透寂寞
絮絮地告诉我们
童年的往事。

……①

此诗作于 1833 年，是写给兄长威廉的诗体家书，共 9 节、
36 行，这里只引了相关的第一、六、七节。当时诗人在柏林，
威廉在奥地利。艾辛多夫家族在卢波维茨的庄园，因为破产早在
1823 年已被强行拍卖。因此他们兄弟从青年时代起就失去了世
代相传的土地和家园，失去了贵族优越的经济地位，也失去了贵
族雍容娴雅的生活方式。他们不得不离开家乡到城市，跟平民一
样劳动谋生，这种"跌落"造成他们心中永远的伤痛。这种
"失乐园"的感伤，诗人集中通过一系列永远拂之不去的典型性
形象抒发出来，这就是昔日的府第、花园、泉水，特别是那森林
及其相伴的"喧响"。而这些潜在意识深层的意象，一再出现在
他的思乡诗中，比如下面的《故乡——赠家兄》：

> 你还记得那寂静山上的府第？
> 深夜的号角像是呼唤你，
> 那小鹿在山下吃草，
> 森林在深谷轻啸——
> 多沉寂，别惊醒它，那下面
> 好像酣睡着无名的痛苦。
>
> 你知道那花园？——每逢大地回春，
> 就有个姑娘在清凉的小路上
> 走过那孤独寂寞，
> 惊醒流水发出迷人的声响，
> 好像四周的花木都在歌唱，

---

① Joseph von Eichendorff, *Werke*, in 6 Bänden, Herausgegeben von Wolfgang
Frühwald, Brigitte Schillbach und Hartwig Schultz, Deutscher Klassiker Verlag, Frankfurt
am Main, 1978, Bd. 1. S. 301.

　　歌唱过去的美丽的时光。

　　树梢，喷泉的天籁低唱！
　　……①

　　此诗仍属"家书"之什，情调是同样的感伤，也还是府第、森林、山谷、林涛阵阵、花园、喷泉、少女这些意象。其注释者肯定诗中的"府第"就是诗人的故家，"花园"就是府中的"兔园"。② 所以当这些意象在《渴望》中出现，就代表着诗人心中的故乡。而《渴望》所体现的，又绝不仅仅是卢波维茨的故乡，而是更深层的精神追求，这就是"回归自然"。

　　德国在18世纪开始了缓慢的工业化进程，1823年建成了第一条铁路。这些给社会带来了明显的变化：大批农民破产，涌入城市，平静自然的生活方式被打破，社会矛盾激化，金钱追求使道德堕落、工业生产使环境破坏。特别是法国大革命的血腥以及对德国的侵略，让浪漫派对启蒙的"理性共和国"彻底失望。于是他们提出自己的社会理想，这就是曾经的中世纪。那是基督教的、统一强大的德国，虔诚、道德的公民过着和平宁静的田园生活。那是一个"黄金时代"。因此"渴望"本身蕴涵着社会理想，诗中那最后的邮号，就是对失去的"黄金时代"的呼唤。再有《渴望》不仅表现一己的乡思，更是对人类生存故乡的关注，体现着对人与自然和谐相处的愿望、对美好诗意生活的向往。这既是艾辛多夫的理想，也是整个浪漫派的追求。因此可以这样说，《渴望》不仅是个人的抒情，更是深刻得多的时代的回

---

　　① Joseph von Eichendorff, *Werke*, in 6 Bänden, Herausgegeben von Wolfgang Frühwald, Brigitte Schillbach und Hartwig Schultz, Deutscher Klassiker Verlag, Frankfurt am Main, 1978, Bd. 1. S. 299f.

　　② Ebd. Bd. 1. S. 1020.

声。它不是一般感兴的诗，而是思想的、精神的诗。物质的自然只是它的外衣。托·斯·艾略特有一段著名的话："用艺术形式表现情感的唯一途径是发现一个'客观对应物'；换言之，发现构成那种特殊情感的一组客体，一个情境，一连串事件，这样，一旦有了归源于感觉的外部事实，情感便立即被唤起了。"①这正好可以拿来说明艾辛多夫的自然诗，比如《渴望》，诗人就是用一组"客观对应物"，来象征性地表现他的思想与情结。

因为有一个渴望，艾辛多夫的诗中就出现一个象征性的人物：漫游者。他是整个浪漫派文学的典型形象，而在艾辛多夫的诗中出现得最多。漫游者快乐地走在山林田野，享受着大自然的赐予，象征着自由，象征着人与自然的和谐统一。同时他走向一个目的地，象征着追寻、象征着走向理想。下面是其中的一首：

漫游之歌

穿过田野和榉树林，
唱唱歇歇，满是欢欣，
谁要是选择了旅行，
他就有最大的快乐。

当东方还没有灿放光华，
世界还辽远沉静：
美丽的花季
送来一片惬意。

① 转引自艾布拉姆斯《镜与灯》，郦稚牛等译，北京大学出版社 2004 年版，第 23 页。

报晓的云雀
振翅飞向天空，
一支清亮的漫游之歌
透过森林回荡在心中。

啊，从山上眺望有多开心，
目光掠过河流、森林，
高高的头上是
湛蓝的天空澄明！

小鸟从山上飞去
云朵像鸟儿般飘舞，
我的思绪也随着
飞过鸟儿飞过风。

云儿飘下去，
鸟儿也跟下去，
我的思想继续，而那歌声
缭绕地传到天庭。①

　　这就是艾辛多夫笔下的"漫游"，它展示了一幅美丽的自然画卷，足以让人摆脱尘俗，爽心愉悦。同时也告诉我们，回归自然本身，其实就是他和他的"漫游者"的目标。这恰好与歌德的脚踏在地上、勇敢地搏击风雨的"漫游者"，形成鲜明的对比，也正体现了浪漫主义的特征之———理想之美。

---

① Joseph von Eichendorff, *Werke*, in 6 Bänden, Herausgegeben von Wolfgang Frühwald, Brigitte Schillbach und Hartwig Schultz, Deutscher Klassiker Verlag, Frankfurt am Main, 1978, Bd. 1, S. 265f.

二　民族性

艾辛多夫是一个爱国者，表现在诗歌创作上，他沿着布伦塔诺开辟的民族化的道路继续前行，成为德意志民族的歌者。

如前所述，艾辛多夫性爱自然，这使他从本质上接近民间传统。1807 年他到海德堡求学，开始与浪漫派的核心人物阿尔尼姆、布伦塔诺交往，参与他们的文学活动，读到了他们收集整理的民歌集《号角》，让他这个初出茅庐的文学青年，受到一次彻底的精神、艺术的洗礼。于是我们看到他 1808 年写的诗，已经明显地濡染了民歌情味。这些与他个人的气质才情进一步融会，就形成一种民歌风韵的自然、清新、晓畅的风格。

（一）　民歌的形式和神韵

艾辛多夫的诗，在诗体、语言、叙述模式等诸方面都受到民歌的濡染，表现出一种民歌的神韵，但却比民歌更美、更艺术。在某种意义上可以说是民歌的提纯与雅化。但这是一个学习、探索，然后成功的过程。

如果我们读艾辛多夫诗集中的 1807 年以后的诗，较之以前的"少作"，就会明显地感觉到一种新气象，这就是语言从华丽、雕琢变得自然、清新；诗行变得短而晓畅，我们甚至可以说，这是德语诗歌自巴洛克时代以来，最好懂的诗（当然这只是就语义层面而言）。从体式上看，多是自由体，用三音步或四音步的诗行，四行或八行一节，节数不限，用交韵或抱韵缀结，正是典型的民歌形式，也是艾辛多夫一生诗歌的主体样式。如果与他的"先行者"布伦塔诺相比，艾辛多夫的诗多数篇幅短小、语言省净，多表现普遍的人情人性，而不是突出一己的"我"，也就是说更接近于民歌本色，所以也更易于入歌，也才被同代和后代的作曲家乐于谱曲，并广为传唱。诗体之外，民歌的色彩还表现在叙述模式上，比如下面的诗：

　　从前有两个年轻的伯爵

他们爱得要死，

他们激动地不能入睡

直到朝霞初升。①

这是一首无题情诗的开篇，是典型的民歌章法，它以第三者的口吻来叙事，用中外通行的"从前有个……"模式。爱情、"年轻伯爵"都是民歌的典型主题和人物，而语言的通俗流畅，也正是民歌家数。但这并不是讲述他人的故事，而是艾辛多夫在表达自己的爱情痛苦。原来艾辛多夫兄弟二人同时狂热地爱上了一个有夫之妇，② 那是 1807 年，他们都在海德堡。这本是浪漫派中人常有的风流韵事，并且得到追捧和崇尚，施勒格尔兄弟、布伦塔诺等都有过种种的"非凡"的爱情经历。而此诗就是记述这段情事。但它不同于一般的爱情诗，它不是"自我"的直抒，而是变"我"为"他"，其中的"年轻伯爵"既合乎艾辛多夫兄弟的贵族身份，也与民歌中常见的人物如"王子"、"骑士"之类相仿佛。从而给个性化的抒情诗披上了"共性"的民歌的外衣。黑格尔曾指出"抒情的民间诗歌"有一个特点，"那就是诗人作为创作主体在诗里并不露面，而是把自己湮没到对象里去。因此民歌尽管也把心灵中最凝聚的亲切情感表现出来，我们见到的却不是某一个人用艺术方式来表现主体个人的特性，而是这个人完全能代表的一种民族情感"，并认为"歌德很善于用比较独立的方式模仿民歌"③。其实艾辛多夫所作的比歌德还要多，而且独有一种优美和清新。他创作了不少民歌母题的诗，如

① Joseph von Eichendorff, *Gedichte*, Philipp Reclam Jun. , Stuttgart, 1997, S. 122f.

② Ebd. S. 177f.

③ 黑格尔：《美学》，朱光潜译，商务印书馆 1997 年版，第三卷，下册，第 202 页。

爱情、婚姻、生死等等，代表着民族情感，而且在环境、人物等方面凸显民歌的神韵，如下面这首题名为《歌》的诗：

> 在一个凉爽的山谷，
> 旋转着一架水车，
> 我的爱人走了，
> 她就住在那儿。
>
> 她答应对我忠贞
> 给了我这枚戒指，
> 她背弃了忠贞，
> 我的戒指裂成两半。
>
> 我想做个吟游诗人
> 远走他乡，
> 吟唱我自己的歌，
> 从这家到另一家门。
>
> 我想骑马飞奔，
> 参加流血的战斗，
> 躺在静静燃烧的篝火间
> 在黑夜的原野。
>
> 我听见那水车在转，
> 我不知道，我想做什么，
> 我想最好是死去，
> 这样一切就都安静下来。①

---

① Joseph von Eichendorff, *Gedichte*, Philipp Reclam Jun. , Stuttgart, 1997, S. 9.

这是一首独立创作的诗，名为"歌"，标示出它与民歌的渊
源，而情节、人物、环境，更充分地显示出其民歌风调。艾辛多
夫在一封信中也提到，人们给这首诗很多赞誉，并认为它是民歌。
注释者还具体指出它很可能受到《号角》中的《在那边山上》和
《在下面的草地》的启发。[1] 如果我们去读那两首民歌，就会发现，
诗人以自己的诗情糅合了它们的背景和情节。具体说来，从第一首
"拿来"了磨坊水车、磨坊女儿这些民歌的标志性元素，还有"失
恋"的结构框架，这可以从该民歌的第二节清楚地看出来：

> 在下面的山谷里
> 流水推动着一架水车，
> 它推动的没有别的，除了爱情
> 从傍晚直到又一天来临
> 那水车的轮子，突然断了，
> 那爱情，结束了，
> 两个相爱的人
> 他们只拉了拉手。[2]

另一首《在下面的草地》[3]的主人公是一个遭到遗弃的少女，
她杀死了自己的婴儿。这个情节曾进入歌德的《浮士德》。艾辛
多夫吸收它"被欺骗"的情节，但把主人公换成男性，摒弃了
原来的血腥，突出的是道德和"心之痛"，于是就在强烈的痛苦
与磨坊水车的田园风光之间生出巨大张力，动人心弦。但如果我
们审视这诗人极力渲染的感情，就会感受到它的民间性，而非
"文人"性。爱情是德国民歌的最大的母题。它所表现的爱情，

① Joseph von Eichendorff, *Gedichte*, Philipp Reclam Jun., Stuttgart, S. 158. Fußnote.
② *Des Knaben Wundernhorn*, Insel Verlag, Printed, 1974, S. 84.
③ Ebd. S. 175.

或是快乐的"玩",或是情欲的"乐",或是大胆的放纵,或是
失恋的痛苦。男人带一点顽皮乃至无赖,女孩有一点浮荡轻佻。
总之爱得野,但也放得下,很有些"哀而不伤"的味道。可以
说,为爱情而死,是严肃文学创造的形象,不是民歌的品格。在
严肃文学中被高度纯洁化、理想化的爱情,在民歌中表现为更近
于生命本色的情欲。这些普通的小人物,过着平凡庸碌的日子,
情爱、肉欲是他们生命的绽放,是他们生活中最美丽的光彩。但
正如情欲本身,它常常转瞬即逝,留下的多是痛苦和感伤。但对
于芸芸众生,这并不意味着生活的全部,所以他们会以各种方式
比如自嘲、诙谐、流泪、痛恨、遗忘去化解痛苦,然后继续过着
他们凡庸的日子,而民歌在民间的传唱本身,其实也是化解的途
径之一。这些民歌看来浅俗,但却是生活本来的样子,体现出活
生生的人的情感世界。所以海涅说:"在这些诗歌里我们可以感
觉到德国民众跳动的脉搏。德国民众所有悲怆的欢乐,愚蠢的理
性在这里都表现出来了⋯⋯忠实的时候多么天真!不忠实的时候
又多么坦率!"[1]艾辛多夫的诗,就带着这种民歌特有的神韵。那
个失恋者因痛苦想离开家乡,他想向每个人倾诉他的痛苦,可见
他的委屈;他想骑马奔赴流血的战场,想在血与火中解脱,可见
他的痛苦。但当他躺在战场的篝火旁,又似乎听见水车声,他还
是在思念他心中的姑娘。他想死去,是为了忘却,但正说明了他
不能忘却,这是它的"深切"。但巧妙的是,这一切诗人用的都
是"将来"时、虚拟态,一切都还在想象之中,并没有去实现。
所以它其实是一种发泄,是自我的心理调适与化解。它没有殉情
的悲壮凄美,因此也就不像是戏,也就更接近生活本身,如同挂
着露珠的晨草。此外如《冬歌》、《在异乡》等都被认为受到

---

[1]　亨利希·海涅:《论德国》,薛华译,商务印书馆1980年版,第117页。

《号角》中某某歌的直接影响。[①] 要言之，艾辛多夫的诗体现出一种民间本色和民歌的神韵。

（二）民间素材

形式、神韵之外，艾辛多夫还采用民间素材作叙事诗的情节，其中很多涉及德意志民族多神教的原始信仰。这些异教文化，是基督教所要剿灭的邪恶，但作为民族的深层记忆，它们顽强地存活在人们的现实生活中。浪漫派的作品挖掘民族素材，是在启蒙运动以科学理性"却魅"之后的又一次"复魅"。它一方面体现出浪漫派的文学寻根，同时也展现了一种别样的艺术魅力，即诡异、奇幻之美，即一般意义上的"浪漫"。在艾辛多夫的叙事诗中，精灵、魔怪多是主角，而"诱惑"是其一大母题。他有一首诗就直接名为《诱惑》：

> 你耳中没有听见
> 寂静中周围的树木
> 在沙沙作响？
> 它让你在阁楼里听不见
> 那谷底山溪的流淌，
> 那溪水在月光下美妙异常。
> 它让你看不见，
> 高高山溪的飞流中，
> 那静静矗立的城堡。
> 你是否还记得那些迷人的歌？
> 它们来自那久远的美好年代。
> 它们正在醒来
> 在深夜孤寂的林中，

---

① Joseph von Eichendorff, *Gedichte*, Philipp Reclam Jun. , Stuttgart, 1997, S. 162. 167. Fußnote.

　　当树木梦幻般地沙沙作响
　　当丁香花在闷热中吐芳
　　河里的水妖就发出细碎的低语
　　下来吧，这里多么清凉。①

　　歌德有一首《渔夫》，布伦塔诺有一首《莱茵河上》，都是写水妖对人的诱惑。而水妖的形象出自民间传说。艾辛多夫如同他的前辈，接过了这一形象和主题，但他匠心独运，用自己的典型意象：森林、山谷、小溪、月光等等，创造出崭新的诗境，幽美、神秘又透出一丝阴冷，使老题目焕发出新光彩，是继承中创新的佳例。除了这种对传统的融会之外，艾辛多夫还直接利用《号角》作素材，如《迷失的猎人》，显然源自《真诚的猎人》，我们先看艾辛多夫的诗：

迷失的猎人

　　"我看见一头秀美的小鹿
　　站在林中的空地上，
　　此时外面的世界对我只是痛苦、忧伤，
　　它成了我永远追随的偶像。

　　跟上它，我的林中伙伴！
　　跟上它，这声音在号角中回响！
　　它是这般光彩，它是如此妩媚，
　　我的眼前升起曙光。"

---

　　① Joseph von Eichendorff, *Werke*, in 6 Bänden, Herausgegeben von Wolfgang Frühwald, Brigitte Schillbach und Hartwig Schultz, Deutscher Klassiker Verlag, Frankfurt am Main, 1978, Bd. 1, S. 308.

夜幕下的森林，

这小鹿引着年轻的猎人，

穿过令人眩晕的山林峡谷

奔向他未曾见过的豪华。

"向晚的森林已涛声阵阵，

我的心中悚然！

远离亲朋，寒风刮起，

人世竟隔得如此遥远！"

这魅力是如此的迷人，

那猎人穿行在这墨绿的殿堂，

他迷失了方向，一个人

再也走不出深林——①

　　这是典型的艾辛多夫的风格：省净，平易，在含蓄中透出神秘。他用短短 5 节 20 行诗，就讲述了一个扑朔迷离的故事，表达一种复杂的情感，最主要的是对人性弱点的同情和命运主宰的无奈。诗的背景是森林，主人公是猎人和鹿。这是艾辛多夫的典型环境和典型人物，不同于布伦塔诺的莱茵河及其船夫。诗的前两节是猎人的独白：他发现了一只鹿，这本是他的猎物，但却反被这鹿吸引，在不知不觉中视其为情感的慰藉，心中的光明，追随而去。第三节是叙述人从全知的视角，写出"诱惑"的事实。第四节是猎人的悲歌：天色已晚，他孤零零地远离朋友和人世，寒风中是一颗战栗的心。最后一节由全知的叙述人告知猎人的悲

---

　　① Joseph von Eichendorff, *Werke*, in 6 Bänden, Herausgegeben von Wolfgang Frühwald, Brigitte Schillbach und Hartwig Schultz, Deutscher Klassiker Verlag, Frankfurt am Main, 1978, Bd. 1, S. 171.

惨结局，说明"诱惑"的可怕。这"诱惑"的鹿，显然是化身为"美"的"恶"。此诗作于1812年，是《预感与当前》中的插曲。猎人逐鹿，隐喻着对爱情的追求。而诗却隐含着对爱和美的"诱惑"的警示。《号角》中相关的《真诚的猎人》如下：

> 有一个猎人
> 想打一只小鹿或狍子，
> 离天亮还有好几个钟头，
> 就来了这样一只小兽。
>
> "啊！猎人，你还没有睡够，
> 亲爱的猎人，现正是睡觉的时候；
> 你的安睡让我快乐
> 在我安静孤独的时刻。"
>
> 这话一定使猎人恼火，
> 她竟敢这样说话，
> 他想向这女孩开枪，
> 她竟敢这样说话。
>
> 她跪在猎人脚下
> 用她雪白的双膝：
> "啊！猎人，千万别打！"
> 这话撕碎了猎人的心。
>
> 她问那猎人：
> "啊！我尊贵的猎人，
> 能不能让我戴一个绿色的花环

戴在我的金发上?"

"你不准戴绿色的花环,
如同一个少女,
你该戴一顶雪白的小帽,
像个年轻猎人的妻子。"[1]

这是一首谣曲,由叙述语言和人物语言构成。我们梳理诗意,它大致有三个环节。首先是猎人要去打猎。第一节用第二、四两行重复的诗句,突出了他心想的猎物:"小鹿"或"狍子"。(Ein Hirschlein oder ein Reh),因为德语的名词后缀-lein 表示爱意,而"狍子"形同小鹿,都活泼、美丽,而且民歌有隐喻的传统,所以这里的"打猎"就隐含了双重的所指:猎"物"和猎"人"。然后顺着猎"人"的思路,小鹿或狍子幻化成一个少女,向猎人示爱。猎人为其轻佻所恼,但终生怜爱。最后是猎人反被少女"俘获"。这中间猎人显得真诚,少女则有诱惑的意思,但是否"邪恶",却没有明示。我们觉得,这更像是隐喻世俗生活中的少男少女,而中外民歌中也都常见这种以调情来表达的爱情。作为诗人,艾辛多夫采用了此诗的基本架构,包括人物、情节,但将本来朦胧的主题明确归入到"诱惑",赋予它警世的意义。此外艾氏还有不少写魔鬼、精灵的诗,题材都可以上溯到民间,比如下面的一首:

深夜他骑着一匹棕色的骏马,
骏马飞过一座城堡:
睡吧,我的孩子,睡到曙光初照,

---

[1] *Des Knaben Wunderhorn*, Alte deutsche Lieder, gesamelt von L. Achim von Arnim und Clemens Brentano, Vollständige Ausgabe nach dem Text der Erstausgabe von 1806/1808, Winkler Verlag, München, 1962, S. 200f.

黑夜是人的死敌!

他飞过一个湖塘,
那儿站着一个苍白、美丽的小姑娘
她唱着歌,上衣在风中飘荡,
快过去,快过去,这孩子让我恐惧!

他驰马来到河边,
那水怪喊着向他问好,
一片啸声他又潜入水中,
清凉的河水又归于平静。

正当白日和黑夜交锋,
远村已经传来鸡鸣,
看一眼骏马他愤怒地翻身而下,
气恼地用脚扒着他自己的坟墓。①

　　在德意志民间文化中,深夜是魔鬼的世界。此诗的主角就是一个在夜幕下出行的鬼魅,散发出一股幽冷阴森。骑马奔驰、孩子等意象让人想到歌德的《魔王》。歌德是受到赫尔德所译的丹麦民歌以及一个戈尔里茨的传说②的启发。歌德的《魔王》是这样开头的:

谁在深夜里冒风飞驰?
是父亲带着他的孩子:
他把那孩童抱在怀中,

---

① Joseph von Eichendorff, *Gedichte*, Philipp Reclam Jun., Stuttgart 1997, S. 53.
② Ebd. S. 166. Fußnote.

　　紧紧搂住他，怕他受冻。
　　"我儿，为何吓得蒙住脸?"——
　　"啊，爸爸，那魔王你没看见?
　　魔王带着冠冕拖着长袍?"——
　　"我儿，那是烟雾袅袅。"——
　　……①

　　这魔王最后带走了孩子，给读者留下恐惧和悲伤。不同于歌德，艾辛多夫并没有涉及具体的"伤害"。他所着力营造的是恐怖、惊惧的氛围，突出的是诗意。他要表现的是人与鬼、白天与黑夜这个二元的世界。由此我们也可以看出艾辛多夫叙事诗的某些特色。首先它是不同来源的民间素材与作者虚构的有机融合，其次是带有浓厚的抒情意味，再就是使用他一以贯之的典型环境，如森林、山谷、河水、城堡等等，从而形成了与歌德、布伦塔诺不同的风格。一般说来，他的情节没有歌德、布伦塔诺那样紧张、刺激，人物形象也没有那么鲜明。但作者显出一种含蓄的神秘和朦胧，饶有韵味，次者则显得平弱。

三　宗教情结

　　艾辛多夫是一个虔诚的天主教徒，宗教对他来说是从小确立的不可移易的信仰，像一个普通的信徒，他相信上帝，祈求上帝的赐福与拯救，而不像诺瓦利斯和布伦塔诺那样，去做神学上的探究，试图自己去理解上帝、证明信仰。所以宗教在艾辛多夫那里显得简单明了。作为诗人，他以自己的方式把这种宗教感情写进诗里，如下面的《玛利亚的渴望》：

　　玛利亚走进清晨，

---

① 《歌德名诗精选》，钱春绮译，太白文艺出版社 1997 年版，第 195—197 页。

大地闪出爱的晨光，
越过欣悦的绿色高地，
她看见蓝天在上，
"啊，如果我有一件天光的婚纱，
有两个金色的小翅膀——飞进去，那该多好！"

玛利亚走进静静的夜，
大地睡了，天却醒着，
她的心沉思冥想，
闪着金光的星在运行。
"啊，如果我有一件天光的婚纱，
它织进金色的星星，那该多好！"

玛利亚独自走进花园，
五彩的小鸟发出诱人的歌唱，
她看见绿叶中的玫瑰，
红的、白的是那样漂亮。
"啊，如果我有一个小男孩，这样又白又红，
我会多么爱他，直到死亡！"

现在婚纱已经织好，
金色的星星落在她的黑发上，
这个处女的手臂搂着一个男婴，
它高高地在这黑浪咆哮的世界之上，
从这孩子身上发出光芒，
他永远在召唤我们：回家、回家！①

---

① Joseph von Eichendorff, *Gedichte*, Philipp Reclam Jun., Stuttgart, 1997, S. 50f.

　　写作此诗时，艾辛多夫还是一个 20 岁的青年。他以民歌的风调，用抒情的笔法讲述了圣母玛利亚的"圣迹"故事，塑造了一个纯洁、淳朴的少女形象，同时构建了一个浪漫的诗境，形成了宗教诗与民歌天衣无缝的融合。而最后一句"它永远召唤我们回家"中的"回家"，显然是指整个人类重新回到上帝的伊甸园，这正是一个基督徒的终极追求。由此我们也可以理解艾辛多夫思乡主题中"家乡"的深层含义。下面是他的《圣母颂歌》：

> 当暴风雨横扫大地
> 人心充满了恐惧，
> 他转身去祈祷
> 雷雨变成了钟声，
> 从灰色的浪涛
> 浮出哭泣的田野，
> 你的彩虹给我们赐福
> 啊！母亲，你是多么温柔！
>
> 当山峰变得黝黯
> 在凉爽温柔的夜晚
> 树梢发出沙沙轻响：
> 啊！玛利亚，神圣的夜！
> 不要让我像那些人，
> 最后才能安睡
> 你母亲的手给我这疲惫的旅人
> 盖上星星的大氅。①

---

①　Joseph von Eichendorff, *Gedichte*, Philipp Reclam Jun., Stuttgart, 1997, S. 71.

　　第一节中的暴风雨、浪涛都是邪恶的象征，它们在弱小的人类面前逞凶肆虐。但人们只要信仰上帝和玛利亚，就会得到保护，身心变得舒泰安康。这里特别写到夜。浪漫派诗人都钟情于夜，从诺瓦利斯到艾辛多夫无不如此。但他们的夜有两种，有魔鬼的黑夜，也有温情的月夜。第二节中所表现的就是圣母般祥和、温柔的夜。

　　此诗本是应邀之作，就诗艺本身而言，算不得上佳。但从中可以看出艾辛多夫宗教诗的特色。宗教诗在德语诗歌中自成一类，自有传统。它有一个模式，一是把自然的美好、人间的幸福、个人的快乐都归之于上帝的恩赐；二是辄遇困境即祈求上帝救助，而隐喻、象征是其普遍的表现手法。艾辛多夫继承了这一传统，比如此诗的第一节就是这种模式。但艾辛多夫的高明之处是在僵化的模式中，融入自己新鲜的意象，构建个性化的意境，如第二节。尤其是最后两行，"旅人"（wandrer），也就是"漫游者"，是艾辛多夫最典型的形象，因为他体现着诗人自己乃至整个浪漫派"路漫漫其修远兮，吾将上下而求索"的理想。而就在他身心疲惫之时，温柔的夜如同母亲的手给他盖上衣被，是圣母的母爱给他心灵的平安。最后以"星星的大氅"这一美妙的比喻收束，在宗教的神圣之中又平添了几多妩媚和优美，这是艾辛多夫才能创造出来的意境。下面的《夜间》是一首表现艾辛多夫宗教情感的好诗：

　　　　　外面的世界已经安静，
　　　　　灯火渐渐熄灭，
　　　　　我的心在窗口四望谛听
　　　　　夜里一片寂静。

　　　　　喧嚣的白日已经过去
　　　　　带着它的痛苦与快乐，

你在这场游戏中赢了什么，
有什么还留在你困倦的心中？

月亮升起，带着抚慰、祥和，
红尘的世界已经隐没，
星斗闪射着神圣的光
只有它们高高在上。

主啊！在浊浪滔天的大海上
我驾着一叶小舟，
忠实地跟随你金色的群星
奔向永恒的朝霞。①

　　浪漫派注重内心的体验，这里诗人特别说明是用"心"去"看"去"听"，因此诗中所呈现的就不是客观的物象，而是"心象"，即心中之象。诗人在日夜的自然更替中看出两个世界：一个是白天，这是世俗的生活，人们为名利而奔忙，扰攘、疲惫。另一个是神圣的夜，人们恢复身心，感觉着上帝的抚慰。月光、星辉都体现出上帝的神圣，它们给人的生命导航。因此我们也可以看出，艾辛多夫所钟情的大自然，也是诗人世俗生活中的上帝的世界。在那里，他的心可以倾听上帝的声音，感受上帝的启示，寻得自己生命航船的方向。在这首诗中，诗人把宗教诗传统的隐喻，如黑浪、小船、朝霞等融入自己的独特的诗境，优美而真诚。到了晚年，艾辛多夫的宗教情结日深，自然染上了更为深重的宗教色彩，② 他对上帝满含着虔诚，对自然充满着敬畏。下面是

　　① Joseph von Eichendorff, *Gedichte*, Philipp Reclam Jun. , Stuttgart, 1997, S. 63.

　　② H. A. Korff, *Geist der Goethezeit*, Ⅳ . Teil *Hochromantik*, 6. Unveränderte Aufgabe, Koehler & Amelang, Leipzig, 1964, S. 230.

1853 年所写的《夜间》：

> 我站在森林的荫处，
> 像置身生命的边缘，
> 大地像模糊的草地，
> 小河像一条银链。
>
> 远处只听到钟声，
> 越过了森林飘来，
> 小鹿愕然抬起头，
> 随即又沉沉入睡。
>
> 森林却摇动树梢，
> 梦沉沉倚着岩壁。
> 因为主走过山顶，
> 祝福静寂的大地。①

总之，像所有的浪漫派作家一样，艾辛多夫是一个虔诚的基督徒，他真诚地信仰上帝，既没有怀疑的追问，也没有强使自己有信仰的痛苦和负罪感，所以他的宗教情感以及相关的诗都显得平和，是一种建立在深稳的根基之上的平和。而这也正与他的和易、清明的诗风相谐。

第四节　创新与诗史地位

艾辛多夫的诗歌，较之诺瓦利斯和布伦塔诺，代表了浪漫主

---

① 《德国浪漫主义诗人抒情诗选》，钱春绮译，江苏人民出版社 1984 年版，第277 页。

义诗歌发展的一个新阶段，同时也对德语诗歌的发展做出了自己独特的贡献，这其中最主要的是意象与意境的创造。

一 系列意象

意象作为中国诗学的一个概念，是指融入了主观情意的物象。它跟德语的 Topos/Topoi 意义相近。从诗的抒情性而言，凡诗无不有意象，中外皆然。但在德语诗歌发展史上，艾辛多夫的意象自有特点。这就是"少"而成系列。

如果我们把艾辛多夫的诗集通读一遍，最突出的感觉就是简洁、省净。其诗整体上涉及的形象不多，不论是抒情诗还是叙事诗，不论是爱情还是乡思，不论是即时的感兴还是深刻的哲思，他都通过一个相对固定的形象系列来表现。它们以森林为中心，包括山峰、谷地、流水、云雀、星空、月夜，还有走在其中的漫游者。除了这些视觉形象之外，艾辛多夫还喜欢表现寂静中的声音，他的漫游者必歌唱，他的树一定沙沙作响，他的溪水一定淙淙流淌，还有猎号、邮号等等，似深得"蝉噪林愈静，鸟鸣山更幽"的"三昧"。其中出现最多的是与森林连在一起的"rauschen"（根据上下文可译为"林涛"、"喧响"等）。

但所有这些感官所得，在艾辛多夫的语境中已经不再客观，而是承载着主观的情思和意义。当它们按照一定的序列出现，就成了"意象系列"。表面看来它们是自然景物，而在深层则是象征性的符号。诗人正是凭借这些简洁的意象，来表情达意。艾辛多夫之前的德国诗人，他们的诗虽然也都有千姿百态的意象，但除了由传统文化积淀成的共性的"意象"之外，他们自己的意象大多是在当下语境中实现的，不具有历时性，不但对文学史来说是个性的，对诗人自己也是具体的、个别的。而艾辛多夫的则不同，他的意象系列贯穿于一生的创作，成为个人系统的、共性的语码。因此他的诗表现出一种穿越时空的整一性、象征性。这从上文的论述以及所引的例诗可以清楚地看出来。而这在德语诗史上是独创的，为浪漫主义之后的表现主义、象征主义从一个方面奠定了基础。

二　意境

"意境"是中国诗学的原创性范畴，最早见于唐代王昌龄的《诗格》。今天的"意境"可以这样理解，它是一个审美想象的空间，由意象作支撑，有感情意绪流布其间，它能虚实相生，还有韵外之致。德语中没有"意境"概念。中国的"意境"多被翻译成 Komposition，其本义是构图。用于诗论，直义为"形象的结构或设置"。还有的用 Szene，本义指戏剧的"场景"、"场面"。这样"意境"本身所蕴涵的神思、情韵就在翻译中丢失了。由于"意境"不是德国诗学的概念，也就从来不是诗人们的美学追求。德语诗歌的艺术自觉是从"巴洛克"时代开始的，那时的诗人们执著于修辞与格律。在其后的启蒙时代，德国人的自然意识觉醒。从此自然成为诗人的审美和表现对象。但因为科学理性精神的高扬，所以审美常与认知相结合，诗人多模山范水，以切物象形为美，而乏有情感、韵致。狂飙突进运动强调个性、突出感情，于是情浸于景，染于物，景物映射出主观感情，但由于过度强调主体，少有情景浑融的诗境。魏玛古典主义的歌德，追求和谐之美，中国式的意境虽时有所得，但非有意为之。浪漫派因为批判工业文明，向往和谐宁静的中世纪田园，所以钟情于自然，而艾辛多夫把这一思想融于自然诗，着意于诗境的创造，着意于感情的渲染，描绘出虚实结合的完整的画面，于是创造出情景交融的意境，显示出他不同于诺瓦利斯和布伦塔诺的新的美学趣味：一种德语诗歌罕见的柔美、淡雅、空灵的情致，一种诗情画意。

三　与诺瓦利斯和布伦塔诺的比较

数量多而母题少，是艾辛多夫跟诺瓦利斯、布伦塔诺的最明显的区别。艾辛多夫的诗有一条贯穿始终的线索，这就是"渴望"，表现为思乡与自然的"合唱"，归结到寻求自我的精神家园以及人类的终极关怀。而诺瓦利斯和布伦塔诺的思想则复杂得多，反映在诗里也就显得"五彩缤纷"。

再有，艾辛多夫的抒情诗很多表现为没有"我"的自我：平静、优美，如溪流，如湖水的涟漪，而不是诺瓦利斯和布伦塔诺那样的狂涛和洪流。他是一个政府官员，有着幸福的家庭，过着道德的生活，与诺瓦利斯和布伦塔诺的经历截然不同，这一切都使他的感情有所节制，也让他的诗没有狂热的激情，迷醉的痴妄。他的诗情似被"清醒"滤过，虽有深度，但却保持着表面的平和。也因此他的诗联想多，而夸张、想象少，幻想就更少。他的虚构大多建立在历史与文化的积淀之上，有现成的想象空间可利用，这与诺瓦利斯、布伦塔诺的灵感式想象、幻想不同。由此形成了一种"平静"的浪漫，而与"激情"的德国浪漫派形成反差。

另外，较之诺瓦利斯和布伦塔诺，艾辛多夫更多地表现为一个人间的诗人。他虽然是一个虔诚的天主教徒，但他的宗教感情有一个世俗的形式，他把自己融入自然、天地的整体之中。艾辛多夫认为人和自然都是上帝的造物，出于爱上帝，而爱自然，理解自然。于是写出了大量的自然诗，家乡、山林、晨昏、月夜、星空、四季是他永远的题目。其间他把"造物"的整体当做自我的本质来理解，所以他的情感和追求既是个人的，也是人类的。在他的思乡情感中，在对美丽故乡的回忆中，既有世俗的对父母的亲情，也融入了对造物主的感恩和虔敬，融入了他对精神故乡的叩问，对人的终极永恒的追求，所以闪现着崇高和形而上的意味。与诺瓦利斯和布伦塔诺相比，他没有宗教狂热，没有陷人精神的迷狂，而有一份稳重和深厚。

从德语诗歌的发展历程看，含蓄、省净、韵味从来不是德国诗人的美学追求。巴洛克诗歌讲究隐喻和修辞，启蒙诗歌追求切物象形，狂飙突进激情奔放，魏玛古典主义圆融和谐。而艾辛多夫的诗歌却正以自己独特的美学品格显示着与浪漫主义主流、乃至整个德语诗歌的异质风采，同时却有一种近于汉诗的柔美、空灵、含蓄，这使他的作品在情调上比任何一个德语诗人都接近中国诗人，特别是唐人。

四　德国浪漫派的诗

德国浪漫派是一群文化新人，代表着德国一个新的思想文化时代，他们有自己的哲学思想、社会理想和美学诉求，并因此开创了文学、艺术上的浪漫主义，影响及于自然科学、政治、哲学等其他领域。

诺瓦利斯、布伦塔诺和艾辛多夫是德国浪漫派的代表人物，特别代表了早、中、晚三个时期的诗歌创作。其中布伦塔诺还体现出从早期到中期的过渡性。他们在思想倾向、艺术手法、美学趣味等方面既体现了浪漫主义美学的基本倾向，同时也都有鲜明的个性化风格。比如诺瓦利斯深入的哲学思考、对内心世界的观照、对彼岸世界的执著。而他的诗闪现出一种幽秘的色彩。布伦塔诺则耽于幻想，有酒神式的狂热。其诗呈现缤纷斑斓的心象，表现自我的激情、想象和夸张。而艾辛多夫则显出一种平和、清静，却在这平静之下蕴涵着深深的渴望。这是对人与自然和谐共生的渴望，对自我心灵的安置以及对人类精神家园的关注。而究其实质是追求。如果我们把他们归结到一起，可以说，他们的共同点，就是席勒所说的表现理想，而这理想又更多地表现于精神，带有形而上的品格。这显然与中国原生浪漫主义相距甚远。这就是下篇要讨论的问题。

第五章　中国原生浪漫主义

"浪漫"本是一个汉语词汇，苏轼《与孟震同游常州僧舍》中就有"年来转觉此生浮，又作三吴浪漫游"。其中"浪"指浮浪，无拘检；"漫"意为随意、放纵。所以中文的"浪漫"本身已含有任情随意、狂放不羁之意。可以说，"浪漫主义"是对romanticism 的一个音、义皆谐的绝佳翻译，而我国学者也在这一过程中，接受了西方的"浪漫主义"，并以其阐释自己本土的文学艺术。但中国原生浪漫主义，其实并不等同于西方的浪漫主义。两者的关系如同两个相交的圆，虽有部分的重合，却各有自己的圆心。本章就是要讨论中国原生浪漫主义的美学品格，画出自己的圆。

第一节　正统的确立

中国虽有"浪漫"一词，但它却不是一个诗学概念。在中国传统文论中，也没有可与"浪漫"、"浪漫主义"内涵相应的概念和范畴。所以中国原生浪漫主义只是作为一种美学风貌，体现在艺术创作中。中国哲学中的道家思想在美学上给它以支持，中国文论中的虚静、感兴、神思、妙悟、豪放、飘逸等范畴，都与浪漫主义相关，但却不是为浪漫主义专设。笔者所要做的就是，从公认的浪漫大家庄子、屈原、李白和李贺入手，通过文本分析，归纳其"浪漫"元素，进而勾勒出中国原生浪漫主义的大致面貌。

一　《诗经》与中国原生现实主义

当人们用"浪漫主义"来阐释中国古代文学时，它是作为一个与"现实主义"相对的概念而使用的。而这就不能不回溯到中国的第一部诗歌总集《诗经》，正是它确立了一个中国诗歌的正统，形成了包括本体论、创作论以及内容、形式、风格的一个坐标系，成为其后文学发展的全方位的参照，当然也就是浪漫主义的对极。

《诗经》本名《诗》，也称《诗三百》，因为在汉代立于学官，所以成为经典，因此被称为《诗经》。《诗经》收入自西周初年至春秋中叶五百多年间的作品，共 305 篇。它分为"风"、"雅"、"颂"三个部分，都是乐歌。"风" 160 篇，是各地的民歌，主要来自黄河流域，只有《周南》、《召南》来自汉江流域，可见它主要是中原文化孕育的成果。"雅"是指朝廷的正乐，是西周王畿的乐调。其中"大雅" 31 篇、"小雅" 74 篇。"颂"是宗庙祭祀之乐，包括《周颂》31 篇，《鲁颂》4 篇，《商颂》5 篇。《诗经》的作者包括上至贵族公卿、下至平民社会的各个阶层，所反映的内容十分丰富，包括农事、燕飨、怨刺、祭祀、战争徭役、婚姻爱情、民族历史等等，展开了一幅中国古代社会生活的画卷。它立足于现实生活，没有虚妄、怪诞，极少超自然的神话，从而为中国诗歌确立了一个"现实"的传统，也就是所谓"风雅"传统。

关于《诗经》的收集整理，历史上有"献诗"、"采诗"和"删诗"说。"献诗"指公卿列士向朝廷呈献，以颂美或讽谏，如《国语·周语》就记有"故天子听政，使公卿至于列士献诗"①。"采诗"之说出于汉代，《汉书·艺文志》有"古有采诗

---

① 《国语·周语》，上海古籍出版社 1978 年版，第 10 页。

之官，王者所以观风俗，知得失，自考正也"①。"采诗"说虽受
到质疑，但我们可以想象，如果没有周王朝和各诸侯国的乐官参
与，民间之诗很难汇集于王廷。所以周代可能没有采诗制度，但
确有收集整理的实绩。这些从全国各地汇集而来的诗，司马迁认
为是由孔子删定的。《史记·孔子世家》云："古者《诗》三千
余篇，及至孔子，去其重，取可施于礼义，上采契、后稷，中述
殷周之盛，至幽厉之缺。……三百五篇孔子皆弦歌之，以求和
《韶》《武》雅颂之音。"②这就是著名的"删诗"说。其实孔子
并没有"删诗"，因为在他生活的时代已经有了与今本相近的
"诗三百篇"。他自己就曾说："诗三百，一言以蔽之，曰：'思
无邪'。"③而他所做的工作是给已经成书的《诗三百》"正乐"。
《论语·子罕》有："子曰：吾自卫反鲁，然后乐正，雅、颂各
得其所。"④所以司马迁所说的"三百五篇孔子皆弦歌之"也应是
指"正乐"。因为《诗》融诗乐舞为一体，并非纯文学，所以在
"正乐"的过程中孔子很可能作了某些文字上的加工整理。这一
切都说明孔子对《诗》的重视与参与，也就可以说明儒家思想
的影响。

　　如果我们回归《诗》的文本，它自身的遗产包括两个方
面，一是作为文学，⑤它体现了上古诗歌的面貌，它的齐言、
押韵等奠定了中国诗歌的基本形式。以后的五言诗、七言诗以
及格律严谨的近体诗，都是它的进一步发展，而没有改变它所
确定的基本范式。从内容上说，305 篇主要是抒情诗，所谓

---

①　《汉书》卷 30，中华书局 1962 年版，第 1708 页。
②　《史记》，中华书局 1959 年版，第七册，第 1936 页。
③　杨伯峻：《论语译注》，中华书局 1980 年版，第 11 页。
④　同上书，第 92 页。
⑤　《诗》本是歌唱的，因为音乐已经失传，留下的只是歌词，所以我们只能
把它看做文学。

"诗言志，歌永言"，由是确立了中国诗歌以抒情为主的方向，较之同时期的古希腊，可说是抒情的短章发达，而缺乏长篇的叙事诗，[①] 比如黑格尔就认为中国没有自己的民族史诗。[②] 以后中国两千年的诗歌发展，仍在继续这条抒情言志的道路，直至今天。

《诗经》还奠定了中国诗歌最基本、最主要的表现手法："比兴"。古来对"比兴"的解释很多，但以朱熹的流传最广。他解为："比者，以彼物比此物"，"兴者，先言他物以引起所咏之词"[③]。简单说来，"比"就是比喻，"兴"则是触物生情，感而发唱。"比兴"在《诗》中无诗不有，多在开篇，以自然景物起兴，其佳者"比"与"兴"交融，形成一个美丽的画面，由此引发联想、想象，与下文在情景上浑然融为一体。比如《周南·桃夭》是为女子出嫁而歌，其第一章"桃之夭夭，灼灼其华，之子于归，宜其室家"的首二句就是"比兴"。它先描绘了一个画面：小桃树春花怒放，如火如荼。接下引出婚嫁的主题"之子于归、宜其室家"。于是我们感到，灼灼桃花不但写景，还营造出热烈的气氛，同时隐喻女子的青春美貌，这时美丽的桃花与喜庆欢乐的场景交相辉映，正是对爱情、生命的礼赞。后世往往比兴合称，用来指《诗经》中通过比喻、象征、联想等以形象寄寓思想感情的创作手法。《诗经》之后，从屈骚到乐府，再到唐诗、宋词，"比兴"无不衣钵传承、发扬光大，并进入中

---

① 这只是就汉民族而言，中国的少数民族如藏族、蒙古族等都有自己的长篇史诗。另外也有一些中国学者认为《诗经·大雅》中的《生民》、《绵》等记述周民族历史的诗也是"史诗"。这牵扯到对史诗的定义问题，较为复杂。但无论如何，中国的叙事诗不发达，确是事实。

② 黑格尔：《美学》，朱光潜译，商务印书馆1997年版，第三卷，下册，第170页。

③ 朱熹：《诗集传》，上海古籍出版社1980年版，卷一，第1、4页。

国诗学，成为它的一个核心范畴。

再有，《诗经》为后世的诗歌创作确立一个标准，这就是关注现实的"风雅"传统。"饥者歌其食，劳者歌其事"是《诗经》所表现出的写实精神，内中充溢着一种积极的人生态度、真诚的道德意识。它垂范后世，成为后代诗人革新的旗帜，陈子昂、李白、杜甫、白居易都曾倡导"风雅"，以其深刻的现实性和严肃的思想性，以其质朴、健朗的风格来矫正当时诗坛的颓靡风气。由此我们可以看出，《诗经》本身已经不再是一个单纯的诗歌文本，而是成了一个艺术的轨范，在内容、形式、风格、方法等诸方面为后代诗人提供了一个范本。并且由于孔子和儒家的阐释，形成一个以《诗》为基础的儒家诗学体系，规范着后世的诗人，成为中国诗学的正统。

二　儒家美学

儒家是孔子建立的一个学派，是春秋时期"百家争鸣"中的一家。儒家思想的核心是"仁"。表现在政治领域是"为政以德"，认为治理国家的根本途径是进行道德教化。孔子首先要求统治者"修己"，然后"安人"，上行而下效："政者正也，子帅以正，孰敢不正。"[①]　"其身正，不令而行；其身不正，虽令不从。"[②]在哲学世界观上，孔子在肯定天命的同时，更重视人的主观努力，强调"为仁由己"的积极、自强不息的精神。孔子重视现实人生，"六合之外存而不论"，"不语怪、力、乱、神"，持一种现实理性的立场。在方法论上，孔子主张"中庸"，认为"过犹不及"，也就是相对于两端，肯定适中、适度，反对极端。这表现了一种深刻的辩证意识。孔子的美学思想建立在他的

---

①　杨伯峻：《论语译注》，中华书局1980年版，第129页。

②　同上书，第136页。

"仁学"基础之上，所以它关注社会人生，以善为美，以中和为美。

孔子对《诗》心存钟爱，不仅亲自参与《诗》的编定，而且以《诗》教授弟子。在教《诗》的过程中，孔子对《诗》进行自己的阐释，这些在《论语》、《易传》①、《礼记》中都有所记载，它为中国诗学奠定了第一块基石。由于孔子是从儒家的立场出发，所以其美学思想是积极入世的，是面对现实社会人生的，是实用功利的，其目的是通过艺术以实现他齐家治国的社会理想。孔子论诗大致可以分为两个方面，一是艺术与社会的关系，二是儒家的美学理想。

首先，孔子认为《诗》有教育的功能，既能培养君子的品德，又能培养实际的能力。如《论语·季氏》中有孔子的庭训："不学诗，无以言。""不学礼，无以立。"②是告诉儿子若不学礼，就没有教养，不能立于社会；若不学诗，就不能掌握高雅的语言，难以适应上流社会。因为在孔子的时代，《诗》已经流行于诸侯各国，广泛运用于祭祀、朝聘、宴饮等各种重要场合。在外交事务中，人们常称引现成的诗句来曲折委婉地表情达意，在朝堂之上也常引诗来讽谏劝诫，在人际交往中，又常以"诗"来酬酢应对，这些在《左传》中有很多记载。由此可以看出，《诗》在春秋时代，已经成为一种上流社会的专用语言，已经被实用化。所以孔子说："诵《诗》三百，授之以政，不达；使于四方，不能专对；虽多，亦奚以为？"③也就是说，孔子认为学《诗》可以懂得治国的道理，可以学会外交辞令。《礼记》还记有孔子的话："入其国，其教可知也。其为人也，温柔敦厚，诗

---

① 旧传为孔子所作，考不足信，但孔子曾以其授徒。
② 杨伯峻：《论语译注》，中华书局 1980 年版，第 178 页。
③ 同上书，第 135 页。

教也。"①是说诗能培养人美好的品格，树立良好的社会风尚。显然这也是出于社会实用。孔子还具体说明《诗》的多种"用途"："诗，可以兴，可以观，可以群，可以怨。迩之事父，远之事君；多识于鸟兽草木之名。"②这里的"兴"是指"引譬连类"（郑玄注），"感发志意"（朱熹注）。指《诗》能引发人的联想，启发人的情感、心智。与"比兴"之"兴"有联系也有所区别。"观"是"观风俗之盛衰"（郑玄注），也就是说，通过学《诗》可以认识社会；"群"是"群居相切磋"（孔安国注），是说学《诗》提供了人们相与切磋、相互交往的机会，从而培育人与人之间的亲和力；"怨"是抒发怨愤不平。这既包括"刺上政"（孔安国注），表达对统治者的不满，也包括抒发个人的愤懑、忧伤（当然要出之以"仁"）；此外学《诗》，大之可以让人懂得为臣之道，小之可以懂得孝顺父母。再有还可以多掌握一些具体的知识。比如《诗》中涉及的名物很多，据统计有谷物 24 种，草 37 种，兽 40 种，木 43 种等等，是学习的好教材。"兴"、"观"、"群"、"怨"是孔子从仁学的立场出发，对《诗》的功用的分析。他把《诗》引向实用化、功利化，使之成为一种教化的工具。也因此确立了一种功利的、载道的艺术观，影响了中国文学两千年的发展。

其次，在审美观念上孔子主张中和之美。他说："诗三百，一言以蔽之，曰：'思无邪'。"③《广韵》解"邪"为"不正也"；程颐曰："思无邪，诚也"；也就是说，《诗》所体现的美在于不偏不激的"中正"。朱熹在《论语集注》中作了进一步倾

---

①　阮元刻《十三经注疏》本《礼记正义》，中华书局影印 1980 年版，下册，第 1609 页。

②　杨伯峻：《论语译注》，中华书局 1980 年版，第 185 页。

③　同上书，第 11 页。

向于道德教化的诠释："凡诗之言，善者可以感发人之善心；恶者可以惩创人之逸志，其用归之使人得其情性之正而已。"①孔子还说："质胜文则野，文胜质则史。文质彬彬，然后君子。"②这里"质"是指人的内在品格，"文"则指外在的仪表。"文质彬彬"就是要求人既要有"仁"的品格，又要有"礼"的文饰，二者结合，没有偏颇这才是一个君子的风范。孔子特别赞美《关雎》："关雎乐而不淫，哀而不伤。"③"淫"指"过分"。孔安国注："乐不至淫，哀不至伤，言其和也。"朱熹《论语集注》："淫者，乐之过而失其正者也；伤者，哀之过而害于和者也。"④在肯定《关雎》的同时，孔子严词批评"郑声淫"，主张"放郑声"。可见孔子出于他"中庸"的哲学思想，肯定一种中正和平的雍雅之美。此外，在美与善关系上，孔子对善和美作了区分："子谓韶，尽美矣，又尽善也。谓武，尽美矣，未尽善也。"⑤据孔安国注，《韶》表现"以圣德受禅，故尽善"，《武》则表现"以征伐天下，故未尽善"。可见孔子的审美观是关乎"道德"的，他最高的审美理想是美与善的结合。

历史发展到汉武帝的时代，"罢黜百家，独尊儒术"，"百家争鸣"的局面不再，而《诗》与《书》、《礼》、《易》、《乐》、《春秋》一起被立于学官，成为官方规定的教科书，而汉儒传《诗》，又使《诗》经学化，同时把儒家论诗系统化，逐渐形成一个以《诗》为文本基础的儒家诗学体系，并借助官方的力量确立了它的正统地位。其思想集中体现在《毛诗序》中。《毛诗序》开宗明义首先确立了一个功利主义的文学观："《关雎》，后

---

① 朱熹注：《四书章句集注》，中华书局 1983 年版，第 53 页。
② 杨伯峻：《论语译注》，中华书局 1980 年版，第 61 页。
③ 同上书，第 30 页。
④ 朱熹注：《四书章句集注》，中华书局 1983 年版，第 66 页。
⑤ 杨伯峻：《论语译注》，中华书局 1980 年版，第 33 页。

妃之德也。风之始也，所以风天下而正夫妇也。故用之乡人焉，用之邦国焉。风，风也，教也。风以动之，教以化之。"①堂而皇之的把表达爱情的《关雎》伦理化、道德化，将其变为教化民众的工具。接着还明确说明："动天地、感鬼神，莫近于诗。先王是以经夫妇，成孝敬，厚人伦，美教化，移风俗"，发展了孔子的"兴"、"观"、"群"、"怨"，从理论上确立了一个"工具论"的文学观，对中国文学和美学产生了深远的影响，包括唐宋的两次古文运动以及元白的新乐府运动等等。

　　中国诗学的发生其实可以追溯到《尚书》，近人认为此书出于周代史官之手，经春秋战国时人补订而成。其中有："诗言志，歌永言，声依永，律和声，八音克谐，无相夺伦，神人以和。"②由此奠定了中国诗学的两块基石，一是诗言志，二是诗体现天人合一。《诗大序》③继承了"诗言志"这一中国诗学的"开山的纲领"（朱自清语），并进一步阐发为："诗者，志之所之也，在心为志，发言为诗。情动于中，而形于言。言之不足，固嗟叹之。嗟叹之不足，故永歌之。永歌之不足，不知手之舞之足之蹈之也。"④明确地说明诗歌、舞蹈等艺术都出自表达情感的需要。而特别引人注目的是，它把"抒情"归入"言志"，为以后陆机的"诗缘情而绮靡"宕开一片天地。后世之人对"言志"、"缘情"虽各有看法，但"言志"包容"缘情"，抑或"言志"等于"缘情"，还是成为主流性认识。比如孔颖达《左

---

　　① 阮元刻《十三经注疏》本《毛诗正义》，中华书局影印 1980 年版，上册，第 269 页。

　　② 同上书，第 131 页。

　　③ 《毛诗序》分两个部分，开始是《小序》，而从"风，风也"到结束，又称《诗大序》。

　　④ 阮元刻《十三经注疏》本《毛诗正义》，中华书局影印 1980 年版，上册，第 269—270 页。

传》昭公二十五年《正义》就有"在己为情，情动为志，情、志一也"①的说法。《诗大序》同时认为，人天生自然的情感要纳入礼义的规范，不能放任，要有所节制，要泄而导之，所谓"变风发乎情，民之性也；止乎礼义，先王之泽也"②，也就是"发乎情，止乎礼义"。这显然是孔子"乐而不淫，哀而不伤"的继承和发展，所追求的是情感道德融而为一的"中庸"、"和谐"之美。这就给中国文学确立了一个坐标系，所有的诗人都是在这个坐标系中划定自己的曲线，或与之一脉相承而延续，或与之相悖而对立，形成中国文学中的两个不同的基本走势，如果约之于现实主义、浪漫主义等西方概念，那么大致可以说，《诗经》一脉属于"现实"，颠覆的、反拨的则属于"浪漫"。如果用中国的传统美学来标划，那么一个属于儒家，一个属于道家。

儒家美学的核心是将文学功利化，成为载道、教化或讽喻的工具，在内容上它要求反映现实，艺术上追求中和。这正是儒家社会思想在文学上的反映。而道家思想恰好相反，它反对世俗的功利，追求精神的自由，所以道家的文学其实是一种自我的自由表达，是心灵的"逍遥游"，没有人为外加的义务和责任，也没有一个规矩法则。苏轼的："吾文如万斛泉源，不择地皆可出，在平地滔滔汩汩，虽一日千里无难，及其与山石曲折，随物赋形，而不可知也。所可知者，常行于所当行，常止于不可不止，如是而已矣。其他虽吾亦不能知也。"③这既是作家的"忘我"的创作状态，也是顺乎自然的道家思想在文学创作上的表现。在实际的诗歌创作上，紧随《诗经》之后的屈骚，就开宗立派，在

---

①　阮元刻《十三经注疏》本《毛诗正义》，中华书局影印 1980 年版，下册，第 2108 页。

②　同上书，《毛诗正义》，上册，第 272 页。

③　《苏轼文集》，孔凡礼点校，中华书局 1986 年版，第五册，第 2069 页。

楚文化的背景下，开辟了中国诗歌的一个新方向，从而在中国诗歌发展的长河中形成了与《诗经》并行的"浪漫"潮流。

第二节　中国原生浪漫主义的 理论和实践准备

一　道家思想和美学

道家思想是中国原生浪漫主义的美学基础。道家是诸子百家中与儒家对立的一个学派。相对于儒家的入世，它是出世的。相对于儒家的礼乐教化，它是主张自然无为的，所以司马迁认为它们是"道不同不相为谋"①。但儒道二家并不是决然的对立，而是相反又相成。这是因为道家看到儒家的"偏颇"，试图通过批判从相反的方向加以补救，所以常有儒道互补、相生相济之说。道家的代表人物是老子和庄子。

老子（约公元前580—公元前500），姓李，名耳，字聃。楚国苦县人。史载孔子曾向老子问"礼"，所以他应略长于孔子。所著《老子》或称《道德经》五千言，包括了本体论、认识论、宇宙生成论等极为丰富的思想，而辩证法贯穿始终。老子是楚人，所以它与南方的楚文化应有较深的渊源，成为中国主流文化的另一个侧面。

老子哲学的最高范畴是"道"："有物混成，先天地生，寂兮寥兮，独立而不改，周行而不殆，可以为天下母。吾不知其名，字之曰道，强名之曰大，大曰逝，逝曰远，远曰反。故天大、地大、道大、王亦大。域中有四大，而王处其一焉。人法地，地法天，天法道，道法自然。"② "道生一，一生二，二生

---

① 《史记》，中华书局1959年版，第七册，第2143页。
② 《老子本义》，见《诸子集成》，岳麓书社1996年版，第三册，第22页。

三，三生万物。"①在老子看来，"道"是无形无象、不可名状的本体，从它生出天地万物。"道"是在运动中存在的，在周行之中孕生万物，同时也在运动中体现自己的运行法则，这就是"道法自然"，也就是以自然而然为法则，也就是"无为"。"自然"和"无为"是老子哲学的核心命题。它可以从"道"和"人"两方面去理解，首先是"道常无为"。"道"之化生万物，并非有意为之，而是万物的自生自化，是"辅万物之自然"而已，所以是"无为"。而人当无为，就源于道之无为。将"道"用于治国，可使天下太平。老子说："道常无为而无不为，侯王若能守之，万物将自化。化而欲作，吾将镇之以无名之朴。无名之朴，夫亦将无欲。不欲以静，天下将自定。"②"道"也是人的行为依据和准则。但"道"无名无形，"应之不见其首，随之不见其后"，所以需要一个中介，除了取法天地之外，就是"贵德"。"德"，一是"品德"之"德"，再就是体现在万事万物中的"道"："道生之，德畜之，物形之，势成之。是以万物莫不尊道而贵德。道之尊，德之贵，夫莫之而常自然。"③所以，"贵德"就是尊重、葆有蕴涵在万物和人自身之中的"道"。人生而有德，所谓"含德之厚，比于赤子"。但逮其成长，则渐失其德，所以就要"修"德，而修德之路就是要回归于德而终至于"道"，也就是回返人的本性。而具体的修行，首先是要去除各种欲望和智虑，然后是专心的养炼，"致虚静、守静笃。万物并作，吾以观复"，于是回归于"德"以至于"道"的终极。

　　从无为自然的"道"出发，老子厌恶人为的雕饰和浮华之

---

① 《老子道德经》，见《诸子集成》，岳麓书社1996年版，第三册，第20页。
② 同上书，第三册，第16页。
③ 同上书，第三册，第23页。

美，认为这样的东西都是失去其自然本性的"大伪"之作，只有顺其自然，才有怡人养性的朴素之美，因此真正的美就是"见素抱朴"，因此他说："大音希声，大象无形。"①也就是说，最高、最完美的声音和形象，是非人力所能演奏、所能描绘出来的，它是自然天成的。人为的艺术只能是对自然之音、自然之形的有限表现，因此也只有顺其自然、依其本性，"自然无为"地不加刻意的文饰，才能得其真、得其美。这也就是五千言的《老子》留给我们有关"美"的认识。而老子自己为人"无为自化，清静自正"②。继承发展老子学说的是庄子。

庄子（约前369—前286），名周，是战国中期宋国蒙人，可能出身于没落贵族，曾为漆园吏，比孟子稍晚。据《史记·老子韩非列传》记载，楚王曾派人以"千金"聘他作相，但被拒绝，而宁肯居于贫贱。在汲汲以求的先秦诸子中，他是一个摆脱了名利、功利而从世网中挣脱出来的人。较之积极用世的儒家，庄子主张出世而全身、养性，他所关注的中心问题不是家国天下、社稷民生，而是人的精神世界。庄子生活的地方近于楚，因此其思想也被归入楚文化一系。③

《庄子》在《汉书·艺文志》中著录为52篇。今本则为33篇，是由晋人郭象整理编定的。其中《内篇》7篇，《外篇》15篇，《杂篇》11篇。司马迁认定"十万余言"的《庄子》为蒙人庄周所作，而今人多认为，《内篇》出于庄子本人，而《外篇》、《杂篇》则出于庄子后学。

庄子之学，"要本归于老子之言"④，其核心范畴也是

---

① 《老子道德经》，见《诸子集成》，岳麓书社1996年版，第三册，第19页。
② 《史记》，中华书局1959年版，第七册，第2143页。
③ 涂又光：《楚国哲学史》，湖北教育出版社1995年版。
④ 《史记》，中华书局1959年版，第七册，第2143页。

"道"。庄子认为:"夫道,有情有信,无为无形;可传而不可受,可得而不可见;自本自根,未有天地,自古以固存;神鬼神帝,生天生地;在太极之先而不为高,在六极之下而不为深,先天地生而不为久,长于上古而不为老。"①也就是说,"道"无形,但却存在于无限的时空当中。"道"生出万物,是宇宙间的主宰,是本体。因此庄子之"道"与老子之"道"在本质上相同。但在整个思想体系中,老子之"道"重在社会政治,意在救世,是与孔子的"仁"不同的另一套治国方略。而庄子则把老子这种偏向于外在客观世界的"道"内化而为人的精神,他追求的是逍遥自得的人生境界而不是治理天下,所谓"与造物者为人,而游乎天地之一气"②。这可能跟庄子所处的战国时代有关。春秋时代的孔子、老子看到了社会的种种弊病,于是开出各自的药方,以图疗救。而庄子则对自己的时代彻底失望,认为不可救药,所以只得退而求诸内心。

庄子继承了老子"道法自然"的思想。认为道是终极的存在,它按照自己内在的规律,自然而然地运行,不受制于任何外在之物。而"自然"(自然而然之意)既是道的本性,那么道所生出的天地万物也就要遵行"道"的这一根本法则。所以庄子感慨:"天不得不高,地不得不广,日月不得不行,万物不得不昌,此其道与!"③而人也是"道"自然运化的产物,顺天地万物之序而生,所谓"天地与我并生,而万物与我为一"④,所以人也要遵从自然。

另外,庄子认为德就是道:"泰初有无,无有无名;一之所

---

① 《庄子集解》,见《诸子集成》,岳麓书社1996年版,第四册,第53页。
② 同上书,第四册,第58页。
③ 同上书,第四册,第169页。
④ 同上书,第四册,第17页。

起，有一而未形。物得以生谓之德"①，"形非道不生，生非德不明"②，可见万物从道而生，因德而彰。而"德兼于道，道兼于天"③，"德总乎道之所一"④，所以在庄子修德与修道是二而一的事，所谓"德者，成和之修也"⑤，也就是说，修成大道，就是德。具体说来就是"致虚极，守静笃"，"尽其所受于天"，顺乎自己的天性而行，不刻意，不用心，去欲望，"用心若镜，不将不迎，应而不藏"⑥，保持自己出于道的天性之真，与物同化而合于大"道"。

从"法天贵真"出发，庄子认为"彼正正者，不失其性命之情"⑦，任何外在的"人为"都是多余的，"合者不为骈，而枝者不为歧，长者不为有余，短者不为不足。是故凫胫虽短，续之则忧；鹤胫虽长，断之则悲。故性长非所断，性短非所续，无所去忧也"⑧。也就是说，一切都应顺随天所赋予的本然，"以天合天"。因此庄子主张保性全生，避免外力对天性的戕害，鄙弃世俗的名利富贵。他以寓言生动地表述这一思想：

> 庄子钓于濮水。楚王使大夫二人往先焉，曰："愿以境内累矣！"庄子持竿不顾，曰："吾闻楚有神龟，死已三千岁矣。王巾笥而藏之庙堂之上。此龟者，宁其死为留骨而贵乎？宁其生而曳尾于涂中乎？"二大夫曰："宁生而曳尾涂

---

① 《庄子集解》，见《诸子集成》，岳麓书社1996年版，第四册，第92页。
② 同上书，第四册，第90页。
③ 同上书，第四册，第88页。
④ 同上书，第四册，第197页。
⑤ 同上书，第四册，第47页。
⑥ 同上书，第四册，第67页。
⑦ 同上书，第四册，第70页。
⑧ 同上。

中。"庄子曰:"往矣! 吾将曳尾于涂中。"①（《秋水》)

显然庄子看到了官场的险恶,宁肯贫贱自由而全生,也不愿图富贵而招致杀身之祸。他主张全性、保真、合天、体道,《秋水》中有:"曰:'何谓天? 何谓人?'北海若曰:'牛马四足,是谓天;落马首,穿牛鼻,是谓人。故曰,无以人灭天,无以故灭命,无以得殉名,谨守而勿失,是谓反其真'。"②因此他对"人"戕害"自然"深恶痛绝:

　　马,蹄可以践霜雪,毛可以御风寒。龁草饮水,翘足而陆,此马之真性也。虽有义台路寝,无所用之。及至伯乐,曰:"我善治马。"烧之,剔之,刻之,雒之。连之以羁絷,编之以皂栈,马之死者十二三矣! 饥之、渴之,驰之、骤之,整之、齐之,前有橛饰之患,而后有鞭策之威,而马之死者已过半矣!③（《马蹄》)

从"法天贵真"的哲学思想,直接抽绎出道家的美学理想。这首先就是自然为美。

道家认为,美存在于天地万物之中,是道的体现,人可以通过对天地万物的观照而领悟美,而不能自己去创造美。所以庄子说:"天地有大美而不言,四时有明法而不议,万物有成理而不说。圣人也,原天地之美而达万物之理,是故至人无为,大圣不作,观于天地之谓也。"④显而易见,庄子同老子一样以"无为自然"为美,反对各种人为的刻意:"若夫不刻意而高,无仁义而修,无功名而治,无江海而闲,不道引而寿,无不忘也,无不有

① 《庄子集解》,见《诸子集成》,岳麓书社1996年版,第四册,第132页。
② 同上书,第四册,第129页。
③ 同上书,第四册,第73页。
④ 同上书,第四册,第167页。

也，淡然无极而众美从之。此天地之道，圣人之德也。"①并明确提出"淡然无极而众美从之"的观点，即顺从自然而无为，即是天下正道，出于道的本色素朴就是天下的至美："夫虚静恬淡，寂寞无为者，万物之本也。……静而圣，动而王，无为也而尊，素朴而天下莫能与之争美。"②可见庄子认为自然朴素是至美。

在《齐物论》中庄子更具体地谈到美。他把声音分为三类：人籁、地籁和天籁。人、地、天在老子的"人法地，地法天"的表述中是三个等级，它们发出的声音在庄子这里也形成三个高低不同的境界。"人籁则比竹是已"③，是指人借助于丝竹管弦演奏出来的音乐，因其"人为"，是最低的层次。"地籁则众窍是已"，是指大自然的各种孔窍，借助风的吹动而发出的声音。它虽非人力所为，但需要外力的"风"，还有所"待"，因此是第二个层次。而天籁则是"众窍""自鸣"之音，它们有自己的天生之形，承受天地间的飘风，而自然发出声音，因其"无待"所以是最高的音乐美。在《田子方》中，庄子还讲了一个故事："宋元君将画图，众史皆至受，揖而立，舐笔和墨，在外者半。有一史后至，儃儃然不趋，受揖不立，因之舍。公使人视之，则解衣般礴臝。君曰：'可矣。是真画者也。'"④这个画师显然已经忘掉了世俗的礼仪规范，完全进入了一个忘我的艺术境界，所谓忘形骸而内完足，因此他是一个真正的画家，能画出"合天"之画。庄子还说："得至美而游乎至乐，谓之至人"⑤，也就是说，游心于道，就会得到至美至乐，而这样的人，就是至人。于

---

① 《庄子集解》，见《诸子集成》，岳麓书社 1996 年版，第四册，第 118 页。
② 同上书，第四册，第 101 页。
③ 同上书，第四册，第 9 页。
④ 同上书，第四册，第 162 页。
⑤ 同上书，第四册，第 160 页。

是我们就可以看到，道家"法天贵真"、以真为美的美学思想，它与儒家的"中和"为美，以善为美形成鲜明的反差。

以自然为美，就是以万物的天性本然之真为美，包括外在的形态和内在的性情。庄子说："真者，精诚之至也。不精不诚，不能动人。故强哭者虽悲不哀，强怒者虽严不威，强亲者虽笑不和。真悲无声而哀，真怒未发而威，真亲未笑而和。真在内者，神动于外，是所以贵真也。……真者，所以受于天也，自然不可易也。故圣人法天贵真，不拘于俗。"①这里所表达的思想显然与儒家大异其趣，因此庄子直接质疑儒家："意仁义其非人情乎！彼仁人何其多忧也？"②于是道教之真就与儒家之礼对立起来。也可以说，较之儒家所强调的美与善的统一，道家则更看重美与真的统一。

《庄子》中还直接论到"大"和"美"这些美学命题。它首先把"大"赋予了"道"："夫道，覆载万物者也，洋洋乎大哉。"③也就是说，道是衍生万物的本体，是创造宇宙的无限力量，所以它在时间和空间上就是"洋洋乎大"，同时《庄子》认为，体现"道"的"天地有大美"。换句话说，就是"道"既大且美。另外庄子还有"美则美矣，而未大也"的说法，可见他给"美"与"大"分别了高下，认为"大"高于"美"，因为"大"体现了"道"，所以只有既美且大，才是至高无上的"大美"。无所待的"至人"，摆脱了一切束缚，逍遥游于天地之间，独与天地精神相往来，就是庄子所追求的人的"大美"境界。而道是无限的、大美也就是无限的，我们只能去追求，而没

---

① 《庄子集解》，见《诸子集成》，岳麓书社 1996 年版，第四册，第 246—247 页。

② 同上书，第四册，第 70 页。

③ 同上书，第四册，第 89 页。

有终点。除了这形而上的"大美"之外，庄子也看到了形而下的、具体的贵贱、美丑，所以他说："以物观之，自贵而相贱；以俗观之，贵贱不在己。"①我们读《庄子》，能看到其中很多大小、美丑、多寡、快慢的殊异对比，而从这对比中我们都能读出、感觉出它对巨大之物充满了感奋的激情。庄子笔下有"水击三千里，搏扶摇而上者九万里"的大鹏，有"大若垂天之云"的犛牛，有能"实五石"的大葫芦，昭示出一种以大为美的审美趣味。我们看熟悉的《逍遥游》中的一段：

> 北冥有鱼，其名为鲲。鲲之大，不知其几千里也。化而为鸟，其名为鹏。鹏之背，不知其几千里也。怒而飞，其翼若垂天之云……鹏之徙于南冥也，水击三千里，搏扶摇而上者九万里。②（《逍遥游》）

> 穷发之北有冥海者，天池也。有鱼焉，其广数千里，未有知其修者，其名为鲲。有鸟焉，其名为鹏，背若太山，翼若垂天之云，搏扶摇羊角而上者九万里，绝云气，负青天，然后图南，且适南冥也。斥鷃笑之曰："彼且奚适也？我腾跃而上，不过数仞而下，翱翔蓬蒿之间，此亦飞之至也。而彼且奚适也？"③（《逍遥游》）

这里作者把一飞九万里的大鹏和蓬蒿之间的燕雀并置，在大小的鲜明对比中，表现出似隐似现的对"大"的偏爱：

> 蜩与学鸠笑之曰："我决起而飞，抢榆枋而止，时则不至而控于地而已矣，奚以之九万里而南为？"④（《逍遥游》）

---

① 《庄子集解》，见《诸子集成》，岳麓书社 1996 年版，第四册，第 126 页。
② 同上书，第四册，第 1 页。
③ 同上书，第四册，第 3 页。
④ 陈鼓应：《庄子今注今译》，中华书局 1983 年版，上册，第 7 页。

"蝉和小鸠讥笑大鹏说：'我尽全力而飞，碰到榆树和檀树就停下来，有时飞不上去而投落地面就是了，何必要飞九万里而往南海去呢?'"① 小者不但不能理解大者反而讥笑他，而且以自己的平庸苟且而自得，于是就在对"渺小"、"短浅"、"庸俗"的讽刺中明白地表露出对巨大之体、高远之志、排山倒海之力的倾倒。庄子还特别喜欢向极大的夸张，它不仅形成一种奇伟的艺术魅力，同时也表现出自己对"大"的喜好，下面是"巨大"的又一例：

> 任公子为大钩巨缁，五十犉以为饵，蹲乎会稽，投竿东海，旦旦而钓，期年不得鱼。已而大鱼食之，牵巨钩，錎没而下，骛扬而奋鬐，白波若山，海水震荡，声侔鬼神，惮赫千里。任公子得若鱼，离而腊之，自制河以东，苍梧以北，莫不厌若鱼者。已而后世辁才讽说之徒，皆惊而相告也。夫揭竿累，趋灌渎，守鲵鲋，其于得大鱼难矣。②（《外物》）

这是说任公子垂钓，以五十头牛作钓饵，蹲在会稽山上，投竿东海，期年不得，突然有大鱼上钩，翻腾而奋鳍，白浪涌起如山，海水震荡，千里震惊。但若是持小竿，坐小河，守小鱼，那就很难得到大鱼了。这段文字不但场面恢弘、惊心动魄，而且表达出对大理想、大追求的肯定。另外在《秋水》中借北海若之口，明白地说出以大为美，以小为丑的观点：

> 秋水时至，百川灌河，泾流之大，两涘渚崖之间不辨牛马。于是焉河伯欣然自喜，以天下之美为尽在己。顺流而东行，至于北海，东面而视，不见水端，于是焉河伯始旋其面目，望洋向若而叹……北海若曰："……今尔出于崖涘，观

---

① 陈鼓应：《庄子今注今译》，中华书局1983年版，上册，第9页。
② 《庄子集解》，见《诸子集成》，岳麓书社1996年版，第四册，第216页。

于大海，乃知尔丑，尔将可与语大理矣！"①

　　欣然自喜的河伯自以为美，而当他看到汪洋大海时不觉自惭形秽，这时又被北海若当面称"丑"。从他们各自的对"美"、"丑"的理解上可以看出，"大"与"小"是其美与丑的判断标准。河伯是因秋水漫涨、河面宽阔才自以为美，而北海若也是因其汪洋无际，才能以得道者的姿态称河伯为丑。大为美、小为丑在这里得到明确的彰显。

　　以大为美，从美学理想上影响到后世。而《庄子》之文所体现的"磅礴万物"、"挥斥八极"的恢弘气度，它所描绘的壮阔、雄伟、巨丽的意象沾溉后世，特别是惠泽浪漫一派的诗人，也成为中国浪漫文学的开山鼻祖。

　　因为倡扬本然的人，自然的情，反对礼法对人、对情的束缚，反对社会对人的异化，所以自由就成了庄子美学思想的必然之义，所谓"无所待"和"与天地精神相往来"。庄子的人生理想是，不涉世俗功利，保持本然天性，自在逍遥于天地之间，"乘天地之正，而御六气之辩，以游无穷"②。由此庄子在中国哲学史上第一次把自然的人性提出来，反对社会对人的异化。相对于儒家的社会、集体的人，树立起一个个体、个性的人，发出了对个性自由的强烈呼唤，也因此树立了一个新的人生范式。它所追求的精神自由，为诗人的想象开拓出一片广阔的天空。而它对至真、至性的推崇，特别为重性情、天性纵恣的诗人打开了灵性的闸门，为他们的自由创作开辟了广阔的空间，也为他们那些超出儒家礼乐规范的艺术表现，提供了思想依据。而这些诗人较之于正统的儒家一派，正好可称"浪漫"，因为他们表现自我，而疏离"现实"，重主观性情，而超越礼乐轨范。

① 《庄子集解》，见《诸子集成》，岳麓书社1996年版，第四册，第123页。
② 同上书，第四册，第4页。

　　概而言之，道家美学作为与儒家相异的另一端，为中国原生浪漫主义从思想和美学上奠定了基础。

二　庄子的创作

　　《庄子》除了奠定了中国原生浪漫主义的理论之外，也是绝佳的文学创作，是中国原生浪漫主义的最早实践，因此也为以后的"浪漫"诗歌，确立了基本的表现范式。于是对《庄子》从文学的角度加以研究，就成为对中国原生浪漫主义的探源。

　　先秦时代，中国的文史哲还没有分离，诸子虽属于哲学，但不同程度地都具有文学性，而以《庄子》为最。其中最突出的就是形象思维以及诗意的想象和抒情，可谓洋洋洒洒、瑰丽怪奇。对其创作特点，《庄子》自明曰："寓言十九，重言十七，卮言日出，和以天倪。"① "寓言"是指寄托了寓意的言论。"重言"是指借重先哲时贤的言论。"卮言"即无心之言。庄子认为"宇内黔黎，沉滞暗浊，咸溺于小辩，未可与说大言也"②。也就是说，百姓们智识短浅，拘泥于小事，不可能跟他们讲正经的大道理。所以用这三言来铺衍成文，以际合于天地自然。所谓"寓言十九"是说寓言占了十分之九，但它显然与"重言十七"有矛盾，后人对此有不同的解法，比如明人姚鼐就认为，"重言十七"是包含在"寓言十九"中的。③ 另外，有学者认为，"寓言十九，重言十七"是指《庄子》中自著的内七篇中有寓言十九段，重言十七段。④ 但《庄子》之文纵恣、"荒唐"，"十九"、"十七"之数应是约略言之，不好做实。司马迁《史记》卷六十

① 《庄子集解》，见《诸子集成》，岳麓书社1996年版，第四册，第221页。
② 同上书，第四册，第521页，注6。
③ 同上书，第四册，第222页，注9。
④ 孙以楷、甄长松：《庄子通论》，东方出版社1995年版，第11页。

三说庄子："著书十万余言，大抵率寓言也"，说的就是这种情况。《庄子》中还有一篇《天下》，论天下"道术"，其中第六段论及庄周的思想和文章，可视为对前一段引文的阐发：

> 古之道术有在于是者，庄周闻其风而悦之。以谬悠之说，荒唐之言，无端崖之辞，时恣纵而不傥，不以觭见之也。以天下为沉浊，不可与庄语，以卮言为曼衍，以重言为真，以寓言为广。独与天地精神往来，而不傲倪于万物，不谴是非，以与世俗处。其书虽瑰玮，而连犿无伤也。其辞虽参差，而諔诡可观。彼其充实，不可以已，上与造物者游，而下与外死生、无终始者为友。①

这段话是说，对于古来道术，即天地万物和人之死生，诸子百家都有所议论，庄子对此也有所兴趣。他"以悠远的论说，广大的言论，没有限制的言辞，常放任而不拘执，不持一端之见。认为天下沉浊，不能讲严正的话，用无心之言来推衍，引用重言使人觉得真实，运用寓言来推广道理。独自和天地精神相往来而不傲视万物，不拘泥是非，和世俗相处。他的书虽然奇特却婉转叙说无伤道理。他的言辞虽然变化多端却特异可观。他充实而不止境，上与造化同游，下与忘死生无终始分别的人做朋友"②。这里除了说明《庄子》的指归在阐述天地间的"至理"，特别说明了他的写作手法，即主要通过寓言托事、引譬连类等手法，以瑰玮、諔诡的语言，象征性地来表达思想。

如果我们从文学的角度看《庄子》，因为作者摆脱了种种精神羁绊，站在宇宙的高度看待世界万物，所以能超越时空和物我的界限，实现了精神上的逍遥游，所以天地间的万物，都为我所

---

①　陈鼓应：《庄子今注今译》，中华书局1983年版，下册，第884页。
②　同上书，下册，第886页。

用，随手拈来；古往今来的一切都涌入笔端，任其驱遣，所以其书恢诡谲怪，奇幻异常。行文汪洋恣肆，言辞奇谲瑰玮。形成与先秦诸子完全不同的风格，特别与"现实"的《孟子》形成鲜明的对比，成为中国文学的"浪漫"之父，它所体现的思维方式、艺术趣尚、表现手法等都成为中国原生浪漫主义的创作范式，也成为其实际的意义内涵。如果我们用今天的概念来表述，那么庄子之"浪漫"，主要体现在想象、象征和激情上。

（一）想象的驰骋

如上文所言，《庄子》"寓言十九"，它们都是"寓真于诞，寓实于玄"（《艺概·文概》）的虚构故事。从创作论的角度来看，它们是"想象"的虚构。

庄子的想象有一个根本性的特点，那就是从一个理性的原点"言道"出发，然后展开想象的翅膀，思接千里、神游八极。有的融通历史和神话，有的连接现实生活，有的进入动物和梦幻世界，借此编织出各式各样的小故事，妙趣横生又意味深长。其中既有尧、舜、老子、孔子、惠施这样的先贤、时哲，也有桀、纣等昏君；有现实生活中的小人物，如身怀绝技的庖丁、轮扁、梓庆，还有各类的动物，他们都各有口吻、各寓深意，通过他们演出的一场场活剧，演绎出作者的观点。这些寓言的创造，体现出庄子非凡的想象力。而纵观这些寓言，又可以看出其想象有不同的向度，下面分述之。

1. 神话思维

《庄子》显示出鲜明的神话思维和古代泛神论色彩。在人类的童年，原始先民们如同一个孩子，以一双幼稚好奇的眼睛观看他们周围的世界，面对高山大河、四季流转、风雪雷电，他们以由己及物的思维方式来理解这一切，以为万物跟自己一样有生命、有意志，于是把种种自然现象人格化、情感化，这就是神话。神话中的人物有超人的力量，奇异的形象。从《山海经》

中我们可以看出上古神话的大致面貌，也就可以理解，在庄子的时代，虽然理性精神已经广被，但对神的民间信仰，以及由此生成的形象思维定式，还有着深厚的基础，特别是在受到礼乐教化较晚的南方。庄子生活在楚文化区，虽然受到中原礼乐文化的习染，但本土文化的积淀造成他与神话思维的天然联系，并在神话的基础上生长出他自己的寓言式想象，而这形象又完全不是出于孩子似的单纯、幼稚，而是与理性的思辨紧密结合在一起，即庄子是通过他想象的寓言来说明深刻的哲理，在追究天人之际。比如下面的一段：

> 庄子之楚，见空髑髅，髐然有形，撽以马捶，因而问之曰："夫子贪生失理而为此乎？将子有亡国之事，斧钺之诛，而为此乎？将子有不善之行，愧遗父母妻子之丑，而为此乎？将子有冻馁之患而为此乎？将子之春秋故及此乎？"于是语卒，援髑髅，枕而卧。夜半，髑髅见梦曰："子之谈者似辩士。视子所言，皆生人之累也，死则无此矣。子欲闻死之说乎？"庄子曰："然。"髑髅曰："死，无君于上，无臣于下，亦无四时之事，从然以天地为春秋，虽南面王，乐不能过也。"庄子不信曰：……① （《至乐》）

这是一段辩论，主旨在人世与阴间孰美孰乐，但形象和方式都十分恢诡。作者先设置了一个"路遇髑髅"的情节，然后展开庄子与髑髅间的两人戏，庄子显得潇洒自若，他捶打、他提问，然后"枕而卧"，没有恐惧，没有嫌憎，然后安然入梦。髑髅显形回答庄子，自信而泰然，不但没有丝毫"死"的遗憾，反而认为因"死"而摆脱了人世的种种束缚，而享受自由和快乐，最后他拒绝起死回生，重返人间。这里的观点并不新鲜，有

---

① 《庄子集解》，见《诸子集成》，岳麓书社1996年版，第四册，第136页。

趣的是庄子所设置的"遇髑髅"的情节，以及人与髑髅在梦中的对话。把一个本来令人生畏、嫌恶的意外偶遇，写得妙趣横生，诡异又洒脱，借此表达出"齐生死"、"合异同"、"万物与我为一"的思想，同时也映射出楚地人、鬼杂处的独特文化。下面是另一则有趣的动物寓言：

> 夔谓蚿曰："吾以一足趻踔而行，予无如矣。今子之使万足，独奈何？"蚿曰："不然。子不见夫唾者乎？喷则大者如珠，小者如雾，杂而下者不可胜数也。今予动吾天机，而不知其所以然。"蚿谓蛇曰："吾以众足行，而不及子之无足，何也？"蛇曰："夫天机之所动，何可易邪？吾安用足哉！"[①]（《秋水》）

它转换成现代汉语是这样的：

> 夔对蚿说："我用一只脚跳跃着行走，再没有比我更简便的了。现在你用一万只脚，可怎么走呢？"蚿说："你错了，你没见过打喷嚏的人吗？喷出来大的像珠子，小的像蒙蒙细雾，混杂着落下来，数都数不清。现在我也只是启动我自然的机能而行走，自己也不知道其所以然。"蚿对蛇说："我用好多脚行走，还不如你没有脚走得快。为什么呢？"蛇说："我依靠天生的机能而动作，怎么可以变动呢？我哪里还要用脚呢？"

这显然类于"现代"的寓言，即让动物开口，让动物行动，还以此寄寓思想。但庄子并不同于现代作家清醒的拟人虚构，而是神话思维的某种继续和衍生。在他那个时代，虽然理性之光已经照耀，但原始的宗教信仰和神话还活在人们的心里，人们还保

---

① 《庄子集解》，见《诸子集成》，岳麓书社1996年版，第四册，第129—130页。

留着某种神话的思维方式，习惯于把自然万物神灵化，特别是在与中原文化相异的楚文化中，仍然是龙飞凤舞、巫风炽烈。庄子正是顺着天神、地祇、人鬼共存相通的思维方式，打通了万事万物间的界线，在人与自然之间建立起思想、情感间的互感、"同情"和对话。并凭借这种时代赋予他的精神财富，来寄寓"道"、表现"道"，不但达到了说理的目的，而且自然地、而非作意地实现了今人所谓的"艺术手法"。除了顺势的神话思维以外，庄子还吸纳旧有的神话元素自创新神，比如他笔下的神人：

> 藐姑射之山，有神人居焉。肌肤若冰雪，淖约若处子；不食五谷，吸风饮露；乘云气，御飞龙，而游乎四海之外。其神凝，使物不疵疠而年谷熟。[①]（《逍遥游》）

庄子之神如同传统神话中的诸神一样，住在山上，"姑射"就是《山海经》中的一座山。但他的神人没有《山海经》里兽面、有翼、饵蛇的狞厉面貌，而是集中了"人"之美好。他不但有外在的形态美，有内在的道行美，有神所特具的"乘云气，御飞龙"，而且还体现着天地之道。他是"乘天地之正，而御六气之辩，以游无穷"的"至人"。所以说，庄子的这个新神远远超越了传统的诸神，是他的新创造。

如果我们读同代的诸子文章，特别是著名的《孟子》，就会发现其间的区别。《孟子》同样善辩，同样用寓言说理，但孟子的寓言如"揠苗助长"、"齐人有一妻一妾"等都是现实生活中的人和事，不奇不怪，体现着"现实"和"理性"，而《庄子》则显示出一种完全异样的神话思维，以及随之而来的超现实的诡异与奇谲。

---

① 《庄子集解》，见《诸子集成》，岳麓书社1996年版，第四册，第5页。

2. 典故的蔓衍

除了神话思维，《庄子》中还有很多历史文化积淀出的典故。但庄子并不是原封照搬，而是就其一点生发蔓衍，经联想而形成为我所用的新故事，我们看下例：

> 尧以天下让许由，许由不受。又让于子州支父，子州之父曰："以我为天子，犹之可也。虽然，我适有幽忧之病，方且治之，未暇治天下也。"夫天下至重也，而不以害其生，又况他物乎！唯无以天下为者可以托天下也。① （《让王》）

尧舜、许由都是历史传说中的圣贤，而"让天下"本是尧让舜，舜让禹。但庄子为说明"能尊生者，虽贵富不以养伤身，虽贫贱不以利累形"②的道理，不但联想到古人，而且把不同的人物故事连缀、演义，生出尧让许由、让子州支父的情节。这还不够，还继续蔓衍出舜让子州之伯、让善卷、让石户之农等等，就"让"反复陈说，以突出自己的观点。下面是此类联想的另一例：

> 一雀适羿，羿必得之，威也；以天下为之笼，则雀无所逃。是故汤以胞人笼伊尹，秦穆公以五羊之皮笼百里奚。是故非以其所好笼之而可得者，无有也。③ （《庚桑楚》）

这里文旨在"必投其所好，才能网罗人才"。但旨近文远，从神话中的射日英雄羿蔓衍到真实的历史人物，从商汤、伊尹到春秋时期的秦穆公、百里奚都被敷衍成文，看似"谬悠之说"、"无端崖之辞"，其实有生成的原点，有思维的路径，有典故的

---

① 《庄子集解》，见《诸子集成》，岳麓书社1996年版，第四册，第227页。
② 同上书，第四册，第228页。
③ 同上书，第四册，第187页。

支持，同时又有一种明确、生动、令人信服的艺术力量。

3. 夸张

夸张是想象的另一种形式，它以物象的现实状态为基点，向某一方向极度夸大。而夸张是庄子的好手段，在先秦诸子中无与伦比：

> 庄周游于雕陵之樊，睹一异鹊，自南方来者，翼广七尺，目大运寸，感周之颡，而集于栗林。① （《山木》）

> 匠石之齐，至于曲辕，见栎社树。其大蔽数千牛，絜之百围，其高临山，十仞而后有枝，其可以为舟者旁十数。② （《人间世》）

这是对一鸟一树的描写，它向超常的体量夸张，使其带有神奇的色彩，以为说理而虚设。除了向极大夸张之外，庄子还有向极小的夸张，如杯水芥舟、朝菌蟪蛄等等，特别是下例显得十分诡异：

> 有国于蜗之左角者曰触氏，有国于蜗之右角者曰蛮氏，时相与争地而战，伏尸数万，逐北旬有五日而后返。③ （《则阳》）

是说在蜗牛的左角有一个触氏之国，在蜗牛的右角有蛮氏之国。它们为争夺土地而战，战事惨烈，死伤数万，追逐、败北共有十五天才回来。如此的轰轰烈烈，却发生在蜗角之中，不但故事让人忍俊不禁，即使其对"小"的夸张，也是无以复加而近于极致。大小之外，《庄子》中还有向极美的夸张：

---

① 《庄子集解》，见《诸子集成》，岳麓书社1996年版，第四册，第156页。
② 同上书，第四册，第37页。
③ 同上书，第四册，第207页。

> 毛嫱、丽姬，人之所美也；鱼见之深入，鸟见之高飞，麋鹿见之决骤。① （《齐物论》）

这是向极美夸张，"沉鱼落雁"、"闭月羞花"的成语都是它的翻版，而专利则在庄子。与极美形成对比的还有难以置信的丑：

> 支离疏者，颐隐于脐，肩高于顶，会撮指天，五管在上，两髀为胁。② （《人间世》）

庄子塑造的这个"支离疏"：脊曲头缩，脸埋于脐，双肩高耸，五脏在背，脾与胁肋相并，是一个难以图画的形象。庄子将其丑怪畸形夸张到无以复加，是为了说明他的观点：一个形貌不全的人，还可以靠双手养活自己，终其天年，又何况那些天生健全的人呢？除了上述向某一个向度的夸张，庄子还善于向对立两端的夸张：

> 朝菌不知晦朔，蟪蛄不知春秋，此小年也。楚之南有冥灵者，以五百岁为春，五百岁为秋；上古有大椿者，以八千岁为春，八千岁为秋。③ （《逍遥游》）

朝生暮死的小虫不知道一个月的时光，寒蝉不知道春和秋。而楚国有一只灵龟，以五百年为春天、以五百年为秋天；而上古有一棵大椿树，以八千年为春、八千年为秋，于是形成一个寿夭的对比。

> 汝不知夫螳螂乎？怒其臂以当车辙，不知其不胜任也。④ （《人间世》）

---

① 《庄子集解》，见《诸子集成》，岳麓书社1996年版，第四册，第20页。

② 同上书，第四册，第39页。

③ 同上书，第四册，第2页。

④ 同上书，第四册，第36页。

这是成语"螳臂挡车"的出处，生动地表现出力量悬殊的对比。庄子形形色色的夸张增强了说理的力量，诡异的色彩显示出艺术的魅力，同时为后人开拓了艺术思维的巨大空间。

4. 亦真亦幻的奇境

梦境是一种生理、心理现象。但对古人而言，它是现实生活之外的另一个世界，它不是如同弗洛伊德所解释的与人自身的欲望、环境相关，而是与神的意志连在一起，所以梦就有一种启示的意义。以后文明发展，梦境被自觉引入文学，其中之梦也就常被作家根据情节需要，通过想象创造出来，而不再"真实"。庄子生活在理性的曙光已经照耀，而神话思维也还活跃的时代，所以《庄子》之梦本身亦真亦幻：

> 昔者庄周梦为胡蝶，栩栩然胡蝶也，自喻适志与！不知周也。俄然觉，则蘧蘧然周也。不知周之梦为胡蝶与，胡蝶之梦为周与？周与胡蝶则必有分矣。此之谓"物化"。①（《齐物论》）

这是著名的"庄周梦蝶"。梦于人常有，但庄子的妙处在于，他没有古人对梦的敬畏、惶惑，也没有李白似的"惟觉时之枕席，失向来之烟霞"式梦醒后的失落，而是把两个世界和物我同一化，弄不清自己是蝴蝶还是蝴蝶是庄周，却能在两个世界间自在逍遥。从文学角度讲，可以说是以亦真亦幻的梦，创造出一个惝恍迷离的梦境，从中透出一种飘逸自在的情致，成为中国原生浪漫主义的特有情调。与飘忽的梦相类的还有可见而不可把捉的影子：

> 罔两问景曰："曩子行，今子止；曩子坐，今子起；何其无特操与？"景曰："吾有待而然者邪？吾所待又有待而

---

① 《庄子集解》，见《诸子集成》，岳麓书社 1996 年版，第四册，第 24 页。

然者邪？吾待蛇蚹蜩翼邪？恶识所以然？恶识所以不然！"①
（《齐物论》）

"罔两"有两解，或是"魑魅魍魉"之魍魉，《说文》解作
"山川之精物"。郭象注为"景外之微阴"，"景"即"影"。陈
鼓应先生的译文是：

> 影外微阴问影子说："刚才你移动，现在你又停止下
> 来；刚才你坐着，现在你又站起来；你怎么这样没有独特的
> 意志呢？"影子回答说："我因为有待才会这样子吗？我所
> 待的东西又有所待才会这个样子吗？我所待的就像蛇有待于
> 腹下的鳞皮、蝉有待于翅膀吗？我怎能知道为什么会这样！
> 怎能知道为什么不会这样呢？"②

影子对古人同样充满了神秘，因为它有形却把捉不住，所以
常把它与灵魂或鬼魅连在一起，中西皆然。因此我觉得"罔两"
解成魍魉似更合适。这是山川之精怪对摇曳不定的影子的疑惑和
提问。而影子用连续的反问来回答，因为它并不知其所以然。这
其实也是庄子的疑惑，问答之间形成一个亦真亦幻的境界，透露
出一派稚拙、天真的情趣。这种想象出来的、跟影子的对话对后
世文学影响极大，著名的有陶渊明诗《形赠影》、《影答形》，还
激发出李白"举杯邀明月，对影成三人"的千古绝唱。

（二）象征与隐喻

《庄子》"寓言十九"、"以寓言为广"。寓言是寓意于此而
托言于彼，是借彼之形象而明此之意义。归之于表现手法，就属
于以象见意的象征。先秦诸子中，象征的运用，在庄子是空前
的。我们先看下面的例证：

---

① 陈鼓应：《庄子今注今译》，中华书局1983年版，上册，第91页。
② 同上书，上册，第91页。

> 黄帝游乎赤水之北，登乎昆仑之丘，而南望还归，遗其
> 玄珠。使知索之而不得，使离朱索之而不得，使喫诟索之而
> 不得也。乃使象罔，象罔得之。①（《天地》）

这里有历史传说中的"黄帝"，有神话中的"昆仑"、"赤
水"。庄子将它们融会在一个寻珠的故事中。黄帝丢了"玄珠"，
让"知"即"智慧"去寻找，但没有找到，又派了明见秋毫的
离朱，也没有找到，再派身体强壮、声音洪亮的喫诟，仍没找
到。最后派了无形、无心、离声色、绝思虑的象罔，而象罔却找
到了"玄珠"。这里的"玄珠"之"玄"是玄机、玄妙之
"玄"，是神秘、难知的意思，而"玄珠"就隐喻"道"。庄子
以这个有趣的故事，象征性地说明聪明、智慧让人迷失心性，只
有离形去智、黜聪隳体，才能得真、悟道。再有常被引用的
"混沌"故事：

> 南海之帝为儵，北海之帝为忽。中央之帝为混沌，儵与
> 忽时相与遇于混沌之地，混沌待之甚善。儵与忽谋报混沌之
> 德，曰："人皆有七窍以视听食息，此独无有，尝试凿之。"
> 日凿一窍，七日而混沌死。②（《应帝王》）

这则兴味盎然的故事意在说明"自然无为"，反对"人为"。
其中的"儵"、"忽"之名，"意取神速"，喻"有为"，而"混
沌以合和为貌"，喻无为。所谓"混沌"就是一个无孔无窍的浑
然整体。他位居中央，自然自在、且以合和之心善待他人。不想
办事神速的儵、忽二帝为报德而多事，为混沌日凿一窍，七天成
七窍，而好心的混沌被置于死地，好意善心反酿成大祸。故事写
得有情有味，把反对"人为"的主题寄予在故事之中，这正是

---

① 《庄子集解》，见《诸子集成》，岳麓书社 1996 年版，第四册，第 90 页。
② 同上书，第四册，第 67—68 页。

象征手法的得意之作。

隐喻是《庄子》的另一常用手法，比如《秋水》中的一段，记述庄子和惠子间发生的故事。惠子相梁，但自知才不及庄子，又听信流言，以为庄子要取而代之，所以心生恐慌，用了三天三夜到处搜寻庄子。庄子坦然去见惠子，对他说：

> 南方有鸟，其名为鹓鶵，子知之乎？夫鹓鶵发于南海，而飞于北海，非梧桐不止，非练实不食，非醴泉不饮。于是鸱得腐鼠，鹓鶵过之，仰而视之曰"吓！"今子欲以子之梁国而吓我邪？[①] （《秋水》）

这是一个有针对性的隐喻，他把汲汲于世俗名利的惠子比作吃腐鼠的猫头鹰，而自己则是志行高远、心性高洁的凤鸟，凤鸟本不屑于猫头鹰的卑琐，但却被其误解、伤害。一腔的鄙夷通过这个不无尖刻的隐喻表现出来。隐喻、象征都出于《诗经》的比兴，以后成为中国诗人共用的、传统的手法，但浪漫诗人显得对它更为情有独钟。

（三）有情之文

《庄子》本意是言道的，主张忘情寡欲、心斋坐忘。《庄子》实际上又是抒情的，其中有率性不羁的激切、尖刻的讽刺、机智的诙谐、逍遥的自得，也有孤独和寂寞。这正是作者本人性情之真的自然流露，恰与儒家的"乐而不淫，哀而不伤"，"发乎情，止乎礼义"，以礼义来克制情感的"中庸"形成了鲜明的对比。可以说《庄子》是有情之文。下面是它的激烈批评：

> 今世殊死者相枕也，桁杨者相推也，刑戮者相望也，而儒、墨乃始离跂攘臂乎桎梏之间。意，甚矣哉！其无愧而不知耻也甚矣！吾未知圣知之不为桁杨接槢也，仁义之不为桎

---

① 《庄子集解》，见《诸子集成》，岳麓书社1996年版，第四册，第133页。

桔凿枘也，焉知曾、史之不为桀、跖嚆矢也！故曰："绝圣
弃知而天下大治。"①（《在宥》）

这段话的意思是说，当今被处死的人枕藉堆积，被镣铐的人
相拥推挤，被刑戮的人满眼皆是，于是儒墨之徒奋力呼嚷于枷锁
之间，哎呀，这太过分了！他们真是太不知羞耻了！我不知道圣
智不是镣铐的刑具，仁义不是枷锁的孔枘，怎么能知道曾参、史
鱼不是夏桀、盗跖之流的向导呢？因此可以说，抛弃圣哲智巧，
天下才能大治。这是庄子对儒墨两家既不能救人于水火，却在侈
谈仁义兼爱的激愤控诉。以下两段仍是对儒家的批判，激烈而切
中要害：

> 及至圣人，蹩躠为仁，踶跂为义，而天下始疑矣。澶漫
> 为乐，摘僻为礼，而天下始分矣。故纯朴不残，孰为牺尊！
> 白玉不毁，孰为珪璋！道德不废，安取仁义！性情不离，安
> 用礼乐！五色不乱，孰为文采！五声不乱，孰应六律！夫残
> 朴以为器，工匠之罪也；毁道德以为仁义，圣人之过也。②
> （《马蹄》）

> 昔者齐国邻邑相望，鸡狗之音相闻，罔罟之所布，耒耨
> 之所刺，方二千余里。阖四境之内，所以立宗庙社稷，治邑
> 屋州闾乡曲者，曷尝不法圣人哉！然而田成子一旦杀齐君而
> 盗其国。所盗者岂独其国邪？并与其圣知之法而盗之。故田
> 成子有乎盗贼之名，而身处尧、舜之安，小国不敢非，大国
> 不敢诛，十二世有齐国。……圣人不死，大盗不止。虽重圣
> 人而治天下，则是重利盗跖也。…… 彼窃钩者诛，窃国者
> 为诸侯，诸侯之门，而仁义存焉。③（《胠箧》）

---

① 《庄子集解》，见《诸子集成》，岳麓书社 1996 年版，第四册，第 82 页。
② 同上书，第四册，第 74 页。
③ 同上书，第四册，第 76—77 页。

这是对仁义道德的口诛笔伐，慷慨激昂。如今"窃钩者诛，窃国者侯"仍活在当下的语言中，可见其深刻性。而这些在本质上都透露出庄子的社会责任感和人文情怀。也正是出于他对人生的关注，他的正义感和真性情，庄子也看出人生的遗憾：

> 山林与！皋壤与！使我欣欣然而乐与！乐未毕也，哀又继之。哀乐之来，吾不能御，其去弗能止。悲夫，世人直为物逆旅耳！夫知遇而不知所不遇，知能能而不能所不能。无知无能者，固人之所不免也。夫务免乎人之所不免者，岂不亦悲哉！① （《知北游》）

"山林与！皋壤与！使我欣欣然而乐与"，表现游于山林原野的快乐。但乐未去而悲已来，哀与乐人都不能抗拒。一个"悲夫"，表达出一种深切的无奈和悲哀。既然看到了人力的有限，"知遇而不知所不遇，能能而不能所不能"，所以能给出的最好办法就是安然处顺，无为而逍遥于天地之间：

> 今子有大树，患其无用，何不树之于无何有之乡，广莫之野，彷徨乎无为其侧，逍遥乎寝卧其下。不夭斤斧，物无害者，无所可用，安所困苦哉！② （《逍遥游》）

这是"至为无为"的人生境界。它摆脱了世俗功利的束缚，顺任自然，逍遥游于天地之间，自得而潇洒，正是无所待的"至人"的理想人生。其怡然自在为千百年来穷途中的中国士人，提供了一个心灵栖息之地。它涵养了中国人的情性，与汲汲于人生的儒家恰成互补，形成一种兼济与独善共铸的理想人格。

---

① 《庄子集解》，见《诸子集成》，岳麓书社1996年版，第四册，第175页。
② 同上书，第四册，第7页。

　　总之，老庄的美学思想、《庄子》的创作，从理论和实践两方面开辟了中国原生浪漫主义。直接影响到屈原、李白、李贺等的诗文创作，从而形成了中国文学中与《诗经》一脉并流的另一潮流，造成中国文学的瑰玮壮采。

第六章　屈原

第一节　时代和诗人

屈原是中国文学史上第一位伟大的抒情诗人。他在楚地民歌的基础上创造出楚辞一体，形成与《诗》并立的另一种诗歌样式和风格，成为中国浪漫诗歌的开山。

屈原是战国时代楚国人。根据《史记》本传、王逸《楚辞章句》、他自己的作品以及其他史料，我们大致可以知道，屈原出生于公元前339年，是楚王的同姓贵族。其先祖楚武王之子瑕受封于屈地，遂以封地为姓，遂有屈氏一支。

楚国地处长江流域，相对于文明发展较早的中原各国，本是化外的蛮夷之地。楚王的先人因帮周人攻打东夷有功，受周成王之封而立楚国。当时的楚国方圆不过五十里，但楚人强悍，经过长期的征战，到春秋时期已扩展到几百里。到了战国时代，已经成为一个泱泱大国："西有黔中、巫郡，东有夏州、海阳，南有洞庭、苍梧，北有陉塞、郇阳，地方五千余里，带甲百万，车千乘，骑万匹，粟支十年"①，是战国七雄中版图最大、物产丰饶、实力强大的诸侯国。屈原的时代，天下统一已成大势，七国中的齐、秦、楚实力最强，都在图谋统一大业。因为楚与秦接壤，所以两国间的争夺尤其激烈。楚欲联合山东诸侯以抗秦，秦则欲连

---

① 《史记》，中华书局1959年版，第7册，第2259页。

横东方诸国以削楚，所谓"从合则楚王，衡成则秦帝"。这是一场殊死的较量，而屈原就生在这样一个关键性的历史时代。

楚怀王在即位之初，颇有"及前王之踵武"以振兴楚国的志向。而屈原身为贵族，又兼"博闻彊志，明于治乱，娴于辞令"①的过人才华，于是受到国君的信任，"为怀王左徒"，地位仅次于最高的"令尹"（相当于中原诸国的丞相）②，"入则与王图议国事，以出号令，出则接遇宾客，应对诸侯。王甚任之"③。因为出身和际遇使屈原对楚国、楚王有一种特殊的忠诚，也有励精图治以实现"美政"的理想。他在《惜往日》中自述曰："惜往日之曾信兮，受命诏以昭诗。奉先功以照下兮，明法度之嫌疑。国富强而法立兮，属贞臣而日娭。秘密事之载心兮，虽过失犹弗治。"④可见他曾深得楚王信任，奉命"造为宪令"⑤，并怀着"竭忠诚以事君"的热忱投入"属草稿"的工作。但以明法度、"举贤而授能"、"循绳墨而不颇"⑥为宗旨的改革，必然触犯某些人的既得利益，于是屈原遭到谗毁。昏庸的楚王不辨是非曲直，"怒而疏屈平"⑦。这时秦国又使张仪趁机买通贵戚权臣，先是陷害主张连齐抗秦的屈原，导致怀王将其逐出郢都，流放汉北。这就是《惜往日》所记："心纯厖而不泄兮，遭谗人而嫉之。君含怒而待臣兮，不清澄其然否。蔽晦君之聪明兮，虚惑误又以欺。弗参验以考实兮，远迁臣而弗思。"⑧屈原蒙受了不白

---

①　《史记》，中华书局 1959 年版，第 8 册，第 2481 页。

②　游国恩：《屈原》，中华书局 1980 年版，第 18 页。

③　《史记》，中华书局 1959 年版，第 8 册，第 2481 页。

④　《楚辞今注》，汤炳正等注，上海古籍出版社 1996 年版，第 160 页。

⑤　《史记》，中华书局 1959 年版，第 8 册，第 2481 页。

⑥　《楚辞今注》，汤炳正等注，上海古籍出版社 1996 年版，第 17 页。

⑦　《史记》，中华书局 1959 年版，第 8 册，第 2481 页。

⑧　《楚辞今注》，汤炳正等注，上海古籍出版社 1996 年版，第 160—161 页。

之冤，且变得报国无门。而秦国却进一步加紧攻势，以商於之地六百里为条件，诱使楚与齐绝交。但楚在绝齐之后，秦却抵赖，只承认六里，而不是六百里。怀王恼羞成怒兴兵讨秦，一败而再败，国力大损，不但失去了与秦抗衡的力量，而且也在列国中遭到孤立。怀王因此有所醒悟，于是召回屈原，命他出使齐国重修旧盟。但昏庸的怀王虽用屈原，却不信任屈原，虽憎恨秦国，却心怀惧怕，公元 299 年竟被秦王骗入秦国，最终囚死于秦。这时曾谏怀王杀张仪，力阻秦国之行的屈原悲愤不已。而劝怀王入秦的令尹子兰等人，又在新即位的顷襄王面前继续谗害屈原，于是再遭放逐，开始了漫长的流放江南的生活，行踪曾到沅、湘流域。公元前 278 年，秦兵攻占郢都，楚王仓皇出逃。国都失陷、宗庙被毁。这给以家国为己任的屈原以致命一击，他看到自己理想的破灭，看到家国命运的无可挽救，又因为自己的无力回天，自己的不肯随波逐流，于是自投汨罗以殉志、殉国。

　　战国时代各诸侯国间的政治、经济、文化交流频繁。屈原的思想明显受到中原儒家文化、特别是荀子的影响，既强调美政理想，又主张法制精神，还强调后天的学习与修持。美学方面较之孔子"乐而不淫，哀而不伤"的中和，屈原的创作表现出一种"乐而淫，哀而伤"的激情，较之《诗经》的朴素呈现出一种壮丽和华美。

　　屈原的作品，流传下来的都是诗歌，被称为楚辞、屈赋或屈骚。楚辞之名，始见于西汉武帝之时，这时楚辞已成为一种专门的学问，与"六经"并列。宋黄伯思《翼骚序》云："屈宋诸骚，皆书楚语，作楚声，纪楚地，名楚物，故可谓之'楚辞'。"①这就说明楚辞是以楚国的方言和乐调来表现楚地风物的文学作品。它与中原文化所孕育的《诗经》有着形式、内容的

---

① 陈振孙：《直斋书录解题》卷十五《楚辞类》引。

明显区别。西汉末年，刘向辑录屈原等的作品，编成《楚辞》一书，《汉书·艺文志》记屈原赋 25 篇，东汉王逸作《楚辞章句》，定屈原所作 24 篇，篇目与《艺文志》有所出入。今人基本认定屈原作品共 23 篇，即《离骚》、《九歌》（11 篇）、《天问》、《九章》（9 篇）和《招魂》。它们大致可分为三部分，一是以《离骚》为代表的发愤之作，二是与宗教、祭祀相关的《九歌》、《招魂》，三是有叙事成分、相对"现实的"《九章》。它们都是中国文学史上的伟大诗篇，以其恢弘的气势、卓然高洁的主体人格、瑰玮奇丽的词采而光耀千古，泽被后世。它们奠定了屈原的文学史地位，也开辟了中国原生浪漫主义诗歌，形成与《诗经》并立的两大艺术传统。

第二节　屈骚的孕生及其特点

如同《诗经》是中原文化的结晶，屈骚则是楚文化孕育的奇葩。楚辞专家姜亮夫先生就指出："屈原赋的来源有二：一是民间流传的《九歌》，二是楚国文化传统。"[①]

楚国本是化外的"蛮夷"之地，虽然自春秋时代开始与中原各国交流往来，但在社会制度、风俗习惯等诸方面，都还保留着很多原始氏族社会的传统，还没有经过北方那样"礼乐"的教化和理性的洗礼。这就使楚文化还葆有一种人类童年的自由精神，一种原始自发的情感。对周围世界也还更多地采取直观、想象的方式加以把握，而不是进行理性的思考。在孔子已经把神话中有四张面孔的"黄帝四面"，解释为派官员去管理四方之后的二百年，楚地还巫术盛行，神话思维普遍。它们激发出非凡的想象和幻想，产生并流传着比北方丰富得多的神话，为浪漫艺术提

---

① 姜亮夫：《楚辞今绎讲录》，云南人民出版社 1999 年版，第 1 页。

供着天然而直接的资源。另外，楚地富庶，较之北方艰苦的生存
环境，楚民的生活状况要好得多。《汉书·地理志》有这样的记
载："楚有江汉川泽山林之饶，江南地广，或火耕水耨。民食鱼
稻，以渔猎山伐为业，果蓏蠃蛤，食物常足。故呰窳偷生，而亡
积聚，饮食还给，不忧冻恶，亦亡千金之家。信巫鬼，重淫
祀。"①从中可以看出，楚地有山川之利，物产丰饶，人们没有衣
食之忧，生活在一个比较和谐优美的人文及自然环境中。那里人
神共处，天地相通，巫风炽热。明人王夫之还特别看到楚地山水
风光对诗思的涵养、对诗情的激发。他在《楚辞通释·序例》
中说："楚，泽国也。其南沅、湘之交，抑山国也。叠波旷宇，
以荡遥情，而迫之以崟嵚戌削之幽菀。故推荡无涯，而天采蠱
发，江山光怪之气，莫能揜抑。"②可见古人就已经看到，是南楚
大地的土风民俗和"江山之助"造就了与《诗经》大异其趣的
楚辞。

　　但江山之外，楚辞的形成还有待于天才的诗人，他要有诗
才，还要有人格、有理想，这就是屈原。屈原对自己充满了自信
乃至自负。《离骚》一开篇就不无自豪地讲到他高贵的出身、他
生于吉日良辰的佳兆。特别是既有天生的美德才分，又注重后天
的修习，所谓"纷吾既有此内美兮，又重之以修能"③。另外，
屈骚的创作还与屈原的遭际直接相关。从《史记》本传来看，
屈原是一个以家国为己任的政治家，本意并不是要做诗人，只是
因为政治上遭到迫害，忠贞而被诬陷，心中郁积了一腔的愤懑而
无处诉说，所以才借"诗"而抒怀，也就写出了千古绝唱《离

---

①　《汉书》，浙江古籍出版社 2000 年版，第 576 页。

②　郭预衡主编《中国文学史长编·先秦卷》，首都师范大学出版社 2000 年第
二版，第 340 页。

③　《楚辞今注》，汤炳正等注，上海古籍出版社 1996 年版，第 4 页。

骚》及其他作品，正是司马迁所谓"屈原放逐，著《离骚》"①。

司马迁在本传中高度评价屈原的人品和创作。他写道："屈平疾王听之不聪也，谗谄之蔽明也，邪曲之害公也，方正之不容也，故忧愁幽思而作离骚。离骚者，犹离忧也。……屈平正道直行，竭忠尽智以事其君，谗人间之，可谓穷矣。信而见疑，忠而被谤，能无怨乎？屈平之作离骚，盖自怨生也。"②他认为屈原是忧愤而作诗。"忧愤"自然有异于《诗经》的"怨而不怒，哀而不伤"。"忧愤"之说显然又融入了司马迁自己发愤著书的切身体验，于是同情和理解溢于言表。司马迁还引录了淮南王刘安《离骚传》中一段："其文约，其辞微，其志絜，故其称物芳。其行廉，故其死而不容自疏……推此志也，虽与日月争光可也。"但这却遭到班固针锋相对的批评，他说："今若屈原，露才扬己，竞乎危国群小之间，以离谗贼。然责数怀王，怨恶椒、兰，愁神苦思，强非其人，愤怼不容，沉江而死，亦贬絜狂狷景行之士。多称昆仑冥婚宓妃虚无之语，皆非法度之政、经义所载。谓之兼诗风雅而与日月争光，过矣。"班固认为，屈原是狂狷之士，清高自许，因此为世所不容。《离骚》情激辞切、抒愤发怨，遂不够"温柔敦厚"。再有屈原的想象离奇虚妄，远离风雅而不合经典之正，所以不能誉为"与日月争光"。这虽然是一个带有儒家偏见的批评，但却明确地指出了屈骚的"离经叛道"之处。

刘勰作《文心雕龙·辨骚》，态度公允，他从文学创作的角度指出："称汤武之祇敬，典诰之体也；讥桀纣之猖披，伤羿浇之颠陨，规讽之旨也；虬龙以喻君子，云霓以譬谗邪，比兴之义也；每一顾而掩涕，叹君门之九重，忠怨之辞也：观此四事，同

① 《史记》，中华书局 1959 年版，第 10 册，第 3300 页。
② 同上书，第 8 册，第 2482 页。

于风雅者也。至于托云龙，说迂怪，丰隆求宓妃，鸩鸟媒娀女，诡异之辞也；康回倾地，夷羿彃日，木夫九首，土伯三目，谲怪之谈也；依彭咸之遗则，从子胥以自适，狷侠之志也；士女杂坐，乱而不分，指以为乐，娱酒不废，沉湎日夜，举以为欢，荒淫之意也；摘此四事，异乎经典者也；故论其典诰则如彼，语其夸诞则如此。固知楚辞者，体慢于三代，而风雅于战国，乃雅颂之博徒，而词赋之英杰也。观其骨鲠所树，肌肤所附，虽取镕经意，亦自铸伟辞。"①刘勰不但看出屈骚是"另类"，而且以《诗》为参照系详加辨析，提出"四同"、"四异"说。"四同"是合于风雅的"典诰之体"、"规讽之旨"、"比兴之义"和"忠怨之辞"；而"四异"的"诡异之辞"、"谲怪之谈"、"狷侠之志"、"荒淫之意"，正是它内容、手法、志意、表现等方面悖离正统之处，也就是屈骚属于自己的根本性的美学特质。刘勰还特别指出屈骚是一种新文体，特别称赞它的辞采美："自铸伟辞"，"精采绝艳，难与并能"，言语之间充满艳羡之意。

刘勰之后的评论，或褒或贬，都不离《诗经》的尺度。值得注意的是鲁迅的观点，他正面肯定了屈骚的有悖正统。他说："较之《诗》，则其言甚长，其思甚幻，其文甚丽，其旨甚明，凭心而言，不遵矩度。故后儒之服膺诗教者，或訾而绌之，然其影响于后来之文章，乃甚或在三百篇之上。"②鲁迅明确指出了屈骚的特点，一是以长篇代替了短章，二是绚丽的文采和奇思幻想，三是纵情恣性，不守温柔敦厚的诗教。同时还指出，虽然它受到儒家的批评，但对中国文学的影响实际超过《诗经》。这显然是一代大家在两千年后对屈骚做出的实事求是的评价。同时鲁迅与班固、刘勰一起，从不同角度标划出与《诗经》的"现实

---

① 周振甫：《文心雕龙注释》，人民文学出版社 1998 年版，第 35—36 页。
② 《鲁迅全集》，人民文学出版社 1981 年版，第九卷，第 370 页。

主义"不同的、中国原生浪漫主义的实际内涵。其表述实与所谓的浪漫主义"公分母",如张扬的自我、纵恣肆意的表现、奇诡的想象和象征等同质、相通。

第三节 浪漫特质

如上所述,中国古代的文论家早已指出屈骚与《诗经》的区别,实际也就标划出屈骚之"浪漫"内涵,现据此分述之。

一 "狷狭之志"与"露才扬己":激情与自我

"狷狭之志"与"露才扬己"本是班固对屈原的批评,但恰好指出他情辞激切、张扬自我的特点。

自我意识的觉醒是人类自身和社会发展到一定阶段的产物,"诗言志"就是抒发一己的情志。因为这一传统,中国的史诗、叙事诗、哲理诗都不发达,而人们说到诗,就是抒情。但同是抒情,同是表现自我,诗人们的表现强度不同,手法不同,于是形成了所谓"现实"与"浪漫"之分。这其中,"现实"诗人的抒情,更多地关注社会人生。而"浪漫"诗人则更看重自我,自我的存在,自我的情感和理想。他们的张扬自我,体现着一种更为深刻的人文诉求。可以说,屈原是中国第一位有明确的自我意识的诗人,他以自己的作品在中国文学史上第一次塑造了一个正气凛然、激情澎湃同时又不无内心冲突、情感细腻的诗人自我形象,闪耀出强烈的个性光彩。

楚辞本是楚地的民歌,屈原为了表现自己的思想情感,把"集体"性的民歌变为个人的创作,把民歌表现的群体性的、普遍情感转向个体的自我,于是中国诗歌进入了一个新的发展阶段。因为民歌产生于"个人与民族之间的尚未分裂的统一",

"个人还没有独立的观感和教养"①，而抒情诗则是"某一个人用艺术方式表现主体个人的特性"②。屈原就是这样一座历史的里程碑。他的《离骚》是中国古代文学中最长的一首抒情诗，全诗共 373 句，二千五百余言，其中出现的"我"、"余"、"吾"、"朕"、"己"、"予"等表示自我的词共 85 个，③ 还有大量"隐在"的"我"。所以读《离骚》会时时处处感到诗人的存在，而屈原也在着力塑造自我的形象，如《涉江》："余幼好此奇服兮，年既老而不衰。带长铗之陆离兮，冠切云之崔嵬。被明月兮珮宝璐，世溷浊而莫余知兮，吾方高驰而不顾。驾青虬兮骖白螭，吾与重华游兮瑶之圃。"既有外在的形貌，也有象征性的精神世界，而更重要的是，诗人敞开心扉、倾诉衷肠。在情感的抒发中，塑造了一个高洁、傲岸、向美的诗人自我，与《诗经》形成了鲜明的对比。

因为张扬自我，因为心怀忧愤，所以屈骚在情感上不免激切。如前所述，《诗经》基本上是一部集体创作的民歌，代表了民族普遍的感情，也确立了一个儒家正统的诗教，即"温柔敦厚"。孔子称："《关雎》乐而不淫，哀而不伤。"《毛诗序》有："变风发乎情，止乎礼义。"都是在发明这种理性与情感的中和之美。但屈原"不知学于北方，以求周公、仲尼之道"，所以其辞旨"流于跌宕怪神、怨怼激发"④、"生于缱绻恻怛、不能自已之至意"⑤，所以背离了正道，以致"醇儒庄士或羞称之"⑥。换

---

① 黑格尔：《美学》，朱光潜译，商务印书馆 1997 年版，第三卷，下册，第202 页。

② 同上书，第三卷，下册，第 202 页。

③ 这是笔者的统计，只计抒情主人公的自白，不计女嬃和灵氛的话语。

④ 朱熹：《楚辞集注》，上海古籍出版社 2001 年版，第 2 页。

⑤ 同上。

⑥ 同上。

句话说就是，屈原背离了中和之道，乐而淫（淫乃"过分"之意），哀而伤，发乎情，而不知止，激情而又尽情。

屈原有卓绝的才华，有实现自我的强烈期待。"乘骐骥以驰骋兮，来吾导夫先路"（《离骚》），表现了他以天下为己任的拳拳之忠。但他履方直之行，却不容于世。所体验的是不被理解的孤独，不能实现理想的痛苦，遭受迫害的悲愤。因此他"怀忧苦毒，愁思沸郁"，而发出激情的控诉。对此班固有明确的说法："屈原以忠信而见疑，忧愁幽思，而作《离骚》。离犹遭也，骚，忧也，明己遭忧作辞也。是时周室已灭，七国并争。屈原痛君不明，信用群小，国将危亡，忠诚之情，怀不能已，故作离骚。"[1]下面就是屈原的忧伤怨愤之辞：

> 阽余身而危死兮，览余初其犹未悔。不量凿而正枘兮，固前修以菹醢。曾歔欷余郁邑兮，哀朕时之不当。揽茹蕙以掩涕兮，霑余襟之浪浪。[2]（《离骚》）

> 心郁郁之忧思兮，独永叹乎增伤。思蹇产之不释兮，曼遭夜之方长。悲秋风之动容兮，何回极之浮浮。数惟荪之多怒兮，伤余怀之忧忧。[3]（《抽思》）

这里表达了不得于时、不遇明主的深深哀怨和忧伤。理想的远大与现实的黑暗造成的痛苦让他痛哭流泪，让他长夜不寐，忧思共秋风让他倍感凄凉。但《离骚》中更多的则是怨愤：

> 何桀纣之猖披兮，夫惟捷径以窘步。惟党人之偷乐兮，路幽昧以险隘。岂余身之惮殃兮，恐皇舆之败绩。忽奔走以

---

①　郭绍虞主编：《中国历代文论选》，上海古籍出版社 2001 年版，第一册，第 90 页。

②　《楚辞今注》，汤炳正等注，上海古籍出版社，1996 年版，第 17 页。

③　同上书，第 141 页。

> 先后兮，及前王之踵武。荃不察余之中情兮，反信谗而齑
> 怒。余固知謇謇之为患兮，忍而不能舍也。指九天以为正
> 兮，夫惟灵修之故也。①（《离骚》）

这是痛斥群小不顾国家安危，只管自己享乐。同时责怪楚王
不明是非、不辨忠奸，贬黜耿介直正的忠臣，信用群小。面对这
颠倒的是非，忧愤的诗人只有让天日鉴照自己的耿耿忠心：

> 长太息以掩涕兮，哀民生之多艰。余虽好修姱以鞿羁
> 兮，謇朝谇而夕替。既替余以蕙纕兮，又申之以揽茝。亦余
> 心之所善兮，虽九死其尤未悔。怨灵修之浩荡兮，终不察乎
> 民心。众女嫉余之蛾眉兮，谣诼谓余以善淫。固时俗之工巧
> 兮，偭规矩而改错。背绳墨以追曲兮，竞周容以为度。忳郁
> 邑余侘傺兮，吾独穷困乎此时也。宁溘死以流亡兮，余不忍
> 为此态也。鸷鸟之不群兮，自前世而固然。何方圆之能周
> 兮，夫孰异道而相安？……虽体解吾犹未变兮，岂余心之可
> 惩。②（《离骚》）

这一段用象征的手法表现自己的内心矛盾，情感起伏跌宕。
他先是叹息自己命运多舛。虽是怀抱理想，一腔忠贞，但却遭小
人谗害，蒙受不白之冤。继而表明心志，宁死不屈。再转回倾诉
心中的不平：美而遭嫉，刚正不阿而受排挤。最后再一次表明宁
为玉碎，不为瓦全的坚定立场。从其中的反复可以看出其愤不可
平，其情不可遏，其势不可止，它们如滔滔之水倾泻而下。正是
鲁迅所谓"凭心而言，不遵矩度"，想说什么就说什么，放言而
无忌。其他如：

> 抚情效志兮，冤屈而自抑。……邑犬之群吠兮，吠所怪

---

① 《楚辞今注》，汤炳正等注，上海古籍出版社1996年版，第2页。
② 同上书，第8页。

也。非俊疑杰兮，固庸态也。文质疏内兮，众不知余之异采。材朴委积兮，莫知余之所有。[1]（《怀沙》）

世溷浊而嫉贤兮，好蔽美而称恶。闺中既以邃远兮，哲王又不寤。怀朕情而不发兮，余焉能忍与此终古。[2]（《离骚》）

朝中的奸小如里巷之犬狂吠。自己虽有瑾瑜之德、俊杰之才，却不为君王赏识。世道黑暗不辨贤愚，君王昏庸不分忠奸。这一腔的郁勃愤激终于隐忍不住，如江河洪流倾泻而下，没有丝毫"知止"的敦厚雍容，所以招致了班固"露才扬己"的批评。朱熹虽对此也持批评态度，但看出其情的不能抑制。他说："其辞旨虽或流于跌宕怪神、怨怼激发而不可以为训，然皆生于缱绻恻怛、不能自已之至意。"[3]而袁宏道则充满了同情和理解，他说："《离骚》一经，忿怼之极，党人偷乐，众女谣诼，不揆中情，信谗赍怒，皆明示唾骂，安在所谓怨而不伤者乎？穷愁之时，痛苦流涕，颠倒反覆，不暇择音。怨矣，宁有不伤者？且燥湿异地，刚柔异性，若夫劲质而多怼，峭急而多露，是为楚风，又何疑焉？"[4]这位屈原的异代知己不但说出了《离骚》忿怼情激的特点，而且认为屈原根本做不到"哀而不伤"。他只能是愤而怒，怨而伤，因为他有太多的痛苦和激愤，也因为楚人质直的天性。

二 "比兴之义"：象征

较之《诗经》短章的歌唱，屈骚可称是长篇的抒情，因此表现心路历程和内心世界，就成为其重心。但屈原并不是平铺直叙，而是通过联想和想象，把情感对象化、客观化，把内心情感

---

① 《楚辞今注》，汤炳正等注，上海古籍出版社1996年版，第149页。
② 同上书，第24—25页。
③ 朱熹：《楚辞集注》，上海古籍出版社2001年版，第79—80页。
④ 钱伯城：《袁宏道集笺校》，上海古籍出版社1981年版，第188—189页。

的波动展现为一幅幅色彩艳丽的动人图画，把情感所蕴涵的理性
内容，变为情理交融的艺术形象。这就是象征，而中国传统的诗
论家称其为"比兴"。

从王逸开始，就以比兴释屈骚。他说："《离骚》之文，依
诗取兴，引类譬喻。故善鸟香草，以配忠贞；恶禽臭物，以比谗
佞；灵修美人，以媲于君；宓妃佚女，以譬贤臣；虬龙鸾凤，以
托君子；飘风云霓，以为小人。"①不管他对比体、喻体的指认正
确与否，但却认定屈原使用了比兴手法。刘勰也有相同的观点：
"虬龙以喻君子，云霓以譬谗邪，比兴之义也"，并且认为，这
是屈骚合于《诗经》的四事之一。后世学者无不沿袭比兴说，
直到今天的文学史。其实，屈原的比兴并不同于《诗经》的比
兴，如果运用现代的概念"象征"，似更恰当。因为"比"之本
体和喻体多为具体之物，所谓"比者，比方于物"；"兴"则是
"取譬引类，起发于心"②，即由外物引发人的某种情绪、感受。
而象征"通常是用一种看得见、摸得着的东西来代表另外一种
或多种看不见、摸不着的东西。这通常是靠联想来完成的"③。
也就是说，象征的两端一是具象，一是抽象，由其间的"相似
点"引现出某种精神、品格。而这正是屈原之"高洁"的表现
方式。屈骚中的象征有单个的也有系列的，典型的单个的象征见
于《橘颂》：

> 嗟尔幼志，有以异兮，独立不迁，岂不可喜兮。深固难
> 徙，廓其无求兮。苏世独立，横而不流兮。④

---

① 郭绍虞主编：《中国历代文论选》，上海古籍出版社 2001 年版，第一册，第
155 页。
② 阮元刻《十三经注疏》本《毛诗正义》，中华书局影印 1980 年版，上册，
第 271 页。
③ 周式中等主编：《世界诗学》，陕西人民出版社 1999 年版，第 742 页。
④ 《楚辞今注》，汤炳正等注，上海古籍出版社 1996 年版，第 168 页。

这是诗人在歌颂橘树的天然秉性：它只生在南国，不可迁移。它旷达无求，立德矜持，不与世俗同流。这显然是一种精神，一种人的品格、节操。他为屈原所有，因此橘树就成了屈原的象征。此外屈骚中还有大量的花草象征，比如下面的诗句：

> 朝饮木兰之坠露兮，夕餐秋菊之落英。
> 制芰荷以为衣兮，集芙蓉以为裳。
> 朝搴阰之木兰兮，夕揽洲之宿莽。
> 擥木根以结茝兮，贯薜荔之落蕊，
> 矫菌桂以纫蕙兮，索胡绳之纚纚。

这都出自《离骚》，是诗人的自白。四行诗分叙他的饮食、衣服、行为和佩饰。但这些美丽的花草，既不能食用，也不能做穿戴，显然不是写实，而是以其"香"、"美"、"洁"的特质来象征屈原的品格。与此相反，奸佞小人则佩以恶草臭物，如"苏粪壤以充帏"、"户服艾以盈要"云云。此种象征是建立在人对周围自然的感觉、体验和形而上的感知上的。在古代中国人看来，外在的天地山泽、花草树木，都与人的生命存在紧密相连，互感互动。人们的认知活动、道德活动、审美活动都是建立在对二者的互相阐释生发之中的。因此花草在屈原笔下有了人文的精神，成了他自我表现的象征物。另外《离骚》中的典型象征，如王逸所例举，很多还进入了带有自叙成分的《九章》，其中最有代表性的就是"美人"：

> 结微情以陈辞兮，矫以遗夫美人。昔君与我诚言兮，曰黄昏以为期。羌中道而回畔兮，反既有此他志。憍吾以其美好兮，览余以其脩姱。与余言而不信兮，盖为余而造怒。①
> （《抽思》）

---

① 《楚辞今注》，汤炳正等注，上海古籍出版社1996年版，第142页。

这里表层是写与美人约定黄昏为期，但美人骄傲，不但爽约，而且改志他求。其深层所指，就是当初曾与怀王相约，共同励精图治。但楚王失信，且听信谗言，迁怒于屈原。与此相近的还有：

> 思美人兮，擥涕而竚眙，媒绝路阻兮，言不可结而诒。① （《思美人》）

这些都是以某个象征体为中心而展开的"理"和"事"。除了这种可比对的、简单的象征，屈原还有不可比对的、扩大到情节的象征。比如《离骚》中他有两次巡天之游，象征着上下求索，寻找着实现理想的途径。他还曾三求下女，以求婚屡屡受挫，象征自己的不断追求及其失败。由此我们可以说，象征是屈原的一个主要表现手法，既表达情志，也表达难以直言的具体的事实，还用来表现更为形而上的理想和追求。因此屈原就有一个因象而表意的象征体系，它贯穿屈骚的始终。也因为屈原喜用鲜花、香草和美人作象征意象，于是形成了屈骚的"丽而淫"，从而与《诗》的雅正形成鲜明的对比。

三　"诡异之辞"、"谲怪之谈"：想象

刘勰"四异"中的"诡异之辞"、"谲怪之谈"可归入文学创作中的想象。想象是一种"利用原有表象形成新形象的心理过程"②。从词义上看，想象就是用心想出"象"或"境"。它非眼前实有，可能是记忆的再现，可能是符号的具象化，也可能由心力内构，凭空而出。

中国传统文论对想象有相当的认识。"神思"、"冥搜"是其

---

① 《楚辞今注》，汤炳正等注，上海古籍出版社 1996 年版，第 154 页。
② 《辞海》，上海辞书出版社 1999 年版，第 1439 页。

对应的概念。刘勰的"形在江海之上，心存魏阙之下，神思之谓也"①，是其形象化的定义。对它的描述还有"精骛八极，心游万仞"②，"观古今于须臾，抚四海于一瞬"③。"寂然凝虑，思接千载；悄焉动容，视通万里；吟咏之间，吐纳珠玉之声；眉睫之前，舒卷风云之色"④，等等。

想象是创作之母，在浪漫诗人那里尤为须臾不可离。中国诗人的想象有自己的特色，特别是民族文化的积淀是其源头活水。《诗经》中想象不多，基本是联想，其佳者如"维南有箕，不可以簸扬。维北有斗，不可以挹酒浆"（《小雅·大东》），如此而已。但屈骚不同，不仅有联想，而且有想象、有神幻，有一种无可比拟的壮丽辉煌。但细察之，它们多不是无所依傍的"天来"之笔，而是源出于深厚的民族文化积淀。

中国悠久的历史文化，形成了深厚的积淀，包括神话传说、巫术宗教、历史典故等等。诗人的情志或为其左右或为其映照，它们也就成了想象的思维定式与现成空间，而所有浪漫作家的想象都离不开这片沃土。比如《庄子》多融会历史传说，屈骚则有浓厚的神话和巫术色彩，而李白在博采之外更与道教有不解之缘。换个角度也可以说，中国浪漫诗人的想象常常是有"恃"可依，有理路可循。屈骚自然也是如此。

（一）巫术与宗教

想象的理路之一是巫术与宗教。它们萌生于人类的童年。那时人们把自己和周围的世界混为一体，认为自然万物都跟自己一样，有感受、有意志、有作为。所以，人们对身外的一切，特别

---

① 周振甫：《文心雕龙注释》，人民文学出版社 1998 年版，第 295 页。
② 《文赋集释》，陆机著，张少康集释，人民文学出版社 2002 年版，第 36 页。
③ 同上书，第 36 页。
④ 周振甫：《文心雕龙注释》，人民文学出版社 1998 年版，第 295 页。

是感到畏惧、感到须臾不可离的，充满了敬畏与崇拜，于是产生了原始宗教。而沟通人神、天地的巫术也就应运而生。巫术融崇拜、祈福、供奉、娱神为一体，人们希望借此通达自己的善意以求得神祇的好感和福佑。同时原始的自然崇拜和巫术也给人带来一个丰富多彩的精神世界，一种神秘的心理体验，引发一种特别的与神同一的感受。而诗人的想象在这种宗教场的作用下，会进入一个更加绚烂的亦真亦幻的世界。

屈骚的想象明显地受到巫术的影响。与重现实轻玄想的中原民族不同，楚人信鬼而好祠，直到理性精神已经广被的战国时代，那里还是巫风炽烈，神话流行，人神杂处，天地相通。楚地出土的丰富文物，包括各种形态的镇墓兽，凤鸟型器，龙、凤导引升天帛画等等，都向我们展示了人对鬼神世界的敬畏，对升天的向往。[①] 它直接打开了从人到神、从人间到天界的想象空间。可以说，美丽的神话和巫术帮助诗人展开了他想象的翅膀，诗思自由地驰骋在天上人间，没有不可到之处，没有不可见之物。其境界之美、之幻、之瑰丽在整个中国文学史上空前绝后。

最显而易见的是《九歌》。王逸对其产生有这样的说法："《九歌》者，屈原之所作也。昔楚国南郢之邑，沅湘之间，其俗信鬼而好祠。其祠必作歌乐鼓舞以乐诸神。屈原放逐，窜伏其域，怀忧苦毒，愁思沸郁；出见俗人祭祀之礼，歌舞之乐，其辞鄙俗，因为作《九歌》之曲。"[②] 也就是说，它是在自然神崇拜和娱神祭歌基础上创作出来的。其中的神灵为旧有，而人神相恋、相约、期盼、爽约、共游等情节，特别是恋人间的相思、哀怨、感伤

---

①　李学勤认为，1949 年湖北出土的人物龙凤帛画，以及 1973 年出土的人物御龙帛画，"长沙两幅帛画所表现的升仙，当是楚地神仙流行的反映"。见《东周与秦汉文明》，第 29 章，文物出版社 1984 年版。

②　郭绍虞主编：《中国历代文论选》，上海古籍出版社 2001 年版，第一册，第155 页。

等细腻的情感，应是屈原顺着巫觋以性爱娱神的思路想象出来的。

从《离骚》我们还可以看出巫术对想象的直接引导和催发。文本中有："索藑茅以筳篿兮，命灵氛为余占之。""欲从灵氛之吉占兮，心犹豫而狐疑。巫咸将夕降兮，怀椒糈而要之。百神翳其备降兮，九嶷缤其并迎。皇剡剡其扬灵兮，告余以吉故。"这是占卜和降神，其场面的恢弘壮丽，非个中人不能道。下面是《离骚》中与占卜融为一体的想象：

> 灵氛既告余以吉占兮，历吉日乎吾将行。折琼枝以为羞兮，精琼靡以为粮。
>
> 为余驾飞龙兮，杂瑶象以为车。…… 遭吾道夫昆仑兮，路修远以周流。
>
> 扬云霓之晻蔼兮，鸣玉鸾之啾啾。朝发轫于天津兮，夕余至乎西极。
>
> 凤皇翼其承旂兮，高翱翔之翼翼。忽吾行此流沙兮，遵赤水而容与。
>
> 麾蛟龙使梁津兮，诏西皇使涉予。路修远以多艰兮，腾众车使径待。
>
> 路不周以左转兮，指西海以为期。屯余车其千乘兮，齐玉轪而并驰。
>
> 驾八龙之婉婉兮，载云旗之委蛇。抑志而弭节兮，神高驰之邈邈。①

这是诗人的巡天壮游，凸显出一个主神般的自我。飞龙为他驾车，凤凰为其仪仗。蛟龙为他架桥，西皇助其渡河。经行流沙、渡过赤水、转过不周山，千乘车驾浩浩荡荡，云霓飘霭与云旗辉映。刘勰叹曰："惊采绝艳，难与并能"、"惊才风逸，壮志

---

① 《楚辞今注》，汤炳正等注，上海古籍出版社1996年版，第26页。

烟高"。如此的奇情壮采,如此瑰丽奇谲的想象,虽离不开诗人
的才华,但一定有巫术飞升上天的启示和滋养,而其中形象如龙
凤,本是楚地民间信仰的崇拜物,恰是载人云游飞升的导引者。
《国语·楚语下》:"民之精爽不携二者,而又能气肃衷正,其智
能上下比义,其圣能光远宣朗,其明能光照之,其聪能听彻之,
如是则明神降之,在男曰觋,在女曰巫。"注曰:"巫、觋,见
鬼者。"①这里肯定了神的存在,同时说明"巫"有沟通天地、交
通人神的本领。这种文化积淀,对屈原的想象,从思维走向到具
体的形象、境界都会产生影响。有学者甚至指出,离骚的神游就
是巫术本身的文学再现。比如陈桐生先生就认为:(离骚)"可
能不是像一般诗人那样通过想象和虚构而写成,而极有可能是屈
原经历一系列的长时间的巫术降神活动之后,再经过艺术构思而
写成的,它是屈原从事巫术活动的真实记录。"②又说:"《离骚》
在结构形式上与巫觋祝辞大体一致。《离骚》行文回旋往复,正
是多变、无序、飘忽、流动、回复的巫术思维所留下的印记。
《离骚》中最为瑰丽奇特的部分——主人公神游天国,也不是出
于虚构和想象,而是巫术幻境的真实描绘。"③笔者认为陈先生的
观点有道理,但不能完全同意。说它有道理,是因为不仅《离
骚》可以自证巫术的影响,而且《九歌》更能证明巫的存在,
特别是巫的神游。朱熹《楚辞辨证》曰:"楚俗祠祭之歌,今不
可得而闻矣。然计期间,或以阴巫下阳神,以阳主接阴鬼,则其
辞之亵慢淫荒,当有不可道者。"④《九歌》就是"屈原因而文

---

① 《国语集解》,徐元诰撰,中华书局 2002 年版,第 512—513 页。
② 陈桐生:《南楚巫娼习俗与中国美文传统》,《文艺研究》2004 年第 4 期,第
64 页。
③ 同上。
④ 朱熹:《楚辞集注》,上海古籍出版社 2001 年版,第 179—180 页。

之"① 之作，其中描写了不少"天游"场面，它们可能都是《离骚》"天游"的先声，比如《大司命》：

> 广开兮天门，纷吾乘兮玄云。令飘风兮先驱，使冻雨兮洒尘。君迴翔兮已下，

> 踰空桑兮从女。纷总总兮九州，何寿夭兮在予。高飞兮安翔，乘清气兮御阴阳。

> 吾与君兮齐速，道帝之兮九阬。灵衣兮披披，玉佩兮陆离。一阴兮一阳，

> 众莫知兮余所为。折疏麻兮瑶华，将以遗兮离居。②

诗中有第一人称的"吾"、"予"、"余"以及第二人称的"君"、"女"。朱熹旧注③、汤炳正今注都认为这是巫迎神，神、巫对话及其共游，虽然他们的具体所指不同。笔者认为汤炳正注更显合理，所以根据汤注，将此段标注并分角色排列以清脉络：

> 大司命：广开兮天门，纷吾乘兮玄云。令飘风兮先驱，使冻雨兮洒尘。（天门大开，我乘着黑云从天而降。飘风为我先驱，暴雨为我洒尘。）

> 女巫：君迴翔兮已下，踰空桑兮从女。（您盘旋而下，我越过空桑山去迎接您。）

> 大司命：纷总总兮九州，何寿夭兮在予。高飞兮安翔，乘清气兮御阴阳。（九州的芸芸众生，他们的寿夭都由我掌控。我乘着轻清阴阳之气，在高空从容地飞翔。）

> 女巫：吾与君兮齐速，道帝之兮九阬。（我跟您一起飞翔，引着您飞向九阬之山。）

---

① 朱熹：《楚辞集注》，上海古籍出版社 2001 年版，第 180 页。
② 《楚辞今注》，汤炳正等注，上海古籍出版社 1996 年版，第 58 页。
③ 朱熹：《楚辞集注》，上海古籍出版社 2001 年版，第 38 页。

　　大司命：灵衣兮披披，玉佩兮陆离。一阴兮一阳，众莫知兮余所为。（披着长长的衣衫，佩戴着灿烂的玉饰。我执掌着阴阳，人莫能知。）

　　女巫：折疏麻兮瑶华，将以遗兮离居。（折下疏麻的白色的花，以为离别之赠。）

　　《大司命》的主旨是女巫接神来享祭。它描绘了女巫升天迎神—巫、神共游—神下降享祭—女巫送神归天的祭祀过程，其中的天游最为精彩。从中我们可以看出，是巫风开启了诗人的艺术想象，巫术境界赋予其基本的思维定式，诗人在这巫术的幻境中再填充种种神话形象，敷染上绚烂的色彩，于是壮丽的神游场面便被呈现出来。下面是《河伯》，它全篇都是在描写巫、神的天地之游：

　　与女游兮九河，冲风起兮水横波。乘水车兮荷盖，驾两龙兮骖螭。登昆仑兮四望，心飞扬兮浩荡。日将暮兮怅忘归，惟极浦兮寤怀。鱼鳞屋兮龙堂，紫贝阙兮朱宫。灵何为兮水中？乘白鼋兮逐文鱼，与女遊兮河之渚，流澌纷兮将来下。

　　子交手兮东行，送美人兮南浦。波滔滔兮来迎，鱼鳞鳞兮媵予。①

其分角色的排列和注释如下：

　　河伯：与女游兮九河，冲风起兮水横波。乘水车兮荷盖，驾两龙兮骖螭。登昆仑兮四望，心飞扬兮浩荡。日将暮兮怅忘归，惟极浦兮寤怀。（我跟你畅游九河，疾风卷起浪涛。我们乘着荷叶为盖的水车，以两龙两螭为驾。登上昆仑

---

①　《楚辞今注》，汤炳正等注，上海古籍出版社 1996 年版，第 68 页。

山放眼四望，心旷而神怡。暮色苍茫惆怅忘了归去，想着遥远的水边思绪茫茫。）

迎神女巫：鱼鳞屋兮龙堂，紫贝阙兮朱宫。灵何为兮水中？乘白鼋兮逐文鱼，与女遊兮河之渚，流澌纷兮将来下。（我以鱼鳞为屋盖，厅堂画上蛟龙，以紫贝装饰门户，早为您准备下官殿祭坛。可您为什么还遨游水中？乘着白鼋跟文鱼嬉游，随着纷纷流澌而下。）

群巫：子交手兮东行，送美人兮南浦。（您拱手告别，我们南浦相送。）

河伯：波滔滔兮来迎，鱼鳞鳞兮媵予。（波浪来迎接我，群鱼赶来侍从相随。）

它与《大司命》有相同的内容结构，同样的华美场面，而这些恰与《离骚》的天游相一致，只是《离骚》更加壮丽辉煌。由此可证巫风是屈骚想象的直接源头，他正是顺着这一思路前行，融合拓展巫术境界，创造出他无比奇幻瑰丽的诗境。但笔者并不因此赞同"《离骚》是巫术过程的记述"[①]的观点。因为艺术并不同于巫术。屈原并不是一个巫师，而是通巫术的诗人，而且还是一个受到中原理性文化相当影响、有高度文化修养的人，所以《离骚》是他自觉的文学创作，而不是巫术记录。我们可以说巫术是他想象的起点，为其提供了思维走向和一个即在的巫术境界，同时激发诗人的创作灵感，引导继续的想象，并在神话的思维方式中，编排旧神话，创造新神话，建构起《离骚》特有的神幻世界。因此可以说，屈骚是楚国特有的巫文化与诗人个人才华的完美结合。

当然也有更多的论者认为，巫师众神皆为假托，飞天纯是神

---

① 陈桐生：《南楚巫娼习俗与中国美文传统》，《文艺研究》2004年第4期，第64页。

游。屈原全凭个人的想象打通了人神两界，把自己的现实生活、思想情感全部象征化、神幻化，在一个更广阔的空间表现自己的"路漫漫其修远兮，吾将上下而求索"的精神。但承认巫术的影响似更为合理。因为任何想象都离不开生活。楚地的文化氛围使屈原熟悉乃至信仰巫术，在一种狂热的原始宗教氛围中，他会有身临其境的神秘体验。所以升天、神游等情节都应与巫术相关，而难为纯粹的个人想象。因此似可以说，屈原正是凭借巫术的催发，驰骋诗思，"神骛八极，思接千里"，同时借助神话、历史，把自己一种神秘、虚幻、朦胧、难以言诠的感觉和体验呈现了出来，为中国文学创造出一个空前绝后的壮丽、辉煌的境界。同时物我同一、神人同一的心理体验也让屈原塑造出有东皇太一般尊神气概的自我形象。后代作家不再有屈原那样的文化背景和宗教体验，即使再有天才，也创造不出那样笼罩着神秘、奇幻的诗境，屈骚也因此成为中国文学的绝唱。

（二）神话

神话是屈原驰骋想象的另一个现成空间。屈原时代的楚国还有浓厚的自然神崇拜，神话还活跃在人们的生活之中。屈原就是展开自己的诗思，在神话的世界里徜徉：或把现成的神话信手拈来，或将其融会贯通，或从其铺衍生发，从而创造自己的神话新境界。《离骚》、《天问》都是这方面的好例证，而《天问》特别是一篇借神话而发问、而展开想象的奇文。姜亮夫先生对屈骚的形成有这样的看法："《楚辞》最早的根源同神话有关系，即神话给《楚辞》一个顶大的影响。所以屈原能够成为一个浪漫主义者。其浪漫主义的成分并不是屈原创造的，而是承袭了古代的神话，屈原所有的浪漫主义都是从神话中来的。"①这个结论虽显绝对，但却说出了一个基本事实，即屈原之"浪漫"源于神

---

① 姜亮夫：《楚辞今绎讲录》，云南人民出版社1999年版，第136页。

话。就以《天问》为例，学者多认可王逸的记述，即屈原放逐，观楚先王公卿庙堂，"图画天地山川神灵，琦玮僪诡，及古圣贤怪物行事，周流罢倦，休息其下，仰见图画，因书其壁，呵而问之"①。这就是说，壁画中的神话形象和故事引发他的疑问和联想，续续而生，连绵不断，情不自禁，书之于壁，终成洋洋洒洒之诗篇。全诗由172个问题组成，叩问天文、地理、神话、历史直至当下的楚国之事。因为那时离神话时代相距不远，所以设问的起点，多是神话和传说，并据此展开自己的想象，可谓思接千里、心系八方，天上人间一体，神、人、鬼相通。我们看《天问》中的一段：

　　斡维焉系？天极焉加。八柱何当？东南何亏？九天之际，安放安属？隅隈多有，

　　谁知其数？天何所沓？十二焉分？日月安属？列星安陈？出自汤谷，次于蒙汜。

　　自明及晦，所行几里？夜光何德，死而又育？②

　　这是神话与联想的交织。首句"斡维焉系"的"斡"是说天似盖笠，这是当时普遍流行的"成说"，但却引起屈原进一步的疑问："顶笠"既然能悬在空中，就必然有一根绳子把它吊住，那么它"系于何处"呢？天之枢纽又安放在哪里呢？这就是"斡维焉系？天极焉加"。接下来的"八柱何当？东南何亏"，是问撑天的八根柱子究竟撑在什么地方？大地的东南为什么倾斜？这显然出自共工神话，即共工怒而触不周山，"天柱折，地维绝"。"九天之际，安放安属？"中的"九天"意为天有九重，也是成说，屈原却进而问及九天的边际延至何方？又如何连属？

---

　　①　郭绍虞主编：《中国历代文论选》，上海古籍出版社2001年版，第一册，第155页。

　　②　《楚辞今注》，汤炳正等注，上海古籍出版社1996年版，第81页。

它们有多少角落，谁知其数？又问"天与地合会于何所，十二星辰谁所分列？"①再问太阳从汤谷升起，从蒙汜落下。从朝至暮一共走了多少里？月亮凭什么缺后又圆？其中的"汤谷"、"蒙汜"出自太阳神话，其他则是从中衍生的想象。通观这一个段落，我们可以看出，它实际是以神话传说为原点，以续续生出的想象性"疑问"将其网络成一个新的宇宙神话。在我们今人看来，如同一个天真的孩子，睁大好奇的眼睛，凭着自己的想象和理解对天发问，充满了人类童年特有的魅力。下面是另一个融会神话的佳例：

> 跪敷衽以陈辞兮，耿吾既得此中正。驷玉虬以乘鹥兮，溘埃风余上征。
>
> 朝发轫于苍梧兮，夕余至乎县圃。欲少留此灵琐兮，日忽忽其将暮。
>
> 吾令羲和弭节兮，望崦嵫而勿迫。路曼曼其修远兮，吾将上下而求索。
>
> 饮余马于咸池兮，总余辔乎扶桑。折若木以拂日兮，聊逍遥以相羊。
>
> 前望舒使先驱兮，后飞廉使奔属。鸾皇为余先戒兮，雷师告余以未具。
>
> 吾令凤鸟飞腾兮，继之以日夜。飘风屯其相离兮，帅云霓而来御。
>
> 纷总总其离合兮，斑陆离其上下。吾令帝阍开关兮，倚阊阖而望予。
>
> 时暧暧其将罢兮，结幽兰而延伫。世溷浊而不分兮，好蔽美而嫉妒。②

---

① 朱熹：《楚辞集注》，上海古籍出版社 2001 年版，第 51 页。
② 同上书，第 24 页。

　　这是《离骚》中的华彩篇章，描写诗人的巡天壮游。它是由"就重华而陈辞"引出的。"重华"就是舜帝。"南方苍梧之丘，苍梧之渊，其中有九嶷山，舜之所葬。"①舜是神话传说中的明君，他南巡未返，葬在楚地。屈原蒙受了不白之冤，连自己的亲人都不能理解他，所以痛而向大舜倾诉衷肠，忽然间"耿然自觉吾心已得此中正之道，上与天通，无所间隔，所以埃风忽起，而余遂乘龙跨凤以上征也"②，诗人于是升入天界。这是一个瑰丽的神话世界，御日的羲和为他驾车，月神望舒为其前驱，风神、雷神为其侍卫。他高居于众神之上而自在逍遥，甚至折若木去拂拭太阳。周围是五彩的云霓飘风、帝宫阊阖，一派灿烂辉煌。而这瑰丽的神话境界并非皆是个人想象，而是由想象融会诸多神话而成，其中太阳神话居于中心。华夏民族的太阳神话是从"羲和生日"开始的："东南海之外，甘水之间，有羲和之国，有女子名曰羲和，方浴日于甘渊。羲和者，帝俊之妻，生十日。"③它说太阳是羲和所生，一共有十个，这就是"十日"的由来（并因此衍生出羿射九日的故事），显然是由人的生育而联想演绎出来的。《淮南子·天文》有："日出于汤谷，浴于咸池。"④《山海经·海外东经》还有："下有汤谷。汤谷上有扶桑，十日所浴。在黑齿北。居水中，有大木，九日居下枝，一日居上枝。"⑤就是说，这十个太阳在汤谷洗浴，汤谷中有一棵扶桑树，九个太阳在下面，一个在枝头。但人们所见的太阳东升西落，它又是如何行走的？为解决这一问题，太阳于是有了车驾，羲和也从"母亲"变为御者。王逸注："羲和，日御也。"洪兴

---

①　《新世纪万有文库·山海经》，辽宁教育出版社1997年版，第74页。
②　朱熹：《楚辞集注》，上海古籍出版社2001年版，第18页。
③　《新世纪万有文库·山海经》，辽宁教育出版社1997年版，第66页。
④　《楚辞今注》，汤炳正等注，上海古籍出版社1996年版，第27页。
⑤　《新世纪万有文库·山海经》，辽宁教育出版社1997年版，第52页。

祖补注："日乘车驾以六龙，羲和御之。"①明确地说明羲和御龙
为太阳驾车。其他相关的形象如若木、望舒、飞廉、鸾皇、凤
鸟、雷师也都是神话中的形象，比如：

> 大荒之中，有衡石山、九阴山、洞野之山，上有赤树，
> 青叶赤花，名曰若木。②（《大荒北经》）
> 望舒，月御也。飞廉，风伯也……雷师，丰隆也。③
> 有五彩鸟三名：一曰皇鸟，一曰鸾鸟，一曰凤鸟。④
> （《大荒西经》）

但这些神话原是片断的、不相连属的，属于不同的系统。比
如关于太阳，《山海经·大荒东经》还有一则说："大荒之
中……有谷曰温源谷，汤谷上有扶木，一日方至，一日方出，皆
载于乌。"⑤也就是说，太阳是由"乌"负载着，轮流升起，正与
马王堆帛画相一致。而屈原以自己的主旨意脉将这些零散的片断
筛选、连缀，再通过天才的想象，将其融会贯通，熔铸成一个有
机的整体，从而创造出一个崭新的神话境界，其中的主人高居尊
位，指挥若定，他就是卓然特立的诗人自我。

境界之外，屈原还利用神话虚构情节。比如《离骚》中的
"宓妃"，有说是宓羲氏之女；有说是洛水女神；有说是河伯之
妻；有说是羿妻宓妃。⑥另如"有娀氏之佚女"，名曰简狄，浴
于河中，有燕飞过，遗其卵，简狄吞之，孕而生契，契建国于
商，是为商始祖。⑦再如"有虞氏之二姚"，有虞是夏的一个部

---

① 袁珂：《中国古代神话》，中华书局 1960 年版，第 178 页。
② 《新世纪万有文库·山海经》，辽宁教育出版社 1997 年版，第 72 页。
③ 朱熹：《楚辞集注》，上海古籍出版社 2001 年版，第 19 页。
④ 《新世纪万有文库·山海经》，辽宁教育出版社 1997 年版，第 67 页。
⑤ 同上书，第 63 页。
⑥ 《楚辞今注》，汤炳正等注，上海古籍出版社 1996 年版，第 30—31 页。
⑦ 袁珂：《中国古代神话》，中华书局 1960 年版，第 149 页。

落，姚姓。传说寒浞使浇杀夏后相，夏后相之妻怀着身孕逃回娘家，生少康，后少康又逃奔有虞，有虞君以二女妻之，是为"二姚"①。可见这都是神话传说中的人物。诗人为表现自己的上下求索，就以上述人物设计了一个三求"下女"的情节。但因为宓妃貌美而骄傲、因为鸩鸟说"有娀氏之佚女"的坏话、因为自己的"理弱而媒拙"，没能在少康之前得到"二姚"，于是"三求"皆告失败。这显然是想象与神话的交融，诗人借此来表现自己的心路历程。其他如《湘君》、《湘夫人》，本是湘水之神，是祭祀的对象。但诗人可能受到娥皇、女英故事的启发，也可能受到以性爱娱神的巫风的影响，想象出恋人间相约、相待而终未得见的情节，创造出两个哀婉感伤的形象，千载之下，还能打动现代人的心弦。屈骚的其他篇章也处处有神话，因此可以说，屈原的想象离不开神话，并以此创造出新的神话和神话境界。

（三）历史典故

巫术、神话之外，屈原的想象还有历史的向度，这是因为中国有悠久的历史，它们以文本和口传的形式代代相传，活在人们的生活中，自然也就进入了文学，成为诗人想象的另一即在空间。下面是《九章·惜往日》中的一段：

> 闻百里之为虏兮，伊尹烹于庖厨。吕望屠于朝歌兮，宁戚歌而饭牛。
>
> 不逢汤武与桓缪兮，世孰云而知之。吴信谗而弗味兮，子胥死而后忧。
>
> 介子忠而立枯兮，文君寤而追求。②

---

① 《楚辞今注》，汤炳正等注，上海古籍出版社1996年版，第32页。
② 同上书，第163页。

　　此段所举皆见于史籍，都是君臣际遇的故事，如百里奚、伊尹、吕望和宁戚，他们都身居下贱，因为得遇明主而终于成就大业。相反也有忠臣伍子胥、介子推的悲剧命运。屈原借此抒发自己"不遇"的悲哀，以及信不见用、忠而被谤的悲愤。下面则是另一类历史性的想象：

　　　　启九辩与九歌兮，夏康娱以自纵。不顾难以图后兮，五子用失乎家巷，

　　　　羿淫游以佚畋兮，又好射乎封狐。固乱流其鲜终兮，浞又贪夫厥家。

　　　　浇身被服强圉兮，纵欲而不忍。日康娱而自忘兮，厥首用夫颠陨。

　　　　夏桀之常违兮，乃遂焉而逢殃。后辛之菹醢兮，殷宗用而不长。

　　　　汤禹俨而祗敬兮，周论道而莫差。①（《离骚》）

　　此段中的人和事按夏商周的历史顺序排列。今天看来这是历史、神话的交织。但在屈原看来，它们就是历史。因为任何一个民族最初的历史，都是与神话传说融合在一起的。古希腊如此，中国也如此。屈原就是用这些他认作的历史，来总结国家兴亡的教训，表达自己的"美政"理想。其中有淫乐的夏启、有纵情畋猎而不理民事的羿，有肆意杀戮的浇，有背道而行的桀，有残杀臣民的纣。他们都因为不循正道、纵恣情欲而丧命失国。相反商汤、夏禹和周文王都俨然恭敬，行用先圣的法度，因此国家兴盛。屈原以后，这些由文化积淀而成的历史神话变为"典故"，仍然是诗思的自然走向，仍然是诗人想象的现成空间，并成为中国诗歌的一大特色。

---

　　① 《楚辞今注》，汤炳正等注，上海古籍出版社 1996 年版，第 17 页。

四　"惊采绝艳"：极致之美

屈骚不论词采、意象、诗境乃至精神，都体现出一种对极致美的追求。刘勰极力称道屈骚的"自铸伟辞"，并分别说明："骚经九章，朗丽以哀志；九歌九辩，绮靡以伤情；远游天问，瑰诡而惠巧；招魂招隐，耀艳而深华；……故能气往轹今，辞来切今，惊采绝艳，难与并能矣。"①其"惊采绝艳"及赞语中的"金相玉质，艳溢缁毫"成为对屈骚辞藻美的定评，被后人反复征引。就连对屈原为人及文章都不无尖刻的班固也肯定屈骚的文采。他说："其文弘博丽雅，为辞赋宗，后世莫不斟酌其英华，则象其从容。"②而当屈骚的词采与象征、夸张等手法相结合，表现诗人的人格美，呈现诗人天上人间对理想的不懈追求时，它就已经超出表层的文章美，不仅有内质的精神美，还特别体现出一种对极致之美的追求，一种彻里彻外的绝美。由此也就形成一种与儒家之善、道家之真鼎立而三的新的美学理想，确立了中国美学的新的审美维度。表现于诗本体，它创造了一个以抒情主人公为中心的绝美境界。这可以《离骚》为代表。

《离骚》塑造了卓然立于天地之间的绝美的诗人自我形象，他不但集内美、外美于一身，而且与其相关的一切，包括环境、饮食、骑乘等也都无所不美。从而在庄子的"至人"之外塑造了一个绝世的"美人"。《离骚》的开篇自叙：

> 帝高阳之苗裔兮，朕皇考曰伯庸。摄提贞于孟陬兮，惟庚寅吾以降。
>
> 皇览揆余初度兮，肇锡余以嘉名。名余曰正则兮，字余曰灵均。

---

① 周振甫：《文心雕龙注释》，人民文学出版社 1998 年版，第 36 页。
② 郭绍虞主编：《中国历代文论选》，上海古籍出版社 2001 年版，第一册，第 89 页。

纷吾既有此内美兮，又重之以修能。①

诗人先说自己的先天之美：他有高贵的出身，是颛顼帝的后代；他生于寅年、寅月、寅日，是最大的吉日良辰。父亲给了一个好名字"正则"和灵均，即中正、吉善之意，隐括屈平之"平"，也体现了自己的道德追求。内美之外，诗人还追求后天的道德之美，这就是"修能"。值得注意的是，抽象的"修能"是通过"扈江离与辟芷兮，纫秋兰以为佩"的象征来表现的，用直接呈现的香花、香草的感性美来指代。此外诗人还以美人自喻。② 他穿奇服，"制芰荷以为衣兮，集芙蓉以为裳""佩缤纷其繁饰兮，芳菲菲其弥章"；他戴高冠、佩玉饰，所谓"高余冠之岌岌兮，长余佩之陆离"，显示其遗世独立、不预流俗的高洁。他"朝饮木兰之坠露兮，夕餐秋菊之落英""折琼枝以为羞兮，精琼爢以为粻"。以朝露为饮，以秋菊、琼玉为食，美而雅、美而贵。他种植芳花香草："既滋兰之九畹兮，又树蕙之百亩。畦留夷与揭车兮，杂杜衡与芳芷。"他在茵茵芳草中驰马："步余马于兰皋兮，驰椒丘焉且止息。"所为、所行、所在无不美。他的车驾更是华美绝伦："为余驾飞龙兮，杂瑶象以为车。……凤皇翼其承旂兮，高翱翔之翼翼。忽吾行此流沙兮，遵赤水而容与。麾蛟龙使梁津兮，诏西皇使涉予。……屯余车其千乘兮，齐玉轪而并驰。驾八龙之婉婉兮，载云旗之委蛇。"③凤凰为其仪仗，蛟龙为其驾车，车以瑶玉、象牙为饰，玉为车轮，豪华中凸显自信与人格美，绚丽辉煌中透出超凡脱俗的高贵。总之，不仅这些或为幻想、或为象征的是绝美之物，而且它们所指代的情感、品德也是绝美之致，因此我们可以说，《离骚》塑造

---

① 《楚辞今注》，汤炳正等注，上海古籍出版社 1996 年版，第 2 页。
② 《离骚》中的美人有四个所指：诗人自指、楚王、贤能之士和美貌女子。
③ 《楚辞今注》，汤炳正等注，上海古籍出版社 1996 年版，第 26 页。

的自我形象，是诗人极尽心智和才华所力求表现的极致之美。

　　《离骚》之外，屈原其他作品中的人物、环境、情感也表现出诗人对极致美的钟情，比如《湘夫人》："帝子降兮北渚，目眇眇兮愁予。袅袅兮秋风，洞庭波兮木叶下。登白薠兮骋望，与佳期兮夕张。"其中的人美、景美，情也美。特别是"袅袅兮秋风，洞庭波兮木叶下"的秋景以及从中透露出的深情，构成一个极美的情景交融的意境。再如《少司命》的"秋兰兮麋芜，罗生兮堂下。绿叶兮素枝，芳菲菲兮袭予"。眼见的是芳香美丽的奇花异卉，洋溢的是虔敬快乐的情感，呈现的是一片生活与宗教乃至与艺术相谐相得的美好。与《诗经》中的"采采卷耳"、"参差荇菜"所表现的现实、朴素的劳动生活，呈现出完全不同的色彩。此外，《九歌》中还有不少对美居的描写，如《河伯》中的"鱼鳞屋兮龙堂，紫贝阙兮朱宫"，是中国文学中最早的"水晶宫"，成为后世小说如《柳毅传》之类的张本。《湘夫人》中有：

　　　　筑室兮水中，葺之兮荷盖。荪壁兮紫坛，匊芳椒兮成堂。
　　　　桂栋兮兰橑，辛夷楣兮药房。罔薜荔兮为帷，擗蕙櫋兮既张。
　　　　白玉兮为镇，疏石兰兮为芳。芷葺兮荷屋，缭之兮杜衡。
　　　　合百草兮实庭，建芳馨兮庑门。①

　　它描写的是一座庭院，其中有坛、有堂、有屋，还有奇花异卉。房舍用香木为材、用香花装饰、结香草为帷，一切皆美、一切皆香。除了这些想象的、非现实的"极致之美"而外，《招魂》还描述了虽不无夸张、却是现实世界的美。其中用62个四

_____

　　①　朱熹：《楚辞集注》，上海古籍出版社 2001 年版，第 37 页。

言句铺陈楚国的宫室之美，22 个四言句描写饮食之美，24 个四言句描绘歌舞之美，极尽铺陈夸张，彰显出屈原追求绝美的特有情结。下面是其中的一段：

> 肴羞未通，女乐罗些。陈钟按鼓，造新歌些。涉江采菱，发扬荷些。
>
> 美人既醉，朱颜酡些。娭光眇视，目曾波些。被文服纤，丽而不奇些。
>
> 长发曼鬋，艳陆离些。二八齐容，起郑舞些。衽若交竿，抚案下些。
>
> 竽瑟狂会，搷鸣鼓些。宫廷震惊，发激楚些。吴歈蔡讴，奏大吕些。①

其中对歌女的描写"美人既醉，朱颜酡些。娭光眇视，目曾波些。被文服纤，丽而不奇些。长发曼鬋，艳陆离些"，是对《诗经》中写意式的"巧笑倩兮，美目盼兮"的全面展开：这位美人脸漾醉红，眼睛嬉笑而微睇，目光如秋波送情，穿着绮纹绣服，两鬓光鲜，长发飘逸。美而不妖，艳而不冶。既有动态之媚，又有静态之美，是诗人用"耀艳而深华"的笔触画出的一幅既有"写意"之神，又有"工笔"之形貌的美人图。接下来对舞容和音乐的表现也都极尽工致，开辟了中国诗歌表现歌舞娱乐场面的先河，并且以它对"美"的铺张性描写，直接孕育了汉大赋。这样的描写在屈骚不是个别的例子，而是比比皆是，明确地彰显出一种自觉的审美追求，即用美文表现美人、美情、美境、美质，旨在表现一种极致之美，我们甚至可以这样说，这是中国文学中最早表现出的唯美倾向。

概而言之，屈原开创了中国诗歌的原生浪漫主义，它主要表

---

① 《楚辞今注》，汤炳正等注，上海古籍出版社 1996 年版，第 235—236 页。

现在自我主体的确立、个人情感的张扬、象征手法的运用、奇幻的想象以及对极致美的追求。《诗经》主要是集体创作的民歌，表现的是一种民族共通的普遍性感情。这种集体的诗在屈原那里变成了个人的诗，不仅体现出自我的主体意识，也代表了诗的进步，从此中国诗歌从集体的大合唱，走向个人的独唱，抒情诗就此成为中国诗歌的主体。而屈原的诗又从一开始，就打上了强烈的个性色彩。其人抗节高蹈、傲骨棱棱，其情勃郁愤激，其抒发肆意任性，没有丝毫的"礼义"的羁束，体现了一种不同于《诗经》"温柔敦厚"的激情美和个性美。

屈原的浪漫还集中体现在想象上。但他的想象并不完全是个人的天才创造，并不是天马行空般的无所依凭，也不是横空出世的灵感激发，而是有着相对固定的思维走向、有着一定的理路和现成的想象空间。这就是巫术引向的神幻恍惚的境界，还有楚地的导引、飞升之术所信仰的天界。其境如楚地帛画所示，人驾龙乘凤而飞天，那是一个光辉灿烂的天帝所在，而《离骚》的"天游"，正是这样的一个地方。

屈骚还运用了象征手法，它是"比兴"的发展，从物物之间的比喻，从心物之间模糊的交感兴发，变为外物与精神之间清晰的能指和所指。而其象征物：美人、芳花、香草既是山川秀美的楚地物产，也是楚地巫风中以美人、香花接神、娱神风俗的遗存。因此又引出屈骚的另一特质，即通过象征而表现出的对美的绝对追求，包括人的内质美、服饰美、饮食美、车驾美等等。因此我们也可以这样说，屈骚体现了一种唯美的追求。

而当我们梳理屈骚所体现的所有这些浪漫特质，就会发现，它们无不与楚文化血脉相连，正是在这块美丽富庶、人神共处、巫风炽热、信鬼而好祠、神话思维活跃的南楚大地，养育了屈原这样的耿介高洁之士，滋生发育了屈骚这一中国文学的奇葩，诞生了中国的浪漫主义诗歌。它带有夸张、奇幻、绝美的色彩，而这是中国风土文化的民族印痕。

再有，说屈骚是浪漫主义，只是就其主体而言，"浪漫"之外它其实还有"现实"，比如《惜往日》自述与楚怀王的际遇以及遭谗被逐的经历，再如《哀郢》的："民离散而相失兮，方仲春而东迁。去故乡而就远兮，遵江夏以流亡。出国门而轸怀兮，甲之鼂吾以行。"①它是实实在在地记叙顷襄王二年之事，当时诗人被再次流放，时在秦军大败楚军之后，怀王被扣，又逢灾荒，百姓离散，诗人厕身其中，离开郢都，开始新的流亡生涯。②叙事之外，屈骚也还有写实性描写，如《橘颂》："绿叶素荣，纷其可喜兮。曾枝剡棘，圆果抟兮。青黄杂糅，文章烂兮。精色内白，类可任兮"③云云。这一特点不仅在屈原，以后的浪漫诗人也是如此。在他们身上浪漫与现实并存，不过浪漫是主色调，是代表性的风格，这也是中国原生浪漫主义的一个民族基因，有别于德国浪漫派的浪漫主义。

---

① 朱熹：《楚辞集注》，上海古籍出版社 2001 年版，第 79—80 页。

② 此处取汤炳正的观点，见《楚辞今注》，汤炳正等注，上海古籍出版社 1996 年版，第 136 页。多有论者认为《哀郢》事因秦兵攻破郢都。代表性的有袁行霈主编的《中国文学史》，高等教育出版社 1999 年版，第一册，第 142 页。

③ 《楚辞今注》，汤炳正等注，上海古籍出版社 1996 年版，第 167 页。

第七章　李白

李白是中国诗歌史上的一座高峰，他与杜甫如日月双悬，照耀着诗坛的星空，分别代表着浪漫与现实两种风格和流派。因此，说到中国原生浪漫主义，李白就是其中心篇章。

第一节　生平和诗学思想

一　生平

李白（701—762）祖籍陇西成纪，长在四川。自称"五岁诵六甲，十岁观百家。轩辕以来，颇得闻矣。常横经籍书，制作不倦"①，"十五观奇书，作赋凌相如"②，可见他受过良好的教育。《旧唐书》本传说他"少有逸才，志气宏放，飘然有超世之心"③。《新唐书》本传称其"喜纵横术，击剑，为任侠，轻财重施"④。开元十三年（725），24 岁的李白沿江出川，"仗剑去国，辞亲远游"⑤，希望能在中国政治文化的中心地区，实现他的人生理想。李白先在楚越漫游，娶故相许圉师的孙女在安陆成家，随即以安陆为中心干谒、漫游、隐居。他也曾入长安求仕，

---

① 《李太白全集》，王琦注，中华书局 1977 年版，下册，第 1243 页。
② 同上书，中册，第 599 页。
③ 同上书，下册，第 1474 页。
④ 同上书，下册，第 1476 页。
⑤ 同上书，下册，第 1244 页。

但失望而归。随后漫游梁宋，并举家迁居山东任城。与友人"隐于徂徕山，酣歌纵酒，时号竹溪六逸"，颇得时名。"天宝初，客游会稽，与道士吴筠隐于剡中。筠征赴阙，荐之于朝，与筠俱待诏翰林。"①（《旧唐书·文苑列传》）玄宗对这位声名显赫的天才诗人礼遇有加，"帝赐食，亲为调羹"②。李白也自述："一朝君王垂拂拭，剖心输胆雪胸臆。忽蒙白日回景光，直上青云生羽翼。幸陪銮驾出鸿都，身骑青龙天马驹。王公大人借颜色，金章紫绶来相趋。"③他备感荣耀和恩遇，想要尽心竭力地报答浩荡皇恩，所谓"待吾尽节报明主"④。但李白天性傲岸，诗酒狂放，不肯折腰权贵，《新唐书》本传就记他命高力士脱靴之事。这自然引发朝中谗毁，虽"帝爱其才"，但李白"自知不为亲近所容"，于是"恳求还山，帝赐金放还"。天宝三年（744），他被迫离开长安，结束了昙花一现的仕途生涯。在悲愤中李白东下洛阳，遇到杜甫，两人同游梁宋，结下深厚的友谊，成为中国诗歌史上的一段佳话。以后的十年，李白在漫游、求道中度过，他既关心国家命运、积极入世，又对朝廷充满失望。"我本不弃世，世人自弃我"，表达了他深深的痛苦和无奈。

　　天宝十四年（755）"安史之乱"爆发，玄宗命其子永王李璘征讨叛军，李白时在庐山，被永王辟为僚属，以为正是报效国家之时。不想永王之兄李亨（肃宗）已经自立，遂以叛乱罪讨伐李璘，李白也就因此蒙冤入狱，长流夜郎。途中遇赦放还，流寓南方，三年后病逝于当涂。代宗继位后，曾以左拾遗召李白，而李白已经故去。其著述，《旧唐书》称"有文

---

①　《李太白全集》，王琦注，中华书局 1977 年版，下册，第 1474 页。

②　同上书，下册，第 1476 页。

③　同上书，上册，第 485 页。

④　同上。

集二十卷"，而李阳冰序李白《草堂集》云："当时著述，十丧其九"①，可见遗失之多。现李白诗存留有千余首，是中国诗歌乃至世界诗歌的瑰宝。

李白诗在唐代已经称首。晚唐著名诗人皮日休充分肯定李白匡正诗风的历史功绩，称扬其诗为"言出天地外，思出鬼神表，读之则神驰八极，测之则心怀四溟，磊磊落落，真非世间语者"②。殷璠在《河岳英灵集》中评李白诗曰："其为文章，率皆纵逸，至如《蜀道难》等篇，可谓奇之又奇，然自骚人以还，鲜有此体调也。"③这里所指出的"言出天地外，思出鬼神表"，以及"纵逸"、"奇之又奇"等显然是李白诗的个性风格，也是中国人对"浪漫"的本原性描述。

二　诗学思想

李白是中国的巅峰诗人，有着自己的诗学思想。这集中体现在他的两首《古风》以及其他一些诗中。

（一）诗歌史的认识

《古风》共五十九首，是李白晚年的作品，诗风古雅，正是诗题《古风》的具体实践。其中的第一首直接阐明了自己对诗歌史的认识及其美学观。该诗如下：

> 大雅久不作，吾衰竟谁陈。
> 王风委蔓草，战国多荆榛。
> 龙虎相啖食，兵戈逮狂秦。
> 正声何微茫，哀怨起骚人。
> 扬马激颓波，开流荡无垠。

①　《李太白全集》，王琦注，中华书局 1977 年版，下册，第 1477 页。
②　同上书，第 1523 页。
③　《唐人选唐诗（十种）》，元结、殷璠等选，上海古籍出版社 1978 年版，第 53 页。

　　废兴虽万变，宪章亦已沦。

　　自从建安来，绮丽不足珍。

　　圣代复元古，垂衣贵清真。

　　群才属休明，乘运共跃鳞。

　　文质相炳焕，众星罗秋旻。

　　我志在删述，垂辉映千春。

　　希圣如有立，绝笔于获麟。①

　　首二句开门见山，指出当下诗风离雅正之声已经很远，自己本应该肩负起重振诗风的责任，可惜年事已高，难当重任。在苍凉中表现出一种历史的责任感。以下是"诗歌史"叙述。李白上溯到《诗经》，认为它代表着"大雅"的正声。但春秋战国以后，它已被委弃在蔓草荆棘之中。诸侯争雄、战乱频仍，秦国已呈虎狼之势。这时《诗经》一类的正声已经衰落，而屈原、宋玉的哀怨的楚辞兴起。到了汉朝，扬雄、司马相如等人重振文坛，但他们所作的汉赋堆砌华丽，开启了绮靡的文风。总之，其间虽有兴废，但法度已经沦丧。"自从建安来，绮丽不足珍"是李白针对建安以来绮丽文风的严厉批评。我们知道，建安诗风本是慷慨悲凉，所谓建安风骨，一直被认为是风雅大统的继承。但建安后期，如曹丕、曹植之诗较之乃父曹操，已露华丽。钟嵘就评价曹丕诗"美赡可玩"、曹植诗"词采华茂"（《诗品》），而"晋世群才，稍入轻绮"（《文心雕龙·明诗》）。陆机更是明确提出"诗缘情而绮靡"的观点，所以绮靡之风愈演愈烈，直到南朝。到了李白所在的大唐盛世，圣主垂衣裳无为而治天下，而诗风也复归古风，这就是"清真"。何谓清真，"清"是清朗、明晰、朴素，"真"是天然本性、不加人工造作，也就是"清水

---

　　① 《李太白全集》，王琦注，中华书局1977年版，上册，第87页。

出芙蓉，天然去雕饰"。这就是"圣代复元古，垂衣贵清真"。它虽然反映的不全是唐代政治文学的事实，但却是李白的诗学理想。然后他说文人学士身处盛世，乘时运而飞跃，如同鲤鱼腾跃龙门，如繁星密布秋空。而我自己如同孔子一样，在有生之年，志于删述，去芜存菁，以为后代绳墨规范，以复振大雅之声。

从此诗可以看出，李白对中国诗史的评价是今不如昔。厚古薄今本是中国的传统：政治家们推崇三代之德，文论家们推重《三百篇》的雅正。而李白则是在这老调子中，委婉地唱出了新腔，这就是以复古为革新。

唐朝建国之初，弥漫诗坛的仍是齐梁的绮靡诗风，一大批宫廷诗人醉心于格律形式的创造，以雕琢华丽的辞藻君臣唱和，歌舞升平。来自下层的"初唐四杰"努力创新，把诗歌的内容从宫廷扩大到市井，从台阁移至江山塞漠。"四杰"之后的陈子昂又正面举起"复古"的大旗，以正诗风。他说："文章道弊五百年矣。汉、魏风骨，晋、宋莫传，然而文献有可征者。仆尝暇时观齐、梁间诗，彩丽竞繁，而兴寄都绝，没以永叹。思古人常恐逶迤颓靡，风雅不作，以耿耿也。"[①]陈子昂的表述虽然与李白不尽相同，比如他肯定了汉魏风骨，而把抨击的目标明确地放到了齐梁，但立意如一，那就是反对轻绮靡丽，主张恢复风雅的兴寄。所谓兴寄就是"托物起兴"、"因物喻志"，即注重现实，有为而作。但陈子昂声音微弱，影响有限。盛唐的李白，高才雄心，要开创新时代的诗歌辉煌，他接过了陈子昂以复古为革新的旗帜，虽然否定得有些过分，如"自从建安来，绮丽不足珍"云云，但主张却是明确的，即在内容、形式之间，他重内容，在自然与雕饰之间，他要自然。

---

① 郭绍虞主编：《中国历代文论选》，上海古籍出版社2001年版，第二册，第55页。

（二）诗歌的美学理想

李白的思想深受老庄影响，所以主张自然，反对人为。他有一篇《代寿山答孟少府移文书》，清楚地表达了这种审美观。《代寿山答孟少府移文书》是代一座无名的小山寿山，给孟少府写信，回答他的鄙薄，即："责仆以多奇，鄙仆以特秀，而盛谈三山五岳之美，谓仆小山无名、无德而称焉。"①显然这位孟少府轻视山川之自然秀美，而看重世人所附加的"名"与"德"。李白对此直斥曰："观乎斯言，何太谬之甚也！"然后他以老庄之理说道："吾子岂不闻乎：无名为天地之始，有名为万物之母。假令登封禋祀，曷足以大道讥耶？然能损人费物，庖杀致祭，暴殄草木，镌刻金石，使载图典，亦未足为贵乎？且达人庄生，常有余论，以为尺鹨不羡于鹏鸟，秋毫可并于泰山，由斯而谈，何小大之殊也。"②这是说即使是封禅的名山也不必藐视他山。而且封禅盛典劳民伤财、暴殄天物，纵写进历史，并不为贵。因为按照庄子的观点，世间万物各有其性，并没有真正的大小贵贱之殊。由此可见，在天然本性与后天人为之间，李白更看重天性自然，而且认为后者是对前者的戕害。这种思想在他的诗中也有清楚的表达：

> 丑女来效颦，还家惊四邻。
> 寿陵失本步，笑杀邯郸人。
> 一曲斐然子，雕虫丧天真。
> 棘刺造沐猴，三年费精神。
> 功成无所用，楚楚且华身。
> 大雅思文王，颂声久崩沦。

---

① 《李太白全集》，王琦注，中华书局1977年版，下册，第1221页。
② 同上书，下册，第1222页。

安得郢中质，一挥成斧斤。①

这是《古风》的第三十五首。它以《庄子》中丑女效颦和邯郸学步两个寓言开篇，用一个"惊"和"笑杀"来加以嘲笑。然后批评《斐然子》的雕琢、失却天真。李白认为，如此的艺术创作，就如同在荆棘的尖刺上雕琢沐猴，空费精神。但令人扼腕的是，这些一无用处的东西，却常使作者荣华及身。而"大雅"和"颂"那样典重的诗却早已无人问津。诗人最后化用《庄子·徐无鬼》中"运斤成风"的寓言，表达自己知音难觅的悲感。这个故事是说：有个郢地人，泥点溅到鼻尖上，于是请匠石替他削掉。匠石挥动斧头呼呼成风，削去泥点，而鼻子毫发无损。其间郢人面不改色，稳稳地站在那里。宋元君听说此事，甚觉新异，就把匠石找来，让他再来一遍。但匠石说，我以前是有此能，但如今我的"质"已经死了。言外之意，没有这相互理解的搭档，他就再也作不成了。② 而匠石与郢人的默契与成功，实质是心与道冥。而道的实质就是自然。

将这种思想运用于诗，李白提倡出于元气性情的自然，即"清水出芙蓉，天然去雕饰"。而李白自己的创作就实现了这一美学理想。就以李、杜而论，诸家有一个共识，这就是李白是"天成"之诗，而杜甫则是"苦吟"之诗。比如尽人皆知的"床前明月光，疑是地上霜，举头望明月，低头思故乡"，就是典型的天成之诗。再比如一般人不那么熟悉的《哭宣城善酿纪叟》：

纪叟黄泉里，还应酿老春。
夜台无晓日，沽酒与何人？③

---

① 《李太白全集》，王琦注，中华书局1977年版，下册，第133页。
② 陈鼓应：《庄子今注今译》，中华书局1983年版，下册，第641页。
③ 《李太白全集》，王琦注，中华书局1977年版，下册，第1202页。

短短二十字如随口道出，就把纪叟的好酒、纪叟的过世、自己对他的怀念，以及阴间纪叟的寂寞都明明白白的表达出来。特别是末联，想象在那黑暗的世界，纪叟即使酿出再好的酒，又能卖给谁呢？另一版本题作《题戴老酒店》：

> 戴老黄泉下，还应酿大春。
> 夜台无李白，沽酒与何人？①

此诗因为把"夜台无晓日"换成"夜台无李白"，就更为生动传神，言语淳朴如话，其间深情如老酒佳酿醇厚无比。李白还有很多耳熟能详的如"故人西辞黄鹤楼"之类，都是他所倡导的"天然"之诗。

总之，李白是有美学理想的诗人，在"天然"的旗帜下，表达他思想、情感的方方面面。其诗有的温润和雅，批判现实，有感而发，继承了风雅的兴寄传统，显然是对"大雅久不作，吾衰竟谁陈"的诗坛现状的积极补救。但更多的则是不羁自我的激情迸发，远离"乐而不淫，哀而不伤"的雅正，也正因为如此，他实现了中国诗史上空前的"浪漫"。

第二节　浪漫特质

李白是屈原之后最大的浪漫诗人。其"浪漫"表现于张扬的主体自我，表现于想象、夸张等艺术手法，既与浪漫主义的"公分母"一致，又有自己的突出个性，在中国文学史上可谓独树一帜。

一　主体的自我

中国古人论诗有《尚书》的"言志说"和《文赋》的"缘

---

① 《李太白全集》，王琦注，中华书局1977年版，下册，第1202页。

情说"，但无论哪一种，都是诗人在表达自我。而个人的表达方式不同，所以王国维说"有有我之境，有无我之境"①。但仅就"有我之境"而言，我之色彩的浓淡亦不相同。而李白诗最突出之处，就是凸显自我。

儒家传统诗学主张温柔敦厚，所以虽有自我，但不张扬。屈原突出自我，被批评为"露才扬己"。他的自我与象征、巫术融合在一起，自我因此被完美化、神化，成为一个非人的尊神般的形象。较之屈原，李白的自我则是纯粹个性化的、活生生的人的自我。他天然本色、狂放不羁，他飘逸不群、遗世独立，他激情豪迈、大气磅礴，他把一己的喜怒哀乐毫不遮掩地、痛快淋漓地挥洒出来，从而在中国诗史上塑造出一个卓然立于天地之间的"人"的自我形象。

李白的自我意识空前强烈，他的诗不论长篇还是短制，乃至拟乐府，都是在抒发情怀、表现自我，而且常常就把"我"直接放在诗面上。前人早就看到这一点，当代学者继续跟进，做出具体的数理统计，结论是："初唐诗中，'我'字使用率很低，随着向盛唐发展而渐高，李白则居于顶峰。……能够体现出李白的自我意识的高扬在盛唐的代表意义。"②"在具有可比性的作家中，'我'（含'吾'、'余'）的使用频率，李白 0.582%、白居易 0.4749%、杜甫 0.4026%，显然高居第一。"③除了字面上的"我"，李白诗在方方面面充溢着一种超乎寻常的自我主体精神。

（一）主观化的自然

中国人对自然一向怀有亲切的感情，先秦以来的传统主流文

---

①　郭绍虞、罗根泽主编：《蕙风词话·人间词话》，人民文学出版社 1982 年版，第 191 页。

②　罗时进：《唐诗演进论》，江苏古籍出版社 2001 年版，第 53 页。

③　同上书，第 46 页注释。

化，追求的不是西方式的认知和征服自然，而是与自然和谐共处。感受自然，与中国人天人合一的宇宙观共生；体味自然之乐，是士人企慕的生活方式。"莫春者，春服既成，冠者五六人，童子六七人，浴乎沂，风乎舞雩，咏而归"式的享受自然，为孔子所向往。[①] 庄子与惠子"游于濠梁之上"而知"鱼之乐"，"钓于濮水"而不应楚王之聘，[②] 显出道家与自然的心契神会。而中国文学从它的开端，就表现出人与自然的亲和，"比兴"就是其具体的表现。李白当然也不例外，他性爱自然，一生漫游名山大川，吟咏出绝佳的山水诗篇。

中国的山水诗由谢灵运开山，模山范水、切物象形的景物描写是其特色，有所谓"富艳精工"的考语。后代诗人虽然将意象由密变疏，改富艳为清丽，但谢灵运的"写实"风格却没有变，从谢朓到孟浩然，再到王维莫不如此。李白虽也有这样的作品，如家喻户晓的"天门中断楚江开，碧水东流至北回。两岸青山相对出，孤帆一片日边来"，但更能代表其浪漫特质的不是这样的"再现"，而是写他感觉中的自然、他意中的山水，这样自然就被染上强烈的主观色彩。我们看下面的作品：

游南阳白水登石激作

> 朝涉白水源，暂与人俗疏。
> 岛屿佳境色，江天涵清虚。
> 目送去海云，心闲游川鱼。
> 长歌尽落日，乘月归田庐。[③]

题目告诉我们，这是一首纪游诗，依游程写来，承袭大谢的

---

① 杨伯峻：《论语译注》，中华书局 1980 年版，第 119 页。
② 曹础基：《庄子浅注》，中华书局 2000 年版，第 251—253 页。
③ 《李太白全集》，王琦注，中华书局 1977 年版，中册，第 917 页。

篇章结构，但具体写法却大有不同。我们来看大谢的代表作《石壁精舍还湖中作》：

> 昏旦变气候，山水含清晖。
> 清晖能娱人，游子憺忘归。
> 出谷日尚早，入舟阳已微。
> 林壑敛冥色，云霞收夕霏。
> 芰荷迭映蔚，蒲稗相因依。
> 披拂趋南径，愉悦偃东扉。
> 虑淡物自清，意惬理无违。
> 寄言摄生客，试用此道推。[①]

这也是一首纪游诗，共十六句，可分为两段。前十二句纪游程。重点在第一段。诗人用浓墨重彩将所见景物作了客观详尽的描绘，"林壑敛冥色，云霞收夕霏"是壮丽的远景，"芰荷迭映蔚，蒲稗相因依"是眼下的细节，其光色、形态都十分具体，所谓"切物象形"，如同一幅工笔画。特别是"蒲稗"，既不是中国诗歌的传统意象，又不具有特别的美感，可谓不入诗之物，但谢灵运因"纪实"，还是把它着意地描绘了一番，一个"相因依"画出其茂密丛生的样态。其他如"出谷日尚早，入舟阳已微"是记时间，"披拂趋南径"是说林草茂密而障路，只得用手披拂前行，最后说自己"愉悦偃东扉"，高高兴兴地归家休息。结尾再写游后的感悟。这种写实纪游的手法为以后的孟浩然、王维这些山水大家所继承，下面的诗可资例证：

登鹿门山

> 清晓因兴来，承流越江岘。

---

①　《谢灵运集》，岳麓书社1999年版，第71页。

沙禽近方识，浦树遥莫辨。

渐至鹿门山，山明翠微浅。

岩潭多屈曲，舟楫屡回转。

昔闻庞德公，采药遂不返。

金涧饵芝术，石床卧苔藓。

纷吾感耆旧，结揽事攀践。

隐迹今尚存，高风邈已远。

白云何时去，丹桂空偃蹇。

探讨意未穷，回艇夕阳晚。①

这是孟浩然的纪游诗。同样是随着行程描写所见景物，观察入微，绘写工细，如"沙禽近方识，浦树遥莫辨"是真切的亲身感受，而"山明翠微浅"尤其精彩，把光照引起的山色变化准确地呈现出来。其他如《寻香山湛上人》、《秋登兰山寄张五》、《登江中孤屿赠白云先生王迥》等在孟诗中不少。山水诗的另一大家王维的纪游仍不离"写实"，比如下面的《蓝田山石门精舍》：

落日山水好，漾舟信归风。

玩奇不觉远，因以缘源穷。

遥爱云木秀，初疑路不同。

安知清流转，偶与前山通。

舍舟理轻策，果然惬所适。

老僧四五人，逍遥阴松柏。

朝梵林未曙，夜禅山更寂。

道心及牧童，世事问樵客。

暝宿长林下，焚香卧瑶席。

---

① 《全唐诗》，中华书局 1960 年版，第五册，第 1625 页。

涧芳袭人衣，山月映石壁。

再寻畏迷途，明发更登历。

笑谢桃源人，花红复来觐。①

　　此诗也一如大谢，同样是顺足迹写来，将沿途景物、所见、所遇、所感一一记下，像"初疑路不同。安知清流转，偶与前山通。捨舟理轻策，果然惬所适。老僧四五人，逍遥阴松柏"是典型的纪实，"涧芳袭人衣，山月映石壁"是细致的描写，让人读来如感亲历。王维其他如《晓行巴峡》、《晦日游大理韦卿城南别业四首》等都如此类。

　　较之谢、孟、王三家，李白的《游南阳白水登石激作》显然是别样写法。在他的一日游中，他所经见的景物其实与谢、孟、王的无甚二致，都有水、岛、云、天、日、月等等，但李白并没有着意于景物的形色，而是致力于自己的感觉，写自己心中的自然。写白水源，用"暂与人俗疏"，不只是说它远离市井，更是表现自己远离世俗的心志。写岛屿，只用了一个"佳"字，这是一个心理感觉，既是景色佳，也是心情好。"江天涵清虚"推开一个壮阔的远景，江天一色，诗人的心胸也豁然敞亮，他目送海云，俯观游鱼，一个"心闲"隐约引出了庄子的濠上之境，令人不知"心闲"的是鱼还是李白，抑或李白自己也沉醉于这种物我泯然为一的闲适境界。然后大跨度地跳跃到"落日"、"乘月"。而"归田庐"显然不是写实，因为白水在南阳城东三里处，李白应是客游于此，与隐居的田庐相去甚远。之所以有"暂与人俗疏"、"心闲"、"田庐"之说，皆起于诗人自己脱离世俗、归于自然的心意。正是它把游程中的合"意"之点串联起来。特别是"江天涵清虚"既是写景，也是状现自己高远而

---

　　①　《王维集校注》，陈铁民校注，中华书局 1997 年版，第二册，第 460 页。

清朗的心境，正是己意与自然的妙然兴会。下面是李白另一首著
名的诗：

望九华山赠青阳韦仲堪

> 昔在九江上，遥望九华峰。
> 天河挂绿水，秀出九芙蓉。
> 我欲一挥手，谁人可相从？
> 君为东道主，于此卧云松。[①]

此诗写远望。苍茫九华，翠微秀色，美景多多，可诗人只拈
出瀑布和群峰两个意象作写意式的大笔勾勒，这既合"远望"
之实，也是李白特有的功力。"天河挂绿水"状画瀑布，用"天
河"比喻，似乎它从天而降，似乎是银河落天，壮丽中透出飘
逸。"秀出九芙蓉"是说九华山诸峰如同荷花绽放，秀美多姿。
而作为喻体的芙蓉，其娇艳的粉红色恰与天水之绿形成鲜明的对
照。于是本来的青山白水，被诗人幻化为红绿相映，如同仙境。
而本来就艳羡神仙的诗人自然愿意留下，常驻云松了。所以此诗
的着意点仍然不是写实而是写意，这"意"包含了两个层面，
既是摄九华之神，也是抒发自己的归山之心。再比如：

焦山望寥山

> 石壁望松寥，宛然在碧霄。
> 安得五彩虹，驾天作长桥。
> 仙人如爱我，举手来相招。[②]

焦山是长江上的一座小岛，郁郁葱葱有"浮玉"之美称，

---

① 《李太白全集》，王琦注，中华书局1977年版，上册，第550页。
② 同上书，中册，第973页。

为历代的文人墨客所钟爱。寥山即松寥，与焦山分峙于波涛之中。诗人李白站在焦山之上，眼望蓝天碧波之间的寥山，他的诗笔有无尽的美景可描画，但他只轻轻画了一笔，勾出一个轮廓，这就是"宛然在碧霄"，然后从碧霄顺势转入彩虹，再转入神仙境界，表现自己的逸世飞升之想，而寥山早已析出了他的诗思。恰好王维也有一首"眺望"之诗，可资比较：

汉江临眺

楚塞三湘接，荆门九派通。

江流天地外，山色有无中。

郡邑浮前浦，波澜动远空。

襄阳好风日，留醉与山翁。①

　　王维此诗有同样的大气魄，虽然夸张，但不离写实。特别是"山色有无中"，描写远山在雾霭云气之中若隐若现，绝妙无比，大得欧阳修的赏识，较之李白诗可谓各臻其妙。但其间差异却很明显，即李白的山水尚虚、尚意而不尚实，他表现主观而非客观的自然。

　　因为诗以主观之"意"来统领，所以自然就会在"意"中发生形色变化，从一个静止的无情之物，变成一个有情有义的生命体，而与诗人进行心灵的对话，如下面的诗：

望汉阳柳色，寄王宰

汉阳江上柳，望客引东枝。

树树花如雪，纷纷乱若丝。

春风传我意，草木度前知。

---

① 《王维集校注》，陈铁民校注，中华书局1997年版，第一册，第168页。

寄谢弦歌宰，西来定未迟。①

赠卢司户

秋色无远近，出门尽寒山。

白云遥相识，待我苍梧间。

借问卢耽鹤，西飞几岁还。②

题情深树寄象公

肠断枝上猿，泪添山下樽。

白云见我去，亦为我飞翻。③

诗中的柳树伸展东枝，像是在欢迎客人，春风也能传达"我"的情思，草木都是我的知己。白云与"我"相识，有意地等待，为"我"翻飞。这是诗中常见的"通感"，客观的景物在这情感相通之中被主观化，但在这主观化的景物中，凸显的仍然是诗人的自我，他是万物的中心和主宰。比如著名的《月下独酌》：

花间一壶酒，独酌无相亲。

举杯邀明月，对影成三人。

月既不解饮，影徒随我身。

暂伴月将影，行乐须及春。

我歌月徘徊，我舞影零乱。

醒时同交欢，醉后各分散。

永结无情游，相期邈云汉。④

---

① 《李太白全集》，王琦注，中华书局1977年版，中册，第268页。

② 同上书，中册，第586页。

③ 同上书，中册，第671页。

④ 同上书，中册，第1062—1063页。

这是世间孤独的诗人，在寂寞之中面向无边苍穹，邀请明月为伴，与月、与影放歌共舞，一同行乐为欢。但寻欢的、畅怀的、要与明月"永结无情游"、并相期再聚首的都是诗人，月与影都是应招而来，所以诗人是这里的主人。李白表现主体精神的诗俯拾皆是，再举如下：

独 酌

春草如有意，罗生玉堂阴。
东风吹愁来，白发坐相侵。
独酌劝孤影，闲歌面芳林。
长松尔何知，萧瑟为谁吟。
手舞石上月，膝横花间琴。
过此一壶外，悠悠非我心。①

春日独酌

东风扇淑气，水木荣春晖。
白日照绿草，落花散且飞。
孤云还空山，众鸟各已归。
彼物皆有托，吾生独无依。
对此石上月，长醉歌芳菲。②

独酌清溪江石上寄权昭夷

我携一樽酒，独上江祖石。
自从天地开，更长几千尺。
举杯向天笑，天迴日西照。

---

① 《李太白全集》，王琦注，中华书局 1977 年版，中册，第 1068 页。
② 同上书，中册，第 1069 页。

　　永愿坐此石，长垂严陵钓。

　　寄谢山中人，可与尔同调。[①]

　　总之，爱自然是李白天性，但李白诗中的自然并非客观的自然，而是被染上主观色彩的自然。在与万物的互感交流中，诗人自我永远是屹然的主体和中心。

（二）任情适意的自我

　　李白天性自然，任情适意、自由自在，有一段天生的飘逸和风流，不为世俗的礼法所羁勒。因此李白自称"逸人"。而这种遗世之姿，也为世人所体认。前辈诗人贺知章一见而呼之为"谪仙人"，李白有诗记此事：

对酒忆贺监

　　四明有狂客，风流贺季真。

　　长安一相见，呼我谪仙人。

　　昔好杯中物，翻为松下尘。

　　金龟换酒处，却忆泪沾巾。[②]

　　贺知章自号"四明狂客"，为人放达，好饮酒，是"饮中八仙"中的人物，他与李白意气相投，有着天生的相互理解与赏识。他一眼看出李白的飘逸不群，以"谪仙"呼之。当时李白初到长安，贺知章已是位尊名重。经他推重，李白名声更噪，因此李白多年之后还深情怀念这位前辈知己，心怀感念而泪下沾巾。前辈之外，诗坛的新秀杜甫也称李白为仙，他在《饮中八仙歌》中为李白画出了形神兼得的肖像：

　　李白一斗诗百篇，长安市上酒家眠。

---

① 《李太白全集》，王琦注，中华书局 1977 年版，中册，第 674 页。

② 同上书，中册，第 1085 页。

　　天子呼来不上船，自称臣是酒中仙。

　　斗酒百篇是称其才华，"长安市上酒家眠"暗用了阮籍之典，是说他的旷达不羁，接下二句最为传神，活活画出李白的傲岸之姿，仙人心态。而李白之所以被目为仙，最根本的就是他超凡脱俗，不为礼法所束。他坦坦然然地呈现本真的自我，而没有丝毫的做作：

夏日山中

　　懒摇白羽扇，裸袒青林中。
　　脱巾挂石壁，露顶洒松风。①

　　这是魏晋风流的再现，是自然人与自然山水的相与相得、泯然为一，是最为本然的自我。李白之外，唐代诗人盖无有此气度者。

山中与幽人对酌

　　两人对酌山花开，一杯一杯复一杯。
　　我醉欲眠卿且去，明朝有意抱琴来。②

　　山间山花烂漫，诗人与客对花畅饮，兴致愈酣，一杯一杯地喝下去，终于醉感、睡意袭来，于是直截了当地请客人离开。并说如果你还有兴致，那么明天再见，最好带琴来。没有客套、没有委婉，更不克制自己，完全是自我中心的一片至朴至纯的率然天真。其中的"我醉欲眠卿且去"，让人想到陶渊明，也即陶潜。《宋书·隐逸传》有："潜不解音声，而畜素琴一张，无弦，每有酒适，辄抚弄以寄其意。贵贱之者，有酒辄设。潜若先醉，

----

　　①　《李太白全集》，王琦注，中华书局1977年版，中册，第1073页。
　　②　同上书，中册，第1074页。

便语客'卿可去'其真率如此。"可见这是中国文化中从庄子以来所贵重的天真与自然，但较之陶渊明李白更得飘逸之概。

友人会宿

涤荡千古愁，留连百壶饮。
良宵宜清谈，皓月未能寝。
醉来卧空山，天地即衾枕。[①]

友人相见，酣饮畅谈，醉来即卧空山，天地就是他们的枕与被，不但潇洒而且有大气概。这些脱俗、离轨之举，在李白笔下，写来是那么自然，既没有遮掩，也没有故作风流的矫饰。于是在大自然的背景之下，在与礼法的对立之中，凸显出诗人天性本然的自我。它是对异化的一种风流潇洒的抗争，也是李白性格中最可爱的地方。

李白性真，任情任意，所以一当遭遇社会，就激发出种种的喜怒哀乐，抒之于诗，就姿态万千：既有含蓄的"隐秀"，如春风拂煦、如溶溶月色、如溪流涓涓，表现了一个善良、多情的自我。但更多的则是恣意纵情的狂放，如钱塘奔潮排山倒海，如黄河怒涛汹涌澎湃。在惊天动地的力量气势中，表现着一己的孤独和痛苦，于是在天地之间、在山川江河之上，书写着一个巨大的"我"字。

如果我们把李白的个性和命运放到唐代和中国诗史的背景上来看，就会发现，李白的不幸从根本上说，是由于一个天才诗人却怀抱着政治理想，而诗才与治世是完全不同的两回事。盛唐诗人受到时代精神的感染，多怀济世之志，李白之外，杜甫、高适、岑参乃至青年时代的王维莫不如此。他们觉得如果不干出一

---

① 《李太白全集》，王琦注，中华书局1977年版，中册，第1069页。

番事业，就对不起这个时代，即使像孟浩然这样的隐士，也还有"魏阙心恒在"、"端居耻圣明"这样的用世之心。但政治家的功利与理性恰与诗人的理想、激情相违背，所以大诗人其实做不了大政治家。有唐一代的诗人而兼政治家，并真正表现出治世之才的极少。可数的只有高适、白居易、刘禹锡、韩愈等，但他们各有痛苦的遭遇。高适曾混迹渔樵多年，若不是"安史之乱"，他恐怕没有发达的机会。而白居易、刘禹锡、韩愈初入仕途时，都曾积极奋发，以兼济为志，但屡遭挫折，刘禹锡被贬在蛮夷之地达二十三年，韩愈因谏迎佛骨险些被杀。而只是当他们消磨了诗人的激情，变得庸常之时，仕途才变得坦荡起来，白居易就是好例证。这些事实告诉我们，诗人之才恰好不能用世。而李白是一个纯粹的、天才的诗人，他没有吸取前代乃至本朝诗人如陈子昂的教训，幼稚地以为"谪仙"之才可以搞定一切。所以当他以诗人而遭遇政治，以诗心、诗情而遇世，得到的就只有挫折和失败。他鲜活的生命，被恢恢世网牢笼，他感到束缚，他感到无路可走，于是他愤而高歌，倾吐出一腔的痛苦，比如下面的《行路难》：

> 金樽清酒斗十千，玉盘珍羞直万钱。
> 停杯投箸不能食，拔剑四顾心茫然。
> 欲渡黄河冰塞川，将登太行雪满山。
> 闲来垂钓碧溪上，忽复乘舟梦日边。
> 行路难，行路难，
> 多歧路，今安在。
> 长风破浪会有时，直挂云帆济沧海。①

《行路难》是乐府古题，"备言世路艰难及离别悲伤之意，

---

① 《李太白全集》，王琦注，中华书局1977年版，上册，第189页。

多以君不见为首"①。《乐府诗集》称其由苏武从北地牧羊人学来，而所录最早的《行路难》为鲍照所作。鲍照的这十八首以及后世的拟作，都从不同角度抒发世路艰难、怀才不遇的愤懑。可见李白是有意拿过这个题目，写亲身体验到的"行路难"。他一共写了三首，这是第一首。

从内容看，此诗应作于李白被赐金放还离开长安之后。李白到长安本是要一展宏图的，想象着能指画江山，济世安邦。但玄宗并没有授予他实在的官职，不过是"供奉翰林"，位于文学侍从之列。为皇帝后妃填词作歌以佐欢，著名的《清平调词》三首就证明了这一点。而当时一些御用画师的头衔也是"供奉翰林"，可见李白在长安的真实地位与生活。史载李白初到长安，玄宗十分赏识，曾亲自调羹赐饭，显然为李白的风度才华所倾倒。皇帝之外，前辈诗人贺知章见而呼其为"谪仙"，所谓"太子宾客贺公，于长安紫极宫一见余，呼余为'谪仙人'，因解金龟，换酒为乐"②。于是轰动了整个上流社会，争相与其交往，一时间李白成了一颗"巨星"。但玄宗只把李白看做文学侍从，而非治世之臣，如同汉武帝对东方朔，不过如倡优蓄养之，招之即来，呼之即去，供自己畅神娱乐。而李白天性不羁，既不谙官场之道，也不肯屈心事人，一如既往地保持着自己的谪仙姿态，所以很快招来嫉妒和谗言。李白看出自己不容于朝，所以自请还山，而天子也明白这匹"天马"难以驯养驾驭，所以也慷慨地"赐金放还"。一场辉煌的功业梦就此破灭。李白心中的万丈豪情变成了充天塞地的怨气，于是纵酒放歌而抒怀，这就是李白的《行路难》。这第一首共十四句，可分为三层。首四句为第一层，描写当下的宴饮；接下的八句是第二层，倾吐心头块垒，最后两

---

① 郭茂倩：《乐府诗集》，中华书局1979年版，第三册，第997页。
② 《李太白全集》，王琦注，中华书局1977年版，中册，第1085页。

句是第三层，期望将来。

　　"金樽清酒斗十千，玉盘珍羞直万钱"点化曹植的"美酒斗十千"，极言酒宴的豪奢。但面对这金樽美酒，豪饮的诗人却喝不进、吃不下，因为他的胸中已经塞满了忧愤。情激之中他放下酒杯、丢下筷子，拔出了宝剑，似乎要用利剑击碎这些块垒，但块垒郁积在心中，他的剑又砍向何方呢？所以在拔剑的激烈之后，接下的只有"茫然"，因为他不知路在何方。黄河冰封塞川，太行积雪满山，这两个象征性意象的所指都是"行路难"。但万里黄河、巍巍太行同时也造就出恢弘的气势，让我们感到诗人黄河、太行般的雄心壮志，他山高海阔的心胸。果然，诗人在痛快淋漓的发泄之后，心境一转，转入了新的希望，这就是"闲来垂钓碧溪上，忽复乘舟梦日边"。前一句隐括了姜尚、文王典故，后句用伊尹、成汤故事。姜尚曾在磻溪垂钓，伊尹曾梦见自己乘舟去到日边。结果二人都得遇明主，辅佐君王终成大业。诗人显然又展开了想象的宏图。但这毕竟只是想象，于是思路蓦然转回到眼前，依然是无路可走的痛苦，所以他大声发问"多歧路，今安在"？这是问人生、问世路，但谁能回答他呢？只能是寂然。最后的"长风破浪会有时，直挂云帆济沧海"，既是李白的自信，也是李白无奈的旷达。但这并不能真正消解李白"无路可走"的痛苦，于是在他的《行路难》之二，那经压抑而变得更为强烈的痛苦就如火山一样喷发而出：

> 大道如青天，我独不得出。
> 羞逐长安社中儿，赤鸡白狗赌梨栗。
> 弹剑作歌奏苦声，曳裾王门不称情。
> 淮阴市井笑韩信，汉朝公卿忌贾生。
> 君不见昔时燕家重郭隗，拥彗折节无嫌猜。
> 剧辛乐毅感恩分，输肝剖胆效英才。
> 昭王白骨萦蔓草，谁人更扫黄金台？

行路难，归去来。①

"大道如青天，我独不得出"是愤怒的抗议，惊天又动地。"大道如青天"是一个比喻，《诗经》中有"周道如砥，其直如矢"，形容大道笔直平坦，是一个贴近真实的比喻，而李白的就显得奇异。因为大道若如青天，那么它就像天一样无边无际，那还何成其为"道"呢？但就是这样的宽广大道，所有的人都可以畅行无阻，但诗人却走不出去，他成了天地间的囚徒，有天高地厚般的痛苦和怨愤。这原因何在呢？接下的四句就是回答：官场黑暗，不容贤才。他自己既不能与斗鸡走狗之徒为伍，也不能卑躬屈膝地出入权贵之门，而这些都是做官之"术"。原来唐玄宗喜欢斗鸡，曾在宫中造鸡坊，搜罗斗鸡数千，"选六军小儿五百人，使驯扰教饲之"②。其中有一名贾至，驯鸡有方，深得玄宗赏爱，"金帛之赐，日至其家"③。当时民谣有"生儿不用识文字，斗鸡走狗胜读书，贾家小儿年十三，富贵荣华代不如"④。李白《古风》第二十四描写斗鸡者的嚣张气焰："路逢斗鸡者，冠盖何辉赫。鼻息干虹霓，行人皆怵惕。"在《答王十二寒夜独酌有怀》中又说："君不能狸膏金距学斗鸡，坐令鼻息干虹霓"，表达的都是对小人得势、君子失路的愤慨。接下的"淮阴市井笑韩信，汉朝公卿忌贾生"，用韩信受胯下辱和贾谊受权臣排挤两个典故，隐喻自己的英才不遇。再诗笔一转，转向历史上爱才如渴的燕昭王。战国时诸侯争霸，燕昭王为了富国强兵，救国于危难，卑身厚币以招贤者。他师事郭隗，在易水边筑黄金台以招揽贤士。于是乐毅、邹衍、剧辛等各路人才纷纷来归。《史记》

---

① 《李太白全集》，王琦注，中华书局1977年版，上册，第190页。
② 同上书，上册，第121页。
③ 同上。
④ 同上。

载："邹衍如燕,燕昭王拥篲先驱。"《索隐》曰："为之扫地,
以衣袂拥帚而却行,恐尘埃之及其长者,所以为敬也。"①因为有
明主的折节下士,也就有贤臣的输肝剖胆。于是燕国迅速崛起,
乐毅率师攻陷齐国首都临淄,连下七十余城。这就是燕昭王筑黄
金台纳贤的故事。历代怀才不遇的人,都不免有"黄金台"之
思,陈子昂有《燕昭王》,诗云:"南登碣石馆,遥望黄金台,
丘陵尽乔木,昭王安在哉?"李白的情感与陈子昂相近,都感到
明主贤臣遇合的渺茫,而且似乎是以"昭王白骨萦蔓草"来明
明白白地回答陈子昂的"昭王安在哉"的问题?不但更悲凉,
而且更愤然,所以自然归到"谁人更扫黄金台! 行路难,归去
来"。诗人将自己心中的愤慨痛快淋漓地倾吐出来,他傲岸的自
我、痛苦的自我也就如浮雕凸显出来。另外如《将进酒》:

> 君不见黄河之水天上来,奔流到海不复回。
> 君不见高堂明镜悲白发,朝如青丝暮成雪。
> 人生得意须尽欢,莫使金樽空对月。
> 天生我材必有用,千金散尽还复来。
> 烹羊宰牛且为乐,会须一饮三百杯。
> 岑夫子,丹丘生,
> 将进酒,君莫停。
> 与君歌一曲,请君为我侧耳听。
> 钟鼓馔玉不足贵,但愿长醉不愿醒。
> 古来圣贤皆寂寞,惟有饮者留其名。
> 陈王昔时宴平乐,斗酒十千恣欢谑。
> 主人何为言少钱,径须沽取对君酌。
> 五花马,千金裘,

---

① 《李太白全集》,王琦注,中华书局1977年版,上册,第191页。

　　　　呼儿将出换美酒，与尔同销万古愁。①

　　情感起伏跌宕，从人生苦短的悲哀，到功业不成的痛苦，再到及时行乐的暂欢，再到自信与自慰，终又归结于无法消解的"万古愁"，在一个大空间中表现自己的大痛苦，在绝望、失望、希望的缠结中，呈现出一个既自信又任情，既潇洒慷慨，又深感痛苦，既有敏锐的生命感觉，又透出可爱天真的诗人主体形象。李白此类直抒胸臆的诗很多，其佳者如《梁甫吟》、《日出行》、《江上吟》、《西岳云台歌，送丹丘子》等等，皆调激而情切、恣意而任情。

　　李白的恣意任情还表现在不受场合、诗类的羁束而随意宣泄，他著名的《宣州谢朓楼饯别校书叔云》可资一斑：

　　　　弃我去者昨日之日不可留，乱我心者今日之日多烦忧。
　　　　长风万里送秋雁，对此可以酣高楼。
　　　　蓬莱文章建安骨，中间小谢又清发。
　　　　俱怀逸兴壮思飞，欲上青天览明月。
　　　　抽刀断水水更流，举杯销愁愁更愁。
　　　　人生在世不称意，明朝散发弄扁舟。②

　　这首饯别诗是李白为他的族叔李云所作。按常轨，应显恭敬之意，叙惜别之情。但这些全然没有被顾及，从头至尾只有诗人自己的情感宣泄。诗以"我"开篇，长达十一字的两个排比，将积蓄胸中的块垒劈头掷出，突兀又有千钧之重。其中一个"留"字含着对"弃我"而去的无情昨日的丝丝留恋，一个"乱"字又凸显出"我"此时心绪的烦乱。但三、四句陡转，长风将心中的阴霾突然扫净，诗人开始痛饮高歌。五、六句又转，

―――――――

　　①　《李太白全集》，王琦注，中华书局 1977 年版，上册，第 179—180 页。
　　②　同上书，中册，第 861 页。

因谢脁楼而思及谢脁以及诗文。这让他暂时忘却愁思，逸兴湍飞，发出了"欲上青天览明月"的豪言，给全诗添上了一抹亮色。九、十句情绪又转，由一时之兴，突然又跌到不可消解之愁。最后两句再转，转到旷达，但其中故作的意味，隐含着深深的无奈。全部十二行诗，诗人任凭情感起伏跌宕，也任诗笔尽情挥洒。他全然忘了诗的饯别旨意，也忘了自己的族叔，完全是主体自我的纵情适意。

（三）自信、自负与救世

李白的主体精神，还表现于经国济世的抱负、自我的人格尊严以及自觉的生命意识。他自叙："近者逸人李白自峨眉而来，尔其天为容，道为貌，不屈己，不干人，巢、由以来，一人而已。乃虬蟠龟息，遁乎此山"①，养气修道以登仙界。寥寥数笔勾勒出一个傲然、昂然的自我。他遗世而独立，是庄子"神人"一流的人物。但他这天性超逸之人，也为奋发扬厉的时代精神所感染，不愿放弃自己的社会责任，所以先要成就一番事业，然后再功成身退。于是他不无遗憾地放弃了自己的修仙计划，"仰天而叹"，对友人说："吾未可去也。吾与尔，达则兼济天下，穷则独善一身。安能飧君紫霞，荫君青松，乘君鸾鹤，驾君虬龙，一朝飞腾，为方丈、蓬莱之人耳，此则未可也。乃相与卷其丹书，匣其瑶瑟，申管、晏之谈，谋帝王之术。奋其智能，愿为辅弼，使寰区大定，海县清一。事君之道成，荣亲之义毕，然后与陶朱、留侯，浮五湖，戏沧洲，不足为难矣。"②一种以天下为己任、舍我其谁的慷慨大气，溢于言表。这里特别引人注目的是，李白的功业之心，不是为了个人的富贵名利，而这是汉末以来士人公开表达的人生追求；他也不同于屈原之于宗国骨肉之亲的

---

① 《李太白全集》，王琦注，中华书局1977年版，下册，第1225页。
② 同上。

"爱国"。他是在追求一种理想，一种完善的人格、完美的人生。这种高尚让人感动，所以其中的"大言"不但不显其"狂妄"，反让人觉其可爱。这是一个狂放、傲岸、自信、自负的李白，没有丝毫的伪饰和遮掩。李白的榜样是春秋时代救人急难、功成却赏的鲁仲连：

> 齐有倜傥生，鲁连特高妙。
> 明月出海底，一朝开光曜。
> 却秦振英声，后世仰末照。
> 意轻千金赠，顾向平原笑。
> 吾亦澹荡人，拂衣可同调。①

这是《古风》的第十首。诗写得雅正而有豪侠之气。其中"明月出海底，一朝开光曜"精彩绝妙。诗人以"明月"赞美鲁仲连的纯洁高尚，用"出海底"、"一朝开光曜"隐喻他一旦出世，就能救世。这既是对鲁仲连的赞美，也表达了诗人自己带有侠义色彩的救世理想。然而大一统的盛唐时代已不同于诸侯纷争的春秋战国，士人已经不可能靠游说诸侯而成就功业。要用世就必须先入仕途，如同那个时代的所有士人一样，李白也不得不行"干谒"，以求得援引。但李白却绝没有一般士人的谦卑，而是昂然潇洒一丈夫。他洋洋洒洒的《与韩荆州书》可见其一斑：

> 白闻天下谈士相聚而言曰："生不用封万户侯，但愿一识韩荆州。"何令人之景慕，一至于此耶！岂不以有周公之风，躬吐握之事，使海内豪俊，奔走而归之，一登龙门，则声誉十倍。所以龙盘凤逸之士，皆欲收名定价于君侯。愿君侯不以富贵而骄之，寒贱而忽之，则三千宾中有毛遂，使白得颖脱而出，即其人焉。

---

① 《李太白全集》，王琦注，中华书局1977年版，上册，第101页。

> 白陇西布衣，流落楚、汉。十五好剑术，遍干诸侯。三十成文章，历抵卿相。虽长不满七尺，而心雄万夫。王公大人，许与气义。此畴曩心迹，安敢不尽于君侯哉。①

这是此信的前两段。《唐书》载，韩荆州，即韩朝宗善识人，喜奖掖提拔后进，曾经向朝廷推荐崔宗之和严武，因此当时士人翕然归之。②信的开头，李白先极力推崇韩朝宗：认识他胜过封万户侯。这显然是夸大、吹捧。但用的"天下谈士"之言，并非己出，所以不露丝毫的阿谀。同时自自然然地将自己归入这"龙盘凤逸"之属。接下转入干谒的正题，但李白并没有低声下气地"恳求"、"请求"，只是给韩一个"友情提示"：千万不要以"富贵"和"贫贱"给人划等，而是要辨人以才，让我这个"毛遂"能脱颖而出。一个"愿"字，扭转了"干谒"的被动乃至对自尊的伤害，几乎变客为主，似乎韩朝宗若不听从，就要铸成千古大错，埋没了贤才，于国缺失栋梁，于己毁了一世英名。

在第二段中李白叙述身世，大大方方地自称"布衣"，坦坦荡荡地说出志向，没有丝毫的卑怯，表现了秦汉以来布衣之士难得的自尊。而在下文，在赞美了韩朝宗提携后进的美德之后，直接反问道："君侯何惜阶前盈尺之地，不使白扬眉吐气、激昂青云耶？"口气之大，令人瞠目。下面是李白的另一首干谒诗，虽被萧士赟云认为伪作，但口吻、气魄显然都是非李白而莫属的，这就是《上李邕》：

> 大鹏一日同风起，搏摇直上九万里。
> 假令风歇时下来，犹能簸却沧溟水。

---

① 《李太白全集》，王琦注，中华书局 1977 年版，下册，第 1239—1240 页。
② 同上书，下册，第 1239 页。

时人见我恒殊调，见余大言皆冷笑。

宣父犹能畏后生，丈夫未可轻年少。①

跟《与韩荆州书》同样的英气逼人，同样的大模样。诗人直接提醒李邕这位名声显赫的前辈：孔夫子尚且感到后生可畏，你千万别小看了我，我就是那一旦得风，就要奋飞九万里的大鹏。李白自认怀管乐之才，一旦风云际会，就能干出平治天下的伟业，所以他说话口气大、底气足。也就是说自信和自尊是他如此大方、坦然的心理基础。

李白一生没有参加过科举考试，学者多认为是不屑于此。李白希望能通过皇帝的征召而进入仕途，这要比汲汲于场屋荣耀得多、迅捷得多，更合乎李白的性格。天宝元年（742），李白终因诗名广播又有朋友荐举而被玄宗征召入京，他终于盼来了这样一个大鹏展翅的机会。于是兴奋无比，以为青天大道铺展在自己眼前，挥毫写下了如下的快意无比的诗：

南陵别儿童入京

白酒新熟山中归，黄鸡啄黍秋正肥。

呼童烹鸡酌白酒，儿女嬉笑牵人衣。

高歌取醉欲自慰，起舞落日争光辉。

游说万乘苦不早，著鞭跨马涉远道。

会稽愚妇轻买臣，余亦辞家西入秦。

仰天大笑出门去，我辈岂是蓬蒿人。②

题目表明，诗写的是当下情景：家宴庆祝，喜气洋洋，自己高歌醉舞，最后是离家入京："仰天大笑出门去，我辈岂是蓬蒿

---

① 《李太白全集》，王琦注，中华书局1977年版，上册，第512页。

② 同上书，中册，第744页。

人"将满腔的得意毫不掩饰地直接喊将出来。正是李白此时此刻的传神写照:他既没有感激皇恩浩荡,也没有庆幸自己好运,而是像终于盼到了朗朗乾坤,得到了一个本应属于他的公正,让他扬眉吐气,吐出了多年郁积胸中的块垒。这既有世道的不公,似也有家庭的不快,"会稽愚妇轻买臣"就透露了这样的信息。而这一天在他看来早就应该到来,等到今日,已经是迟了,所以他大呼"我辈岂是蓬蒿人",其中不乏委屈、不平,继而仰天大笑而去,洋溢着无限的自信和自负。同样是得意时刻,不同人透露的内心却有所差异。唐诗中有一首著名的《登第后》:"昔日龌龊不足夸,今朝放荡思无涯。春风得意马蹄疾,一日看尽长安花。"这是孟郊在场屋两番挫败之后,在46岁终于进士及第后所写。诗人按捺不住满心的欢喜,长安城中驰马看花,为我们留下了"春风得意"和"走马看花"这样的好成语。若比较二人的"得意",孟郊是全然的得意,以前的寒窗、卑微、痛苦统统丢到了脑后,尽享成功的快乐。这就是"昔日龌龊不足夸"。而李白则更多的是扬眉吐气,让受屈的心舒放开来、痛快起来。征召的荣耀并不能让他忘掉昔日的"龌龊",得意之时还要反诘伤害过他的人,这就是"我辈岂是蓬蒿人"。它显示的是一颗敏感而高傲的心。而"仰天大笑"的潜台词是皇帝需要他这个辅弼之才去"补天",而他也不妨慷慨地去帮帮忙,如同鲁仲连的扶危济困,其中充溢的是一种绝对的主体精神。这种精神李白保持了一生,历经挫折依然豪情不减。直到晚年他在永王李璘幕中,仍幻想着能同谢安一样,谈笑间平定安始叛军,收复长安,挽救国家危亡:

永王东巡歌十一首之二

三川北虏乱如麻,四海南奔似永嘉。

但用东山谢安石，为君谈笑静胡沙。①

永王东巡歌十一首之十一

试借君王玉马鞭，指挥戎虏坐琼筵。

南风一扫胡尘静，西入长安到日边。②

这在今天看来，实在有些"老天真"，但他至老还保持着一份天真乃至童心，还是让人感到几分可爱。李白时常口出"大言"，如"兴酣落笔摇五岳，诗成笑傲凌沧洲"，"屈盘戏白马，大笑上青山。回鞭指长安，西日落秦关"，"我且为君槌碎黄鹤楼，君亦为吾倒却鹦鹉洲"等等，直到临终，他还心有不甘，写出"大鹏飞兮振八裔，中天摧兮力不济。馀风激兮万世，游扶桑兮挂石袂。后人得之传此，仲尼亡兮谁为出涕"③这样悲慨又大气磅礴的诗。大悲不掩大志，其心可谓壮哉。

总之，较之中国诗史上的其他诗人，李白诗最突出的就是凸显他的主体性自我。说志向，他直言"愿为辅弼，使海县清一，寰区大定"，有一种舍我其谁的自信。他声言"我本楚狂人，凤歌笑孔丘"，没有丝毫的温良恭让。他以一介布衣昂然于世，有"戏万乘若僚友，视同列如草芥"的气概。有"安能摧眉折腰事权贵，使我不得开心颜"的自尊。这里"我"是中心，一切任"我"的情性而动，没有世俗的礼法和社会的规范能羁束他。千载之下，它比"麻鞋见天子，衣袖露两肘"的忠臣更以个性的真情打动人心。

---

① 《李太白全集》，王琦注，中华书局1977年版，上册，第427页。

② 同上书，第433页。

③ 此诗题为《临路歌》，但"路"字可能是"终"字之误。"李华《墓志》谓太白赋《临终歌》而卒。恐此诗即是。"见王琦注《李太白全集》，中华书局1977年版，上册，第452页。

二　想象

文学创作离不开想象，古今中外皆然，而浪漫主义作家尤甚，就中国诗人而言，李白的想象较之前辈的庄子、屈原更为丰富多彩。大略分述如下。

（一）比式想象

比兴是中国诗歌原创性的创作手法，源于《诗经》。"比者，以彼物比此物"①，"比"的实质是联想，是从一个现有形象，通过一个"相似点"而想象出一个新的形象，例如"自伯之东，首如飞蓬"（《卫风·伯兮》)，是说一个女子，自丈夫离家之后，没有心情打扮自己，头发蓬乱如同飞蓬。"乱"是本体"首"跟喻体"飞蓬"之间的思维连线，诗人是从"乱"出发展开联想，捕捉到"飞蓬"这一形象的。另外如"有女如玉"（《召南·野有死麕》)、"其甘如荠"（《邶风·谷风》)、"巧舌如簧"（《小雅·巧言》）等都属此类。而"维南有箕，不可以簸扬。维北有斗，不可以挹酒浆"（《小雅·大东》)，是《诗经》中最为成功的比式想象。诗人先是把天上的星宿比作人世所用的箕与斗。继而把箕、斗跟相关的动作"簸扬"、"挹酒浆"联系起来，而全诗主旨：贵族如星，无益于人则是更进一步的隐喻。三个层次的比实际是连续的想象。其他如"关关雎鸠，在河之洲，窈窕淑女，君子好逑"（《周南·关雎》)，君子因为看到关雎雌雄相和而鸣，而想到自己的爱情婚姻，其间也蕴涵着比喻和想象。这些作为中国诗学的传统影响着后世，而浪漫诗人尤擅此道。屈原就把《诗经》单个、片断的比兴，发展到全篇的比兴。最早注释屈骚的王逸就看出，"《离骚》之文，依《诗》取兴，引类譬喻。

---

① 朱熹：《诗集传》，上海古籍出版社1980年新一版，卷一，第4页。

故善草香花，以配忠贞；恶禽臭物，以比奸佞；……"① 云云。
整篇《橘颂》，就是以橘树的独立不迁自比坚贞的节操。而李白
的比式想象更为奇彩纷呈：

> 欻如飞电来，隐若白虹起。
> 初惊河汉落，半洒云天里。(《望庐山瀑布水》)

这是李白在描绘庐山瀑布。连续用了三个比喻："飞电"言其
奔流之速，"白虹"状其阳光下映出七彩，"河汉"描绘出整体形
象。这些美丽的想象，无不出自李白个人的才性，恰如陆机所言，
"若游鱼衔钩而出重渊之深，浮藻联翩"②。瀑布是客观之物，也可以
引发其他向度的想象，比如中唐的徐凝也有一首七绝《庐山瀑布》：

> 虚空落泉千仞直，雷奔入江不暂息。
> 今古长入白练飞，一条界破青山色。③

徐凝用了"落泉"、"奔雷"、"白练"等比喻，但显得笨
拙、呆板如村夫子，缺乏李白的灵动生气，没有李白的神采飞
扬，于是也就见出才思的高下。李白的比式想象俯拾皆是，佳者
也不胜枚举，下面是其中一二：

> 巴水急如箭，巴船去若飞。(《巴女词》)
> 马如一匹练，明日过吴门。(《赠武十七谔》)
> 思归若汾水，无日不悠悠。(《太原早秋》)

明喻而外李白还善用隐喻，将比体跟喻体熔铸为一，更加鲜
活生动，如下例：

---

① 郭绍虞主编：《中国历代文论选》，上海古籍出版社 2001 年版，第一册，第
155 页。
② 《文赋集释》，陆机著，张少康集释，人民文学出版社 2002 年版，第 36 页。
③ 《全唐诗》，中华书局 1960 年版，第 14 册，第 5377 页。

月下飞天镜，云生结海楼。（《渡荆门送别》）

天河挂绿水，秀出九芙蓉。（《望九华赠青阳韦仲堪》）

庐山东南五老峰，青天削出金芙蓉。（《登庐山五老峰》）

云垂大鹏翻，波动巨鳌没。（《天台晓望》）

李白对明月情有独钟，写月的佳句数不胜数，但他也以月喻人，绝妙非常，除了上引赞美鲁仲连的"明月出海底，一朝开光曜"之外，还有一首《哭晁卿衡》，十分动人：

日本晁卿辞帝都，征帆一片绕蓬壶。

明月不归沉碧海，白云愁色满苍梧。①

这是一首七绝。晁卿就是著名的日本遣唐使阿倍仲麻吕。李白误信传言，以为他回国途中遭遇不测，于是写下这首沉痛的伤悼诗。因为此事本未发生，所以全诗皆为想象，而"明月不归沉碧海"尤其精彩，即是说朋友品性高洁，如皎洁明月，也暗示他不幸溺海。虽是悲情，但表现得美丽异常。李白的这些比喻塑造了优美的意象，形成了虚实相生的美感。除了上述单个意象的想象，李白还有贯穿全篇的想象，如下例：

陪族叔刑部侍郎晔及中书贾舍人至游洞庭

帝子潇湘去不还，空馀秋草洞庭间。

淡扫明湖开玉镜，丹青画出是君山。②

全诗想象的起点是湖水澄明如镜。由镜而及梳妆而及女子，再因洞庭而顺手拈来娥皇、女英二妃，想象她们在镜前淡扫蛾眉，而丹青画出的就是眼前的君山。古人常以"山"来喻

---

① 《李太白全集》，王琦注，中华书局1977年版，下册，第1199页。

② 同上书，中册，第955页。

"眉"，所以"君山"既直承"淡扫蛾眉"而来，也实指洞庭湖中真正的君山，可谓妙不可言。显然这是一个续续相生的多维想象，它把静态的景物与动态的人物相融合，不仅扩大了洞庭湖的历史空间，而且因为凄美的二妃故事，增加了人情和历史的蕴涵。中国诗史上写洞庭的诗不少，最有情味的就出自李白，究其原因，在于他通过想象改变了惯常的景物描写，深化了其内涵和韵味。

（二）夸张式想象

夸张是想象的一种，是诗人表达激情的一种方式。浪漫诗人因为张扬自我，激情洋溢，所以多用夸张。而李白是中国诗史上最为夸张的诗人，其夸张恢弘大气，且有天纵天成之美，下面都是一些熟悉的诗句：

> 一风三日吹倒山，白浪高于瓦官阁。（《横江词》）

瓦官阁在江宁城外，依山而建，"高二百四十尺……唐以前江水逼石头"[1]，但李白将"江水逼石头"大大地夸张，他先从风说起：风之大能吹倒山，而如此大风激起的巨浪，浪头高过了瓦官阁。由此突出了题旨"侬道横江恶"。

> 白发三千丈，缘愁似个长。（《秋浦歌》）

这是写对镜自照："秋霜"初现，让诗人心生感伤。诗人感慨青春已过，功业无成，心中愁闷郁积。而"愁"会催人华发早生。春秋时的伍子胥就有一夜愁白头的故事，于是诗人顺势将自己的白发归之于愁，且将"秋霜"极力夸张，夸张到"三千丈"，然后以这不可丈量的白发，表达自己的无限之愁。下面的诗句也是写情，也是夸张：

---

[1] 《李太白全集》，王琦注，中华书局1977年版，上册，第400页。

> 横江欲渡风波恶，一水牵愁万里长。(《横江词六首》)
> 桃花潭水深千尺，不及汪伦送我情。(《赠汪伦》)
> 感君恩重许君命，太山一掷轻鸿毛。(《结袜子》)

李白还有许多脍炙人口的夸张，如下面的诗句：

> 燕山雪花大如席，片片吹落轩辕台。(《北风行》)
> 西岳峥嵘何壮哉！黄河如丝天上来。(《西岳云台歌送
> 丹丘子》)

把咆哮万里的黄河向极为细小的丝线夸张，从而形成与巍巍华山的对比，与无限辽阔高远的天空的对比，突出了天地之大、胸襟之阔，也形成了磅礴的气势。李白对黄河的描写都精彩绝伦，超过了杜甫，无人比肩，夸张是其主要手法，如：

> 黄河西来决昆仑，咆哮万里触龙门。(《公无渡河》)
> 黄河万里动风色，盘涡毂转秦地雷。(《西岳云台歌送
> 丹丘子》)

这些都是对单个意象的夸张。除此而外，李白还有大量的对系列意象及其蕴涵情感的夸张，下面是《蜀道难》中的一段，可示一斑：

> 西当太白有鸟道，可以横绝峨眉巅。
> 地崩山摧壮士死，然后天梯石栈相钩连。
> 上有六龙回日之高标，下有冲波逆折之回川。
> 黄鹤之飞尚不得过，猿猱欲度愁攀援。
> 青泥何盘盘，百步九折萦岩峦。
> 扪参历井仰胁息，以手抚膺坐长叹。
> 问君西游何时还，畏途巉岩不可攀。
> 但见悲鸟号古木，雄飞雌从绕林间。
> 又闻子规啼夜月，愁空山。

蜀道之难难于上青天，使人听此凋朱颜。

连峰去天不盈尺，枯松倒挂倚绝壁。

飞湍瀑流争喧豗，砯崖转石万壑雷。①

这一段可分为如下三节。第一节从鸟、猿、人三个角度夸张蜀山之高。用五丁开路的神话夸张蜀道之难。第二节是集中传统的悲哀意象来夸张"愁"。第三节从广远的视角，以如画的构图，夸张蜀道之险。在激情中，把题旨表现得淋漓尽致。

夸张式想象应该与神话思维密不可分。在蒙昧时代，先民们面对自然的暴力，风雨雷电，洪水猛兽，自己显得十分渺小，毫无抵抗之力。基于万物有灵的认识，他们把这些自然力人格化，夸大化，幻化成巨大、神力无比的各式神灵，再加以顶礼膜拜。我们从世界范围内发现的原始岩画中，都可以看到对人和动物部分形体如对角、对眼睛、对腹部的夸张，突出的都是对某种神秘力量的崇拜。而神话中的人物也无不具有超人的力量，奇异的形象，如中国逐日的夸父、射日的后羿、补天的女娲，等等。神话思维进入到文明时代，夸张就成为艺术家的思维方式之一，成为艺术创作的手法，而激情是其生成的内动力。浪漫诗人多是与社会冲突的人、被边缘化的人，所以他们的人生总是格外坎坷，于是失意的痛苦体验就从不同角度刺激他们的想象力，并以夸张的形式发泄出来。这在天才的李白身上表现得最为突出。

（三）文化积淀拓生的想象

中国悠久的文化，形成了深厚的积淀，包括神话传说、巫术宗教、历史典故，等等。当诗人的情志与其际会，它们也就自然成了想象的即成空间。可以说中国所有的浪漫作家的想象都离不开这块沃土。比如《庄子》中多历史典故，屈骚有浓厚的神话

---

① 《李太白全集》，王琦注，中华书局1977年版，上册，第163—165页。

和巫术色彩，而李白在博采之外更与道教有不解之缘。换个角度也可以说，中国浪漫诗人的想象常常是有"恃"可依，有理路可循。

1. 道教

世界上所有的宗教都有自己的理想境界，巫术是与神相接，神游天界；佛家是西方的极乐世界；道教则是虚无缥缈的海上仙山，以及生活其中的长生不老的神仙。而诗人的想象会不觉地受到信仰的影响，进入他的宗教境界。较之于屈骚的巫术，李白诗体现更多的是道教印痕。李白曾受道箓，有服丹成仙之想，自述"五岳寻仙不辞远，一生好入名山游"。所以神仙世界、东海、仙人等成为他想象的既定维度。这既是宗教的依归，也是艺术的沉醉，同时含有理性的书写：

古风其五

太白何苍苍，星辰上森列。
去天三百里，邈尔与世绝。
中有绿发翁，披云卧松雪。
不笑亦不语，冥栖在岩穴。
我来逢真人，长跪问宝诀。
粲然启玉齿，授以炼药说。
铭骨传其语，竦身已电灭。
仰望不可及，苍然五情热。
吾将营丹砂，永与世人别。①

古风其七

客有鹤上仙，飞飞凌太清。

① 《李太白全集》，王琦注，中华书局1977年版，上册，第95页。

扬言碧云里，自道安期名。
两两白玉童，双吹紫鸾笙。
去影忽不见，回风送天声。
举首远望之，飘然若流星。
愿餐金光草，寿与天齐倾。①

怀 仙 歌

一鹤东飞过沧海，放心散漫知何在？
仙人浩歌望我来，应攀玉树长相待。
尧舜之事不足惊，自馀嚣嚣直可轻。
巨鳌莫载三山去，我欲蓬莱顶上行。②

此类的游仙诗李白写了不少，它们是天才与文化积淀的妙合生发。其中"太白何苍苍，星辰上森列。去天三百里，邈尔与世绝"的环境，"两两白玉童，双吹紫鸾笙。去影忽不见，回风送天声"的情节，以及"我来逢真人，长跪问宝诀。粲然启玉齿，授以炼药说"的自我形象等皆是想象，它们构成诗歌的骨架。而真人、鹤、安期，玉童、鸾笙，以及炼药、丹砂等都是道教中的人和事。可以说，是道教给了诗人一个现成的场景人物，诗人又以鲜活的想象给它们灌注了生命，由此形成了美丽动人的神仙境界。除此而外，李白还以自己的想象丰富原有的仙话，创造自己的艺术世界，比如下面的《短歌行》：

白日何短短，百年苦易满。
苍穹浩茫茫，万劫太极长。
麻姑垂两鬓，一半已成霜。

---

① 《李太白全集》，王琦注，中华书局1977年版，上册，第98页。
② 同上书，上册，第448页。

　　　　天公见玉女，大笑亿千场。
　　　　吾欲揽六龙，回车挂扶桑。
　　　　北斗酌美酒，劝龙各一觞。
　　　　富贵非所愿，与人驻颜光。①

　　这首诗是慨叹人生苦短，但同时含着与时间抗争的勇气以及超然的旷达。首四句似有《古诗十九首》的感伤，但接着就开出非李白莫属的大境界。麻姑本是仙话中的少女，长寿的象征。但李白翻空出奇，让永葆青春的麻姑不敌岁月，黯然老去，引得天公大笑不止。既然神仙亦老，只有让时光停步，所以诗人想到日神，想到回驭停车以留住时光，这就是"吾欲揽六龙，回车挂扶桑"。而"北斗酌美酒"，应该是受到《诗经》中"维北有斗，不可以挹酒浆"的启发而反用其意，"劝龙各一觞"则是因"六龙"而继发的想象，似乎龙也好酒，借他喝酒、醉酒乘机留住时光。最后归结到对青春的不舍。此诗以逻辑为经，以情感作纬，情激想象，情通天地，灿烂光华而又飘逸，是融通道教和神话的奇美想象。

　　2. 神话传说与历史典故

　　除了以神仙境界为主的想象，李白还有很多融会神话、典故为一体的想象。如同世界上所有的民族，中国人也有自己的神话。它们在长期的流传过程中，继续衍生发展，渐成系统，形成所谓昆仑、蓬莱二系。同时民间新的人鬼故事不断产生，与原有的神话或融合或并存。这些既是"旧"想象的产物，也是萌生新想象的土壤。此外，中国自周代进入理性时代，奠立了中国独有的史官文化。其左史记言、右史记事的传统，使中国有世界上独一无二的不间断的历史记载。广阔的历史时空为想象提供了又

---

　　① 《李太白全集》，王琦注，中华书局1977年版，上册，第319—320页。

一个驰骋的天地，所以古人言及想象有"观古今于须臾"、"思接千载"（《文心雕龙·神思》）之说。而且随着文化积淀层的加厚，各式的典故，包括名人轶事、前人佳句等也与神话、历史之类成为想象的新空间，成为诗思的自然走向。因此较之屈原，李白的想象也就更加多姿多彩，下面的《江上吟》可现一斑：

> 木兰之枻沙棠舟，玉箫金管坐两头。
> 美酒樽中置千斛，载妓随波任去留。
> 仙人有待乘黄鹤，海客无心随白鸥。
> 屈平词赋悬日月，楚王台榭空山丘。
> 兴酣落笔摇五岳，诗成笑傲凌沧洲。
> 功名富贵若长在，汉水亦应西北流。①

此诗是写游江，享受着神仙般的自在和逍遥。箫管、美人、美酒都让诗人陶然忘机。他的诗思飞到黄鹤、仙人子安的传说，再转到屈原、楚王的历史，作了跨越历史时空的神游，最后发出人生的感慨。这里现实、历史、神仙、自我融为一体。可谓思接千载，视通万里，无疑是天才的想象。但这一切，即使细微到"木兰"、"沙棠"、"玉箫"、"白鸥"等等，都有出典，都有迹可寻。"木兰之枻沙棠舟"，是化用楚辞"桂棹兮兰枻"，而木兰是屈原常用的象征高洁的意象，如"朝搴阰之木兰"、"朝饮木兰之坠露"等等；"沙棠"之树，出自《山海经·西山经》，它长在昆仑山上，人食其果入水不溺。而《述异记》载汉成帝与赵飞燕游太液池，以沙棠木为舟。"玉箫"让人想到箫史、弄玉成仙的故事。而"白鸥"出自《列子》："海上之人有好鸥鸟者，每旦之海上，从鸥鸟游，鸥鸟之者百住而不止。"②由此可见李白

---

① 《李太白全集》，王琦注，中华书局1977年版，上册，第374页。
② 同上书，上册，第375页。

想象与中国传统文化积淀的深厚关系，也可以看出其想象因此而带有的理性痕迹。这是中国原生浪漫主义想象的特征之一。

3. 乐府古题

李白的想象还有另一个现成的维度，这就是乐府古题。乐府诗源于民间，兴于两汉，是入歌之诗。它们都有具体的题目，即表示内容也标示曲调，如《妇病行》、《孤儿行》、《战城南》等等。魏晋以后文人仿作愈多，大致有三个走向，一是采用旧题而自立新意，如曹操的《蒿里行》、《薤露行》等等，以挽歌之题之曲表现时事，题目与内容相分离。二是自创新曲新词，如《春江花月夜》、《玉树后庭花》等等，题与意相一致。三是袭用旧题旧意以及传统意象而自作新诗，比如唐人的《从军行》、《出塞》、《塞上》等等。李白对朴素的乐府情有独钟，创作了不少乐府诗。但他的乐府风格独标，其中之一就是"出奇"。具体方法是挖掘古题、古辞的本义，再以此为原点生发想象，创造出全新的情节、意象和诗境，比如下面的《公无渡河》：

> 黄河西来决昆仑，咆哮万里触龙门。
> 波滔天，尧咨嗟。
> 大禹理百川，儿啼不窥家。
> 杀湍湮洪水，九州始蚕麻。
> 其害乃去，茫然风沙。
> 被发之叟狂而痴，清晨临流欲奚为。
> 旁人不惜妻止之，公无渡河苦渡之。
> 虎可搏，河难冯，
> 公果溺死流海湄。有长鲸白齿若雪山，
> 公乎公乎挂胃于其间，箜篌所悲竟不还。①

---

① 《李太白全集》，王琦注，中华书局1977年版，上册，第160页。

　　"公无渡河"属乐府相和歌辞，即《箜篌引》。原为渡口兵卒子高之妻丽玉所作。《乐府诗集》原注为："子高晨起刺船，有一白首狂夫，被发提壶，乱流而渡，其妻随而止之，不及，遂堕河而死，于是援箜篌而歌曰：'公无渡河，公竟渡河，堕河而死，将奈公何！'声甚凄怆，曲终亦投河而死。子高还，以语丽玉。丽玉伤之，乃引箜篌而写其声，闻者莫不堕泪饮泣。"[①]这里叙述了《公无渡河》的本事。原来是一个白发老人，醉酒而涉河，他的妻子追之不及，溺水而死。其妻弹箜篌而悲歌，就是那"公无渡河"，曲终投河自殉。河卒目击此事，还告其妻丽玉，丽玉伤感之余以箜篌模拟该曲，从而流传。李白不再用题意不明的《箜篌引》，而是直取首句作题目，并以"河"为起点展开自己的想象，若即若离，大开大合，完全是李白式的纵横捭阖式的想象。

　　此诗可分为四个段落，第一段"黄河西来决昆仑，咆哮万里触龙门"，凌空入手，用诗笔捉住了狂奔的黄河，显其形，示其力，摄其神，气势排空而出，势不可当。《水经注》云黄河出于昆仑之墟。王琦注"龙门"云："黄河经其间，两岸对峙，高数百丈，望之若门。"[②]但李白将这平静的叙述一变而为"决昆仑"、"触龙门"，似乎黄河有意发威，突出其奔腾万里咆哮而下、澜涛怒翻、雷霆万钧的力量和气势。第二段从势不可当的黄河，转到洪水为患，引出治水的大禹及其故事："波滔天，尧咨嗟。大禹理百川，儿啼不窥家。杀湍湮洪水，九州始蚕麻。其害乃去，茫然风沙。"《史记》载，尧时大水，洪水滔天，百姓不能生存，于是尧派禹去治水。禹的妻子时当生产，禹听到儿子呱呱坠地，却顾不上进门看看。他三过家门而不入，终于制服洪

　　① 郭茂倩：《乐府诗集》，中华书局 1979 年版，第二册，第 377 页。
　　② 《李太白全集》，王琦注，中华书局 1977 年版，上册，第 160—161 页。

水，九州大地复能植桑种麻，百姓繁衍生息。第三段再回到渡河
狂叟：“被发之叟狂而痴，清晨临流欲奚为。旁人不惜妻止之，
公无渡河苦渡之。”这是对本事的复述，是乐府叙事的本色。但
与乐府写实的风格有所不同，诗人又展开想象，进入了最后一
段：“虎可搏，河难冯，公果溺死流海湄。有长鲸白齿若雪山，
公乎公乎挂罥于其间，箜篌所悲竟不还。”诗人想象狂叟的尸体
顺流而下直到大海边，那里有巨大的鲸鱼，光是它的白色的牙齿
就像雪山那样大，而可怜的狂叟就被挂在这牙齿之间，悲戚的箜
篌再也不能把他唤回来。在无奈的伤感中戛然结束全诗。

关于此诗题旨王琦认为是“讽当时不靖之人，自投天网，
借以为喻云耳”①，似乎牵强。我们觉得这更像是李白读到《箜
篌引》古辞，灵感勃发、思绪奔涌，就题而想象，以黄河为线
索上下五千年、纵横八万里，凡与黄河相关的，不论是地理还是
人事统统收入毂中，激情澎湃之中，描绘了奔腾万里的黄河，发
泄他心中的块垒，表现他的才情，是借题发挥的“作”诗。除
了这样大气磅礴、起伏跌宕的长篇，李白还有精致的短章，同样
是借“题”发挥的想象，如下例：

玉 阶 怨

　　玉阶生白露，夜久侵罗袜。
　　却下水晶帘，玲珑望秋月。②

《玉阶怨》是一个始自谢朓的旧题，属于“宫怨”一类。母
题是继承的，而诗境、人物、情节则全凭诗人自己的想象。李白
紧紧扣住“玉阶”和“怨”字作文章。诗只有短短四句二十言，
首先出现的意象是玉阶，华美又纯洁，是后宫的象征。玉阶而生

---

① 《李太白全集》，王琦注，中华书局 1977 年版，上册，第 162 页。
② 同上书，上册，第 293 页。

白露，可见时在秋令，夜已深沉。接着镜头移到被"白露"打湿的罗袜。此时不见美人、似见美人，因为这华贵精美的玉阶、罗袜，已经让我们感觉到那个伫立良久的多情佳人。此时她可能感到寒意，也可能感到失望，于是回到屋内，但她并没有放下帷帐就寝，而是放下透明的水晶帘，隔帘还痴痴地望着那一轮明月。而这玲珑望月的意象透露着什么呢？有她心头不忍放弃的一丝期待，有她对团圆的向往，有盼人而不见的哀怨，也有因月而寄怀的深情。可这一切都在无言之中，因为她无人可以诉说。这里物质的华美和心灵的寂寞形成鲜明的对照，一个深情又失意的后宫佳丽形象也就跃然纸上。她没有"玉颜不及寒鸦色，犹带朝阳日影来"（王昌龄《长信秋词》）的嫉妒和不平，也没有"闲坐说玄宗"（元稹《行宫》）的心死后的平静，她有的是一份美好的、对幸福团圆的期待。因为这情之纯洁，因为这情之深婉，所以她美丽动人。这就是李白想象的另一种，借题发挥，却奇思妙想韵致隽永。其他如描写小儿女爱情的《长干行》、写边塞逐虏的《幽州胡马客歌》等属此类。

（四）灵感式想象

灵感式想象是一种纯粹的灵感思维，是诗人在高峰体验的时刻，由自由的心跟激情、顿悟、幻觉等瞬间激发、兴会标举而成，是诗才的最高体现。中国诗人中只有李白的这种想象最多。殷璠所谓"奇之又奇"、"鲜有此体调也"，以及皮日休的"言出天地外，思出鬼神表，读之则神驰八极，测之则心怀四溟，磊磊落落，真非世间语者"，都是看出了李白发兴无端，变幻莫测的想象，也看出他在诗史上的鲜有同调。下面是李白天才想象的佳句：

> 月化五白龙，翻飞凌九天。
> 胡沙惊北海，电扫洛阳川。（《在水军宴赠幕府诸侍御》）

月与龙之间本无瓜葛，没有什么"相似点"或典故作其中的思维连线，所以"月化五白龙"是天才的妙想偶得，是即景会心的瞬间直觉，而"翻飞凌九天"，则是灵感的续发。诗人冲口而出，纵手而得，奇谲而壮美。

> 客自长安来，还归长安去。
> 狂风吹我心，西挂咸阳树。（《金乡送韦八之西京》）

从题目看，这是一首赠别诗，与"我寄愁心与明月，随风直到夜郎西"意思相近。但因为"狂风"与"心"与"树"的连属，不是传统的象征性意象系列，所以显得突兀。但"狂风"表现出速度和力量，"挂"在"咸阳树"上的赤子之心，表露出无限的渴望、期待与忠诚，所以友情之外，似深隐着对帝都的怀恋。所以这想象震撼人心，蕴涵深远。李白的想象还常常不是一步而止，而是郁郁勃勃，能构成一个完美的想象性意境，如下面的《陪族叔刑部侍郎晔及中书贾舍人至游洞庭》：

> 南湖秋水夜无烟，耐可乘流直上天。
> 且就洞庭赊月色，将船买酒白云边。①

八百里洞庭，水天相接，诗人不觉生乘流上天之想。美丽的夜色，又激发他的诗酒豪兴，所以引出买酒的话题。但如何买呢？这里不是"五花马，千金裘，呼儿将出换美酒"的现实，而是皎皎月光逗出"赊月色"的奇想，它又接继首联的"上天"，从而顺势推出了"将船买酒白云边"的结句。这正是李白沉醉于诗境当中"谪仙"式的灵感想象。与此相类的还有下面的《陪侍郎叔游洞庭醉后》：

> 划却君山好，平铺湘水流。

---

① 《李太白全集》，王琦注，中华书局1977年版，中册，第954页。

巴陵无限酒，醉杀洞庭秋。①

这也是游洞庭。君山是洞庭中的小岛，是诗人笔下的佳境。刘禹锡有《望洞庭》："湖光秋月两相和，潭面无风镜未磨。遥望洞庭山水翠，白银堆里一青螺"；陶雍有《题君山》："风波不动影沉沉，翠色全微碧色深。应是水仙梳洗处，一螺青黛镜中心。"但醉后的李白却突发奇想，要把美丽的君山铲掉，如此没有君山的阻隔，湘水就可以浩浩荡荡直流长江，洞庭湖面也就更加开敞辽阔。而这想象中的无边湖水又陡然一变而为酒浆，那么这无限之酒醉倒的就不止诗人自己，还要有整个洞庭的山水、洞庭的秋天。其他如《秋浦歌》：

　　水如一匹练，此地即平天。
　　耐可乘明月，看花上酒船。

其想象神奇：由水而及练、及天；再因天而及月。最耐人寻味的是末句"看花上酒船"，它是将月比船从而天上看花饮酒，还是思路倏尔宕回"秋浦"，泛舟看花？我们难寻究竟，也不必寻究竟，因为这是诗人陶醉于心于景的醉歌狂欢，本是灵感一现，无理可言。

总之，凭借神仙境界、神话传说、历史典故而展开想象，是李白重要的创作方式。而天才的灵感式想象更是李白无人企及的绝佳妙处。

三　代表作

"浪漫"是风格、是精神，也是创作手法。李白的代表作既是他个人艺术成就的体现，也是中国原生浪漫主义的标志性作品。现列举如下：

---

① 《李太白全集》，王琦注，中华书局1977年版，中册，第952页。

望香炉峰

日照香炉生紫烟，遥看瀑布挂前川。
飞流直下三千尺，疑是银河落九天。[1]

此是七绝佳制：自然流畅，似冲口而出，得天成之美，同时写景虚实相间，既现山水之"神"，又见李诗飘逸之神采。题目是《望香炉峰》，香炉峰当然就是表现对象，但首句巧妙地略去"峰"字，只用了"香炉"，于是就使"日照香炉生紫烟"境界大开。它表层写阳光照在香炉峰上，山上云气映成紫色氤氲。而在深层上含着一个隐喻，即山峰是香炉，云气是紫烟，正是道教"紫气东来"的祥瑞之象，于是就在不经意间，把世间的山峰染上了一抹神仙圣地的光彩。接下的"遥看瀑布挂前川"转到"望"的题旨。万千景物之中，诗人的目光落在了一条飞瀑上。一个"挂"字把自然的"倾泻"变成主动的作为，似乎造化要成全庐山美色，有意将它"挂"在山间。第三句正面描写瀑布。《太平御览》记："其水出山腹，挂流三四百丈，飞湍于林峰之表，望之若悬素。"[2]李白的"飞流直下三千尺"，用一个贴切的夸张，即把"三四百"，变成"三千"，于是大瀑布的气势、力量以及山之高峻、水之急湍就直感地凸显出来。最后的"疑是银河落九天"，最为精彩。"银河落九天"用天界的银河来比喻，现出超凡脱俗的谪仙气派，而"疑是"恰是诗人陶醉于山水的心态。

绝句并不好写，四句之中起承转合具在，写景、抒情、造境皆及，所以精彩最为要紧。此诗就是以青峰、紫烟为衬，突出了白练飞瀑，色彩清雅和谐，意象少而精，大笔勾勒而形神尽显，

① 《李太白全集》，王琦注，中华书局 1977 年版，中册，第 989 页。
② 同上书，中册，第 988 页注。

而能画出这幅大写意山水的诗人，其潇洒飘逸的神态也在不经意间透露出来。短章之外，李白的古体最能显示其雄奇、豪放的风格。下面是他的《梦游天姥吟留别》：

> 海客谈瀛洲，烟涛微茫信难求。
> 越人语天姥，云霞明灭或可睹。
> 天姥连天向天横，势拔五岳掩赤城。
> 天台四万八千丈，对此欲倒东南倾。
> 我欲因之梦吴越，一夜飞度镜湖月。
> 湖月照我影，送我至剡溪。
> 谢公宿处今尚在，渌水荡漾清猿啼。
> 脚著谢公屐，身登青云梯。
> 半壁见海日，空中闻天鸡。
> 千岩万转路不定，迷花倚石忽已暝。
> 熊咆龙吟殷岩泉，慄深林兮惊层巅。
> 云青青兮欲雨，水澹澹兮生烟。
> 列缺霹雳，丘峦崩摧。
> 洞天石扇，訇然中开。
> 青冥浩荡不见底，日月照耀金银台。
> 霓为衣兮风为马，云之君兮纷纷而来下。
> 虎鼓瑟兮鸾回车，仙之人兮列如麻。
> 忽魂悸以魄动，怳惊起而长嗟。
> 惟觉时之枕席，失向来之烟霞。
> 世间行乐亦如此，古来万事东流水。
> 别君去兮何时还？且放白鹿青崖间，须行即骑访名山。
> 安能摧眉折腰事权贵，使我不得开心颜。①

---

① 《李太白全集》，王琦注，中华书局1977年版，中册，第705—707页。

　　这是李白才作得出的古体诗，形式自由，三言、四言、五言、七言，乃至九言句，随意拈来，韵脚数换，任其挥洒，却又妙合无间。其中有历史人物，有道家仙境，有自我；有夸张、有现实、有梦境；内容丰富，手法多样，又结构严谨，思路清晰；是诗兴与才思共同激发出的佳作，是中国原生浪漫主义的集中体现。诗先从海客、越人的叙说开头，引出瀛洲、天姥一仙一人两境。但瀛洲邈远难求，天姥山却可寻可睹，于是笔力集中于天姥。可诗人其实并未身到，只是借梦而神游。而这梦是真是幻是想象？今无可证，但因梦写出的游天姥，却具体可信：有游踪，有前贤遗迹，有美丽山景。就中诗人借"迷花倚石忽已暝"由梦中之真，忽然转向梦中之幻，豁然展开一片仙境，景色人物大开，雄奇壮丽而辉煌，如"云之君兮纷纷而来下。虎鼓瑟兮鸾回车，仙之人兮列如麻。"云云。至此题目之"梦游"已经写足，可诗人意犹未尽，以"惟觉时之枕席，失向来之烟霞"转到梦醒。然后写真实的自己，他将告别东鲁故人南游吴越，求仙问道，开心行乐。所以我们看到全诗有一个前后呼应的完整结构：现实—梦境—现实，而在梦境中又套着一个真与幻的子结构，多重而不乱，有一条理性的线贯穿其中。而透过迷离惝恍、瑰丽奇谲的诗境，我们感到诗人天马行空般的诗思，他沉醉于自己的艺术世界，但并没有陷入迷狂。这是李白诗的特性，也是中国浪漫诗人的共性。

　　总之，自我、想象、夸张是李白诗的"浪漫"表征，天性自然、不受羁勒是李白"浪漫"的精神所在，而这一切都是对人的异化的反抗、对儒家"温柔敦厚"诗教的颠覆。

第八章 李贺

李贺（790—816）是中国原生浪漫主义诗歌的又一座丰碑。不同于庄子的诙诡、汪洋恣肆，不同于屈原的带有巫术色彩的幻丽，也不同于李白的雄奇、飘逸，李贺诗展示了"浪漫"的另一种色调：诡激、荒颓而凄美，为整个中国诗史标新立异，成为常说常新的话题，成为阐释不尽的诗。其由来，应该与作者的境遇、心态、气质、才华直接相关。

第一节 关于李贺

一 生平及思想

李贺在正史有传。《旧唐书》简短，《新唐书》依《旧唐书》而有所增益，但各有错讹。李商隐（812—856）写有《李长吉小传》，他去李贺不远，且因李贺之姊嫁王氏，"语长吉事尤备"[1]，而李商隐为王氏婿，所以材料较为可信。现综合三家，再结合李贺诗，叙述其生平大概。

《旧唐书》本传称："李贺字长吉，宗室郑王之后。父名晋肃，以是不应进士，韩愈为之作《讳辩》，贺竟李贺。手笔敏疾，尤长于歌篇。其文思体势，如崇岩峭壁，万仞崛起，当时文

---

[1] 《李贺诗歌集注》，王琦等注，上海人民出版社 1977 年版，第 7 页。

士从而效之，无能仿佛者。"①这说明，一是李贺为李唐皇室后裔，所以他诗中常自称"皇孙"、"诸王孙"等等；其次是李贺有诗才，在世时已享有诗名，且风格峭拔、为人所宗。因其父名晋肃与"进士"谐音，"与贺争名者毁之"②，认为"贺不举进士为是"③，想必当时舆论强烈，所以韩愈特地写了《讳辩》一文，但李贺终于没有应试，于是失去了进身的正途。之后在元和六年（811）靠荫举做了太常奉礼郎，从九品，位卑而禄薄。因为看不到出路，于是两年后托疾辞归昌谷，从此专心于诗。但天不假年，27 岁时卒于故里。

李商隐的《李长吉小传》记载较为翔实，成为以后多种李贺生平叙述的张本。其中记其相貌云："长吉细瘦，通眉，长指爪。"④记其作诗对了解李贺创作尤有价值："每旦日出与诸公游，未尝得题然后为诗，如他人思量牵合以及程限为意。恒从小奚奴，骑距驴，背一古破锦囊，遇有所得，即书投囊中。及暮归，太夫人使婢受囊出之，见所书多，辄曰：'是儿要当呕出心乃已尔！'上灯，与食，长吉从婢取书，研磨叠纸足成之。非大醉及吊丧日率如此。"⑤可见"写诗"是李贺的生活方式。而其作诗，不同于常人，不是就题目运思而成诗，而是自有家法。他是日出"觅诗"，一旦目有所遇，心有所得，即援笔写下，这都是些得之于灵感的天成佳句。待归家后，潜心"足成之"，也就是借佳句生发铺衍而成篇章。母亲所言"是儿要当呕出心乃已尔"，足见李贺呕心沥血于诗。李商隐记其死极富传奇色彩："长吉将死时，忽昼见一绯衣人，驾赤虬，持一板书若太古篆或霹雳石文

---

① 《李贺诗歌集注》，王琦等注，上海人民出版社 1977 年版，第 12 页。
② 韩愈：《讳辩》，见《李贺资料汇编》，中华书局 1994 年版，第 2 页。
③ 同上。
④ 《李贺诗歌集注》，王琦等注，上海人民出版社 1977 年版，第 7 页。
⑤ 同上。

者，云：'当召长吉。'长吉了不能读，欸下榻叩头，言阿婆老且病，贺不愿去。绯衣人笑曰：'帝成白玉楼，立召君为记。天上差乐不苦也！'长吉独泣，边人尽见之。少之，长吉气绝。常所居窗中，有烟气，闻行车嘒管之声。太夫人急止人哭，待之如炊五斗黍许时，长吉竟死。王氏姊非能造作谓长吉者，实所见如此。"①李商隐为此欷歔不已，并为李贺的遭际深感不平："长吉生时二十七年，位不过奉礼太常，时人亦多排摈毁斥之。又岂才而奇者，帝独重之，而人反不重耶？"②把诗人之死说成是天帝征召，为白玉楼作记，是对这位在人间不偶、为诗而生的天才诗人最好的理解和肯定。

除了上述极为有限的史料，李贺自己的诗透露出他更为真实、鲜活的生命轨迹，我们从中探寻一二，先从李贺出仕看起。

崇义里滞雨

落漠谁家子？来感长安秋。
壮年抱羁恨，梦泣生白头。
瘦马秣败草，雨沫飘寒沟。
南宫古帘暗，湿景传签筹。
家山远千里，云脚天东头。
忧眠枕剑匣，客帐梦封侯。③

这是李贺初到长安所作的诗。秋去雨连绵，居所简陋，一片狼藉。李贺虽是皇室后裔，但支脉已远，家道早衰，所以自称"落漠"。奉礼郎官卑禄薄，生活清寒。但尽管如此，他既到长安，内心还是怀着致身通显、建功立业的雄心，所以枕剑而眠，

① 《李贺诗歌集注》，王琦等注，上海人民出版社1977年版，第7页。
② 同上。
③ 同上书，第189页。

梦在封侯。可日常的职司让这位内心孤高的诗人难以忍受，所以他向朋友一吐心曲：

赠 陈 商

> 长安有男儿，二十心已朽。
> 楞伽堆案前，楚辞系肘后。
> 人生有穷拙，日暮聊饮酒。
> 只今道已塞，何必须白首。
> 凄凄陈述圣，披褐钮俎豆。
> 学为尧舜文，时人责衰偶。
> 柴门车辙冻，日下榆影瘦。
> 黄昏访我来，苦节青阳皱。
> 太华五千仞，劈地抽森秀。
> 旁苦无寸寻，一上戛牛斗。
> 公卿纵不怜，宁能锁吾口？
> 李生师太华，大坐看白昼。
> 逢霜作朴樕，得气为春柳。
> 礼节乃相去，顚顁如匄狗。
> 风雪直斋坛，墨组贯铜绶。
> 臣妾气态间，惟欲承箕帚。
> 天眼何时开，古剑庸一吼。①

　　开篇以"长安有男儿，二十心已朽"表达自己的失望，对仕途、对生活乃至对世道的失望。"只今道已塞，何必须白首"是对初到长安时"忧眠枕剑匣，客帐梦封侯"的回答。诗人在长安的生活寂寞而清贫，职司尤难忍受：在风雪中直事斋坛，行

----

① 《李贺诗歌集注》，王琦等注，上海人民出版社1977年版，第191页。

礼如仪，憔悴如狗。虽然表面上佩戴印绶，其实只是仰臣妾之气态，以至宁愿执箕帚而打扫庭除。理想和现实之间的巨大反差，让这个自觉血统高贵又十分敏感的诗人发出了李白式的呼喊："天眼何时开，古剑庸一吼。"除了如此的血性暴发之外，李贺也描述了他在长安的日常生活。

始为奉礼忆昌谷山居

> 扫断马蹄痕，衔回自闭门。
> 长铦江米熟，小树枣花春。
> 向壁悬如意，当帘阅角巾。
> 犬书曾去洛，鹤病悔游秦。
> 土甑封茶叶，山杯锁竹根。
> 不知船上月，谁棹满溪云！①

这是清贫而寂寞的生活。首联说他"官闲职冷，无车马之宾相过，亦无役从，故闭门之事，自以身亲之"②。然后是用"长铦"煮饭，无别味可餐，除枣花之外也别无花木可赏。宦游生活贫乏无聊至此，于是思念家乡。他想到为陆机传书的"黄耳"犬，想到古诗中为家人带信的白鹤，回忆山居时的生活："土甑封茶叶，山杯锁竹根"云云。那时虽清贫，但自由、潇洒。于是浮想联翩，思绪转到行旅："不知船上月，谁棹满溪云"，这是李贺诗中少见的清逸高朗的意境：月色溶溶，船行水中，划破云月倒影。船的意象透露出诗人的心思，是想到了归家？还是想到前贤的归隐？一个"不知"、一个"谁"，道出了心中的犹豫。他显然追慕这样纯净超然的境界，企羡这样飘逸自在的生活，对"仕途"表示失望，已经萌生退意。下面是他辞

---

① 《李贺诗歌集注》，王琦等注，上海人民出版社1977年版，第40页。
② 同上。

官归家后的生活：

南园十三首 其四

三十未有二十馀，白日长饥小甲蔬。
桥头长老相哀念，因遗戎韬一卷书。①

长歌续短歌

长歌破衣襟，短歌断白发。
秦王不可见，旦夕成内热。
渴饮壶中酒，饥拔陇头粟。
凄凉四月阑，千里一时绿。
夜峰何离离，明月落石底。
徘徊沿石寻，照出高峰外。
不得与之游，歌成鬓先改。②

咏怀二首 其二

日夕著书罢，惊霜落素丝。
镜中聊自笑，诅是南山期。
头上无幅巾，苦蘖已染衣。
不见清溪鱼，饮水得相宜。③

从这些诗可以看出李贺回到昌谷的生活，一是贫病，二是早衰，且自知呕心沥血于诗，非养生之道，惊叹白发早现。但他别无出路，只好自嘲自解，表示如今的家居生活随意得宜。但在他内心深处，还藏着皇孙的功业之心，所以还是写出了雄心勃勃的

①　《李贺诗歌集注》，王琦等注，上海人民出版社 1977 年版，第 87 页。
②　同上书，第 137 页。
③　同上书，第 47 页。

诗，并且通过千里马的遭遇，表达了对社会的批判：

南园十三首　其五

男儿何不带吴钩？收取关山五十州。
请君暂上凌烟阁，若个书生万户侯？①

马诗二十三首　其四

此马非凡马，房星本是星。
向前敲瘦骨，犹自带铜声。②

马诗二十三首　其八

赤兔无人用，当须吕布骑。
吾闻果下马，羁策任蛮儿。③

马诗二十三首　其九

飂叔去匆匆，如今不養龙。
夜来霜压栈，骏骨折西风。④

　　总之作为一个人，李贺是不幸的，怀才不遇、家贫、多病、早逝，没有享受到常人所有的生命的幸福和快乐。可这些痛苦却成就了一代诗人，正所谓诗不穷人，但诗穷而后工。李贺也最终凭"立言"而终成"不朽"，实现了他的人生价值，也从另一个方面实现了他的功业理想。

---

① 《李贺诗歌集注》，王琦等注，上海人民出版社1977年版，第87页。
② 同上书，第100页。
③ 同上书，第102页。
④ 同上。

二　创作概况及美学诉求

李贺诗现存二百五十余首，除去一些伪作，可确定为其本人作品的有二百四十首左右，包括乐府、古体、近体等不同诗体。它们在艺术上明显地受到楚辞、李白、韩愈等的影响，表现出浪漫的风格，但又有强烈的个性色彩，这就是秾艳、凄美和荒颓。因为李贺诗中有中国诗中罕见的鬼气，他被称为"鬼才"①。

当然李贺也有积极的、表现现实的诗，如《老夫采玉歌》、《马诗》等等，都体现出一种社会批判精神，但这并不是李贺诗的主流。李贺年寿不长，涉世不深，所以其诗没能展开广阔的社会生活画卷，它们表现的主要是诗人一己的情思和内心世界。而确立其诗史地位的是他独特的意象、意境，特别是他的鬼诗。用钱锺书先生的话就是："咏鬼篇什，幻情奇彩，前无古人。"② 中国人写鬼、画鬼，但悚人毛骨的，只有李贺。"'山魈食时人森寒'，正可喻长吉自作诗境。"③

李贺对诗歌创作十分认真，这是他仕途功业追求失败后的精神寄托。从传记可以看出，写诗已经成为他的日常生活方式，也是他生命的实现。中国古人有"三不朽"之说，即"立德"、"立功"和"立言"。李贺在对"立德"、"立功"绝望之后，显然选择了"立言"，希望借此能部分地实现自己的人生理想。如同任何一个有成就的作家，李贺也有自己对诗歌的理解及其美学追求。他把诗看得很高，这就是"笔补造化天无功"。下面是其出处：

---

① 《李贺诗歌集注》，王琦等注，上海人民出版社 1977 年版，第 16 页。
② 钱锺书：《钱锺书论学文选》，花城出版社 1990 年版，第五卷，第 50 页。
③ 同上书，第 50 页。

高 轩 过

韩员外愈、皇甫侍御湜见过，因而命作

华裾织翠青如葱，金环压辔摇玲珑。
马蹄隐耳声隆隆，入门下马气如虹。
云是东京才子，文章巨公。
二十八宿罗心胸，元精耿耿贯当中；
殿前作赋声摩空，笔补造化天无功。
庞眉书客感秋蓬，谁知死草生华风；
我今垂翅附冥鸿，他日不羞蛇作龙。①

　　李贺早年即享有诗名，"稚而能文，尤善乐府词句。意新语丽，当时工于词者莫敢与贺齿，由是名闻天下"②。《新唐书》称李贺："七岁能辞章，韩愈、皇浦湜始闻未信，过其家，使贺赋诗，援笔辄就如素构，自目曰《高轩过》。"③这就是此诗的由来。但诸家对"七岁"予以否定，多认为当在弱冠之年，④ 王琦甚或认为此序可能是后人所加，⑤但此诗内容显然与诗序内容相符。
　　《高轩过》写得华彩纷呈，酣畅淋漓。全诗的意思有三层，一是记述两位德高望重的长者见过，车骑华丽，气宇轩昂。二是赞美他们的诗文光照日月、笔补造化。三是自己得此知遇，重振

---

　　① 《李贺诗歌集注》，王琦等注，上海人民出版社 1977 年版，第 290—291 页。
　　② 引自《太平广记》，见《李贺诗歌集注》，王琦等注，上海人民出版社 1977 年版，第 13 页。
　　③ 《李贺诗歌集注》，王琦等注，上海人民出版社 1977 年版，第 12 页。
　　④ 钱锺书：《钱锺书论学文选》，花城出版社 1990 年版，第五卷，第 43 页。《李贺诗歌集注》，王琦等注，上海人民出版社 1977 年版，第 291 页。
　　⑤ 同上。

理想，也要展翅同飞九冥。其中的"笔补造化天无功"，既是对韩愈、皇浦湜的赞颂，更是自己的诗学主张。钱锺书先生就说："'笔补造化天无功'一语，此不特长吉精神心眼之所在，而于道术之大原、艺事之极本，亦一言道著矣。"①具体来说就是，李贺认为，诗可以裨补造化，夺功造化。它不仅表现出李贺在天、人关系上对人力的自信，而且表明他在审美观上，认为人为的艺术高于自然，它比自然更美。这显然与李白的"清水出芙蓉，天然去雕饰"径庭有别。而李贺自己的创作，其实就是"笔补造化天无功"的美学实践。李贺极思苦吟，春拆红翠，必新必奇，就是要巧夺天工。所以赵衍在《重刊李长吉诗集序》中说："逮李长吉一出，会古今奇语而臣妾之。"②杜牧最早指出了李贺诗的特异之处："风樯阵马，不足为其勇也；瓦棺篆鼎，不足为其古也；时花美女，不足为其色也；荒国佟殿，梗莽丘垅，不足为其恨怨悲愁也；鲸吸鳌掷，牛鬼蛇神，不足为其虚荒诞幻也。"③钱锺书先生认为杜牧此说"模写长吉诗境，皆贴切无溢美之词"④，而钱先生自己认为李贺"性僻耽佳，酷好奇丽"⑤，其诗"词诡调激，色浓藻密"⑥，也是对李诗注重人为、注重艺术美的中肯之见。

　　如果我们把李贺放到中国诗史上来考察，就会发现，除了内容上的"鬼"，美学上的重人工，李贺最突出的还有一点，这就是他不仅用眼睛来审视外在世界，而且回诸内心，以心来感觉自

---

①　钱锺书：《钱锺书论学文选》，花城出版社 1990 年版，第三卷，第 254 页。

②　郭绍虞主编：《中国历代文论选》，上海古籍出版社 2001 年版，第 2 册，第 186 页。

③　《李贺诗歌集注》，王琦等注，上海人民出版社 1977 年版，第 4 页。

④　钱锺书：《钱锺书论学文选》，花城出版社 1990 年版，第五卷，第 46 页。

⑤　同上书，第四卷，第 318 页。

⑥　同上书，第五卷，第 47 页。

己、感觉世界，这就是打通了所有感官的"通感"，而这一切又是他特别的心理、心态的投射。

三 心理与心态

李贺是皇室子孙，血统高贵，且早慧、多才，所以对致身通显有很高的期待。但时至中唐，唐祚已近二百年，其家脉系已远，李贺的父亲不过做到县令。李贺早孤，家境贫寒。因此自认的高贵、国即吾家的潜在意识，与现实的贫窘形成了巨大的心理反差，也特别激发了他建功立业之心，他有为国"收取关山五十州"的雄心壮志。李贺自称"壮士"，还以骏马自喻，所谓"此马非凡马，房星本是星"，足见他的自信与自负。但残酷的现实却是，他虽有诗才，却早衰多病、相貌丑怪，"巨鼻"、"庞眉"。在重视骨相的传统文化中，这对他都成不利。于是大志与不遇的矛盾、病弱与青春的对撞，如电火激石，激发出他对生命的焦虑，对死亡的恐惧，也还有对异性及异性美的兴趣，于是在痛苦中映现出一片诡激荒幻而凄美秾艳的诗境。我们看下面的诗：

苦昼短

飞光飞光，劝尔一杯酒。
吾不识青天高，黄地厚，
惟见月寒日暖，来煎人寿。
食熊则肥，食蛙则瘦。
神君何在，太一安有？
天东有若木，下置衔烛龙。
吾将斩龙足，嚼龙肉，
使之朝不得迴，夜不得伏。
自然老者不死，少者不哭。
何为服黄金，吞白玉？

谁是任公子，云中骑白驴？

刘彻茂陵多滞骨，嬴政梓棺费鲍鱼。①

此诗反映了极度的生命焦虑。畏死祈寿本是人之常情，因为人生苦短，所以前人有"昼短苦夜长，何不秉烛游"（《古诗十九首》）或"对酒当歌，人生几何"（曹操《短歌行》）的慨叹，因此也生出留住时光的奇思妙想，比如前面引过的李白的《短歌行》中，"我"在神与仙之间周旋，想象着自己驾驶日神的车子，让它停在扶桑树下，与龙共饮美酒，诗境瑰奇美丽。而李贺的《苦昼短》，虽与李白的意思相同，都是要拦住太阳，让飞逝的时光停下。但李白是"吾欲揽六龙，回车挂扶桑。北斗酌美酒，劝龙各一觞"，劝酒留客，一派从容潇洒。而李贺则显得焦躁、焦虑、狠透，如"来煎人寿"之"煎"字，让人感到被煎烤的痛苦。"吾将斩龙足，嚼龙肉"更是血腥残忍。而"刘彻茂陵多滞骨，嬴政梓棺费鲍鱼"如闻尸臭，令人厌恶。透过李贺的这些意象，我们似看到一个绝望的年轻人，他感到来日无多，却没有享受过青春的快乐，没有享受到常人都有的健康生命，又深知神仙长生之妄，所以发出绝望的呼叫。而李贺之所以写死、写鬼，也是因为他病弱、怕死。他看到死神逼近，以故意言死来自解。除此之外，李贺还特别着意于写女性，浓墨重彩而且色艳。这表面上是受了南朝乐府和宫体诗的影响，实际是由于现实生活的缺失而以变态的形式出现在诗中，正是深层上的青春生命的自然要求。李贺死时才27岁，正史本传和李商隐都未提及其家室、子嗣，而他自己的诗既没有"寄内"也没有"悼亡"，更没有"闺中"，所以多数学者认为李贺无妻，因此在某种意义上可以说，是"青春的骚动"与身体的病痛以及精神的压抑交互作用，相互

①　《李贺诗歌集注》，王琦等注，上海人民出版社1977年版，第221—222页。

挤压，生出李贺变态怪异的诗。如果我们说李白"阳光"，那么李贺就显得病态，这是因为他在身心两方面都有太多的痛苦。

李白是盛唐的骄子。除了个人的性格因素之外，只有盛唐精神，那种磅礴的气势，那种包括宇宙、总揽天人、贯通古今的胸襟气度，才能造就李白那样的青春理想和蓬勃朝气。他即使痛苦，也因其痛快淋漓的发泄而显得并不那么沉重，显得率真而美丽。而李贺生在中唐，其时国势大衰，朝中没有贞观和开元年间的明君贤臣，却有藩镇割据。欣赏李贺的韩愈，自己也是仕途坎坷，几试才得中进士，释褐以后，几次被贬，因谏迎佛骨，几乎被杀。整个社会弥漫着一种"挣扎"，大唐帝国在挣扎，志士仁人也在挣扎，已经没有了盛唐的气概和理想，相反却带上了几分悲壮乃至悲凉。而李贺也在挣扎，在仕途碰壁之后，他退而作诗，为了个人生命价值的实现。这使他的诗多受挫后的郁积、颓丧，以及心理重压下的情感变形、变态，从而进入了一种完全不同于李白的精神状态：走向内心。

李白的精神世界是外向的，一切都向外敞开，所以有痛快淋漓的抒发。可以说，李白是为抒情而作诗。而李贺的内心并没有完全敞开，他写诗是为了立言、为了不朽，而他咀嚼他的痛苦，在咀嚼痛苦的过程中，他享受这种痛苦，同时以这痛苦为诗料而写诗。所以他在刻意地、艺术地表现痛苦，表现痛苦造成的幻觉、心象和心境，从而形成中国诗史上从未有过的新诗境。

李白作诗以气为主，而词句天成。所谓"李白一斗诗百篇"，一气呵成。李白诗飘逸，如白云舒卷。李贺诗则如断锦碎绣，用尽心力，虽片段光彩，但不成篇章。这也是杜牧所谓的"少理"之意。[①] 因为李贺独特的生理、心理状态和才华、命运，形成了他在中国原生浪漫主义画廊中的别样风采。

---

① 参见钱锺书《钱锺书论学文选》，花城出版社1990年版，第五卷，第46页。

第二节　浪漫特质

　　李贺的浪漫不同于他的前辈。他继承了庄子、屈原、李白的夸张、想象，但同时开拓出自己新的艺术表现天地：沉耽于心，表现潜意识中的心象、幻觉以及冥思等等，下面分述之。

一　表现内心

　　中国诗歌的创作，由《诗经》奠定了"物感说"，即客观之物引动诗人之心，所谓"岁有其物，物有其容；情以物迁，辞以情发"。（《文心雕龙·物色》）在物、情、辞三者的关系中，物是起点，情因物起，辞因情发。于是本来客观的物象，就被染上情的色彩，变成了诗中的意象。一般来说，"浪漫"诗人所表现的情更为强烈，而李贺诗不只主观色彩强烈，而且其意象中很多是一种心象，它们不是诗人的眼睛所见，而是心灵所感。

（一）通感

　　李贺之于景物，很多不是常态的视觉审美，而是一种感觉。在一种忘我的状态下，他的所有感官，包括视觉、听觉、味觉等贯通一气，于是呈现出通感中特别的感觉和意象。在李贺诗中有尖新的语汇、生冷的比喻，比如称天为"圆苍"，秋花曰"冷红"，春草曰"寒绿"。钱锺书先生认为这是他"好用代词"①。其实深一步想，这并不是一般意义上的修辞，因为其所用，都是从通感而来。比如"天"、"花"、"草"等本是人给物的命名，并非其本来的色相。而李贺摒弃这些概念，直接表现自己的第一感觉：天似穹隆、似圆，天色碧蓝，所以形色的直感就是"圆苍"。而"冷红"、"寒绿"等在直接的视觉之外，还融入了

---

　　① 钱锺书：《钱锺书论学文选》，花城出版社1990年版，第四卷，第318页。

"冷"、"寒"等身体、心理的感觉，物象显得模糊，但突出了感觉的强度。其他如铠甲称"金鳞"、剑曰"玉龙"、酒曰"琥珀"等，都是来源于通感的意象，既有陌生感的艺术效果，也反映出诗人的内心世界。比如李贺特别喜欢用"湿"、"凉"、"涩"等感性词，它们其实与外物无干，所透视的是他自己内心的凄凉、苦涩，比如下面的《房中思》：

> 新桂如蛾眉，秋风吹小绿。
> 行轮出门去，玉銮声断续。
> 月轩下风露，晓庭自幽涩。
> 谁能事贞素？卧听莎鸡泣。①

"蛾眉"、"小绿"是对"新桂"的直感，可见树叶新生，尚不茂盛，时令当春。可风曰"秋风"，接下有"月轩下风露，晓庭自幽涩"，也俨然一片秋景。时令在转瞬之间发生变化，显然这不是现实，而是内心的感觉，其象是心象、其境是心境，而"幽涩"就是此中的情味。

作此一类的诗，诗人沉耽于心，他倾听自己的心声，捕捉心的感觉。少有外物的牵扯，也没有逻辑的指引，他只循着自己的潜意识和感觉前行，于是产生了不合常轨的意象和意境，以及难以理解的诗句，如下面的《塘上行》：

> 藕花凉露湿，花缺藕根涩。
> 飞下雌鸳鸯，塘水声溘溘。②

诗面是一幅秋景，气象萧索。秋露沾花，但花并无知觉，"凉"与"湿"只是诗人的感觉。秋花残败所谓"花缺"，这是视觉的直观，人人可见，而藕根在水下，其味则不可知，所以

---

① 《李贺诗歌集注》，王琦等注，上海人民出版社1977年版，第220页。
② 同上书，第308页。

"涩"的其实还是诗人的感觉、诗人的心。下面的《王濬墓下作》也属此类。

> 人间无阿童，犹唱水中龙。
> 白草侵烟死，秋藜绕地红。
> 古书平黑石，神剑断青铜。
> 耕势鱼鳞起，坟科马鬣封。
> 菊花垂湿露，棘径卧干蓬。
> 松柏愁香涩，南原几夜风！①

　　王濬是西晋平吴的统帅，建立了不朽的功勋。但五百年后，李贺来到墓地凭吊，秋风、荒冢让诗人心头一片悲凉，于是所有的意象都浸透了这悲凉。其中有白、黑、红、青等视觉刺激，湿、干、涩等体肤知觉，死、断、垂、愁等的沉重，更有历史的厚重与沧桑。此外如《秋凉诗，寄正字十二兄》中的"大野生素空，天地旷肃杀。露光泣残蕙，虫响连夜发"云云。还有《自昌谷到洛后门》中的写景："九月大野白，苍岑竦秋门。寒凉十月末，露霭濛晓昏。澹色结昼天，心事填空云。道上千里风，野竹蛇涎痕。石涧冻波声，鸡叫清寒晨。"都让人感到诗人切肤的寒冷以及心中的凄凉。李贺对光色的感觉也特别敏锐，他以心感的光色呈现物象，灵动又鲜活，比如下面的《竹》：

> 入水文光动，抽空绿影春。
> 露华生笋径，苔色拂霜根。
> 织可承香汗，裁堪钓锦鳞。
> 三梁曾入用，一节奉王孙。②

　　这是一首咏物诗。咏物诗兴起于南朝，吸收了汉赋的铺排手法，

① 《李贺诗歌集注》，王琦等注，上海人民出版社1977年版，第187页。
② 同上书，第38页。

从不同的角度对所咏之物进行描写。李贺诗继承了这一传统，他先写生命之竹，再写材用之竹，特别是颈联写得颇有宫体意味，但总体上比宫体的咏物诗显得开阔、疏朗。特别是首联，写竹影倒映水中，与潋滟波光一起涌动；写绿色的竹子在碧空的映衬下摇曳多姿。诗人捕捉了"文光"、"绿影"这样的光色，不但陌生、新奇，而且特别赋予竹以空灵的神韵。其他如《五粒小松歌》中写松"绿波浸叶满浓光"，《李凭箜篌引》中写音乐之感天动地"十二门前融冷光"，《河南府试十二月乐词》之"月缀金铺光脉迈，凉苑虚庭空淡白"云云，都是以光融物，闪烁出一重空缈的意蕴。

中国诗人讲究用色，特别是山水诗，常常就是一幅色彩和谐的图画。色彩的运用显示着诗人的个性风格，比如李白爱用亮色，正是李白开朗狂放性格的直接体现。而李贺爱用浓色、艳色，且层层渲染，形成色彩堆积，造成视觉冲击，强化情感的力量。如"桃花满陌千里红"，桃花本红，再说"千里红"，是红上加红，其他如"桃花乱落如红雨"、"芙蓉凝红得秋色"等皆是。暖色之外，李贺也重冷色，如"晴春烟起连天碧"、"月明白露秋滴泪"等都造成通体的翠绿、清冷。除色彩的渲染叠加之外，李贺还让对比的色彩交相辉映。下面是李贺的又一幅心景，其中就有光与色的共舞：

> 昌谷五月稻，细青满平水。
> 遥峦相压叠，颓绿愁堕地。
> 光洁无秋思，凉旷吹浮媚。
> 竹香满凄寂，粉节涂生翠。
> 草发垂恨鬓，光露泣幽泪。
> 层围烂洞曲，芳径老红醉。[①]

---

① 《李贺诗歌集注》，王琦等注，上海人民出版社 1977 年版，第 231 页。

　　这是李贺的长诗《昌谷诗》的开头六韵，全诗共四十七韵。该诗《全唐诗》本有序云"五月二十七日作"，所以此诗为即景之作。但综观全诗，它却不是所见、所闻、所思的当下描写，而是心灵的观照、主观的感觉。具体来说，第一联写平野田畴，颇得古体之意，但自第二联起已是李贺风调。"遥峦相压叠，颓绿愁堕地"是状远山，一般人多用"重峦叠嶂"、"叠翠"来表现其空间错落，但李贺用了一个"压"字，然后用"颓绿"代山，让生气勃勃的青山染上一抹衰颓，再用"堕地"这样的比喻，让人心惊。但诗人仍意犹未尽，再用"愁"来渲染，让本来秀丽的青山秀水，变得将颓将倾，带给人心灵的重压。第三联"光洁无秋思，凉旷吹浮媚"是秋景，与首联的"五月稻"在时令上相悖，而且何为"浮媚"？难以名状。因此可以说，不但"光洁"是光色上的捕捉，而且"浮媚"也是诗人心头掠过的一丝感觉，它清虚朦胧而美好，恰与上联的重压感形成对比。第四联"竹香满凄寂，粉节涂生翠"写竹，二句一虚一实，在工笔描画的翠竹间漂浮着伤感、孤寂的香气。第五联"草发垂恨鬓，光露泣幽泪"转到稠生如发的细草，露粘其上，如泪珠将滴。而在鬓影泪光中似显出一张美人的脸。这无疑又是主观的感觉，因为草无情、露无情，只是诗人自己多情。接下是"层围烂洞曲，芳径老红醉"，上句甚为难解，王琦解为"层层围转，烂然入目：或开豁如山洞，或婉转成曲路"[1]，似显牵强。下句较为明豁：描写小径红花，虽一片红灿，但已是颓败将萎。以下诗人接着写柳树、写鸣蝉、写月光等等，不再征引。前人吴正子评曰："盖其触景遇物，随所得句，比次成章"[2]，其实这已不是传统的"触景遇物"，而是另类的心境呈现，所以它才有时令的错乱、

---

　①　《李贺诗歌集注》，王琦等注，上海人民出版社 1977 年版，第 232 页。
　②　同上书，第 241 页。

感觉的直呈、印象替代本体等等。"触景遇物"只是一把钥匙，它打开了感觉的通道，于是诗人进入了另一个世界，而这本来实实在在的昌谷就被变形、变色，超越了时空，超越了真实，变得光怪陆离，那里生机与颓败、鲜洁与幽凄、夏光与秋色共在，它其实是诗人的一片心境。

（二）心象

李贺诗的某些意象殊为难解，既非现实所有，也难合逻辑的想象，似真似幻，如捕风捉影得来，也如飘风散去，让人把捉不着，它们不是现实的事物，而是诗人感觉、幻觉化出的形象，可谓是心象。下面的《秋来》或见一斑：

> 桐风惊心壮士苦，衰灯络纬啼寒素。
> 谁看青简一编书，不遣花虫粉空蠹？
> 思牵今夜肠应直，雨冷香魂吊书客。
> 秋坟鬼唱鲍家诗，恨血千年土中碧。①

从题目看这是即情即景的诗。秋天的深夜，飒飒秋风吹来，络纬声声啼寒，让胸怀壮志的诗人为时间的飞逝而心惊。一个"苦"、一个"啼"透露出诗人心中的哀苦凄冷。寒灯之下，诗人该是在呕心沥血地作诗。可这寄托着自己"不朽"希望的著述又有谁看呢，有谁能让那竹简不被蠹虫蛀空呢？如此，自己苦心孤诣地作诗又所为何来呢？这牵挂、这愁思几乎将九曲回肠牵直，痛楚不已。痛苦孤独让诗人渴盼着心灵的慰藉，于是在凄风苦雨中出现了一缕香魂，一个美丽的女鬼，她来愍吊这悲苦的诗人。而画外传来墓地上的鬼歌，他们在唱鲍照的诗。鲍照写有《行路难》十八首，抒发自己生不逢时、怀才不遇的愤懑。而他的遗恨就像苌弘的碧血一样，永远难以消释。

---

① 《李贺诗歌集注》，王琦等注，上海人民出版社 1977 年版，第 74 页。

　　如果我们把眼光放到中国诗史，抒发不遇之愁、之忧、之愤的诗不计其数，但此诗的幽凄、幽冷乃至阴森则是古今独步。特别是"雨冷香魂吊书客。秋坟鬼唱鲍家诗"，一鬼突现跟前，众鬼嗷嗷在外，令人毛发皆竖。这显然不是真实，也难说是想象，而是在迷离恍惚中出现一种感觉、幻影或幻象。李贺还有其他的鬼诗，如下的《南山田中行》：

> 秋野明，秋风白，塘水潋潋虫喷喷。
> 云根苔藓山上石，冷红泣露娇啼色。
> 荒畦九月稻叉牙，蛰萤低飞陇径斜。
> 石脉水流泉滴沙，鬼灯如漆点松花。①

　　这是秋天的夜景。皓月当空，一片明朗，而风本无色，却说"秋风白"，这"白"就是因月及风的"通感"。光色之外，秋还有声，这就是"潋潋"水声和"喷喷"虫声。"潋潋"和"喷喷"一状水之清深，一摹声之轻细，十分新鲜生动。下面的"冷红泣露娇啼色"是李贺名句，他把带露红花比作啼哭的美人。因为秋之凉、"泣"之痛，连本属暖色的"红"也变成了"冷红"，而一句"冷红泣露娇啼色"也把开篇的月白风清的明朗色调转到了凄冷。以后诗人顺着自己的心路、心思继续这凄冷、荒凉，最后由外在的"荒畦"、"蛰萤"归结到自己的心中之象"鬼灯如漆点松花"。这"鬼灯如漆点松花"，颇为费解，特别是"鬼灯如漆"逻辑难通，因为漆色浓黑，而灯光明亮，那么既是灯光就不可能如漆。有的学者解此句为"远处的磷火闪烁着绿荧荧的光，像漆那样黝黑发亮，在松树的枝丫间游动，仿佛松花一般"②。王琦谓"鬼灯低暗不明，状如漆灯点缀松花

---

① 《李贺诗歌集注》，王琦等注，上海人民出版社 1977 年版，第 121 页。
② 《唐诗鉴赏辞典》，上海辞书出版社 1983 年版，第 1020 页，朱世英解读。

之上"①。钱锺书先生的解释则较为明晰："李贺诗非言漆烛之灿明，乃言鬼火之昏昧，微弱如萤，沉黯如墨"② 云云。把陇径流萤幻化成荒坟鬼火，再看做"鬼灯如漆点松花"，其实不是一种现实的描写，而是独有的心象呈现。下面的《感讽》与此相类：

> 南山何其悲？鬼雨洒空草。
> 长安夜半秋，风前几人老！
> 低迷黄昏径，袅袅青栎道。
> 月午树无影，一山惟白晓。
> 漆炬迎新人，幽圹萤扰扰。③

《感讽》组诗共五首，有讽刺社会的、有咏史的、有记前贤的，总之是借事、借景而抒怀。而其事与景皆是为"感讽"主意而设。此诗是组诗的第三首，感慨人生苦短。与之相对应的意象是悲凉的秋景。因为不是即景抒怀，所以意象并没有现实的逻辑，它们自由地穿越时空，既由主意来贯通，也皆由主意来生成。诗的开篇先点出"悲"的基调，然后是"鬼雨洒空草"，不但"悲"而且有死气。接下来从南山跳到远而大的长安。再跳到近而微的"黄昏径"、"青栎道"，随着空间的跳荡，天象也从凄风苦雨转为皓月当空，明如白昼。但因为"无影"让人觉得可怕，因为鬼没有影子，这正是鬼魅出没的时刻。这时闪出一片扰扰鬼火，原来是众鬼打着火把在迎接新鬼，短暂的人生结束了。李贺不信神仙长生，所以讽刺汉武帝和秦始皇"刘彻茂陵多滞骨，嬴政梓棺费鲍鱼"。他又因病弱而时时感到死神的阴影，由是对死亡格外敏感、格外恐惧，也就格外地关注。这与相

---

① 《李贺诗歌集注》，王琦等注，上海人民出版社 1977 年版，第 122 页。
② 钱锺书：《管锥编》，中华书局 1986 年版，第二册，第 782 页。
③ 《李贺诗歌集注》，王琦等注，上海人民出版社 1977 年版，第 157 页。

关的传说相激发贯通，① 惝恍迷离中就在诗人心中浮现出一幅鬼界迎新图，这就是"漆炬迎新人，幽圹萤扰扰"。

李贺此类的诗，采用独语的姿态，由"意"来引导，在复活的记忆中、在冥想的世界中遨游，混合着梦幻、印象、欲望、思绪，特别是瞬间的感觉和幻觉，表达着对存在、生命、时间、死亡等问题的冥思。艾略特在《诗的三种声音》中说：

> 在一首既非说教，亦非叙述，而且也不由任何社会目的激活的诗中，诗人唯一关注的也许只是用诗——用他所知道的文字的资源，包括历史、内涵和音乐——来表达这一模糊的冲动。在他说出来之前，他不知道该如何去说；在他努力去说的过程中，他不关心别人能不能理解。在这个阶段，他压根儿就不考虑其他人：他一心只想找到最恰当的词语，或者说，错得最少的词语。他不在乎别人听还是不听，也不在乎别人懂还是不懂。他怀着沉重的负担，不得解脱，除非把它生下来。或者换个说法，他被鬼魅魇住了，却无能为力，因为那鬼魅一开始来的时候，就没有面目，没有姓名，什么都没有。他写的那些文字，那首诗篇，就是他祛除鬼魅的形式。再换句话说，他烦了那么多神，不是为了与什么人交流，而是要从极度的痛苦中摆脱出来；而当他最终以恰当的方式将那些文字安排妥帖——或者他认为那是自己能够找到的最佳安排——他会感到有那么一阵，精疲力竭，舒畅，如获大赦，以及说不出的虚脱。②

这里准确地说明了诗人在沉潜入心之后的心态，特别是形象

---

① 比如《述异记》就有"阖闾夫人墓中，周围八里，漆灯照烂如日月焉"。参见钱锺书：《管锥编》，中华书局 1986 年版，第二册，第 782 页。

② T. S. Eliot：*The Three Voices of Poetry*, Cambridge Universtiy Presse, London, 1955, p. 18.

地说明了其表达也即创作的过程，其间的焦虑、痛苦，以及表达
之后的畅快与疲惫。这是西方诗人论创作的夫子自道。用于说明
李贺虽不能完全恰切，但大致不差。

（三）潜意识

潜意识是本我的意识，体现着人的本能欲望。它虽然受到社
会规范和自我理性的抑制，但却时时都想冲破对它的压抑，所以
它在冥冥中影响乃至规定着人们的言行。这种冲动的力量是艺术
创作的动力之一，表现于李贺大概有两方面：一是情爱的渴望，
二是宣泄的欲望。

1. 情爱的欲望

李贺诗色彩秾艳，在他二百四十首诗中有近三十首写女性，
在秾艳中更有色艳，比如《洛姝真珠》、《大堤曲》、《美人梳头
歌》等等。论者多认为是受到南朝乐府和宫体诗的影响，其实
这只是一方面。比如李白也学习南朝诗，对谢朓情有独钟；也接
受了南朝乐府的影响，写出了《长干行》、《玉阶怨》这样表现男
女之情的诗，但他绝没有色艳。所以李贺之色艳，主要出自他个人
的趣味。换句话说，李贺的女性诗、艳情诗，表现的是他对女性的
兴味，也是对爱情、情欲的别样表达。这以《苏小小墓》为代表。

> 幽兰露，如啼眼。
>
> 无物结同心，烟花不堪剪。
>
> 草如茵，松如盖。
>
> 风为裳，水为珮。
>
> 油壁车，夕相待。
>
> 冷翠烛，劳光彩。
>
> 西陵下，风吹雨。[1]

---

[1] 《李贺诗歌集注》，王琦等注，上海人民出版社 1977 年版，第 56 页。

这是一首由记忆和潜意识幻化出来的诗。苏小小是钱塘名妓，南齐时人。古乐府《苏小小歌》云："我乘油壁车，郎乘青骢马，何处结同心？西陵松柏下。"①描写了追求爱情却又生死两隔的苦恋。苏小小是李贺心仪的女子，他的一首《七夕》可以为证：

> 别浦今朝暗，罗帷午夜愁。
> 鹊辞穿线月，花入曝衣楼。
> 天上分金镜，人间望玉钩。
> 钱塘苏小小，更值一年秋。②

"别浦"这里指天河。牵牛、织女被分隔在天河两岸，在七夕夜晚，乌鹊填河成桥以渡织女，所以说"别浦今朝暗"。"罗帷午夜愁"是说自己在牵牛织女欢会之时倍感孤独痛苦。然后从七夕"穿线"、"曝衣"的风俗突然转至苏小小，可见她在李贺的潜意识中，就是他的所爱或代表所爱。而《苏小小墓》即是顺着乐府诗的意境，把诗人潜意识中浮现的苏小小呈现出来。但这个苏小小是个把捉不住的朦胧形象，除了"幽兰露，如啼眼"，一双动人的眼睛之外，她只能感觉，而不能复现。她无形无迹，如风般飘忽，如水般澄清。她似有幽兰之清高、之幽寂、之娇弱，似有弱柳拂风的婀娜窈窕之态，显见是个风流多情的女儿，但却没具体的形貌。她之所以如风如水，飘忽无迹，除了她是幽魂之外，更因为苏小小是李贺本我的情欲的浮现，是诗人对一种朦胧感觉、幻觉的捕捉。

2. 宣泄的欲望

钱锺书先生早就指出，李贺"好取金石硬性物作比喻"③，

---

① 《李贺诗歌集注》，王琦等注，上海人民出版社1977年版，第56页。
② 同上书，第42页。
③ 钱锺书：《钱锺书论学文选》，花城出版社1990年版，第五卷，第49页。

"变轻清者为凝重，使流易者具锋芒"①。其实这不只是一种修辞手法，还是潜意识的某种呈现。比喻的本质是两物间的一点相似，如"晓月当帘挂玉弓"之类。世间相似之物虽多，但有一个思维常轨，所以有惯用的比喻。而李贺的"出奇"，就隐现出他独有的心态。比如下面的《春坊正字剑子歌》：

> 先辈匣中三尺水，曾入吴潭斩龙子。
> 隙月斜明刮露寒，练带平铺吹不起。
> 蛟胎皮老蒺藜刺，鸊鹈淬花白鹇尾。
> 直是荆轲一片心，莫教照见春坊字。
> 挼丝团金悬麗繠，神光欲截蓝田玉。
> 提出西方白帝惊，嗷嗷鬼母秋郊哭。②

此诗的主旨是咏剑，调用了很多与剑相关的典故，如周处斩蛟、荆轲刺秦、刘邦斩蛇等等，这些都是传统家数。值得注意的是李贺的比喻。他先用"三尺水"呈现剑光如水的直感，把锋芒流易化。接着用"隙月斜明"将其光化，再用"练带平铺"将其固化。但水、月、绸都是柔性之物，与刚硬之剑相去甚远，而诗人又着意将这对极性的喻体、本体直接连在一起，如"三尺水"之后就是"斩龙子"，而"隙月斜明刮露寒"更是典型。月光温柔，却要用它来"刮"，凸显其锋利。然后又有"神光欲截蓝田玉"，形成柔与刚、虚与实之间的感觉断裂与刺激。

再如李贺《江南弄》中的"叠巘红嵯峨"，用崇山峻岭来隐喻晚霞。晚霞灿烂若锦，所以谢朓有"馀霞散成绮，澄江静如练"（《晚登三山还望京邑》）。苏轼喜创新，用"断霞半空鱼尾赤"（《游金山寺》）。这些诗句不但描绘了晚霞的光色，而且表

---

①　钱锺书：《钱锺书论学文选》，花城出版社1990年版，第五卷，第50页。
②　《李贺诗歌集注》，王琦等注，上海人民出版社1977年版，第49页。

现出它的飘动感。而李贺却用崇山峻岭来比喻，造成与本体动静、轻重之间的强烈反差，奇突而险峭。再如写月映水中，李白说："峨嵋山月半轮秋，影入平羌江水流"，杜甫说："月涌大江流"，苏轼说："新月如佳人，出海初弄色。娟娟到湖上，潋潋摇空碧"，它们都表现出月影随水的波动感。而李贺却把柔和的月光，轻轻地涌动硬化、固化，写出了"江上团团贴寒玉"（《江南弄》），让人感到是把全不相干的两个东西硬生生拉到一起，一个"贴"字凸显了这种生硬，因为水上绝不能"贴"，寒玉也不能被"贴"，但诗人硬是把这天性相拒的东西扯到一起，显然他是有意于生硬。李贺还有相类的诗句，不但硬，而且狠，刺目而惊心，比如"荒沟古水光如刀"（《勉爱行》），将前人惯用的"白练"换成了"刀"，显得狠重。"我有辞乡剑，玉锋堪截云"，云本轻清之物，但如今却被刚硬之剑裁割，让人感到是一种莫名的发泄。还有"踏天磨刀割紫云"（《杨生青花紫石砚歌》），虽是隐喻采掘石料，但主谓之间轻重失衡：紫云何用刀割？特别是"踏天磨刀"，让人联想到"磨刀霍霍"的屠杀，显出一种狠透。而纵观李贺诗，他偏爱"刀"、"剑"等锋利刚硬之物，喜用"割"、"截"、"剪"等动词，形成斩钉截铁的决绝，透出一股狠重的力量。它们看似一种修辞风格，细味之，恐怕出于李贺的潜意识，出于他宣泄的欲望。因为他心头壅塞着太大的块垒，太多的"剪不断、理还乱"的烦恼，而要"击碎"这些块垒、"斩断"这些烦恼，必得锋利的刀剑。这是鲍照的"拔剑击柱心茫然"的另一种表现方式。

　　此外前人早已指出，李贺喜用老、丑、瘦、狞、鬼、魂、坟等词。这使他的诗在美艳中透出衰颓、阴冷和幽凄，甚而一种鬼气，成为审美主调中的一个不和谐音。如若我们从心理角度来理解，这些都该是诗人多病早衰的心理折射。李贺自述"日夕著书罢，惊霜落素丝。镜中聊自笑，讵是南山期？"二十多岁就已经霜染青丝，已经感到死亡的威胁。虽自觉血统高贵，却没有与之相应的社会地位和物质生活；虽仕途受挫，心底却仍存不甘，于是现实的贫病与理想的矛盾，造成内心的冲突与心理扭曲，也造成了诗中畸态的意象。比如月宫本是想象中的琼楼玉宇，其中的一切包括神女、玉兔、桂花，无不美好，但李贺却写出"老兔寒蟾泣天色"、"老鱼跳波瘦蛟舞"这样的句子，"老"、"瘦"、"泣"这样的字眼，奏出刺耳的不和谐音符。

　　总之，李贺这些诡异、荒颓的意象，其色彩、情调较之传统相去甚远，它们更多地出自诗人主观的感觉、幻觉，出自潜意识的冲动。它们形成李贺特有的意象群，成为李贺风格的标志。瓦雷里在《诗与抽象思维》中说：

　　　　那些不同于普通话语的话语，即诗句，它们以奇怪的方式排列起来，除了符合它们将为自己制造的需要之外不符合任何需要；它们永远只谈论不在场的事物，或者内心深刻感受到的事物；它们是奇怪的话语，似乎不是由说出它们的人，而是由另一个人写成的，似乎不是对聆听它们的人，而是对另一个人说的。总之，这是语言中的语言。①

　　诗人在这里遵守的是感觉的逻辑，以精细的感受力和表现力来反映心理的真实。李贺就是中国诗人中在感觉方面最为敏锐的诗人。他的诗才、耽于幻想的天性、病弱的身体、理性与现实的矛盾、因压抑而扭曲的心态，凡此种种相互作用铸就了其诗的独特面貌。

二　想象创造诗境

　　较之其他诗人，李贺的诗境更靠想象。想象有不同的层次，

――――――――――

　　①　瓦雷里：《文艺杂谈》，段映虹译，百花文艺出版社 2002 年版，第 287 页。

有天才的无所依傍的对"可能存在的事物的想象",也有与感觉、记忆相连的想象。李贺的想象有自己的独异之处,这就是精致、艳丽、奇诡。先看他从比兴而来的想象。

(一)比式想象

比式想象是最直接、最简单的联想。它从本体出发,顺着相似的线索,搜寻出新的意象。这是中国诗人的传统手法,无人不用,只是意有高下,风格不同。李贺是此中高手,新意迭出,闪现出奇诡的光彩。先看他的《溪晚凉》:

> 白狐向月号山风,秋寒扫云留碧空。
> 玉烟青湿白如幢,银湾晓转流天东。
> 溪汀眠鹭梦征鸿,轻涟不语细游溶。
> 层岫回岑复叠龙,苦篁对客吟歌筒。①

从题目看,这是一首即景诗。从山风而联想到鲍照的《芜城赋》:"木魅山鬼,野鼠城狐。风嗥雨啸,昏见晨趋。"但诗人从中独独拈出一个"狐",勾画出一幅虚实相间的"白狐向月号山风"的凄厉图景,对句"秋寒扫云留碧空",不说风吹云散,而是用一个"扫"字把无形之"寒"凝固成帚,不仅巧妙,而且透出"寒"之深。颔联的出句描写雾岚,对句写银河。其中的"白如幢"是李贺典型的以重实比清轻的想象。而从银河之"河"出发,自然联想到"湾",再联想到"流转"。颈联是拟人,所以"眠鹭"也会梦见"征鸿",而涟漪为了不惊扰它们的好梦,也不再说话,静静流淌。尾联放眼群山,连绵起伏,如同龙行,而苦竹迎风,像是箫笛在吟奏。全诗八句,处处有"比",形象优美而又尖新。下面的《南园》也是一首好例证:

> 花枝草蔓眼中开,小白长红越女腮。

---

① 《李贺诗歌集注》,王琦等注,上海人民出版社1977年版,第298页。

可怜日暮嫣香落，嫁与春风不用媒。①

南园是李贺家的私园。《南园》组诗共十三首，此第一首描写南园的景色。立意在写花。这些花有白有红，白少红多，所以说是"小白长红"。它们美丽娇艳，在诗人看来如同越女的脸颊。如是鲜花与美人交映，花是美人、美人是花，花片随风飘舞也就如同美女出嫁，嫁与了春风。这个隐喻及其衍生的想象新奇而又美丽，把风吹落花的飘零伤感，转换成生命的自然和快乐，体现出李贺诗的别样风流。

（二）乐府旧题

乐府旧题是李贺诗的又一想象原点。乐府兴起之初，内容与题目一致，如汉乐府的《战城南》就是记发生在城外的战事，《有所思》就是写男女爱情，其他《妇病行》、《将进酒》等等无不如是。因为乐府诗是和乐歌唱的，所以一个乐府题目，不仅是文本的诗，同时还表示着一种曲调。魏晋以后，特别是曹操，开始以乐府旧题写时事，也就是用旧曲唱新歌，如《蒿里行》本是挽歌，曹操用来记述讨伐董卓的真实历史，用《苦寒行》曲调写严冬的太行行军。以后曲调侠失，文人的拟乐府就不再是歌词，而成了乐府风格的纯诗。在内容上它也形成两个方向，一是沿袭旧题旧意，二是继承曹操而自说自话。但多数内容仍与旧题有一定的关联，因此一个乐府题目，就代表着一个传承日久的内涵。而李贺乐府的特点就是紧扣题目字面，深掘题意，大加生发铺衍，很有些为作诗而作诗的意味。比如下面的《艾如张》：

> 锦襜褕，绣裆襦。
> 强饮啄，哺尔雏。
> 陇东卧毵满风雨，莫信笼媒陇西去。

---

① 《李贺诗歌集注》，王琦等注，上海人民出版社1977年版，第85页。

> 齐人织网如素空，张在野田平碧中。
> 网丝漠漠无形影，误尔触之伤首红。
> 艾叶绿花谁剪刻？中藏祸机不可测。①

《艾如张》属西汉《铙歌十八曲》，古辞云：

> 艾而张罗，（夷于何）② 行成之。
> 四时和，山出黄雀亦有罗，以高飞奈雀何？
> 为此倚欲，谁肯礤室。③

　　郭茂倩解题曰："艾与刈同，《说文》曰：'芟草也。'如读为而。"④ 也就是说《艾如张》的意思是，芟除草木而张罗。李贺的《艾如张》从题目字面出发，以捕雀为主意来驰骋想象，富赡而华丽。全诗共十二句，篇幅几乎扩大了一倍。诗人先描绘鸟的形象。"襜褕"是蔽膝，"裆"是裤子，"襦"是短衣，"锦襜褕，绣裆襦"是用华美的衣服来比喻鸟的美丽羽毛。然后写鸟啄食哺育雏鸟，这就是"强饮啄，哺尔雏"。接着浓墨重彩地渲染捕鸟。先是在陇西设有"媒笼"，以驯鸟的叫声招引同类，然后掩而取之。此外还有捕网张在空中。这网为齐人所织，"网丝漠漠无形影"，"张在野田平碧中"，鸟儿看不见，结果是触网受伤，头破血流。鸟儿已经捉到，诗人意兴未足，还发出一番感慨："艾叶绿花谁剪刻，中藏祸机不可测。"就是说，美丽的表象并不可信，它常常包藏祸机。特别是"艾叶绿花"之艾，在结尾呼应题面之"艾"，虽然此"艾叶"并不同于"艾如张"之"艾"，但却见出李贺的匠心所在。再如《将进酒》：

---

① 《李贺诗歌集注》，王琦等注，上海人民出版社 1977 年版，第 248 页。
② 表声字，与曲辞有别。
③ 郭茂倩：《乐府诗集》，中华书局 1979 年版，第一册，第 227 页。
④ 同上书，第一册，第 226 页。

琉璃钟，琥珀浓，小槽酒滴真珠红。

烹龙炮凤玉脂泣，罗帏绣幕围香风。

吹龙笛，击鼍鼓；

皓齿歌，细腰舞。

况是青春日将暮，桃花乱落如红雨。

劝君终日酩酊醉，酒不到刘伶坟上土！①

　　《将进酒》也属汉《铙歌十八曲》，"大略以饮酒放歌为言"②。李白以《将进酒》抒发自己怀才不遇的愤懑，把叙事性的乐府变成了抒情诗。而李贺则又回到乐府本题，以丽辞华藻渲染铺陈，将其"饮酒放歌"的主旨发挥得淋漓尽致。其中最引人注目的就是美丽的想象，它从题面的"酒"开始。诗人用琥珀、珍珠来喻酒，不但色彩美丽而且有质感、有光泽，加上透明的琉璃杯就更显华贵。"烹龙炮凤玉脂泣"的想象，既显菜肴的奇罕、珍贵，且连烹炸中油脂的响声都表现出来，精细到极点。饮食之外，还有美人歌舞，伴奏的不是一般的丝竹，而是"龙笛"、"鼍鼓"，并且背景是美丽的"桃花乱落如红雨"。在把美酒、佳肴、美人、美景渲染到极点之后，诗人还要把写过《酒德颂》的刘伶拉出来，劝人及时饮酒行乐。较之李白的《行路难》，李贺所显示的更是诗才，是就题目而展开的丰富奇诡的想象。其他如《日出行》、《箜篌引》、《上之回》等等都是如此。下面再引一首《箜篌引》，以见李贺的铺陈想象：

公乎公乎，提壶将焉如？

屈平沉湘不足慕，徐衍入海诚为愚。

公乎公乎，床有菅席盘有鱼。

---

①　《李贺诗歌集注》，王琦等注，上海人民出版社 1977 年版，第312—313 页。

②　郭茂倩：《乐府诗集》，中华书局 1979 年版，第一册，第 229 页。

　　北里有贤兄，东邻有小姑。

　　陇亩油油黍与葫，瓦甒浊醪蚁浮浮。

　　黍可食，醪可饮，公乎公乎其奈居！

　　被发奔流竟何如？贤兄小姑哭呜呜。①

　　如上述李白有一首《公无渡河》，就是《箜篌引》的"变题"，二位诗人都从古题出发而发挥想象，但向度不同，李白的穿越历史时空，大气磅礴，蕴涵着历史感、生命观。李贺的则洋溢着生活的快乐、亲情的温暖。这既为李贺所渴望，也是他因题目而想象生发、敷衍而成篇章。

（三）夸张式想象

　　夸张是由庄子奠定的中国原生浪漫主义的典型的手法，屈原、李白、李贺莫不擅长。但与李白的天才纵逸不同，李贺的夸张显得理性、显得作意；与李白的大尺度、大气象不同，李贺的意象显得奇谲、诡异。比如下面的《北中寒》：

　　一方黑照三方紫，黄河冰合鱼龙死。

　　三尺木皮断文理，百石强车上河水。

　　霜花草上大如钱，挥刀不入迷濛天。

　　争溅海水飞凌喧，山瀑无声玉虹悬。②

　　这是一首极尽夸张的诗。"一方黑照三方紫"是想象的天象，现实绝无。"黑"显得重压、"紫"显得神异，于是在四极之内显示出一种非常的力量。这力量就是寒冷，它让咆哮的黄河哑然封冻，李白说是"冰塞川"，李贺却说"冰合鱼龙死"，不但冰封而且连河底的鱼龙都被冻死，寒之酷烈又增许多。接下两联继续渲染这奇寒：木皮三尺不谓不厚，但树木仍被冻裂；百石

---

① 《李贺诗歌集注》，王琦等注，上海人民出版社 1977 年版，第 260 页。

② 同上书，第 277 页。

之载不谓不重，但能在冰面上安然通行；草上的霜花有铜钱大，空气被冻结凝固，挥刀而不能入；山中瀑布急流直下，如挂匹练，但瞬间被冻成白虹，悬在了空中。如此就把这"寒"夸张到无以复加。其中的"鱼龙死"，显得狠重，"挥刀不入迷濛天"显得奇谲，"山瀑无声玉虹悬"显得诡丽，都是李贺极尽心力的夸张式想象。下面的《罗浮山人与葛篇》也是一篇好例证：

> 依依宜织江雨空，雨中六月兰台风。
>
> 博罗老仙时出洞，千岁石床啼鬼工。
>
> 蛇毒浓凝洞堂湿，江鱼不食啣沙立。
>
> 欲剪湘中一尺天，吴娥莫道吴刀涩。①

　　罗浮山在今广东省境内，李贺一生并未到过此地，所以此诗应该是因"葛"而驰骋想象、为诗而诗的代表作。首二句言时景，十分巧妙。先说雨，用了一个双关的形容词"宜织"，不仅状画出如丝细雨，而且因"织"而带出下文的"葛"。接下来说风，点化宋玉的《风赋》："楚襄王游于兰台之宫，有风飒然而至，王乃披襟而当之曰：'快哉此风，寡人所与庶人共者耶！'"如此风雨时令就引出疏薄凉爽的葛衣。三、四句正面进入罗浮山人织葛。罗浮山在博罗境内，所以他被称为博罗老仙，"石床"代指织机，此联意为葛布精致，巧夺天工，山人不时把它拿出洞来。五、六句极言暑溽：蛇毒在洞中凝聚不散，以致结成水滴；江鱼因水热沸郁而不吃东西，立起身子想要逃离。最后进到裁衣：葛布莹白如湘水，含着天光，而吴娥见如此好布，舍不得剪裁，锋利的吴刀也就显得钝涩。此喻显然受到杜甫"焉得并州快剪刀，剪去吴淞半江水"，但又翻出一层新意，不只说布好，而且还说快剪变钝，不是真钝，而是不忍心去剪，于是变得更为

---

① 《李贺诗歌集注》，王琦等注，上海人民出版社 1977 年版，第 125—126 页。

摇曳多姿。

　　通篇看来，诗人围绕着"葛"运思想象。这想象有几个特点，一是向极美夸张。一块普通的葛布，舒爽而已，但诗人却把它与遥远的罗浮山人联系起来。"山人"二字意味着隐居修持，自然给葛布染上高洁的色彩，果然它清白莹洁，如同湘水，如润天光，望而不忍下剪，再美不过。这是传统的向"美"的夸张，李贺得其巧。再有就是刻意地向"丑"夸张，比如写山人织葛："博罗老仙时出洞，千岁石床啼鬼工"，用了他典型的风格符号"老"、"啼"、"鬼"等，让本应飘逸的山人，变得像深居洞府的老妖。特别是"蛇毒浓凝洞堂湿"，本来蛇就面目可憎，还要"毒"、还要"凝"、还要"湿"，令人从心底生出一股嫌憎、阴冷和恐惧，如此对暑热的夸张虽新奇，却丑恶。于是在一诗中就出现美与丑的双向的夸张，因为双向，所以产生一种特别的张力，这也就是李贺诗的别样魅力。李贺诗还有对色相、对性感的夸张如《洛姝真珠》、《美人梳头歌》，对富贵荣华的夸张如《荣华乐》，对后宫寂寞的夸张如《宫娃歌》等等，各有特色。

　　（四）融会式想象

　　想象是一种艺术思维形式，虽然有主导的方向，但在本质上是融会的、融通的，这在李贺诗中有明显的表现。

　　1. 感觉与想象的融通

　　感觉是感官的、感性的。而想象既有理性，也有非理性的成分。当诗人刻意作诗，理性的线索"意"就来引领想象，而一旦诗人沉耽于艺术世界，他就进入了一个感觉的"场"，这时感觉刺激想象、激发意象，于是感觉与想象打成一片，建构了一个内外融通的艺术世界。比如下面的《李凭箜篌引》：

　　　　吴丝蜀桐张高秋，空山凝云颓不流。

　　　　江娥啼竹素女愁，李凭中国弹箜篌。

　　　　昆山玉碎凤凰叫，芙蓉泣露香兰笑。

> 十二门前融冷光，二十三丝动紫皇。
>
> 女娲炼石补天处，石破天惊逗秋雨。
>
> 梦入神山教神妪，老鱼跳波瘦蛟舞。
>
> 吴质不眠倚桂树，露脚斜飞湿寒兔。①

李贺此篇是中国诗史上著名的写音乐的诗，常与白居易的《琵琶行》、韩愈的《听颖师弹琴》相提并论。清人方扶南推许其为"皆摹写声音至文"②。其实此话不确，因为李贺诗主意并不在摹写声音，而是表现自己对音乐的感觉以及感觉引发的想象。全篇共十四句，可以分为两层。前四句是"概述"，交代李凭弹奏的时间、地点以及动人的艺术魅力：让浮云凝然不动俯首谛听；引发江娥素女的哀愁。而诗人自己也有所感受，这感受激发他的灵感，让想象飞翔在现实、神话和感觉之间，融为一气，这就是后十句。分别看来，"昆山玉碎凤凰叫"是以主观的感觉来表现声音，因为"昆山"、"凤凰"皆属神话，"昆山玉碎"和"凤凰叫"声无人耳闻，与白居易"大珠小珠落玉盘"大相径庭。而接下的描写就离声音越来越远。"芙蓉泣露香兰笑"是移情于花，它们被李凭的音乐感动，或哭或笑。"十二门前融冷光"是诗人感觉到乐曲的热烈气氛，似乎融化了秋天的风露寒凉。而"二十三丝动紫皇"则是感动了天帝。此时的音乐已经离开了人间而到达天庭，诗人就在他想象的世界自由驰骋：在女娲炼石补天的地方，感天动地的音乐竟然再次引发石破天惊，以致秋雨从天裂处淋漓而下。在神山上、在月宫里，那里的"神妪"、"老鱼"、"吴质"、"寒兔"无不为乐曲感动，忘我地沉醉于音乐之中。而这一切，都是对音乐的感觉与想象融通之后而形

---

① 《李贺诗歌集注》，王琦等注，上海人民出版社 1977 年版，第 31 页。

② 《方扶南批本李长吉诗集》，见《三家评注李长吉歌诗》，上海古籍出版社 1998 年版，第 292 页。

成的诗境。李贺还有一首《听颖师弹琴歌》，与此相类，不赘述，仅录其诗如下：

> 别浦云归桂花渚，蜀国弦中双凤语。
> 芙蓉叶落秋鸾离，越王夜起游天姥。
> 暗珮清臣敲水玉，渡海蛾眉牵白鹿。
> 谁看挟剑赴长桥，谁看浸发题春竹？
> 竺僧前立当吾门，梵宫真相眉棱尊。
> 古琴大轸长八尺，峄阳老树非桐孙。
> 凉馆闻弦惊病客，药囊暂别龙须席。
> 请歌直请卿相歌，奉礼官卑复何益？①

2. 文化积淀与想象的融合

想象还与记忆直接相关。亚里士多德就认为，想象的东西本质上都是记忆的东西，17世纪的英国哲学家霍布斯更明确地说："想象与记忆其实是同一件事。"②因此个人对民族文化的记忆就成了想象的又一个维度。屈原、李白如此，李贺也一样。中国文化几千年的积淀，包括神话传说、宗教巫术、历史故事，对他来说既是激发想象的触媒，也是想象的既有空间。他的想象就是有机地融汇这些资源，构建自己的新诗境。因为有自己的"意"作主脑，所以它们有鲜明的李贺标记，这就是诡谲。如果我们具体分析这些融汇式想象，它们大致可分为巫术、游仙、咏物几类。先看巫术类。

巫术属于原始宗教，它从两方面影响诗歌。一是它的神幻境界，这在屈原的《九歌》以及《离骚》中都得到充分展现。二是当巫术境界进入文本，它就成为一种文化资源，后世诗人就会

---

① 《李贺诗歌集注》，王琦等注，上海人民出版社1977年版，第358—359页。
② 拉曼·塞尔登：《文学批评理论》，北京大学出版社2000年版，第131—132页。

顺承这种巫术思维的路径而展开自己的想象，于是形成巫术思维与个人想象、个人感觉、幻觉的奇妙融合，如李贺的《神弦曲》：

> 西山日没东山昏，旋风吹马马踏云。
> 画弦素管声浅繁，花裙绰缀步秋尘。
> 桂叶刷风桂坠子，青狸哭血寒狐死。
> 古壁彩虬金帖尾，雨工骑入秋潭水。
> 百年老鸮成木魅，笑声碧火巢中起。①

《神弦曲》本是乐府旧题，"乃祭祀神祇弦歌以娱神之曲"②，与屈原《九歌》之旨相同。李贺诗首先展开了黄昏时分的降神场面。神既至，于是音乐歌舞以迎之。"花裙绰缀步秋尘"是描写女巫的舞蹈。"桂叶刷风桂坠子"言秋风骤起，风扫桂叶、吹落桂子，一个"刷"字，透出刚硬和力量。因为是祭祀，似乎就夹带着神力，以致所有的鬼魅都被追剿，于是"青狸哭血寒狐死"云云。但这青狸、寒狐、虬龙、老鸮等等，显然都是诗人的继发想象，因为祭神就是为求神福佑，而"青狸哭血"、"百年老鸮成木魅，笑声碧火巢中起"等意象怪异凄厉，让人如入鬼魅之境，毛骨为之悚然，是李贺巫术思维与个人想象的有机融合，打上了个人风格的鲜明印记，显然与屈原美丽的《九歌》判然两样。下面是类似的《神弦》：

> 女巫浇酒云满空，玉炉炭火香鼕鼕。
> 海神山鬼来座中，纸钱窸窣鸣旋风。
> 相思木帖金舞鸾，攒蛾一啑重一弹。
> 呼星召鬼歆杯盘，山魅食时人森寒。

① 《李贺诗歌集注》，王琦等注，上海人民出版社1977年版，第282页。
② 同上书，第283页。

终南日色低平湾，神兮长在有无间。

神嗔神喜师更颜，送神万骑还青山。①

它同样是写女巫祭祀，同样有想象，但写法不同，不是先实景后幻境，而是虚实相间，人、神、巫、鬼混杂。首二句女巫祭祀是实，三句海神山鬼是虚，四句纸钱是实，"山魅食时人森寒"是虚。诗人就实景展开想象，诗思往来虚实之间，回旋自如，最后以实在的送神场面作结："送神万骑还青山。"而其氛围意象之幽暗森索，正是李贺家数。除巫术之外，帮李贺展开另一个想象世界的是神话传说，这就是他的游仙诗，如《梦天》、《天上谣》、《秦王饮酒》之类。

中国诗歌名以"游仙"始自曹植，以游仙诗而进入文学史的是晋人郭璞。在萧统《文选》中，诗被分为二十类，"游仙"是其中之一。李善注郭璞诗云："凡游仙之篇，皆所以滓秽尘网，锱铢缨绂，浪覆倒景，饵玉玄都。而璞之制，文多自叙，虽号志狭中区而辞（无）［兼］俗累，见非前识，良有以哉！"②清人沈德潜也指出："游仙诗本有托而言，坎壈咏怀，其本旨也。"③指出游仙诗的主旨在自抒怀抱，是借游仙以表达隐逸高蹈之思，是仕途偃蹇、功业难酬之苦闷的别一种发抒。游仙诗可以上溯到屈原，他的《离骚》特别是《远游》，为超脱世网、升天远游打下张本；而秦汉以来的神仙传说，又从人物、情节上，丰富了游仙的内容。唐以后，神游仙境的诗作越来越多，如李白之《西上莲花山》、《梦游天姥吟留别》等，人与神、地与天结成一体，并逐渐成为一个思维轨范，见月而月宫嫦娥，说海而蓬莱仙山。它不仅仅是诗人自由的畅想和神行，而且也成为一种文章作

---

① 《李贺诗歌集注》，王琦等注，上海人民出版社 1977 年版，第 284 页。

② 萧统：《文选》，岳麓书社 2002 年版，第 683 页。

③ 沈德潜：《中国历代诗歌别裁集》，第 77 页。

法，一种以理性为支撑的、沿传统思路、意象来铺写的诗艺。李
贺游仙诗的特点是以自己的想象缀和融会典故，在传统之上，在
精致处有所出新。我们看下面的《天上谣》：

> 天河夜转漂迴星，银浦流云学水声。
> 玉宫桂树花未落，仙妾采香垂珮缨。
> 秦妃卷帘北窗晓，窗前植桐青凤小。
> 王子吹笙鹅管长，呼龙耕烟种瑶草。
> 粉霞红绶藕丝裙，青洲步拾兰苕春。
> 东指羲和能走马，海尘新生石山下。①

　　这是李贺的代表作之一。它扣紧题目从"天"起笔。诗人
仰望星空，银河流转。既然是"河"，诗人就生联想，那就是流
水声，但毕竟不同于地上之河，所以称为"银浦流云学水声"，
颇显新巧。银河之外，天上最夺目的还有月亮，于是诗思就飞到
了月宫，写出"玉宫桂树花未落，仙妾采香垂珮缨"。想象桂树
下，仙女们身着华美的衣饰采摘香花，避过了嫦娥之类的俗套，
而且弥漫出浓郁的香气。接着诗思离开月宫，在天上自由翱翔。
它先到了弄玉的住处，弄玉是秦穆公的女儿，善吹箫，后与爱人
萧史骑凤飞升。现在弄玉正晨起卷帘，而窗外就是飞天的凤凰，
还有它栖息的梧桐。李贺爱用"老"、"瘦"这样颇露颓意的词，
而这里却用了一个"小"字，显出娇小、玲珑、青春、生命，
甚或告诉我们，千年之后的弄玉仍然娇美动人。离开弄玉，就到
了仙人王子乔那里。王子乔是周灵王的太子，好吹笙，作凤凰
叫。他的笙与众不同，声管很长，正用来指挥群龙，这就是
"王子吹笙鹅管长，呼龙耕烟种瑶草"的奇想。王琦注引《十洲
记》曰："方丈洲在东海中心，群仙不欲升天者皆往来此洲，仙

---

① 《李贺诗歌集注》，王琦等注，上海人民出版社 1977 年版，第 70 页。

家数十万，耕田种芝草。"①这是仙话，也是典故。李贺将瑶草从方丈移到天上，不是群仙自己耕种，而是役使群龙，而且因为是在天上，所以耕种的不是浊实的田土而是缈缈云烟。此外还有一群霓裳飘飘的仙女游春采花。她们俯视下界，指点着为日神驾车的羲和，见日行疾速，而就在石山之下，她们看到大海已经扬尘，新一轮的沧海桑田之变已经开始。十二句的短诗，从诗人人间望天起，以仙人从天界指点人间结，构思严谨，想象奇妙，妙绝诗史。

如果我们分析这一番想象，是从望天开始的联想、想象。它化用了典故，将杜甫《同诸公登慈恩寺塔》中的"河汉声西流"衍化为"银浦流云学水声"，把"羲和鞭白日"变成"东指羲和能走马"，产生了一种新奇的陌生化效果。它还融会了月宫、羲和等神话，吸收了弄玉、王子乔、沧海桑田等仙话。而这一切都由诗人的想象进行再陶冶，从而构筑起一个李贺的天界。它较之纯道教的仙界显得更广阔、内涵更丰富。下面是另一首著名的《梦天》：

> 老兔寒蟾泣天色，云楼半开壁斜白。
> 玉轮轧露湿团光，鸾珮相逢桂香陌。
> 黄尘清水三山下，更变千年如走马。
> 遥望齐州九点烟，一泓海水杯中泻。②

这是李贺的梦游。可能是睡梦，也可能是"白日梦"，它展开的是个人的想象，靠想象塑造诗境，但很多地方令人生歧义。首联是梦入月宫，见到"老兔寒蟾泣天色"。老、寒、泣本是李贺的典型用字，集中在一句，映出一片清冷。但具体何为"泣

---

① 《李贺诗歌集注》，王琦等注，上海人民出版社1977年版，第122页。
② 同上书，第57页。

天色"却难以明白。是兔和蟾自伤衰老寒迫而泣,还是天雨如
泣?如若后者,能感受天下雨的是人间的诗人,那与老兔寒蟾何
关?下面的"云楼半开壁斜白"的视点也难确定,是人间的诗
人仰望天空,望云团若楼,像李白的"云生结海楼"(《渡荆门
送别》),还是在月中所见的白云掩映的楼阁?颔联"玉轮轧露
湿团光,鸾珮相逢桂香陌",一转首联的天荒地老,开出一片缥
缈美丽的神仙世界。但这缥缈也带着朦胧,特别是出句颇多歧
义。有学者解"玉轮"喻月亮,说"下雨以后,水气未散,天
空充满了很小的水点子。玉轮似的月亮在水气上面碾过,它所发
出的一团光都给打湿了"[1]。那么视角显然是从地望天。但我们
为什么不能把玉轮认作车轮,是月宫中仙人所乘?比如王琦就认
为首二联"四句似专指月宫之景而言"[2]。后二联较清楚明白是
从天瞰地,先说沧海桑田之变在转瞬之间,如同《天上谣》的
"东指羲和能走马,海尘新生石山下",尾联更是绝妙的想象:
仙人们下视人寰,九州大地如九点烟尘、东海如同倒出的一杯
水。统观全诗,我们不妨把它看做是散点透视的、跟着感觉走
的、反复穿越天地时空的、意识流式的诗。而且是以意识流式的
想象裹挟传统的神话、仙话,构建出的一个崭新的梦境,所以我
们也不好强为之解。

　　总之,由于李贺创作过程的独特性,即不是一气呵成,而是
妙想偶得的佳句与事后的缀补完篇,所谓"足成之",这就使李
贺诗离不开想象,也离不开堆砌,有时只顾漫衍,却忘记了主意
的贯通,造成了李贺诗一个明显的缺点。比如前面所举的《春
坊正字剑子歌》,本是一首咏剑诗,诗人从不同的角度极尽想
象、夸张之能事,但远离本体,钱锺书曾批评此诗以及相类的

---

[1] 《唐诗鉴赏辞典》,上海辞书出版社 1983 年版,第 1000 页,刘逸生解读。
[2] 《李贺诗歌集注》,王琦等注,上海人民出版社 1977 年版,第 57 页。

《猛虎行》，"皆警炼佳篇，而似博士书卷，通篇不见'驴'字①"。但有一点毋庸置疑，即李贺是中国诗史上独具个性的诗人，特别于中国原生浪漫主义发展，有里程碑式的意义。

三　李贺的意义

李贺是中国浪漫诗歌发展的新阶段。中国原生浪漫主义由庄子奠定了思想和创作的基础，艺术上表现出夸张和想象的特点。屈原凭借楚文化的滋养，为浪漫主义开辟出自我主体和神游天界两个新的维度。李白在此基础上又把山水引入诗境，想象、夸张与水光山色相接相连，人格美与自然美融为一体，展现出一种壮阔雄奇之美。而李贺则代表了中国原生浪漫主义新篇章，一是转向内心，二是向唯美发展。可以说，李贺是更多地咀嚼自己的情感、捕捉潜意识的感觉、幻觉，然后寻辞觅句，呈现自己的感受和体验。而他"笔补造化天无功"的艺术观，让他的诗呈现出为诗而诗的唯美的、唯艺术的审美趣味。为中国原生浪漫主义开辟出新的审美空间。

李贺以后，"浪漫"作为一种创作手法和风格在不同诗人的作品中都有所体现，比如李商隐、苏轼、辛弃疾、陈亮等等，但这些人都难以浪漫名家。宋代以后，浪漫主义的主流转入戏剧和小说。较之西方的浪漫主义，中国原生浪漫主义的内涵要小，它是一种创作手法，一种艺术风格，是与表现"现实"不同的历时性的流派。而想象、夸张是其根本性的标志。

---

① 钱锺书：《钱锺书论学文选》第四卷，花城出版社 1990 年版，第 318 页。

结语：与德国浪漫派的比较

一　名与实

名实之辨是学术的根本，中西皆然。厘之于中德浪漫主义，那么可以说，德国浪漫派有名有实，也就是有自己的概念、理论和实践，而中国原生浪漫主义则有实而无名。

德语在 17 世纪形成了 romantisch（浪漫的）这个形容词。它脱胎于法语的 romance，即骑士的冒险传奇故事，于是 romantisch 就从本源上明确指向了新奇的感受和幻想。以后其内涵不断扩大，用来表示富有诗意的景色、氛围、气质等等。早期浪漫派的理论家，主要是施勒格尔和诺瓦利斯拿过这个词，赋予它新的内涵，使之成为自己诗学理论的核心概念。比如施勒格尔著名的《雅典娜神殿断片》116，就是对 "romantische Poesie（浪漫的诗）" 的详细阐释，因此它被视为浪漫派的纲领（见第二章第四节）。诺瓦利斯不但使用、阐发这个 romantisch，而且还创造出 Romantik 和 Romanktiker 两个相关的新概念，前者指称小说艺术和小说学，后者指称小说家①。以后 Romantik 的内涵有所移易，并最终演化为标示德国浪漫派的专用概念。

再有，浪漫派的自我命名是一个过程，是一个明确自己历史定位、标划与启蒙运动、魏玛古典主义的区别、创建浪漫主义理

---

① Lothar Pikulik, *Frühromantik*, *Epoche-Werke-Wirkung*, 2. Auflage, Verlag C. H. Beck, München, 2000, S. 78.

论的过程。与此同时，这些天才人物还进行文学创作，实践自己的美学思想。因此我们可以说，德国浪漫派是一个实至名归的思想文化运动。它从文学发轫，涉及艺术、科学、政治等其他领域，影响遍及整个欧洲，最终成为影响世界的、文化史上的一个发展阶段。

较之于德国浪漫派的有名有实，中国原生浪漫主义却是有实而无名。虽然我们有堪称世界一流的浪漫主义文学，虽然我们也有"浪漫"一词，但却没有作为诗学概念的"浪漫"，没有自己纯粹的浪漫主义理论，只有相关、相近的思想资源。这虽算不得缺憾，但确是差异，说明我们的诗学与西方处在不同的坐标系之中。

二　"实"之异同

美国著名学者韦勒克认为，"欧洲各主要的浪漫主义运动事实上形成了一个理论、哲学和风格的统一体；反过来，这些因素又形成了一组连贯一致而又相互关联的思想观念"[①]。这就是"在整个欧洲，人们对诗歌、对诗歌想象的作用和性质有着相同的认识；对大自然，对大自然与人的关系，对使用了与18世纪新古典主义判然有别的意象、象征和神话素材的、基本上是相同的诗歌风格，也有着同样的认识"[②]。这就是所谓浪漫主义的"公分母"。当中国学者用浪漫主义来阐释中国古代文学的时候，其实就是用了这个大而化之的"公分母"。而与此同时，他们也就把浪漫主义从欧洲引入中国。但笔者还是对韦勒克所批驳的洛夫乔伊[③]有相当的肯定，认为一个民族有一个民族的"浪漫"，

[①]　韦勒克：《批评的诸种概念》，丁泓等译，四川文艺出版社1963年版，第126页。

[②]　同上书，第154页。

[③]　同上书，第125页。

其间虽有共性，但差异仍在。通过对上文所论作家的综合对比分析，我们可以得出中、德浪漫主义的大致关系，看出其间的同与异，要点如下：

（一）关于自我：个性与重情

中国原生浪漫主义与德国浪漫派都重自我，但重心不同。前者在张扬个性，是与社会相对峙的。因为儒家的伦理道德突出群体而泯灭个人，所以浪漫诗人的强调自我，具有反抗社会的性质。作为一种文学风貌，它源远流长，在中国文学的长河中与"现实"诗歌一起奔流。而"浪漫"与"现实"间的区别不在于是否有情、重情，而在于表情的方式和力度，特别是"自我"的表现强度，李白被称为"浪漫"、杜甫被称为"现实"的事实就可以证明这一点。

德国浪漫派也强调自我，但其落点不全是个性的张扬和感情的抒发，更在于崇尚感情本身。这就使浪漫派文学有两个倾向：一是重抒情，反对模仿；二是重感性，反对理性的规则。在重情一点上，浪漫派诗人继承了18世纪中叶感伤主义的多愁善感，以及虔敬主义神秘、狂热的宗教情感。他们的感情很多不是外向的激情"倾诉"，而是回诸内心，追寻自己的心路，感觉自己的爱与痛苦，从中体验一种特别的快乐。歌德的维特就说过："我回到了我自己，找到了一个世界！"①对于世俗生活中的维特，内心世界是一个绝对自我的、自由的圣殿，他在那里摆脱了社会的压迫，感到身心的解脱。对虔敬主义者来说，它以自我的情感，虔诚之心来感受上帝，接近上帝，实现一己心灵与上帝的交流，借此体验到一种终极关怀。浪漫派作家都是基督徒，典型如诺瓦利斯，就出生在一个虔敬派的家庭，从小养成了一种情感崇拜，

---

① Goethe, *Die Leiden des jungen Werther*, Die große Erzähler-Bibliothek der Weltliteratur, Dortmund, 1985, S. 14.

特别是对爱情和友情的崇拜。他有一句名言，如同浪漫派的纲领："充满神秘的路走向内心。"① 这里，情感是一个中介，凭借情感，他走向内心，在那里他与上帝遇合，与上帝晤对，从而认识世界，走向永恒。所以虽然中德诗人都是强调自我，但内涵不同，走向不同，前者是反抗型的张扬个性，激情外发，后者则是注重感情本身，并深情内潜。诗人析解与观照自己的内心，咀嚼、体味自我的情感，因此他们的诗多呈现自己的心象（das Innere Bild），是心路、心境的直接外化、意象化。

因为重感情、感性，所以浪漫派反对理性对文学的规范，主张随心所欲。施勒格尔就指出："其他的文学体式已经走到尽头，今天可以全部解体，而浪漫的诗正在形成中……它认定的第一条法则，就是诗人的为所欲为、不受任何约束的法则。"②因为着重于内心的观照与神秘的感悟，沉耽于幻想和梦境，寻求内心的快感，于是诗人的笔就随情流走，小说散漫，诗歌自由，还特别创造了他们特有的随笔式自由文体"断片"（Fragment）。

（二）关于想象：感发与心生

如前所述，中国浪漫诗人的想象多有定式，它与"比兴"、与巫术、与宗教、与历史文化积淀密不可分，因而在思维层面上，多感发、引发、联想型的想象。而在德国浪漫派那里，想象之源在自由的心灵，多有不借外物的"横空出世"。它在理论上与康德的"天才"、费希特的"自我"有着关联。因此在德国浪漫派那里，想象不仅是一种创作手法，而且是创造本身。诗人的创作常常不是理性的编排虚构，如中国的某些模式化的仙境，也

---

① Novalis, *Schriften*, Die Werke Friedrich von Hardenbergs, Herausgegeben von Paul Kluckhohn und Richard Samuel, 2. nach den Handschriften ergänzte, erweitere und verbesserte Aufgabe in 4 Bänden, W. Kohlhammer Verlag, Stuttgart, 1968. Bd. 2, S. 419.

② Friedrich Schlegel, *Kritische Friedrich-Schlegel-Ausgabe*, herausgegeben von Ernst Behler, Verlag Ferdinand Schöningh, München, Paderborn, Wien, 1958ff. Bd. 2, S. 183.

不是理性与感性的互渗，如醒与梦的交错。它是天才在沉醉、迷狂的状态下，在神的启示下的心灵的自由狂欢。在沉耽于心的忘我的想象中，他们实现了人与神、人与自然、物质与精神的统一、和谐，这时埋藏心底的"原初的诗"就被唤醒，流淌而出，这就是浪漫派所追求的最真最美的诗。

当然浪漫派也认可"自觉"的想象虚构，比如施勒格尔和诺瓦利斯都认为，浪漫的诗联系着历史、今天和未来，诗人通过想象，创造理想的世界、人生。这在浪漫派的文学特别是小说中得到明确的体现，如诺瓦利斯的《亨利希·封·奥夫特丁根》和艾辛多夫的《无用人的一生》等等，其中的人物、情节都是从思想幻化而出，都是远离现实生活的"想象"小说。

更重要的一点是，浪漫派通过天才的想象、幻想，不只是抒发自我当下的情感，不止关注一己，而且有着更为深远的社会意义。他们试图通过想象，创造出艺术的、美的、超越功利的诗意世界和诗意人生，以实现他们重塑人类心灵的愿望，昭示他们对永恒的追求，以及对人类的终极关怀。所以在想象这一点上，德国浪漫派与中国诗人有着某些"质"的不同。

（三）与大自然的关系：和谐与渴望

在人与自然的关系上，中国原生浪漫主义体现的是人与自然的和谐。如前所述，由《诗经》所奠立的"比兴"传统，其实质是人与自然间的"心有灵犀"，是人与自然的本然浑一。魏晋以后，人的自然意识虽然走向自觉，但自然并未跟诗人分离，而是一如既往地跟人的情意融为一体，成为诗歌中主客相融共生的意象和意境。较之诗歌发轫期的"比兴"，它们是人与自然融合的新形式。因此可以说，中国历史的发展，因为农业文明和自然经济，中国没有西方式的人与自然的彻底分裂，人与自然基本处在一种和谐状态中。这是中国诗史所表现出的事实。

较之于中国，欧洲的工业革命使社会生产力产生了飞跃式的

提升，也因此失去了人与自然的本原性和谐。一方面，法国大革命和拿破仑的战争彻底推翻了法国乃至欧洲大陆的封建制度，而另一方面，雅各宾派的血腥统治、波拿巴一世的扩张侵略也使人对启蒙运动倡扬的科学、理性陷入失望和反思。德国从温克尔曼、歌德和席勒，开始了文艺复兴之后的、新一轮对古希腊文化的崇拜，其旨归就是希冀重建希腊精神所体现的人与自然的和谐。他们认为，人类进入现代文明之后，不但没有把本然的和谐上升到一个更高、更完满的境地，反而陷入了一种"普遍的分裂"，即主体与客体、理智与情感、存在与意识、必然和自由的分裂。这种分裂造成人的心灵的不安、匮乏与痛苦。他们指出了一条找回和谐的道路，这就是"审美教育"。

面对"分裂"，浪漫派同样有着深深的焦虑，他们诗中反复出现的 Sehnsucht（渴望）就是这种心态的反映。他们渴望着一个提升、一个超越，使人类重新达到和谐完整。但他们并不赞同卢梭的"回归自然"，因为人类既然已经超越了自然，就不可能放弃物质文明，简单地再返回自然；同时他们也不相信纯理性的"审美教育"有如此巨大的功用。浪漫派认为人类只有在更高的层次上，超越片面的理性与感性才能达到新的统一，而这一更高的层次就是"诗"。因此可以说，中国诗人与自然保持着和谐，而德国浪漫派则是在人与自然分裂之后，再去追求失去的和谐。"诗"是他们的手段，诗意的生活是他们的理想。而在追求中他们有着深切的"失乐园"的痛苦。

概而言之，中国原生浪漫主义是中国文化孕育出的一种美学品格与风貌。因为时空、文化的距离，它与德国浪漫派之间有着本质性差异。在中国，诗是一个言志之"器"；在德国，"器"之外，诗还是一个创造的、体现人类终极理想的本体。显然，在"浪漫"的共性表征下面，隐含着各自不同的文化基因。

今天，对客观世界的认识与对主观世界的认识已在存在主义的观念中融为一体；阐释学中的文本与阐释相互依存。在这个意义上，我们已不能断言我们所面对的是一个"纯客观的世界"。人类生活在文化中，一个"化"字已指明人类存在的基本特征；人类在"进化"、在"异化"，总之在种种变化之中。在这变化之初，人有了语言；这语言成为我们交流的工具，同时也成为我们思维的形式。而正是这种形式限制了我们的思想的完美表达，因此就出现了"不可言说"的问题。哲学与诗学并行不悖。诗是"不可言说"的言说，诗学直面"存在"。浪漫的精神是思想的驰骋，这思想是自由的，因为它在现实中是反主流意识形态的；这思想是不自由的，因为它同样受到思想者的"此在"的约束。浪漫的诗显示一种或者确切地说是种种的理想的追求。如果我们能在读过《诗学》、《人间词话》之后，再脱出"诗言志"境界；如果我们能自信"在奥斯威辛之后还有诗"，那么诗中的"浪漫"与浪漫的"诗"就是我们的天籁之音。

主要参考文献

德文部分
Werke

Clemens Brentano, *Werke*, in 2 Bänden, herausgegeben von Friedhelm Kemp unter Mitwirkung von Wolfgang Frühwald, Carl Hanser Verlag, München, 1972.

Clemens Brentano, *Sämtliche Werke und Briefe*, von Michael Grus und Kristina Hasenpflug herausgegeben, Verlag W. Hohlhammer, Stuttgart, Berlin, Köln, 1999.

Joseph von Eichendorff, *Werke, in 6 Bänden*, Herausgegeben von Wolfgang Frühwald, Brigitte Schillbach und Hartwig Schultz, Deutscher Klassiker Verlag, Frankfurt am Main, 1978.

Joseph von Eichendorff, *Gedichte*, Herausgegeben von Peter Horst Neumann, Philipp Reclam Jun. Stuttgart, 1997.

Goethe, *Goethes Werke*, Christian Wegner Verlag, Hamburg, 1969.

Novalis, *Schriften*, Die Werke Friedrich von Hardenbergs, Herausgegeben von Paul Kluckhohn und Richard Samuel, 2. nach den Handschriften ergänzte, erweitere und verbesserte Aufgabe in 4 Bänden, W. Kohlhammer Verlag Stuttgart, 1968.

Friedrich Schlegel, *Kritische Friedrich-Schlegel-Ausgabe*, herausgegeben von Ernst Behler, Verlag Ferdinand Schöningh, München, Paderborn,

Wien, 1958ff.

Friedrich Schlegel, *Kritische und theoretische Schriften*, Philipp Reclam Jun. Stuttgart, 1978.

Des Knaben Wunderhorn, Alte deutsche Lieder, gesamelt von L. Achim von Arnim und Clemens Brentano, Vollständige Ausgabe nach dem Text der Erstausgabe von 1806/1808, Winkler Verlag, München, 1962.

Theorie der Romantik, Herausgegeben von Herbert Uerlings, Philipp Reclam Jun. Stuttgart, 2000.

Literatur

Helmut de Boor u. Richard Newald [Hrsg.], *Geschichte der deutschen Literatur von den Anfängen bis zur Gegenwart*, Bd. VI. *Aufklärung, Sturm und Drang, Frühe Klassik*, von Richard Newald, C. H. Beck'sche Verlagsbuchhandlung, München, 1973.

Helmut de Boor u. Richard Newald [Hrsg.], *Geschichte der deutschen Literatur von den Anfängen bis zur Gegenwart*, Bd. VII. *Die deutsche Literatur zwischen Französischer Revolution und Restauration*, von Gerhard Schulz, C. H. Beck'sche Verlagsbuchhandlung, München, 1983.

Walter Hinderer [Hrsg.], *Geschichte der deutschen Lyrik*, Reclam Verlag, Stuttgart, 1983.

Ulrich Karthaus [Hrsg.], *Die deutsche Literatur in Text und Darstellung, Sturm und Drang und Empfindsamkeit*, Philpp Reclam jun., Stuttgart, 1991.

Johannes Klein, *Geschichte der deutschen Lyrik, von Luther bis zum Ausgang des zweiten Weltkrieges*, 2. erweiterte Auflage, Franz Steiner Verlag, Wiesbaden, 1960.

H. A. Korff, *Geist der Goethezeit*, IV. Teil *Hochromantik*, 6. Unveränderte Aufgabe. Koehler & Amelang, Leipzig, 1964.

Detlef Kremer, *Romantik*, 2. Auflage, Verlag J. B. Metzler, Stuttgart, 2003.

Hans Jürg Lüthi, *Dichtung und Dichter bei Joseph von Eichendorff*, Francke Verlag, Bern und München, 1966.

Klaus Peter [Hrsg.], *Romantikforschung seit* 1945, Verlagsgruppe Athenäum-Hain-Scriptor-Hanstein, Königstein, 1980.

Lothar Pikulik, *Frühromantik*, *Epoche-Werke-Wirkung*, 2. Auflage, Verlag C. H. Beck, München, 2000.

Lothar Pikulik [Hrsg.], *Eichendorffs Nachtstücke*, Verlag Vitalis, Furth im Wald, 2002.

Paul Reimann, *Hauptströmungen der deutschen Literatur* 1750—1848, Dietz Verlag, Berlin, 1963.

Helmut Schanze [Hrsg], *Romantik-Handbuch*, 2. durchgesehend u. aktualisierte Auflage, Alfred Kröner Verlag, Tübingen, 2003.

Wulf Segebrecht [Hrsg.], *Gedichte und Interpretationen*, Band 3, *Klassik und Romantik*, Philipp Reclam jun., Stuttgart, 1984.

Herbert Uerlings, *Friedrich von Hardenberg*, *genannt Novalis*, J. B. Metzlersche Verlagsbuch-handlung, Stuttgart, 1991.

Christian Wagenknecht, *Deutsche Metrik*, 4. auflage, Verlag C. H. Beck, München, 1999.

中文部分

艾布拉姆斯:《镜与灯》,郦稚牛等译,北京大学出版社 2004 年版。

雅克·巴尊:《古典的、浪漫的、现代的》,侯蓓译,何念校,江苏教育出版社 2005 年版。

欧文·白璧德：《卢梭与浪漫主义》，孙宜学译，河北教育出版
社 2003 年版。

威廉·狄尔泰：《体验与诗》，胡其鼎译，三联书店 2003 年版。

勃兰兑斯：《十九世纪文学主流》，人民文学出版社 1997 年版。

郭绍虞主编：《中国历代文论选》，全四册，上海古籍出版社
2001 年新一版。

亨里希·海涅：《论德国》，薛华译，商务印书馆 1980 年版。

海德格尔：《荷尔德林诗的阐释》，孙周兴译，商务印书馆 2002
年版。

黑格尔：《美学》，朱光潜译，商务印书馆 1997 年版。

康德：《判断力批判》，宗白华、韦卓民译，商务印书馆 1964
年版。

康德：《未来形而上学导论》，庞景仁译，商务印书馆 1978
年版。

汉斯·昆、瓦尔特·延斯：《诗与宗教》，李永平译，三联书店
2005 年版。

李伯杰译：《浪漫派风格——施勒格尔批评文集》，华夏出版社
2005 年版。

李泽厚、刘纲纪：《中国美学史》，安徽文艺出版社 1999 年版。

梁志学：《费希特柏林时期的体系演变》，中国社会科学出版社
2003 年版。

罗素：《西方哲学史》，马元德译，商务印书馆 1976 年第一版。

安德鲁·洛斯：《神学的灵泉——基督教神秘主义传统的起源》
孙毅、游冠辉译，中国致公出版社 2001 年版。

钱锺书：《管锥编》，中华书局 1986 年第二版。

钱锺书：《谈艺录》，中华书局 1984 年版。

钱锺书：《钱锺书论学文选》，花城出版社 1990 年版。

卡尔·施密特：《政治的浪漫派》，冯克利、刘锋译，上海人民

出版社 2004 年版。

詹姆斯·施密特:《启蒙运动与现代性》,徐向东、卢华萍译,上海人民出版社 2005 年版。

汤炳正等:《楚辞今注》,上海古籍出版社 1996 年版。

茨维坦·托多罗夫:《象征理论》,王国卿译,商务印书馆 2004 年版。

王琦注:《李太白全集》,中华书局 1977 年版。

王琦等注:《李贺诗歌集注》,上海人民出版社 1977 年版。

韦勒克:《批评的诸种概念》,丁泓等译,四川文艺出版社 1963 年版。

周振甫:《文心雕龙注释》,人民文学出版社 1998 年版。

杨伯峻:《论语译注》,中华书局 1980 年第二版。

周国平主编:《诗人哲学家》,上海人民出版社 2005 年版。

朱光潜:《西方美学史》,人民文学出版社 1979 年第二版。

《诸子集成》第三册、第四册,岳麓书社 1996 年版。

朱熹:《楚辞集注》,上海古籍出版社 2001 年版。

索 引

主观　21，24，25，26，28，31，33，34，35，43，55，56，
114，127，130，135，177，182，184，185，190，249，250，
257，273，333，334，339，340，342，389，393，402，
410，423

庄子　253，263，265，266，267，268，269，270，271，272，
273，274，275，276，277，278，279，280，281，282，283，
284，285，286，287，288，289，305，319，330，331，334，
337，344，351，357，362，376，389，407，417

自然　16，17，19，20，23，24，25，26，27，28，33，34，
35，36，37，38，41，42，43，44，45，46，47，49，50，
54，55，56，58，59，61，62，63，71，73，75，77，79，
82，84，85，93，95，102，121，122，131，134，139，140，
158，159，162，164，170，171，179，180，182，184，193，
202，204，205，206，207，208，211，214，216，217，218，
219，220，221，223，224，225，226，227，229，230，231，
232，246，247，249，250，251，252，254，256，262，263，
264，265，266，268，269，270，273，274，276，278，279，
285，286，288，294，295，303，305，306，312，317，318，
326，329，330，331，333，334，337，338，339，342，343，
344，349，353，362，366，373，375，385，386，387，403，
404，409，417，419，422，423

宗教　15，16，17，18，19，20，21，22，32，55，67，72，
73，84，88，100，101，106，112，113，114，115，118，
119，120，122，127，134，135，137，138，139，140，141，
150，153，162，163，164，165，190，191，192，197，198，
199，202，206，210，212，220，221，225，243，245，246，
247，248，251，278，293，305，306，312，321，362，363，
411，420，421，428

后 记

本课题的题目是在多年的学习工作中慢慢浮现出来的。先是在国内读中文系，学中国文学，知道李白、郭沫若是浪漫主义；学外国文学，有所谓积极浪漫主义和消极浪漫主义之分；学毛泽东文艺思想，又有革命现实主义与革命浪漫主义相结合云云，于是形成了自己所理解的浪漫主义。后负笈德国，听德国人讲浪漫主义，才发现此浪漫原来不同于彼浪漫。而本课题试图解决的就是这个久存于心的问题，现在所呈献的就是一点研读探索的心得。

为了完成这一题目，笔者曾亲赴德国收集资料，更与学界师友进行了多方交流。得到了德国特里尔大学阿尔特豪斯（Dr. Hans Peter Althaus）教授、格尔哈特（Dr. Christoph Gerhardt）教授、俞灵斯（Dr. Herbert Uerlings）教授、刘慧儒博士，波恩大学顾彬（Dr. Wolfgang Kubin）教授等人的诚挚帮助。他们对提纲中的相关章节乃至研究方法都提出了重要的、有益的意见。对此谨致深深的谢意。笔者也曾到罗马、魏玛、耶拿等地，以亲身感受歌德从狂飙突进到古典主义的美学转向，以及魏玛古典主义和浪漫主义的实际内涵。在浪漫派的发祥地耶拿，参观了浪漫派博物馆。该馆是当年费希特的旧居，除了历史文物、思想介绍，还展示了浪漫派的沙龙。让人在理性的认识之外，能实际感受到他们所追求的自由、诗意的生活。它与歌德故居所呈现的高贵典雅的"古典主义"，形成了鲜明的对比。在此，对资助我成行的德国科学交流基金会（DAAD）致以深挚的谢忱！

我们的老师唐伦亿教授本来参与了此项目，负责诺瓦利斯部分。为此唐老师在德国多方收集，带回了整整 10 公斤的复印资料，并亲自送到青岛，让我们深为感动。但因为教学任务繁重，唐老师退出了项目。他本已着手诺瓦利斯的研究，翻译了不少诗歌。他所写的生平部分、翻译的《圣歌》被收入本书。我们感谢唐老师为本项目做出的杰出工作！

　　本课题在立意之初，北京外国语大学的谢莹莹教授曾给予热诚的支持，并提出过中肯的建议。在申报过程中得到我们的老院长杨自俭教授的多方鼓励，他对课题的设计论证提出了宝贵的建议，并亲笔作了修改。对两位师长我们深表谢意！我们特别感谢国家社科基金，使这个题目得以立项，给我们提供了一个研究的平台和必要的资助。

　　关于本书的写作我们想做几点技术性说明：一、本书因涉及西方，特别是德国思想史、文学史等多方面的内容，所以凡相关的重要概念、生僻的人名、地名均用原文标出；二、人名、地名的翻译均在参考译名手册、相关词典的基础上采用通用译法；三、附录中的参考文献除了所用第一手资料外，只列出在国内、国际上有影响的、部分权威著作。

　　限于笔者的学力，本书所呈现的只是一个粗略的梗概，深层的问题还有待进一步的研究。我们深感遗憾的是，未能对中西浪漫主义的差异做出深层的哲学解释，对德国浪漫派相关的神秘主义也缺乏明晰的梳理与论说。笔者希望以此就教于学界同仁，也期望就相关的其他问题得到方家指教，以期在以后的研究中有所进步。当然，本书中表达的观点以及存在的缺陷、错误笔者应承担全部的责任。

刘润芳　罗宜家

2008 年 10 月 12 日于青岛